新红学百年
与
北京大学

北 京 大 学 党 委 宣 传 部
北京大学曹雪芹美学艺术研究中心 编

任羽中　唐金楠　主编

中国文史出版社

编 委 会

前　　言

燕园里流动着一种古雅的气质，不仅因园子里建筑的飞檐瓦当与窗棂朱柱，更因生活在其中的北大师生们长期以来对古典传统文化的探求与传承。阅览中华文脉，其间珍品无数。古人胸臆，经岁沉淀，回味犹浓；先哲神思，历时阐析，尚含妙机。

几番花月情无尽，曾是红楼梦中人。《红楼梦》当为古典传统文化中的瑰宝，它既是小说之集大成，更蕴含了一个无穷灵妙的世界。它为数代中国人提供了精神栖息之所，也为世界展现了汉语文学之精粹。我们深深情牵于灵动缤纷的人物，也无数次为大观园中的草木物事动容；情节辗转间，瞬时的共鸣与深邃的思悟交织，在曹雪芹勾勒的悲欢中洞见人生百态，最终与自己的内心相逢。

正因其伟大，读"红"者历来热闹纷纭，北大的师生也是其中的文化常客。2021 年是"新红学"一百周年，犹记得，百年前"旧红学"与"新红学"交汇于北大，现代红学研究中重要的学术观念与研究范式亦多萌蘖于此；数年来，热爱《红楼梦》的北大师生们在图书馆古籍处阅览珍善藏本，在课程讲座上以学会友，于"红学社"里畅谈达意，遂成一片生机无限的红学土壤。流水光阴，经典亘古；"红楼"飞雪，"红学"常新。"新红学"已走过百年历程，我们探访了校园内这些热爱《红楼梦》的北大师生。经红楼一梦，他们又将生出怎样的感悟和思考？

《红楼梦》之于北京大学师生学者，既为手边常伴的愉悦心志之读物，也是学术研究的重要对象。我们邀请了校内喜爱《红楼梦》的师生来此阐发见解，他们来自不同学科，以不同的人生阅历为底，感悟着大观园内的性情真意；我们也与北大长期关注红学的学者进行了对谈，他们或承继着诠释考证、阐发研究的红学传统，或对于《红楼梦》与当今时代有着独特

1

的思考。正是在一代代人鲜活的阅读阐释中，红楼世界成为一个常谈常新的永恒话题，文化存而经典生。

在本书里，既有胡文彬、胡德平、叶朗、赵振江、陈熙中、温儒敏、刘勇强、王博、李鹏飞、顾春芳等学者研究《红楼梦》的论文集萃与专题访谈，亦遴选了部分北大学子论析评赏《红楼梦》的文章，并对北大红学研究课程、社团组织的风采予以勾勒。此外，本书扼要回顾了北京大学以"新红学"为代表的《红楼梦》研究学术史，且在附录中对北京大学历代师生学者《红楼梦》相关文论进行了梳理摘录。

《红楼梦》未竟，红楼"梦"未醒。在北大师生的寻津问胜中，古典文化生生不息地氤氲在这个校园。百年以来，北大名家的相关著述对于红学研究界产生了启发与影响，北大也见证了红学历史的多个关键时刻；北大师生对于《红楼梦》的研究品鉴，关联着北大学术精神，更是其浓厚人文气象的一处缩影。

神情胸臆，难于穷尽；笔臻灵妙，兴会无际。观往昔岁月，群星熠耀，百年纷呈。红学在北大历经百年风华而不辍，并日益增彩。我们也相信，《红楼梦》的阅读及以"新红学"为代表的学术传统，将为北大师生学者所承继，延伸向未来的岁月。继往开来，探求未停。

限于篇幅，本书仅展现了部分北大师生学者的红学研读风采，挂一漏万，若能予君以一二启发，则为本书莫大荣幸；不足之处，敬请各位读者批评指正。

百年求索情何限，一梦迢遥系红楼。

是为序。

编　者

2022 年 6 月

目　　录

第一章
新红学百年与北京大学

　　翻开新红学百年发展的历史书卷，北大留下的印记并不鲜见。自百年前新旧红学交汇北大，诸多学人受此启迪，数支学脉于此承袭，现代红学研究重要的学术观念与研究范式萌蘖于此，为《红楼梦》文献考证、文学批评等研究带来了不竭硕果。在本章中，我们将细细回顾北京大学《红楼梦》研究脉络，跟随胡文彬先生一同寻觅红学史中的北大，聆听胡德平先生阐述陈独秀之于新红学的贡献。重返历史，乍见新知。

2021 年 5 月 1 日，一代红学大家胡文彬先生溘然长逝，享年 82 岁。他曾任中国红楼梦学会副会长，是新时期红学发展最主要的推动者之一，以丰富的学术成果及深远的影响力享誉红学界。在红学研究外，他也是 87 版《红楼梦》电视剧的副监制，积极推进红学普及、宣传工作，与各地红学组织和学者、爱好者建立了广泛的联系，堪称当代《红楼梦》传播事业的中流砥柱。

斯人已乘黄鹤去，缘来如电又如风。追忆往昔，2015 年 12 月 27 日，胡文彬先生受邀参加"北大与红学"美学散步文化沙龙，并在发言中指出，北京大学与百年红学的发展息息相关，是新红学的一个发源地，也是培养 20 世纪红学人才的一个摇篮，在《红楼梦》传播和中西文化的交流当中做出了杰出贡献。

先生之风，山高水长。我们对讲稿加以整理，与君分享，共同缅怀胡文彬先生。

学人简介

胡文彬（1939.10—2021.05），祖籍山东。历任《新华文摘》编辑、中国艺术研究院红楼梦研究所副所长、中国艺术研究院学位委员会副主任、中国红楼梦学会副会长等。

胡文彬◎百年红学与北大息息相关①

翻开百年红学史，百年红学的发展与北大息息相关。

第一，北京大学是新红学的一个发源地。 这一点只要我们看一看《蔡元培传》《王国维传》《胡适传》等著作，就可以了解到。1917 年，旧红学的代表人物蔡元培先生来到北大就任校长。他在 1916 年发表了《石头记索隐》，该书于 1917 年正式出版。蔡先生是中国百年红学史上旧红学的集大成者，这部书恰恰是在他当校长的初期出版的。在此后又有一位北京大学的校长胡适，是百年红学史上新红学的代表。如果说新红学有两大派来支撑，一个是以王国维为代表的美学派，一个是以胡适为代表的考证派，那么这两位新红学的代表人物其实都是和北大联系在一起的。新旧红学将近几十年的发展过程，都与北大的这两位校长有关系。而且他们之间是有交流的：蔡元培当校长的时候，聘请了胡适当文学院长；蔡元培的著作发表以后，1921 年胡适写了《红楼梦考证》来批评他的《石头记索隐》，接着蔡元培又在他的六版后记当中反批评，后来借着给寿鹏飞写序再一次申明他的主张。

直至今天，北京大学还有一位 91 岁的老学者——技术物理系的钟云霄先生，写了一部《吊明之亡，揭清之失》，继续发展蔡元培的观点。她在前言中公开讲明她写这本书是受到蔡元培的启发。

把前后将近百年的历史联系起来看，红学在北大的发展绵延不绝。以蔡元培为代表的旧红学——索隐红学，从 1917 年他的书正式公开出版，到今天 21 世纪又有钟云霄先生接过来继续发扬他的观点。从新红学的角度来

---

① 本文根据胡文彬先生在 2015 年 12 月 27 日举办的"北大与红学"美学散步文化沙龙上的讲稿整理，题目为编者所加。

看，胡适还没有到北大的时候，俞平伯、顾颉刚已经来到北大读书了，而胡适来了以后发表的《红楼梦考证》的文章恰恰得到二位先生的支持。之后涌现出很多当代的大家，比如说周汝昌，正是在这期间不断与胡适通信，使得新红学的发展向前推进了一大步。今天我想提出一个问题：过去我们在评论周汝昌的时候，都把他定位为考证派的集大成者，包括他去世以后的讣告也是这样写的。但是周汝昌在《红楼十二层》这本书当中，坚决否认自己是考证派的代表，而且他还激愤地说："你们看错了，你们的识力不够，我是地地道道的索隐派，我的索隐只是和蔡先生的索隐有所不同而已。"这是他在《红楼十二层》的第十层，即该书的第221页写下的一段话，是他自己给自己的定位。这与我们学界这么多年给周汝昌的定位是完全不同的。对于这样的一个事件，对于这样的一个现象，我们怎么来评判，怎么来讨论？是相信周汝昌自己说的话，还是相信我们从他的著作出发给他的定位？但是不管怎么说，从新、旧红学的发展过程中，都可以得出一个结论，那就是北京大学是新红学的一个发源地。应该说没有新红学的发源，就没有百年红学的发展。

第二，北京大学是培养 20 世纪红学人才的摇篮。第一个阶段是从 20 世纪 20 年代到 40 年代末，北京大学云集了一大批与红学有关的老专家、老学者，不仅仅是北京大学中文系，而且是整个北京大学，包括西语系、历史系、哲学系、物理系等诸多院系，都有在红学上做出贡献的专家。直到 21 世纪的前十年，王利器、吴恩裕、吴晓铃、李辰冬、吴组缃等老一辈都是我们中国红学的专家。

值得特别注意的是，20 世纪 50 年代初，一大批专家如俞平伯所带的助手王佩璋（女），并没有得到红学研究界的关注，对她的贡献没有给予更充分的评价。由于王先生去世比较早，留下的作品只有十来篇文章，这种情况下对王先生的关注评价还是不够的。在今天的红学发展历程中，张琦翔、梅节、刘世德、刘敬圻、张锦池、王昌定、李厚基、沈天佑、周中明、陈熙中等老前辈都是 20 世纪 50 年代初期从北大毕业的。同时期和他们一起走出北大的还有一大批人，这个名单很长，他们都成为 20 世纪 50 年代之后全国红学研究的骨干。他们在大学执教，为《红楼梦》的传播和普及做出了很大的努力，这个功劳我们不能忘记。

第三，北京大学在《红楼梦》传播和中西文化交流当中也做出了杰出贡献。霍克思翻译的英文版《红楼梦》为大家所熟知，但很少有人知道霍克思 20 世纪 50 年代就是在北大读书的；许多人知道杨宪益翻译过英文版的《红楼梦》，但是很少有人知道杨宪益跟北大的关系，以及当时北大的老师对他的翻译所给予的意见。

20 世纪 80 年代以后，许多国外学者来到北大留学、访学，在北大完成著作的也是数不胜数。北大培养了许多世界有名的汉学家，比如斯洛伐克著名汉学家高利克，他恰恰是 20 世纪 50 年代从北大毕业的。

可以看到北京大学在百年红学史上的贡献——培养人才，这对《红楼梦》在国际上的传播起到重要的推动作用。应该说还没有一个大学能够像北京大学做出这样巨大的贡献。

最后，我还想提两点小小的期望。

第一点，我希望北京大学和《红楼梦》的关系能够永远保持下去，能够在推动《红楼梦》在大众当中的普及、推进国际红学交流等几个方面发挥更大的作用。北京大学图书馆有丰富的《红楼梦》馆藏资料，吸引着国内外的红学研究者。北大作为红学资料库和大数据基地，对世界和中国的红学研究界都是有益的，会推动中国的红学进一步深入发展。

第二点，我希望高等学校中文系能够持续开设《红楼梦》相关课程。20 世纪 80 年代初，我三次到北大讲课，第一次是陈熙中先生请我来给本科生上课，讲版本问题；第二次是沈天佑先生请我给学生讲《红楼梦》研究现状；第三次是吴组缃先生请我来给研究生讲《红楼梦》在世界各国的流传。我十几次来北大都是参加活动，但是这三位教授请我来都是给学生直接上课，我想这样的教学还应该继续下去。我还想传达一个信息：1980年在吴组缃先生的推动下，马欣来、梁左、李彤、吴德安四人发起成立北京大学第一个《红楼梦》研究小组。研究小组第一次对大学生做了调查，反映了当时大学生对《红楼梦》的认知和看法。他们还举办过学生"《红楼梦》艺术节"。因此，在北大这块具有丰厚红学资源的宝地上，建立一个更大范围的、向国内外的红学研究界提供资源的国际资料研究中心，我有这样的殷切希望，希望这个愿望能够早日实现。

最后一句话：致敬北大，传承经典！

　　北京大学是新文化运动的中心和五四运动的策源地，作为新文化运动旗手的陈独秀，在红学史上还有罕为人知的一层身份——新式标点本《红楼梦》出版过程中的核心人物和重要策划者。借新版《红楼梦》推广白话文，却由此开启了"新红学"研究的考证路径，亦可谓近现代文学史和思想史上的一桩美谈。

　　北京曹雪芹学会创会会长、《曹雪芹研究》主编胡德平的《陈独秀与"新红学"》回顾了百年红学和陈独秀在新文化运动中的贡献。胡先生指出，"红学"从戏语演变为我国社会科学中的一门学科，强调它的文学性质和文本意义是重要的和基本的，这也是新文化运动中，陈独秀留给我们的精神遗产。

学人简介

　　胡德平，1942年11月出生，湖南浏阳人。北京曹雪芹学会创会会长、《曹雪芹研究》主编。著有《曹雪芹在西山》《三教合流的香山世界》《说不尽的红楼梦》等，系统阐述曹雪芹西山故里学说。

胡德平◎陈独秀与"新红学"①

1921年3月，胡适先生应上海亚东图书馆多次邀请，写出《红楼梦考证》（初稿）一文。一个月之后，陈独秀先生撰文《红楼梦（我以为用"石头记"好些）新叙》（以下简称《新叙》），与之呼应。又后一月，上海亚东图书馆出版了加以标点符号的新版《红楼梦》，并把胡、陈两位先生的两篇专文刊登于书前，作为序言。"新红学"研究之幕自此拉开，至今整整百年。亚东图书馆的东家是汪孟邹、汪原放，陈独秀则是亚东图书馆的资金筹措人和众多作者的举荐人。胡适可巧又和汪孟邹、汪原放都是安徽绩溪同乡。在亚东图书馆出版新式标点本《红楼梦》的环环相扣的过程中，陈独秀无疑是一位核心人物、一位重要的策划者。他们共同的目的，是借新版《红楼梦》推广白话文，却不承想，由此开启了"新红学"研究的考证路径，并对中国的思想界产生了巨大积极的影响。在此过程中，胡适先生大出风头，而学界对陈独秀的贡献却关注不多。本文拟就陈独秀在曹雪芹《红楼梦》研究中的几个观点谈些认识，以纪念这位中国共产党的创始人。

一、文学是社会思想变迁的产物

陈独秀在1922年上海亚东图书馆出版的《独秀文存》一书中，自作序言，他讲道："在这几十篇文章中，有许多不同的论旨，就此可以看出文学是社会思想变迁的产物。"这是他关于文学和社会关系极其朴素明白的一个科学观点。在新文化运动中，陈独秀用"民主""科学"的理念，

---

① 本文原载于《曹雪芹研究》2021年第2期。

反对中国封建社会的旧文化、旧伦理、旧道德、旧观念。他既需要西方外来先进思想的武装，又迫切需要本土优秀文化与之对接。因为他知道，外来文化绝不可能平行移植于中国故土，所以他寻遍两千年来中国文学的"变迁物"如何与新文化相联对接，可惜他见到的多是帝王将相、才子佳人的作品，唯有《红楼梦》一书"不落俗套""使闺阁昭传"，专述作者自己如何"背父兄教育之恩，负师友规训之德"。这不是一部背叛旧文化、旧伦理、旧道德、旧观念的文学作品吗？此书保留着大量"社会思想变迁"的历史文化足迹，所以陈独秀大力支持胡适对《红楼梦》的研究，多方策划《红楼梦》新版的刊印发行，并且亲自上阵为新书作序，参加讨论。

新文化运动高举的是"民主""科学"两面大旗，紧接其后的五四运动，则大力宣扬维护国家主权的爱国主义，再其后则是中国共产党的成立。《红楼梦》一书作为"社会思想变迁的产物"，在陈独秀先生看来，在近代以来历史变迁的过程中，发挥了怎样的作用呢？

二、陈独秀对《红楼梦》文学价值的认定

（一）文学小说中的"人情"和"故事"

1917年1月1日，陈独秀读胡适《文学改良刍议》后，在所写感言中首提《红楼梦》。他说："章太炎先生，亦薄视小说者也，然亦称《红楼梦》善写人情。夫善写人情，岂非文家之大本领乎？庄周、司马迁之书，以文评之，当无加于（《红楼梦》）善写人情也。"（《新青年》1917年3月）陈独秀认为，连章太炎这样不太看重小说的学者都认为《红楼梦》善写人情，说明了《红楼梦》一书的文学价值是很大的，甚至远超庄周、司马迁，这是多么高的赞誉！

陈先生在《新叙》中首次把小说中的内容分"人情"和"故事"两部分。"人情"是小说中的言情故事，"故事"则是小说中涉及的真实历史。他认为中国的古典小说产生于民间的野史稗官，西洋的古代小说则产生于神话宗教。自从欧洲文艺复兴、宗教改革、启蒙运动以来，西方的小说"变为专重善人情（故事）一方面，善述故事（历史）一方面遂完全划归历史范围，这也是学术界的分工作用"。因此，"中国小说的内容和西洋小说大不相同，这就是小说家和历史家没有分工的缘故"。陈独秀认为，

中国传统小说和历史并没有截然分开，言下之意是，《红楼梦》虽然有曹家的历史做素材，实则写的是人情，是善写人物的小说。

人情小说，又被称为"世情小说"。现代学界一般认为，明代中叶《金瓶梅》的问世，标志着"小说创作从演述历史、杜撰神怪，到表现人生、描摹人情世态，这是文学观念的重大变革"。人情小说的特征是"琐碎中有无限烟波""乃隐大段精彩于琐碎之中"。《红楼梦》开篇就提出："至若离合悲欢，兴衰际遇，则又追踪蹑迹，不敢稍加穿凿，徒为供人耳目而反失其真传者。"所以，鲁迅1920年在北京大学讲授中国小说史课程，从现代学术意义上对中国小说历史进行梳理，他的油印本讲义《中国小说史略》第二十四篇的题目就是"清之人情小说"，专章介绍了《石头记》一书。卢兴基在《登峰造极的人情小说》一文中更是指出，《红楼梦》是明代末叶以来人情小说中最杰出的代表。

可知，陈独秀对《红楼梦》小说的定位不但与当时学界的认识一致，他对《红楼梦》文学价值的判定也被当代的学者认可。

陈独秀在《新叙》中首先从文学小说的角度展开论述。这种角度非常切合新文化运动的文化氛围，当时许多的先进青年应该在他的论述中嗅到了一种新的时代气息。陈独秀不仅看到了曹雪芹在创作过程中把世事和人情细致记述的一面，还看到了书中寄寓着作者希望突破封建礼教禁锢的一面，从而使得《红楼梦》成为一部善述人情、追求真情和真性的文学作品。本来两情相悦的爱情是男女青年的自然属性，是基本的人性，但在中国传统封建礼教的社会环境中，这种人性受到严重的异化，因而产生了人间许多爱情悲剧和婚姻悖论。陈独秀认定《红楼梦》为人情小说，是对人性极大的肯定，也是为女性权利进行的呐喊，其中蕴含着反封建的民主革命的意义。

（二）曹雪芹"善写人情"又"善述故事"

陈独秀先生非常熟悉《红楼梦》。他认为曹雪芹"是一位善述故事（历史）和善写人情（故事）两种本领都有"的盖世文豪。可对广大读者来说，"他那种善述故事的本领，不但不能得人之欢迎，并且还有人觉得琐屑可厌；因为我们到底是把它作为小说读的人多，把它当作史材研究的人少"。曹雪芹又何尝不是如此，他在《红楼梦》中说："市井俗人喜看理治之书者甚少，爱看适趣闲文者特多。"所以，曹雪芹用他的人情之笔，刻画十里街（势利街）、仁清巷（人情巷）的社会世情，如封肃（风俗）、戴权（大权）反映的朝野文化，更不要说描写那么多的金陵美女和众多丫鬟的人生悲剧了。曹雪芹有此健笔，陈独秀独具只眼，他们都认识到了文学艺术的精神力量。

同时，曹雪芹"善述故事（历史）"也是很有艺术性的。《红楼梦》书中写的贾府百年家史，甄家几次接驾皇帝巡游，贾府最终被抄，老太爷写的《续琵琶》，究竟是历史还是文学中的一个情节呢？我赞成陈独秀的判断力："以小说而兼历史的作用，一方面减少小说的趣味，一方面又减少历史的正确性，这种不分工的结果，至于两败俱伤。"在那个文史不分的时代，曹雪芹固然没有突破这一传统窠臼，不过读者接受文史共享的乐趣习惯也属必然。

曹雪芹是从生活出发，从最敏感的社会问题出发写《红楼梦》一书的，很难想象他是要为某个大贤大忠的人物去著书立说，他也不会想到要为自己立传，他作为内务府包衣世家，连独立撰写家谱的资格都没有。他本人既有在南京、苏杭生活的经历，又有在北京宫廷内务府当差的历史；他熟知中国历代文化的各种文物典籍，又接触过精美的西洋绘画艺术和多种器物；他既见识过皇宫和三山五园皇家园林的规模气派，又在满洲八旗军营服过兵役。香山地区的八旗兵营是一旗挨着一村，一村挨着一旗，插花排列的。这里有芥豆小民的生活，更有他朝夕相处近二十年的邻居和朋友。把这些"追踪蹑迹，不敢稍加穿凿"的生活、见闻集中起来，创作出一本不借汉唐名色的书来，远比陈述他的家世更有意义。我认为这才是曹雪芹的创作目的。

至于陈独秀说《红楼梦》写得过于"冗长"，让人觉得"琐屑可厌"，我有不同看法。曹雪芹写贾府中的服饰、器皿中就有不少来自西洋的衣料、器具和绘画艺术品。无此写实的笔法，我们又如何知道曹雪芹还受过西洋文化的影响呢？再者，曹雪芹不厌其烦地描述宝黛两人不停地斗嘴、猜疑、打趣、怄气，其实，这就是俩人在追逐爱情时的恋爱交流呀！且看从琐屑细物的描写，到回目的提炼定笔"享福人福深还祷福，痴情女情重愈斟情"，这种文学中体现的美感，谁不屏气神往？

(三)《红楼梦》并非作者自传

陈独秀在《新叙》中说："至于考证《石头记》是何代何人的事迹，这

11

也是把《石头记》当作善述故事的历史，不是把他当作善写人情的小说。"陈独秀的前半句话，针对的是胡适的"自传说"，后半句话是对他的委婉提醒。

胡适的"自传说"是不能成立的。当胡适发现了二敦诗文后，他说："曹雪芹死后，还有一个'飘零'的'新妇'，这是薛宝钗呢，还是史湘云呢？这不好猜想了。"这可能是胡适对索隐派的玩笑之笔，也许是胡适的真实想法，结果却酿成了后来"自传说"历史与文学混淆不清的开端，变成了红学研究"探佚"的线索，不能不说是令人哭笑不得的后果。其实，这个真正的"新妇"，就是"曹雪芹书箱"上刻着名字的"芳卿"（注：曹雪芹书箱的正面有一首《题芹溪处士句》五言诗："并蒂花呈瑞，同心友谊真。一拳顽石下，时得露华新。"清楚表明曹雪芹在乾隆二十五年曾经续娶新妇芳卿，地点是在"一拳顽石下"，"一拳石"即位于今香山公园内。另外书箱盖后有芳卿悼曹雪芹的一首七言诗，还有曹雪芹和她共同整理的图书目录五条。该书箱现为北京曹雪芹学会收藏），她是曹雪芹之续娶夫人，如果胡适先生当年能看到相应实物、文字，大概不致有如此嘲讽之语了。

俞平伯先生是《红楼梦》研究的资深专家，20世纪50年代，他的学术观点、态度变化很大。他说："我们应该揭破'自传'之说。所谓'自传说'，是把曹雪芹和贾宝玉看作一人，而把曹家跟贾家处处比附起来，……我们知道，作者从自己的生活经验取材，加以虚构，创作出作品来，这跟'自传说'完全是两回事，不能混为一谈。"俞平伯先生以上的观点，固然是在20世纪的批判运动之后谈出来的思想变化和认识。但俞先生这种认识，难道完全是在批判运动的压力之下的违心之言吗？非也。他在1924年的《语丝》第一期杂志上就有自我批判的认识。他说："我一面虽明知《红楼梦》非信史，而一方面偏要当它作信史的看。……我们说人家猜笨谜，但我们做的即非谜，亦类乎谜，不过换个底面罢了。"

三、陈独秀与曹雪芹在"自由"思想上的共鸣

（一）何为"自由"

"自由"一词的含义很有意思。"自"，本指人的鼻子，后指自己。"由"，指田亩破界，占地出轨的行为。司马迁的《史记·货殖列传》，主张

社会经济生活中农牧工商各自发展，不被干涉，有其自由之意，但无此词组。唐代司马贞为其《索隐》："言贫富自由，无予夺。""自由"一词既有"意由己出，不假外力"的积极意义，又有"自作主张""自专妄为"的贬义成分。曹雪芹去世一百年后，"自由"一词出现在1868年的《中美续增新约》中。严复用心良苦，特把西方的《自由论》，翻译为《群己权界论》。

中国古代，凡涉"文以载道"的典籍，一般都不会论及人们的自由思想，甚至连"自由"一词都不会出现。倒是中国古代文化诗词、戏曲、小说中，多有"自由"一词的出现，如《孔雀东南飞》《胡笳十八拍》《儒林外史》《聊斋志异·巩仙》《二刻拍案惊奇》等。

《孔雀东南飞》的故事发生在汉末建安年间，民间人士将其谱成乐府诗，广为传诵，成为"汉乐府"中最杰出的代表。原题名《古诗为焦仲卿妻作》，其大意为：庐江府小吏焦仲卿妻刘兰芝，阿婆厌之已久，阿婆对刘兰芝的主要怨恨就是："此妇无礼节，举动自专由。吾意久怀忿，汝岂得自由。"这是两种自由观的对立。在阿婆看来，自由只能是一方的，否则就不合礼数教规。焦仲卿刘兰芝殉情以后，在当时就引起民间的强烈反响："行人驻足听，寡妇起彷徨。多谢后世人，戒之慎勿忘。"这是一篇揭露封建家长制戕害人性自由的文学创作。积极意义的"自由"一词是否是为《孔雀东南飞》首创，尚待查证。

元代马致远是陈独秀极为尊敬的大戏剧家。他的杂剧代表作《汉宫秋》，题目为"毛延寿叛国开边衅，汉元帝一身不自由"，正名为"沉黑江明妃青冢恨，破幽梦孤雁汉宫秋"，以杂剧形式演绎了一出宫廷情爱的戏剧。东汉时期，汉元帝将宫女王昭君远嫁南匈奴单于，完全是一种怀柔羁縻手段，何来的毛延寿？也没有什么王昭君跳黑龙江报君的史料。此剧一方面嘲弄了文武百官白领俸禄却只会拿女色去和番的无能，另一方面又表达了汉元帝羡慕寻常百姓男女之间的情爱自由的内心世界："虽然似昭君般成败都皆有，谁似这做天子官差不自由。"曹雪芹通过薛宝琴之口也表达了对王昭君和"汉家制度"的看法：

> 黑水茫茫咽不流，冰弦拨尽曲中愁。
> 汉家制度诚堪叹，樗栎应惭万古羞。

曹雪芹对王昭君充满同情，对汉元帝及"汉家制度"则持批判的态度。

(二)《红楼梦》诸女儿要求的"自由"

曹雪芹以文学的笔法在《红楼梦》书中展现了不同的人对"自由"不同的理解和追求。

第三十六回说到，贾蔷买了个"玉顶金豆"的鸟送给龄官，这让龄官恼怒："你们家把好好的人弄了来，关在这牢坑里，……你这会又弄个雀儿来。你分明是弄他来打趣形容我们，还问我好不好。"在中外文学作品中，鸟在笼中都是不自由的象征，如欧阳修有诗云："百啭千声随意移，山花红紫树高低。始知锁向金笼听，不及林间自在啼。"西方现代主义文学的先驱弗兰兹·卡夫卡一再在其作品中表现"笼子"意象，以表现世俗人生对自由生命的种种限制。龄官确对贾蔷有好感，但更希望有雀儿一样的人身自由。戏班的女孩子不但希望有人身的自由，也希望有婚姻的自由。

第七十七回《俏丫鬟抱屈夭风流，美优伶斩情归水月》中，说到王夫人抄检大观园时赶走了司棋、晴雯、四儿，原因就是她们"生得太好看了"，都是"狐狸精""小狐狸"。过后，王夫人又想要处理家中养的几个小戏子，王夫人本想把芳官、藕官、蕊官交给她们各自的干娘，"就赏她外头寻个女婿去罢"，不想芳官等人死活不干，"寻死觅活得硬要剪了去做尼姑"，所以"好善的"王夫人改变主意："先听彼等（芳官等人）之言不肯听其自由"，现又听了智通、圆信的话，把三个"小戏子"让两个人拐子领走了。这里的自由应怎样理解？笔者以为，这是王夫人恩赐的自由。贾家买来的小戏子，王夫人情愿不要赎身钱，让她们由干娘找个女婿，难道这不是极大的恩典吗？而小戏子们竟这样不肯接受"嗟来"的自由。可见王夫人善人不善，小戏子对这种嗟来之"自由"是鄙视的。

第七十九回《薛文龙悔娶河东狮，贾迎春误嫁中山狼》中，薛蟠要娶夏金桂，所以薛姨妈处忙得十分热闹，香菱也只能趁着讨个找凤姐的差事进了大观园。所以她对宝玉说："如今你哥哥回来了，那里比先时自由自在的了。"谁知薛夏成亲以后，香菱被夏金桂害得几成了一桩人命官司，被薛蟠打得更狠了。所以，我认为香菱这点"自由自在"，是妻妾奴才们的"自由自在"，是可怜的"自由自在"。曹雪芹的笔下也有点明：香菱任何"自由自在"的奢望，到头来只能是路路不通。

第一一二回《活冤孽妙姑遭大劫，死雠仇赵妾赴冥曹》一回中讲到自从贾府被官家所抄，贾母因惊吓去世，家中被盗，妙玉被劫之夜，贾府四小姐惜春愁坐闺房，心想："父母早死，嫂子嫌我。头里有老太太，到底还疼我些，如今也死了。""迎春姐姐磨折死了，史姐姐守着病人，三姐姐远去，这都是命里所招，不能自由。独有妙玉如闲云野鹤，无拘无束。"想到这里，便把头上的乌发铰去一半。在曹雪芹笔下，惜春这里想的"自由"，是和所谓命运连在一起的，并且是对立的，命运主宰着自由。年幼的惜春在红尘中看不到"自由"的希望，于是便向她所理解的佛门中寻求安身之所去了。

下面笔者想重点介绍第八十七回《感秋深抚琴悲往事，坐禅寂走火入邪魔》。此回前面有薛宝钗致林黛玉的一封信，并附一诗，回中又有林黛玉抚琴吟咏一诗。两诗都仿楚辞形式所作，两诗都表达了未婚少女惆怅苦闷的心情，均诉说了寻求知音、两心相依的思念。现将林黛玉诗词第三拍录下，且做一分析：

> 子之遭兮不自由，予之遇兮多烦忧。之子与我兮心焉相投，
> 思古人兮俾无尤。

"子之"所指，似是薛宝钗，也可指贾宝玉，更应该是指大观园中所有的青年男女。"不自由"，似是说这些青年人生活的空间不自由，荣宁二府、大观园不自由；生活的时间也不自由，流年似水，韶华青春不能自己掌握，一切听命于父母。尤其是林黛玉表达了她的思想受到约束——"予之遇兮多烦忧"。尽管"之子与我兮心焉相投"，难道有情人都能终成眷属吗？前一回提到王夫人送宝玉、黛玉各一盆兰花，黛玉细看兰花，"却有几朵双朵的，心中忽然一动"。黛玉见物生情，当然是为自己的终身大事而心动。当宝玉提到东汉蔡邕的《猗兰操》时，更惹黛玉烦恼："草木当春，花鲜叶茂，想我年纪正像三秋蒲柳。若是果能随愿，或者渐渐的好来，不然，只恐那如花柳残春，怎禁得起风摧雨打。"黛玉明白，自己的婚姻有如流水，又若三秋蒲柳，自己的终身大事一直处于漂泊不定的烦忧恐惧之中。

从上文可以看出，对"自由"的向往牵动着大观园中众多女儿的情感和愁绪，也牵动着曹雪芹对"自由"的思考。作为理想世界的大观园中，谁也不能逃离扼杀人性自由的专制社会。陈独秀在《新青年》的发刊词中阐释了他在新文化、新时代中对自由的态度："等一人也，各有自主之权，绝无奴隶他人之权利，亦绝无以奴自处之义务。""解放云者，脱离夫奴隶之羁绊，以完其自主自由之人格之谓也。我有手足，自谋温饱，我有口舌，自陈好恶，我有心思，自崇所信，绝不认他人之越俎，亦不应主我而奴他人。"他学贾谊《治安策》的"欲涕欲泣""太息咨嗟"的笔法，"敬告可爱可敬的青年"第一要义乃"立德立功，首当辨此"。陈独秀这里说的自由，是驱走人们个性、身份、阶级的自由，自由成为一件社会公共产品。欲达这一目的，当前首要任务就是彻底地以新民主主义的思想、立场反对顽固的封建主义。

陈独秀对于曹雪芹在《红楼梦》中所表达的众多女儿们对自由的追求应该有"共鸣"而不觉其"琐屑"的。正是这些"人情"小说中生动表现出来的对传统礼教束缚的反抗，才激发了后人打破旧制度的勇气，才有了陈独秀、毛泽东等人探索中华民族独立、自由、解放的不懈努力。在新文化运动的时代背景下，早期的中国共产党人并非完全否定中国传统文化，他们很熟悉中国传统文化，并能对其进行民主精华和封建糟粕的区分，或继承或批判，对那时世界上各种主义、思潮，经过实践的检验，最终接受了马克思主义，启动了中国现代史的历程。

四、结语

《红楼梦》最初的读者有脂砚斋、畸笏叟、棠村、敦敏、敦诚、张宜泉、明义、永忠、墨香等人，是一个极小的圈子。其中个别人还作为评论者、改写者参与其中。曹雪芹对成书后的读者，有一个确切的定位："今之人，贫者日为衣食所累，富者又怀不足之心，纵一时稍闲又有贪淫恋色，好货寻愁之事，那里有工夫去看那理治之书?"（《红楼梦》第一回）也就是说，广大的劳动者无法阅读此书，有闲阶级也厌恶那些说教的理治之书，但若他们"醉酒饱卧之时，或避世去愁之际"，很有可能翻读把玩此书。这是些什么人呢? 我认为就是清代作为统治民族的中上层旗人。果

16

不其然，清嘉道年间，便有《京都竹枝词》曰："做阔全凭鸦片烟，何妨做鬼且神仙。闲谈不说《红楼梦》，读尽诗书是枉然。"当时把闲谈《红楼梦》戏称"红学"。同时曹雪芹又充满期待，他坚信未来一定有人认清他"大旨谈情"的真意和种种隐情。

新文化运动的思想潮流是"民主""科学"精神，这是一场民主革命的思想解放运动。这一代年轻人身处历史的潮流之中，他们对《红楼梦》的主旨有了突破性的认识，同时又出现了新、旧红学的分野。新、旧红学都有一通病，即是两派都把《红楼梦》当作历史来读，区分无非是历史人物的索隐或是作者自传说的考证而已。

新文化运动许多突破口是从学术领域中开始的，但它的成果却是革命性的。"红学"从戏语演变为我国社会科学中的一门学科，强调它的文学性质和文本意义是重要的和基本的，这是在新文化运动中，陈独秀留给我们的精神遗产。现在，我们应该加强对作者曹雪芹本人与家世的研究，这不仅由于"新红学"百年研究还需继续总结它的经验教训，更为重要的是，以曹雪芹这个历史人物及其作品的研究为线索，系统梳理中华民族的精神文脉，对先秦诸子、司马迁，直至汤显祖、曹雪芹等人的文化、文学思想做一认真梳理，以利国家的文化事业繁荣发展，锻造中华民族的现实自信心。

值此"新红学"百年之际，回顾百年红学和陈独秀在新文化运动中的贡献，做一认真的纪念，将是非常有意义的一件事。

参考文献：

1. 张俊：《清代小说史》，浙江古籍出版社，1997，第 1 页。

2. 袁中道：《游居柿录》，见朱一玄编《金瓶梅资料汇编》，南开大学出版社，2012，第 79 页。

3. 陈昌恒整理：《张竹坡评点金瓶梅辑录》，华中师范大学出版社，1986，第 2 页。

4. 曹雪芹著，程伟元、高鹗补，莎日娜等点校整理：《红楼梦（蒙古王府藏本）》，外语教学与研究出版社，2021，第 0005 页、第 0472 页、第 1015 页、第 1418 页。

5. 鲁迅撰，郭豫适导读：《中国小说史略》，上海古籍出版社，2011，第 161—172 页。

6. 卢兴基:《登峰造极的人情小说》,见程毅编《神怪情侠的艺术世界》,中共中央党校出版社,1994,第 221 页。

7. 胡适:《胡适红楼梦研究论述全编》,上海古籍出版社,1988,第 135 页。

8. 俞平伯:《俞平伯论红楼梦》,上海古籍出版社,1988,第 73 页。

9. 参见《"一个笼子在寻找一只鸟"卡夫卡笼子》,《中华读书报》2021 年 5 月 24 日。

编者语

　　北京大学红学研究肇始自蔡元培、胡适，双星辉映，奠定了北大红学兼容并包、学术争鸣的丰富格局。一百年来，以胡适新红学考证派和俞平伯、鲁迅为代表的文学批评派的两大主线，在纠偏和重整中不断探索交融，经纬纵横，编织出更为宽阔多元的红学版图。

　　北京大学中国语言文学系硕士生隋雪纯撰写《北京大学〈红楼梦〉研究回顾》一文，试对北京大学红学研究史予以回顾，从"蔡胡争鸣"与作为新旧红学分野的北京大学谈起，对北京大学红学研究的两种范式和新时期北大红学研究第二次转型进行探究，认为坚持《红楼梦》的文学性，将文献考证和文学批评两种研究路径相结合，是北京大学红学研究的经验和启示。

学人简介

　　隋雪纯，1997年7月生，山东潍坊人。现为北京大学中国语言文学系硕士研究生。

隋雪纯◎北京大学《红楼梦》研究回顾①

北京大学作为新红学的发源地和研究重镇，在《红楼梦》研究的学术格局形成、学人培养等方面占有开创和奠基地位。以胡适、蔡元培"新旧红学"学术争鸣为起点，任教或受业于北京大学的学者、师生继承《红楼梦》文献考证和文学批评两种学术路径，理论多领衔学界，且产生持续影响，形成百年间承传有序的北京大学《红楼梦》研究的基本流脉。在"新红学"诞生百年之际，梳理北大红学研究史，更具有独特的价值与意义。故本文不揣谫陋，试对北京大学红学研究史予以回顾，以就正于方家。

一、蔡胡争鸣与作为新旧红学分野的北京大学

20 世纪初的北大学人对《红楼梦》研究最重要的贡献在于"旧红学"的总结和"新红学"的立派，并为此后的红学研究奠定了基本方向。

北京大学校长蔡元培 1917 年出版《石头记索隐》，主要观点为《红楼梦》"把前清康熙朝种种伤心惨目的事实，寄托在香草美人的文字"的层面，认为"书中本事在吊明之亡揭清之失，而尤于汉族名士仕清者寓痛惜之意"，在清末民初索隐三派中影响最大。时任北京大学教授的胡适 1921 年发表《红楼梦考证》，批评蔡元培《石头记索隐》等旧红学"每举一人，必先举他的事实，然后引《红楼梦》中的情节来配合"的误区，认为他们"收罗许多不相干的零碎史事来附会《红楼梦》里的情节"；其主张"打破"旧红学的"谜学"，相对应地提出"细心搜求事实，大胆提出假设，再细心求实证"的实证主义方法，其所主张的"新红学"在与索隐派

---

① 本文刊载于《曹雪芹研究》2021 年第 3 期。

论证过程中，逐渐占据主流地位。

实际上，在胡适之前，王国维的《红楼梦评论》已率先体现出现代学术品格，其主要以叔本华哲学作为批评理论基础，将《红楼梦》定位为具有"厌世解脱之精神"的"悲剧中之悲剧"；陈独秀 1921 年发表《红楼梦新叙》，认为该书"人情之部分""可以算中国近代语的文学作品中代表著作"。两者均有卓见，但并未产生破立之功。胡适等"新红学派"与前人研究相较，优长有二：首先其虽然充分吸收杜威实证主义的研究方法，但其根底仍在传统考据学，故更能为学人所接受；其次，胡适立足北京大学的学术背景与研究环境，与其学生顾颉刚、俞平伯建立《红楼梦》研究小组，相互推敲辩难，演述"实证""实录"等传统学术理念，形成"双向互证"的文史考证流派，故能产生更为广泛的影响。

实际上，胡适与蔡元培两人为代表的新旧红学在北京大学交汇有其必然性。北大作为五四运动和新文化运动的策源地，文学革命对白话文的提倡以及对"活文学""平民的文学"之重视，对"曹雪芹诸人已实地证明白话之为小说之利器"的定位，皆成为《红楼梦》之为学者所注意的重要原因；同时，新文化运动"输入学理"，现代西方研究理论与方法通过"整理国故"予以实践，也为红学研究提供了学术语境，而 1917 年北京大学开设小说课程，则标志着《红楼梦》作为古代小说研究的组成部分获得了学术制度的认可，为其日后的发展奠定了基础。

胡适与蔡元培的论点，于今视之各有偏颇疏误。蔡元培所代表的"索隐派"学术立场与"兴发乎此而义归于彼"的传统用诗、解诗方法有着思维方法上的关涉，然其将零碎史事对应《红楼梦》中的情节，视其为一部政治寓言，征实推求过深，从而走入比附的歧途；胡适以"考证"为旗帜，固然不失为一种有效的研究方法，但其根据所掌握的有限文献即得出有关《红楼梦》本事、续书作者等结论也有武断之处。二人对《红楼梦》之为"史"的认识超于"文学"性质，对作品本身的艺术价值缺乏重视和阐发，是其不足。

但需要指出的是，蔡元培与胡适红学论争的贡献更不容忽视。除了两位学者观点的自身价值之外，还在于真正将带有谐谑意味的"自相矜为红学"及随笔、印象式的红学批评提升为现代学术，"与传统的经学、史学平起平坐"，而彼时两人分别为北大校长、教授之身份，也促使北京大学在这一争鸣中居于红学研究的中心，并随着新红学的发展成为《红楼梦》研究重镇；更重要的是，胡适"考证"的研究范式对整个红学研究产生深刻影响，也决定了此后红学研究的基本方向，使《红楼梦》研究从传统评点向现代研究转变，"旧红学的打倒，新红学的成立，从此悟得一个研究学问的方法"，不仅为以考证为基本方法的"新红学"立派，同时为《红楼梦》及其他古典小说研究新路径的拓展提供了可能，中国现代学术亦由此开其端。

二、北京大学红学研究的两种范式：
"考证派"与"文学批评派"

以胡适、俞平伯为代表的北大学者为现代红学研究拓出两条门径，即以文献考证为中心的"考证派"和以作品文本为分析对象的"文学批评派"。两者在北京大学均获得了有效继承与发展，涌现出一批在红学界具有一定影响力的研究者，下面试分而论之：

（一）考证派

"考证派"的研究思路和治学方法由胡适肇启，其提出"这书的著者究竟是谁，著者的事迹家世，著书的时代，这书曾有何种不同的本子，这些本子的来历如何，这些问题乃是《红楼梦》考证的正当范围"，基本划定了以文献考证为基本方法的新红学研究范畴。

1. 版本

胡适最早关注《红楼梦》版本问题，其定出"程甲本""程乙本""戚本"等系统。1933 年《跋乾隆庚辰本脂砚斋重评石头记》、1961 年《影印乾隆甲戌本脂砚斋重评石头记的缘起》《跋乾隆甲戌脂砚斋重评石头记抄本》首次介绍了甲戌本、庚辰本两个重要的脂批本。鲁迅撰写《小说旧闻钞》一书《红楼梦》部分，对按语及其他相关资料进行广泛搜求并加以辨析，也体现出对《红楼梦》文献的重视。吴恩裕等对中国历史博物馆所藏残抄本进行校读，指出该本为己卯本早年的散失部分，并考证己卯本较庚辰本为早。而《红楼梦》基础文献的整理工作，也是新红学的重要贡献。俞平伯对郑藏本、己酉本等进行研究，第一次以脂本系统的版本为底本进行系统校勘，著成《红楼梦八十回校本》，同时还辑录有文献汇编

《脂砚斋红楼梦辑评》。周汝昌《红楼梦新证》"研阅参考书册在 1000 种以上，实际征引著录书目多达 700 种，挖掘出一批可贵的史料"，对此前发现的红学文献进行了较为系统的梳理。周汝昌等点校的人民文学出版社1957 年版《红楼梦》，以程伟元乾隆壬子活字本为底本，参校多种脂本，再版、重印多次；1990 年北京大学出版社出版的《红楼梦资料全书》专门收录《红楼梦》研究资料，亦为《红楼梦》研究的深入奠定了文献基础。

2. "程高本"续作

关于《红楼梦》的后四十回是否为曹雪芹所作的问题，潘德舆、裕瑞等业已有所注意，但经由胡适提出方引起广泛关注。胡适认为《红楼梦》前八十回和后四十回绝非一人所作，后四十回为高鹗续补，但主要从旁证入手分析，并未对续书与原作的差别进行深入辨析；鲁迅《中国小说史略》以为续书虽亦悲凉，贾氏终于得"兰桂齐芳"，实未尽作者之意；俞平伯《高鹗续书底依据》《后四十回底批评》从"有所依据"和"文情优美"两项标准出发，指出后四十回在重要情节和人物结局上违背曹雪芹的原意，"面目虽似，神情全非"；周汝昌进一步阐发"高鹗续书说"，认为"坊间一百二十回本乃是伪续""这是公认的事实，已成常识"。

彼时胡适在学界影响力甚广，然北京大学并非仅有胡适的拥趸者，不少学者与其形成学术争锋。反对者观点又可划分为"曹雪芹撰书说"和"非曹非程高说"。前者以宋孔显为代表，其认为"一百二十回《红楼梦》全书是曹雪芹一人作成的"，前后不一致之处是由于曹雪芹五次修改所致。陈觉玄《红楼梦试论》提出前八十回"成书当在乾隆十九年至二十九年之间"、后四十回又出于"二十年以后，实为十八世纪末期的产物"的观点。王佩璋《红楼梦后四十回的作者问题》对高鹗续书说提出质疑，认为"后四十回绝大部分可能不是高鹗所作，可能真是程伟元买来的别人的续作"，经过程高整理。刘世德则认为《红楼梦》后四十回的作者"是一位无名氏"，其生活年代在曹雪芹之后，在程伟元、高鹗之前。以上诸说在胡适等《红楼梦》后四十回为高鹗补作的观点之外，拓展了续书问题研究的新思路。

3. 作者

北大学者深入参与到卒年、"自叙说"、家世交游等有关作者的重大问题研究之中，并与学界构成积极讨论与对话。

关于曹雪芹的卒年，目前影响较大的两种说法均由北京大学的学者提出。胡适1928年在《考证红楼梦的新材料》中主张曹雪芹卒于乾隆二十八年壬午除夕；俞平伯《曹雪芹的卒年》、王佩璋《从血亲的生卒年及其他》等亦主张此说。1947年，周汝昌发表《红楼梦作者曹雪芹生卒年之新推定》，根据敦诚《小诗代简寄曹雪芹》诗等材料提出曹雪芹卒于癸未除夕。1962年红学界开展有关曹雪芹生卒年问题的论战中，北大学者吴恩裕《曹雪芹的卒年问题》、周汝昌《曹雪芹的卒年辩》等亦主要支持癸未说。

"自叙说"的提出与辩正也与北京大学学者有着密切关联。胡适《红楼梦考证》提出"《红楼梦》是一部隐去真事的自叙"，此种观念在一定程度上反映出"五四"以来对作品主观抒情维度的关注，以及小说创作"自叙传"文学影响，但这种学术视角与胡适所批驳的"索隐派"本质实走向一途，均将《红楼梦》视作"历史资料"，"只蔡视同政治野史，胡看作一姓家乘耳"。俞平伯《红楼梦辨》中尚沿袭胡适观点，认为《红楼梦》是作者"感叹自己身世""情场忏悔"，但其也是最早对"自叙传"提出反驳者。1925年《〈红楼梦辨〉的修正》指出"《红楼梦》是自叙传的文学或小说则可，说就是作者的自叙传或小史则不可"，从而将"历史"和"历史的小说"区别开来，"不是死写曹家，多少有些别家的成分"，辩证地继承"自叙"说。鲁迅也对此种"探求别义，揣测之说"提出批评："如果作者手腕高妙，作品久传的话，读者所见的就只是读书人，和这曾经实有的人倒不相干了。例如《红楼梦》里贾宝玉的模特儿是作者自己曹霑……只有特种学者如胡适之先生之流，这才把曹霑……念念不忘地记在心里。"

胡适此说，实则模糊了"小说"与信史的界限。而关于《红楼梦》的性质，陈独秀1921年在《红楼梦新叙》中业已阐明，不应当将《红楼梦》当作"善叙故事的历史"，而应是"善写人情的小说"；其主张"将《石头记》琐屑的故事尽量删削，单留下善写人情的部分"固有偏颇之处，但其对于明晰《红楼梦》的"小说"性质具有重要意义。此后虽有周汝昌继承胡适"自叙传"将贾宝玉视作曹雪芹的观点，并由此使用将作品本事与作家传记合二为一的研究方法，但从北京大学学者的主要立场来看，以赞同陈独秀、鲁迅、俞平伯观点为多，即《红楼梦》以曹雪芹真实生活经历为基础，但贾宝玉并非等同于曹雪芹本人。李玄伯认为"若真实人实事，则其书将无精彩""宝玉之为曹雪芹，不过说宝玉与曹雪芹历史的范围，有互相的部分侵入"。严微青根据故宫博物院"康熙朱批"的曹寅父子奏折，提出元春原型为曹寅的女儿、"曹雪芹把自己写作宝玉，而实在却是过着贾兰的生活"等观点。何其芳亦反对"自传说"，认为像《红楼梦》集中、典型表现封建社会现实的小说，不经过虚构则无法产生。

此外，"考证派"还对曹雪芹的家世、交游予以详细考证。胡适《红楼梦考证》指出曹雪芹以上四代，并进一步上溯到曹玺的父亲曹振彦、祖父曹世选。周汝昌进一步查考曹雪芹祖籍河北丰润咸宁里，以及曹世选的父亲曹登瀛，又在《曹雪芹家世生平丛话》中将曹雪芹家世上溯十七世；同时研究曹雪芹抄家后归京、晚年著书西郊等事迹。李玄伯根据北京故宫懋勤殿所藏"朱批奏折一小匣"等，撰《曹雪芹家世新考》，对曹雪芹的满汉身份、曹玺及曹寅之妻、曹寅之子颙及其嗣子頫、曹頫之妻及其遗腹子、曹氏之产业、被抄家原因等做出推论。吴恩裕《敦敏、敦诚和曹雪芹》考证三人交游，得出曹雪芹和敦氏兄弟结识在右翼宗学等结论。

此外，在红学相关文献研究方面，吴晓铃《红楼梦戏曲》对《古本戏曲丛刊》编入的以《红楼梦》故事为题材的杂剧、传奇进行整理并排列次序，指出最早的为完成于嘉庆元年的孔昭虔《葬花》杂剧；还有如《废艺斋集稿》、画像佚诗的真伪问题等，皆引起北京大学学者的关注与探讨。

总体来看，北京大学以胡适、周汝昌为代表的学者在文献考证方面建树颇多，但也有部分推论有未尽善处。除了上文述及"自叙传"说外，还有如周汝昌认为脂砚斋即是史湘云，且将《红楼梦》本身的思想艺术研究排除在曹学、版本学、探佚学等"红学"范围之外等论断，均可商榷。正如李玄伯指出的"研究文学者，固应考证，然不可推之过远，过远则想入非非；不可据一两字亦附会，附会则不成考证"，考证派以"大胆假设，小心求证"为原则的研究一方面以"求证"为方法取得了丰富的实绩，同时其不足亦证明了"假设"与推定应当审慎严密。

（二）文学批评派

对《红楼梦》文本的关注，自创作之时即已展开，脂砚斋、畸笏叟等评点、题咏等稍显琐屑的评红方式已开《红楼梦》批评雏形。在北大红学研究之前，虽已有吴宓《红楼梦新谈》、王国维《红楼梦评论》率先从学术范畴角度衡定《红楼梦》的文学价值；但真正在《红楼梦》文学批评领域展开充分影响的乃是作为新文化运动中坚力量的北大研究者。陈独秀《红楼梦新叙》强调《红楼梦》之为"文学作品"的性质，建构起《红楼梦》文学批评研究的基本路向。鲁迅《中国小说史略》辟专章论《红楼梦》，将其定位为"异军突起"的"人情小说"，给予其"创作之冠冕"的至誉。俞平伯在"文学批评派"的发展中起到重要作用。其一方面师承胡适历史考证研究理念，并将胡适的考证结论作为基本立论基础，但其立足点实则在于细致解读文本进行文学批评，其著作《红楼梦辨》剖析人物、情节、手法等，重视作品整体艺术风格。整体而言，北大红学在文学批评领域关注问题广泛，尤其以人物形象分析最具有代表性，并推动学界对《红楼梦》地位认知的提升。

北京大学学者对《红楼梦》人物形象的关注自鲁迅与俞平伯始。鲁迅认为《红楼梦》"其要点在敢于如实描写，并无讳饰，和从前的小说叙好人完全是好、坏人完全是坏的，大不相同，所以其中所叙的人物，都是真的人物"，分析贾宝玉"爱博而心劳""悲凉之雾，遍被华林，然呼吸而领会之者，独宝玉而已"。俞平伯较有代表性的观点为"钗黛合一"论，其以第五回"钗黛合为一图，合咏为一诗"、庚辰本第四十二回总评"钗玉名虽二人，人却一身"等为据，观点虽未尽善，但引起学界对人物形象的普遍关注。李辰冬指出《红楼梦》不仅塑造宝、钗、黛等"才子佳人"的性格，同时注意王熙凤、贾雨村、薛蟠等"一般人"的性格；其人物描写的根本特点，是作家所持的无褒无贬的严格的客观态度。王昆仑《红楼梦人物论》对三十八位书中角色进行重点分析，注意分析人物心理状态和思想性格。两人著述虽有浅尝辄止之处，但皆从社会环境等复杂互动关系中考察角色，拓展了红楼人物专论的深度，不仅启发了此后北大红学研究的重要面向，也堪称40年代文学批评派红学研究之代表。

20世纪中叶，整个红学研究泛历史化、泛政治化特征明显，北大红学也呈现出依附阶级斗争的非文学化倾向，出现如署名"北大清华大批判组"的《封建末世的孔老二——〈红楼梦〉里的贾政》等撰述，偏离了文学艺术研究正轨。值得指出的是，北大部分学者仍整体上坚持文学研究原则，如何其芳1957年在《论〈红楼梦〉》中对小说人物性格特点进行细致分析，认为宝玉是叛逆思想的集中表现者，黛玉既叛逆又是中国封建社会不幸女子的典型，王熙凤善于逢迎、贪婪狠毒等。

对 20 世纪中期以后《红楼梦》人物研究最具引领和奠基意义的为 1952 年起任北大教授的吴组缃，其《论贾宝玉典型形象》是从文学层面对人物进行分析，虽然带有阶级分析的烙印，但主张从人物形象着手进行研究，从而进一步探索作品的思想内容及其反映的现实意义。文章对贾宝玉性格的形成、发展和主要特征、矛盾和限制进行分析，指出社会现实条件是决定贾宝玉性格形成发展的因素。《谈〈红楼梦〉里几个陪衬人物的安排》则指出贾雨村、冷子兴等配角的安排"主要是为了饱满深刻地表达中心内容，为了艺术结构的严密和完整同时又和中心内容血肉联结着，成为不可分割的一体"。吴组缃坚持"凡是阉割了艺术的生命，抹杀了文学作品的特点，那方法都是错误的"的人物分析原则，虽然未能在六七十年代的红学界得到完全贯彻，但其提供的方法论意义影响深远。此外，吴组缃和何其芳在北大讲授《红楼梦》专题课期间，通过"打擂台"的方式，围绕宝钗形象等问题进行学术辩论。前者认为薛宝钗为实利主义者，其思想本质与王熙凤一致，均为市侩主义；而后者则将宝钗的缺陷归结至封建礼教的要求和毒害。两位北大学者的争鸣，有助于促进对红楼人物的关注，也推动学术讨论与思辨的氛围形成。

作品意义方面，蔡元培从"不模仿唐人小说"角度评《红楼梦》"价值还是不错"，虽相对保守，但已给予积极评价；鲁迅肯定《红楼梦》"叙述皆存本真，闻见悉所亲历，正因写实，转成新鲜""其要点在敢于如实描写，并无讳饰""自有《红楼梦》出来以后，传统的思想和写法都打破了"。其后北大学者多重视《红楼梦》的变革意义。李辰冬指出《红楼梦》标志着语体文小说的成熟，"善于运用表现内心的文字"；何其芳认为《红楼梦》大限度地发挥了小说这一形式的性能和长处，从而成为我国古典小说艺术发展的最高峰；张琦翔认为《红楼梦》内容"打破陈陈相因团圆封侯拜相的故套，所以能独卓千古"，并认为其"平淡舒缓""颇能表现书中人的个性，又深合情理，尤能于小动作传神……所以堪称登峰造极之作"。

此外，北大学者多从考察艺术渊源、创作背景等方面确立《红楼梦》的地位与价值。俞平伯最早进行《红楼梦》渊源的探索，指出其继承了唐传奇、宋话本的艺术，同时提到更古的《左传》《史记》等史学、《庄子》《离骚》等诗文传统，以及《西厢记》《金瓶梅》的影响。陈觉玄《红楼梦试论》联系清代中叶的社会背景和时代思潮讨论《红楼梦》的思想内容，提出宝玉和黛玉具有反对封建等级制度、教条的新型人性意识，同时又由于城市商业经济发展尚受压制，故这种人格发展并不充分，这种唯物主义观点对于 20 世纪中期的红学研究尤其有着启发和先导性。

值得一提的是，北京大学在推动《红楼梦》的译介与海外传播方面做出了重要贡献。王良志《红楼梦》英译版 1927 年在纽约出版发行；霍克思 1948—1951 年间曾于北京大学就读，其极力完整全译，注重原著的审美价值。至 1986 年霍译本出齐以后，英语世界几乎所有对《红楼梦》进行学术性解读的期刊论文都将霍译本作为引文来源。

三、新时期北大红学研究第二次转型

1973 年至 1974 年的评红运动使红学成为政治运动的工具。新时期红学研究的"拨乱反正"亦由北大肇兴。以刘梦溪《红学三十年》为代表的著作直面红学批俞运动和评红运动，促进了红学研究思想解放，真正回归《红楼梦》艺术作品本身。1980 年第一个群众性红学学术团体"中国红楼梦学会"成立，由吴组缃教授担任第一任会长，也体现出北京大学在新时期红学中的领衔地位。1984 年由胡德平组织发起的中国曹雪芹研究会及 2017 年由北京曹雪芹学会、北京曹雪芹文化基金会资助的北京大学曹雪芹美学艺术研究中心等组织机构的成立，皆助推北大红学研究进一步走向深化。

改革开放以来，北京大学红学研究在继承既有研究范式的基础上立本开新，《红楼梦》相关考证更加深入和丰富；文学批评从笼罩于文献研究之下真正回归文本，使红学由外部研究"向内转"，体现出"考证"与"文学批评"范式交融及与美学、文化等范畴交汇的新特点。

北大红学在新时期的探索与 20 世纪中期的研究反思同步进行。王利器 1978 年发表《高鹗、程伟元与〈红楼梦〉后四十回》一文，对其 1957 年《关于高鹗的一些材料》认为高鹗为后四十回作者的观点予以修正，指出高鹗是《红楼梦》的校阅、审订者而非作者。同时，对于《红楼梦》"小说"性质的辨析更为明确，如陈熙中指出《红楼梦》是一部小说，是文艺创作，而绝不是曹雪芹的'自传'或曹家的'实录'"。传统的文献研究视域进一步拓展，涉及作者生平、《红楼梦》改编等多方面内容。如吴恩裕在 1973 年《曹雪芹的佚著和传记材料的新发现》一文中首次介绍曹雪芹佚著《废艺斋集稿》的内容。《曹雪芹佚著浅探》一书又对其所发现的《岫里糊中琐艺》残篇、《斯园膏脂摘录》片断及关于金石印章的部分残存文字等予以考察。吴小如《根据〈红楼梦〉故事编写的京剧》一文，将《京剧剧目初探》中根据《红楼梦》编写的传统京戏做进一步考索，并对曾由欧阳予倩、梅兰芳和荀慧生各自上演过的剧目做分别考察。北大红学延续重视文本文献的研究方法，如陈熙中从字句勘误入手对《红楼梦》进行研究，针对"脂钞本"是否为伪作的争论，通过比较"足的"一词在各本中的异同，证明脂本并非出自程本，而且脂本特别是庚辰本的文字更接近《红楼梦》的原稿。胡德平《〈红楼梦〉作者——曹雪芹故居的发现》《曹雪芹在西山》等著述，根据老屋、曹雪芹书箱及题壁诗等实物，并结合《废艺斋集稿》等文献，考证北京香山正白旗村三十九号为曹旧居。

文学批评方面，吴组缃为代表的"典型形象"分析即剖析人物性格、考察性格形成原因及结合情节讨论性格的发展变化等研究方法得到衔续。张锦池《论林黛玉性格及爱情悲剧》对黛玉自尊与尊重他人、敏感兼笃实等特点进行分析；同时指出其性格以第三十四回、第七十六回为界，可划分为三个发展时期。在语言、人物等分析基础上，对《红楼梦》的艺术价值有更高的肯定。如周中明《〈红楼梦〉的语言艺术》将《红楼梦》的语言美概括为意境美、感情美、"橄榄美"、传神美等方面。王昌定《〈红楼梦〉艺术探》指出"曹雪芹在任何时候都不忘记人和环境的关系，总是通过人物的眼睛去写景，或用景色反衬人物的心情，发展人物的性格"，给予"把《红楼梦》放在世界文学名著之林，也是应居前列的艺术珍品"之极高评价。

西方文学理论与传统研究方法更加深度融合，如刘敬圻借助还原批评理论，指出贾宝玉面临着"如何回报列祖列宗的价值期待"，其同时接受了"典籍文化与习俗文化，精英文化与市井文化"等，故其价值趋向一再呈现二律背反现象；刘勇强结合福柯"超情节人物"理论分析《红楼梦》"一僧一道一术士"等符号化的类形象，并从整个明清小说范畴讨论该叙事手段对于增强情节张力、突出人物品性等方面的功能与意义。王国维创立的《红楼梦》哲学、美学研究方法，以及陈独秀等肇启的比较文学方法均得到现代北大学者的回应，如叶朗将《红楼梦》的美学概括为"有情之天下"，认为"曹雪芹用'情'照亮了'空'。因而人生是有意义的，一部《红楼梦》给予读者的'悟'就在于此"。顾春芳考察《红楼梦》的叙事美学与戏曲之关系，指出"戏剧情境和家族命运相互照应，外部演戏的喜庆气氛和内在家以及个人命运的深层悲剧相互间形成了戏剧性的张力，推升了《红楼梦》深层的美学意蕴"。王博、朱良志则着重考察《红楼梦》的象征意义，如"大荒山代表的真实的世界，这是石头的故乡；贾府代表的则是虚假的世界，这是石头的他乡，'宝玉'之所寄……完成了从入世到离尘的过程""宝玉这块无忧无虑的石头，顽性未退，便处处有抵悟"等分析。北京大学学者还从不同维度透析《红楼梦》艺术。刘勇强关注声音描写，认为"《红楼梦》形成了视觉化与听觉化相结合的艺术效果，极大地丰富了文本的内涵与表现力"。李鹏飞关注饮食描写，认为其"体现了曹雪芹高超的烹饪美学和贾府的南方生活习惯；在精神文化层面包含着很深的文化、艺术和哲学意蕴"，对于拓展《红楼梦》的研究视野，无不具有启迪意义。

四、余论

通过上述红学史梳理可知，北京大学建立起了在学者之间辗转相承的《红楼梦》研究传统，且与新红学百年发展有着密切关联，这不仅表现在对《红楼梦》的评价，文献和文学两条主要研究路径在 20 世纪初已奠定，且研究方法也呈现出对百年来诸学者的继承与综合。

北京大学红学研究的特点在于：研究人员有师承关系且集中，但并无门派之别；观点的拨正与新见的阐发并驱而行。具有北京大学学研背景的学者成为红学发展各阶段的中坚力量，其影响力不仅局限于北京大学和红学界，更拓展至整个古典小说研究领域。红学研究尤其是新红学的一系列理论方法和传统，多以北京大学研究者为先导和开端。诸学者的创见，不仅引导学校内部的学术讨论，往往也是整个红学界关于此问题研究的开端。

总体而言，北京大学红学研究自蔡元培、胡适两人肇启，并奠定了北大红学百年来兼容并包、学术争鸣的丰富格局；北大红学以胡适"新红学"考证研究和俞平伯、鲁迅为代表的"文学批评派"为两大主线，在纠偏和重新整合中不断探索，并且在新时期呈现出交融并向更多元的领域拓展的趋势。北京大学红学研究取得了一系列瞩目成果，在 20 世纪中期也有过偏误，介入红学研究的热点问题，并与整体学界构成互动与对话。坚持《红楼梦》的文学性，将文献考证和文学批评两种研究路径相结合，是北京大学红学研究的经验和启示。

参考文献：

1. 蔡元培：《石头记索隐》，上海书店出版社，2008，第 1 页。

2. 胡适：《我的歧路》，万卷出版公司，2014，第 196 页。

3. 王国维：《红楼梦评论》，浙江古籍出版社，2012，第 14 页。

4. 陈独秀：《红楼梦新叙》，见《红楼梦研究稀见资料汇编》，人民文学出版社，2001，第 63 页。

5. 胡适：《论诗偶记》，《留美学生季报》，1916 年 12 月冬季第四号。

6. 胡适：《新思潮的意义》，《新青年》卷七，1919 年 12 月 1 日第一号。

7. 苗怀明：《红楼梦研究史论集》，辽宁人民出版社，2019，第 39 页。

8. 白居易：《与元九书》，见《白居易文集校注》，中华书局，2011，第 323 页。

9. 顾颉刚：《〈红楼梦辨〉序》，见俞平伯：《红楼梦辨》，商务印书馆，2017，第 6 页。

10. 按照《红楼梦大辞典》，广义"新红学"为"胡适、俞平伯和顾颉刚以后的红学"（冯其庸、李希凡著：《红楼梦大辞典》，文化艺术出版社 1990 年版，第 1071 页），本文所用"新红学"一词为狭义专称，即胡适所开创的关注作者、版本问题，注重文献资料，以"考证"为特色的红学研究。

11. 胡适：《红楼梦考证》，见《胡适红楼梦研究论述全编》，上海古籍出版社，1988，第 86 页。

12. 周汝昌：《我与胡适先生》，漓江出版社，2005，第 148 页。

13. 俞平伯：《红楼梦辨》，商务印书馆，2017，第 17 页。

14. 周汝昌：《周汝昌梦解红楼》，漓江出版社，2005，第 35 页。

15. 宋孔显：《红楼梦一百二十回均曹雪芹作》，见《红楼梦研究稀见资料汇编》，第 568—576 页。

16. 陈觉玄：《红楼梦试论》，见《红楼梦研究稀见资料汇编》，第 1321—1340 页。

17. 王佩璋：《红楼梦后四十回的作者问题》，《光明日报》1957 年 2 月 3 日。

18. 刘世德：《戚本，一个"新"发现的〈红楼梦〉抄本》，见《刘世德论红楼梦》，文化艺术出版社，2006，第 133 页。

19. 胡适：《红楼梦新证》，见《胡适红楼梦研究论述全编》，第 107 页。

20. 俞平伯：《索隐与自传说闲评》，《红楼梦学刊》1991 年第 1 辑。

21. 俞平伯：《〈红楼梦辨〉的修正》，《现代评论》一卷九期，1925 年 2 月 7 日。

22. 鲁迅：《〈出关〉的"关"》，见《鲁迅全集》卷六，人民文学出版社，2005，第 538 页。

23. 陈独秀：《红楼梦新叙》，见《红楼梦研究稀见资料汇编》，第 62—63 页。

24. 李玄伯：《再论红楼梦及其地点》，见《红楼梦研究稀见资料汇编》，第 144—145 页。

25. 严微青：《关于红楼梦作者家世的新材料》，见《红楼梦研究稀见资料汇编》，第 633—648 页。

26. 李玄伯：《曹雪芹家世新考》，见《红楼梦研究稀见资料汇编》，第 370—381 页。

27. 李玄伯：《再论红楼梦及其地点》，见《红楼梦研究稀见资料汇编》，第 145 页。

28. 陈独秀：《红楼梦新叙》，见《红楼梦研究稀见资料汇编》，第 62 页。

29. 鲁迅：《小说史大略》，见刘运峰编：《鲁迅全集补遗》，天津人民出版社，2018，第 346 页。

30. 鲁迅：《中国小说的历史的变迁》，见《鲁迅全集》卷九，第 239 页。

31. 刘梦溪：《红楼梦与百年中国》，中央编译出版社，2005，第256页。

32. 吴组缃：《谈〈红楼梦〉里几个陪衬人物的安排》，见《说稗集》，北京大学出版社，1987，第212页。

33. 吴组缃：《论贾宝玉典型形象》，《北京大学学报》1956年第4期。

34. 蔡元培：《论国文的趋势及国文与外国语及科学的关系》，见高平叔编：《蔡元培全集》第3卷，中华书局，1984，第458页。

35. 鲁迅：《中国小说的历史的变迁》，今代图书公司，1968，第350页。

36. 李辰冬：《红楼梦研究》，正中书局出版社，1946，第111页。

37. 张琦翔：《读红楼梦札记》，见《红楼梦研究稀见资料汇编》，第886—890页。

38. 江帆：《他乡的石头记——〈红楼梦〉百年英译史研究》，南开大学出版社，2019，第121页。

39. 王利器：《高鹗、程伟元与〈红楼梦〉后四十回》，《扬州师院学报》1978年第Z1期。

40. 陈熙中：《说"真有是事"——读脂批随札》，《北京大学学报》1980年第5期。

41. 陈熙中：《〈红楼梦〉语言中的一个谜："足的"——兼谈庚辰本的真伪问题》，见《红楼求真录》，北京大学出版社，2016，第21—27页。

42. 周中明：《谈〈红楼梦〉的语言美》，见刘梦溪编：《红学三十年论文选编》中册，百花文艺出版社，1984，第586—902页。

43. 王昌定：《千丘万壑——〈红楼梦〉第十七回的写景艺术》，见《红楼梦艺术探》，浙江文艺出版社，1985，第165—177页。

44. 刘敬圻：《贾宝玉生存价值的还原批评》，《红楼梦学刊》1997年第1辑。

45. 刘勇强：《一僧一道一术士——明清小说超情节人物的叙事学意义》，《文学遗产》2009年第2期。

46. 叶朗：《"有情之天下"就在此岸——从美学眼光看〈红楼梦〉》，《曹雪芹研究》2019年第2期。

47. 顾春芳：《〈红楼梦〉的叙事美学和戏曲关系新探》，《红楼梦学刊》2017 年第 6 辑。

48. 王博:《入世与离尘:一块石头的游记》,生活·读书·新知三联书店,2020,第 244—245 页。

49. 朱良志:《顽石的风流》,《艺术百家》2010 年第 2 期。

50. 刘勇强:《"纸上有声"待"知音"——〈红楼梦〉中声音描写》,《红楼梦学刊》2020 年第 6 辑。

51. 李鹏飞:《人莫不饮食也,鲜能知味也——谈〈红楼梦〉与饮食文化》,《红楼梦学刊》2020 年第 4 辑。

第二章

北大学者论《红楼梦》

《红楼梦》源远，而"红学"常新。燕园一方，学者荟萃。在本章中，我们摘录了部分北大学者研究《红楼梦》的相关论文，他们或承继着诠释考证、阐发研究的红学传统，或对《红楼梦》与当今时代有着独特的思考。同时，我们与这些长期对红学保持关注的北大学者们展开了全新对谈，并将对谈记录附于每位学者文章之后，呈示全貌，以飨读者。八位学者（以年龄为序）带我们走入一场由《红楼梦》与燕园共缔的盛大气象。

　　20 世纪 50 年代和 80 年代的美学大讨论之后，各派美学家都积极进行了理论建构。北京大学哲学系教授叶朗长期从事美学、艺术学和美育的研究，他的《美学原理》在继承和发扬朱光潜、宗白华美学思想的基础上，构建了一个以"美在意象"为核心的理论框架。这是使美学基本理论的核心区域具有中国色彩的一个尝试，也是对 21 世纪时代要求的回应。21 世纪，叶朗笔耕不辍，基于新的生命体验和学术感悟，发表了一系列围绕美学和艺术学方面的论著，其中包括对《红楼梦》的研究。我们选取《〈红楼梦〉的形而上意蕴："有情之天下"就在此岸》一文与君分享，共读叶朗对《红楼梦》"有情"之解读。

　　在访谈中，叶朗更加生动地阐释了他对于《红楼梦》中三层意蕴的见解。他认为北大始终有一种传统——那便是对中国传统文化的研究、继承和发扬。从美学美育的角度出发，他希望青年同学们能从前辈学者身上学习智慧，接过文明的火把，传续北大的人文美学传统，传承中华的文明与文化——这是北大师生学者的责任，也是全社会需要共同努力的目标。

🎀 学人简介 🎀

　　叶朗，1938 年 10 月生，浙江衢州人。北京大学哲学社会科学资深教授，北京大学艺术学院名誉院长，北京大学美学与美育研究中心名誉主任，北京大学文化产业研究院院长。主要著作有《美在意象》（《美学原理》）及《中国美学史大纲》《中国小说美学》《叶朗美学讲演录》《意象照亮人生》《胸中之竹》《欲罢不能》等。

叶朗◎《红楼梦》的形而上意蕴：

"有情之天下"就在此岸①

　　《红楼梦》的意蕴中有一个形而上的层面：对人生（生命）终极意义的追问。这是《红楼梦》意蕴中一个最高的层面，却被很多人忽略了。还有很多人也谈到《红楼梦》的这个层面，但是他们误解了《红楼梦》（曹雪芹）的本来意思。

　　过去（以及现在）很多人讲《红楼梦》，都认为曹雪芹的世界观（体现在贾宝玉身上）是讲佛教的色空观念，一切归于空虚，一切归于幻灭，人生没有意义，因此最后归于"出世"，"遁入空门"。这就是《红楼梦》给读者的"悟"。我认为这个看法可能不符合《红楼梦》的实际状况。曹雪芹的世界观是把"有情之天下"作为人生的本源性存在，作为人生的终极意义之所在。"有情之天下"不是虚幻的存在，而是真实的存在，"有情之天下"就存在于实在的、生动鲜活的生活世界之中。"有情之天下"不在彼岸，而在此岸。曹雪芹用"情"照亮了"空"，因此人生是有意义的。一部《红楼梦》给予读者的"悟"就在于此。

　　我的这篇文章就是谈我的这种看法。这篇文章所谈的看法，和我在此之前的文章（讲演）中的看法，当然有承续性，但是在很多观点上也有差别。有很多观点，我过去的文章（讲演）没有讲清楚，有的讲得不准确，有的讲错了。

　　《红楼梦》不是只有"色""空"这两个字。《红楼梦》还有一个"情"字。对于曹雪芹来说，这个"情"字更重要，或者说，这个"情"字最重要。离开"情"字，可能读不懂《红楼梦》。离开"情"字，可能

---

　　① 本文原载于《文汇报》2020 年 12 月 4 日。

读不通《红楼梦》。离开"情"字，可能读不透《红楼梦》。

曹雪芹的这个"情"字，继承了汤显祖的世界观和美学观。

汤显祖（1550—1616）的美学思想的核心是一个"情"字。汤显祖的"情"包含有突破封建社会传统观念的内容，就是追求人性解放。汤显祖自己说，他讲的"情"一方面和"理"（封建社会的伦理观念）相对立，一方面和"法"（封建社会的社会秩序、社会习惯）相对立。他说："人生而有情""世总为情""情不知所起，一往而深，生者可以死，死可以生""生生死死为情多"。他认为"情"是人人生而有之的（人性），它有自己的存在价值，不应该用"理"和"法"去限制它、扼杀它。所以，汤显祖的审美理想就是肯定"情"的价值，追求"情"的解放。汤显祖把人类社会分为两种类型：有情之天下，有法之天下。他追求"有情之天下"。在他看来，"有情之天下"就像春天那样美好，所以追求春天就成了贯穿汤显祖全部作品的主旋律。但是现实社会不是"有情之天下"，而是"有法之天下"，所以要"因情成梦""梦生于情""梦中之情，何必非真"，更进一步还要"因梦成戏"——他的戏剧作品就是他强烈的理想主义的表现。"因情成梦，因梦成戏"这八个字可以说是汤显祖美学思想的核心。汤显祖的《牡丹亭》把"情"提到了形而上的层次，情不知所起，一往而深，而且可以穿越生死。汤显祖高举"情"的旗帜，在思想史上、文学史上有重大的意义。

曹雪芹深受汤显祖的影响。曹雪芹美学思想的核心也是一个"情"字。他的审美理想也是肯定"情"的价值，追求"情"的解放。曹雪芹在《红楼梦》开头就说这本书"大旨谈情"。脂砚斋在很多批语中也提到这个"情"字，如说作者写这部小说是"滴泪为墨，研血成字""欲演出真情种"，说这部小说是"情痴之至文"，说这部小说是"因情捉笔""因情得文""岂非一篇情文字"，说这部小说"作者是欲天下人共来哭此情字"。

曹雪芹的"情"的观念，和汤显祖一样，是"儿女之真情"，是人人生而有之的。曹雪芹也要寻求"有情之天下"，要寻求春天。他和汤显祖一样，也感受到当时整个社会是"有法之天下"。但是他和汤显祖有一点不同，就是尽管整个社会是"有法之天下"，他依然感受到现实生活中存在着"有情之天下"，可能很短暂，可能是瞬间，甚至可能是悲剧，但它确实存在。在汤显祖那里，杜丽娘的春天只能存在于梦中，而在曹雪芹这里，贾宝玉的春天却存在于现实生活之中。可以说，在这里，曹雪芹也比汤显祖提升了一步。

《红楼梦》一开头，写女娲补天剩下一块石头，被抛在青埂峰下。后来来了一僧一道，把这块石头带到人间去经历了一番，这叫"幻形入世"，最后被一僧一道带回青埂峰。他把这番经历记在石头上，就成了"石头记"。

这块石头到人间这一番经历，有什么意义？这块石头在人间看到了什么？

这块石头降生到贾府，因为元妃省亲，贾府建造了一座大观园，这个大观园是贾宝玉人生理想的投影。大观园聚集了一群女孩子，她们活泼、明亮，她们聪明、灵巧，她们热烈、多情，她们追求"儿女之真情"，她们追求"情"的自由、"情"的解放，她们追求人格的平等，追求爱的尊严。

这是这块石头入世的"亲见亲闻"，这是这块石头对"有情之天下"的体验。这个体验非常重要。如果没有这个体验，"情根""情痴""有情之天下"都是空的，只是概念的存在。一旦入世，有了这番经历，"有情之天下"就成为实在的、生动的、鲜活的生活世界了。

这块石头（贾宝玉的灵魂）来自"青埂峰"，到最后又回到"青埂峰"。"青埂峰"是本源，是生命的出发点，又是生命的归宿。"青埂"是"情根"。"情根"不是说"情"生了根，而是说"情"（"儿女之真情"）是生命之根，"情"是天地的本源性的存在。

这个"青埂峰"是曹雪芹的人生理想的象征，所以不能坐实为某一个现实的空间存在。如果坐实为某一个现实的空间存在，"青埂峰"就成了彼岸世界，类似宗教的天堂、仙界、西方极乐世界。"青埂峰""有情之天下"，作为曹雪芹的人生理想，不是彼岸世界，而是在此岸，就在当下的现实的生活世界中。当下的生活世界如果体现了"有情之天下"的人生理想，就是"青埂峰"。曹雪芹在自己的人生经历中体验到这个"有情之天下"的存在。他为什么要让这块石头入世，就是为了显示"有情之天下"不在彼岸，而是在此岸，是在现实的生活世界之中。

《红楼梦》第一回说空空道人在大荒山无稽崖青埂峰下见一块大石头上记了一篇故事（《石头记》），把它从头到尾抄录回来，问世传奇。接着说："从此空空道人因空见色，由色生情，传情入色，自色悟空，遂易名为情僧，改《石头记》为《情僧录》。"

"空空道人"把自己的名字改为"情僧"，又把《石头记》改为《情僧录》，这个改动非常重要。我们后面再说。

"因空见色，由色生情，传情入色，自色悟空"这十六个字是说《石头记》故事对空空道人的思想产生的影响，也可以说是空空道人对《石头记》故事的理解，所以红学家都十分重视这十六个字。

怎么理解这十六个字呢？

首先，我们要注意这里除了"色""空"这两个字外，还有一个"情"字。其次，我们要弄清中国哲学中"空""无"的概念的含义。

中国哲学中的"空"，并不是我们平时理解的空白、一无所有、"万境归空"。苏轼说："空故纳万境。"空包纳万境，是一个充满生命的丰富多彩的世界。苏轼的话正好和"万境归空"的观念针锋相对。宗白华先生在他的著作中一再谈到这个问题。宗先生说："中国人感到这宇宙的深处是无形无色的虚空，而这虚空却是万物的源泉、万动的根本、生生不已的创造力。老庄名之为'道'，为'自然'，为'虚无'；儒家名之曰'天'。万象皆从空虚中来，向空虚中去。"又说：中国画的空白"并不是真空，乃正是宇宙灵气往来，生命流动之处""这无画处的空白正是老、庄宇宙观中的'虚无'。它是万象的源泉，万动的根本"。

现在我们再来看这十六个字。

"因空见色"，就是天地的悠悠中呈现宇宙的生机、大化的流行，呈现一个充满生命的丰富多彩的美丽世界。在《石头记》中，就是大观园的世界。这就是"空即是色"。

"由色生情"，在这个充满生命的丰富多彩的世界之中，产生了"情"。这"情"主要是"儿女之真情"。汤显祖说，"人生而有情"，"情"是人的天性、本性。这是"由色生情"。这个"情"是主导的、决定性的，是生命之根，是生命的本源性存在。

"传情入色"，有了"情"，再来看世界，就有了意义，有了生机，有了情趣。大观园这个世界有了情，有了一群多情的女儿，有了黛玉、晴雯、鸳鸯、紫鹃、司棋、龄官、芳官、湘云、妙玉……成了"有情之天下"，这个世界就有了意义、有了生机、有了情趣。

"自色悟空"，由有情的世界、有情的人生，即有情之天下，再来看宇宙的本体，对宇宙的本体就有了新的感受和理解，这是"悟"。这个"悟"，不是像一些人解释的，"悟"到人生的无意义，"悟"到"万境归空"（空白的空）；相反，是"悟"到人生有意义。因为这个世界中有一群明亮、活泼、多情的少女（"异样之女子"），因为这个世界包含了"有情之天下"，尽管它可能是短暂的存在，但它是真实的存在，而生命的意义就在于此。

这个"悟"字，在书中出现过许多次。书中出现的"悟"字，在多数情况下都是世俗眼光中的"悟"。很多人把这种世俗眼光中的"悟"看作是作者（曹雪芹）的观念，这是极大的谬误。世俗眼光中的"悟"，主要受两种观念的影响。一种是封建社会传统伦理观念，就是警幻仙子说的宁、荣二公亡灵嘱咐她规引贾宝玉的"正道"，即"留意于孔孟之间，委身于经济之道"。这种观念当然影响世俗眼光。宝钗、袭人劝导宝玉的就是这种观念。但这种观念被宝玉斥为"混账话"，显然不是曹雪芹的观念。再一种是佛教、道教的观念，就是一僧一道对石头说的"到头一梦，万境归空"。但是曹雪芹一部"石头记"，就是通过这块石头下凡的"亲见亲闻"，证明在现实人生中存在一个丰富多彩的美丽世界，这里有一群美丽、明亮、灵慧的女儿，她们追求"情"的自由、"情"的解放，追求人格平等、尊严。这就是因空见色，由色生情，传情入色，自色悟空。一僧一道和甄士隐等人并不是有人说的那种神圣的启蒙者，他们传播的"万境归空"的观念被很多人接受，但是被一部"石头记"否定了。"石头记"的故事告诉读者，这个世界确实存在着"有情之天下"，在这个生命的大化流行之中，最根本的最本源的存在是"情"，所以人生是有意义的，所以"空空道人"改名为"情僧"，《石头记》改名为《情僧录》。可以说曹雪芹最终（或在最高意义上）是用"情"充实了"空"，用"情"照亮了"空"，把"情"提升为最高的范畴。一部"石头记"的价值，很重要的一个方面就在于此。

我认为，《红楼梦》之伟大，曹雪芹在中国文学史上之不朽，很重要的一个原因，就在于他提出人的本源性存在的问题，就在于他提出人生的终极意义之所在的问题。而在他看来，人的本源性之所在，人生的终极意义之所在，就在于"有情之天下"（以"青埂峰"为象征）。而"有情之天下"并非空想，"有情之天下"就在此岸，就在当下的生活世界，是本真的存在。

人作为个体生命的存在是有限的，但是人又企图超越这种有限，追求无限和永恒。宗教用自己的方式来满足这种需要。而在历史上，从汤显祖（《牡丹亭》）到洪昇（《长生殿》），再到曹雪芹（《红楼梦》），他们用他们的艺术作品（戏剧、小说）在寻求不同于宗教超越的另一种超越，即审美的超越。宗教的超越是虚幻的，而审美的超越虽然常常带有理想主义的色彩，但它不是虚幻的，不是乌托邦，尽管它可能是短暂的，《长生殿》中说的"顷刻"，甚至可能是悲剧（《红楼梦》就是悲剧），但它是真实的。而且正因为短暂，所以特别珍贵，千金难买。

听美学泰斗谈学问与人生："呕心沥血，欲罢不能"

——访北京大学哲学系教授叶朗

一个下午，叶朗在燕南园 56 号的北京大学美学与美育研究中心接受访谈。疫情前，这里常举办一些美学沙龙和文化沙龙。走进林荫掩映中的小院，年逾八旬的叶先生亲切地开门迎接我们。在厅内落座之后，叶先生提议按照自己的思路畅谈，很快便打开了话匣子。他的精神和记忆都很好，也非常健谈。叶朗先生从《红楼梦》、从自己的治学和从教经历谈开去。

他曾引熊十力先生的话寄语青年，希望年轻人把读经典培养成一种习惯："每日于百忙中，须取古今大著读之，至少数页，毋间断。寻玩义理，须向多方体究，更须钻入深处，勿以浮泛知解为实悟也。"学问做到深处，将自然"欲罢不能"。

请您回溯一下研究《红楼梦》的渊源。

叶朗：我个人有一些对《红楼梦》的研究，但其实我不是红学家，我不是专门研究《红楼梦》的。

我是怎么开始研究《红楼梦》的呢？我很早就想写一本中国美学史。20 世纪 70 年代末 80 年代初，改革开放开始了，这个时候我就感到写书的时机成熟了。当时是说，科学和文学的春天来到了。那么我就着手写《中国美学史大纲》，中间有一段就是明清时期的小说评点。明清时期的小说评点主要是从明代万历年间开始，最有名的就是金圣叹这些人。

小说评点的有些东西我当时没有看过，所以我就决定要集中一段时间去看。当时评点的书不像现在已经出版，那个时候只有图书馆里有，而且都是善本书，不出借的，只能在馆内看。所以那时候我天天去图书馆阅览室，以至于图书馆的人都认识我了。

过去，我们研究中国文学史和中国文学批评史的很多学者普遍地（不是所有的）认为小说评点没有价值。通过看那些小说评点，我就发现，这些否定小说评点的人其实很可能没有耐心地看过小说评点，因为材料太多了。一般的小说评点，前面有一个"读法"：怎么读《水浒传》、怎么读《金瓶梅》；每一回前面都有一个回首总评，或者最后有一个回末总评，告诉你怎么读这一回；正文里，在正文的上面或者是夹在中间，有很多评语，称为眉批或者夹批。什么叫"点"？他看着书里头这句话特别好，圈上去让读者特别注意这一段话，就叫圈点。评点就是这样子，总之非常多。我自己看的时候也觉得太多了，但是我饶有兴致地看。白天在图书馆把看到的好的地方抄下来，晚上回到家了，我就来写研究。《中国小说美学》是这么写出来的。

《红楼梦》我看了脂砚斋的评点，也很有价值。大学的时候我就读过脂批，后来还写过反驳别人批评脂砚斋的文章。因为这个，我开始注意《红楼梦》。《红楼梦》我过去读过了，在大学时候又认真读过一遍，但真正开始研究，是因为要研究小说评点。后来，我就开始读一些红学家的书和文章。我对于《红楼梦》的研究是这么开始的。

到了 80 年代中后期，包括后来 90 年代，我因为对《红楼梦》有兴趣，就开始写点文章。有时候也做一些报告、讲学、讲课。90 年代的时候，我在中国台湾也做过一些讲学。讲学过程中除了讲美学，有一个题目就是讲《红楼梦》，在台湾讲时，好像受到他们特别的欢迎。

后来中国香港的凤凰电视台有一个《世纪大讲堂》也请我去讲了一次，我就讲了"《红楼梦》的意蕴"，好像也受到了好评。北大有一位研究西方哲学的熊伟教授，有一次我在路上碰到熊师母，她看到我就说，你在凤凰台讲《红楼梦》，熊先生非常喜欢听，觉得你讲得非常好。由此我就开始做《红楼梦》了，但中间又停了一段。

然后到了 21 世纪，我又有时间来做研究。这时，从刚才我讲的 80 年代、90 年代到现在，这中间过了二三十年，我对《红楼梦》的见解也有一些变化，所以我当时讲的一些东西现在也有改变。

您在新世纪发表的《〈红楼梦〉的形而上意蕴："有情之天下"就在此岸》等一系列文章影响很大，这些内容代表了您对《红楼梦》的主要见

解吗？

叶朗：我主要就两个问题有一些自己的心得，可能跟一般的红学家不一样。

首先是《红楼梦》的意蕴问题。我认为《红楼梦》的意蕴主要是三个层面。第一个层面，就是《红楼梦》对清代前期的人情世态，特别是那些上层的贵族家庭的生活，做了很好的现实主义的描写。他们的生活在当时都是非常真实的，我们现在怎么想象也想象不出来。有个说法就是当时已经处于封建末世，它对封建末世的这种社会状况做了很好的描绘。我们能够很好地了解当时的政治状况、经济状况、社会状况。不说别的，只看《红楼梦》里头这些人穿的衣服，那种真实和细致的程度，光这个东西就是我们想象不出来的。这是一个层面。

后来80年代，我们拍了《红楼梦》的电视连续剧和电影。把小说改编为电视或者电影，这也是一种阐释。就《红楼梦》对当时社会状况的反映这个层面来讲，我认为87版电视连续剧，还有后来的电影，都是反映得比较充分的。

第二个层面就是《红楼梦》的悲剧性。我们都认为《红楼梦》是一个伟大的悲剧，有悲剧性。悲剧性在什么地方？大家有不同的看法。很多人认为《红楼梦》的悲剧是描写当时的贵族家庭的衰亡，四大家族"贾史王薛"由盛到衰，开始很顺，后来就衰亡了、没落了。

我认为《红楼梦》的悲剧性不在于贵族家庭的没落，而在于，作家曹雪芹他有一种人生理想、审美理想，而这种人生理想和审美理想在当时的社会条件下必然不能实现，并且会遭到毁灭。简单来说，是美的理想的毁灭的悲剧，或者说美的毁灭的悲剧。比如林黛玉的爱情的悲剧，不是因为贵族家庭衰落；再比如晴雯之死，也不是。我认为它的悲剧是"有情之天下"毁灭的悲剧。

"有情之天下"的概念是汤显祖提出来的。曹雪芹深受汤显祖的影响。汤显祖的美学思想我概括为"肯定情的价值，追求情的解放"。他认为人生而有情，情是人的天性、本性。但是汤显祖这个"情"和过去用的"情"的概念不一样，他这个"情"有一种突破封建社会框架的价值，就是追求人性的解放。他说，"情"是和"理""法"相对，"理"就是封建社会的伦理观念，"法"是封建社会传统的社会习惯、社会秩序。所以汤显祖把社会分为两种，一种是"有情之天下"，一种是"有法之天下"。他追求"有情之天下"，"有情之天下"在他看来就是春天，所以汤显祖的作品，戏剧、散文、诗歌，都贯穿一个主旋律，就是追求春天。

曹雪芹在《红楼梦》一开始就说，这本书"大旨谈情"。所以我认为离开"情"这个概念，就不可能读懂《红楼梦》，也不可能读透。《红楼梦》这部书的悲剧性就在于它是描写"有情之天下"的毁灭。大观园里头这一群女儿，她们的下场都非常悲惨，投井的投井、上吊的上吊，不是因为贵族家庭的没落；林黛玉哭干了眼泪而死，也不是因为这个贵族家庭的没落。这个问题我写了一篇文章专门讲，可能跟很多人有些不同的看法。而刚才讲的80年代的电视剧和电影，就这个悲剧性的层面来讲，表现得不充分。可能是导演和当时一些红学家，他们都认为悲剧性就是贵族家庭的毁灭，所以重点描写和表现贵族家庭的毁灭。这是第二个层面。

第三个层面，《红楼梦》还有一个形而上的层面，它有一个哲理性的层面。它提出一个问题，人生的终极意义在哪里？每一个人最后都要死——人生短促，就是庄子讲的"白驹过隙，忽然而已"。《红楼梦》里头也不断描写时间很短暂，过得非常快。那么既然这样，人生的意义在哪呢？那为什么还要活着？生下来有什么意义呢？

《红楼梦》提出了这个形而上的、哲理性的问题，而且提供了一个解答。当然这个解答我们不见得赞同，但是它是对这个问题做的一个解答。就文学史来讲，我认为这是一个很大的贡献。它提出的"人生终极意义在哪里"这个问题，红学家里很多人没有去触及这个形而上的层面，忽略了，或者说遗忘了。也有人谈到这个层面，但我认为是误解了——一般都认为《红楼梦》有两个概念是最重要的，就是"色"和"空"，"色即是空"，所以认为《红楼梦》是表现万境归空，最后都是空的，所以醒悟人生是没有意义的。

我认为他们误解了《红楼梦》。《红楼梦》的哲理性意蕴，并不是认为万境归空，并不是说人生是没有意义的，最后就是要出家。《红楼梦》一开头就写空空道人看到一块大石头，上面记载的是这块石头到人间去转了一圈又回来了，把在人间的经历都写在石头上，就叫《石头记》。空空道人从此把书名改成《情僧录》，他自己也改名字叫"情僧"。这个改动非常重要。

我不知道当时很多研究《红楼梦》的人怎么没有注意到他为什么要改。《红楼梦》里头除了"色""空"这两个概念之外,还有一个更重要的概念,就是"情","大旨谈情"。"情"是它的核心概念,这就跟汤显祖是一样的了。这块石头为什么要让僧道带他下去,到尘世到人间走一趟,有什么意义?他下去干什么?到了贾府,因为贾元春要省亲,所以盖了一个大观园,然后大观园的一群女孩子在这个地方,这是一群热情的、活泼的、天真可爱的人。那这块石头在这大观园里头,和这群女儿在一起,就发现"有情之天下"是确实存在的,就在此岸,而不是在什么天堂、什么西方极乐世界里,就在大观园里头。尽管它是短暂的,尽管它的结局是悲剧,但它确实是存在的。

所以我认为曹雪芹是用"情"否定了"空",用"情"充实了"空",用"情"照亮了"空",所以人生是有意义的。在现实生活里,确实存在着"有情之天下",而不是没有意义的。这是他为什么要把《石头记》改为《情僧录》的原因。一部《石头记》,给读者的悟就在这个地方,醒悟到人生是有意义的。尽管人生里有悲剧,是短暂的,但人生是有意义的。所以我后来又写了篇文章,讲"有情之天下就在此岸"。

《红楼梦》这部书不仅在文学史上,而且在思想史上也很有价值,原因就在这里。那么这第三个层面,在80年代的电视剧和电影里头都没有得到表现,因为他们没有看到这一点。这是我对《红楼梦》总的看法。

您曾主持北大美学与美育中心的工作,这个中心为传承《红楼梦》以及古典文化做了哪些工作?

叶朗:新冠肺炎疫情之前,这里经常举办一些美学沙龙、文化沙龙。我觉得北京大学一个很重要的优点和特点,就是它的文化氛围非常浓。我认为一个大学最重要的,是要有一个很浓的文化氛围、学术氛围、艺术氛围,如果有,这里出来的学生自然就不一样。

我们美学和美育研究中心强调把艺术和科学结合在一起,北大这里有这个条件。北大有很多院士。我们美学和美育中心的沙龙,杨振宁、李政道,我们都请来参加过。把科学、科技和艺术融合起来,这样来进一步营造一种很浓的文化氛围,来推动文化艺术的发展。

那么我们办美学沙龙,其中一个目的就是为了要把氛围搞浓。

艺术和科学的结合非常重要，钱学森晚年就一直在讲这两者结合的重要性。晚年很多记者去采访他，他说最重要的是怎么培养拔尖人才、怎么创办世界一流大学。这个可以讲很多，但他就讲了一条，他说，根据我的经验和历史的经验，大学必须践行科学和艺术的结合。季羡林先生晚年也强调要把人文和科学、把艺术和科学结合在一起。他们这么讲，是经过他们毕生的经验得出来的结论。美国有个刊物发表了一篇文章总结苹果手机乔布斯的经验，文章说，乔布斯留给我们的经验和教训，第一条就是有永恒价值的创造发明一定是高科技和艺术的结合。乔布斯的团队是搞计算机的，但他的团队里面有研究诗歌、历史、人类学的人。这和钱学森和季羡林的讲法是一致的，这非常重要。

我自己谈不上是红学家，但是我这几十年在美学中心的很多工作中跟红学家有些接触，跟红楼梦协会、曹雪芹协会都有一些接触，我们曾请了一些红学家来举办过几次有关《红楼梦》的沙龙。红学家们提出一个观点，当时我听了之后很惊喜，是说北京大学跟《红楼梦》的关系非常密切——蔡元培是老红学的代表，胡适是新红学的创始人，这两支都是从北大发源的；而且很多《红楼梦》的专家都在北大，何其芳、俞平伯过去都在北大原来的文学研究所……

所以很多红学家提出，北大应该继续来研究《红楼梦》，要好好来研究《红楼梦》，我觉得很好。他们甚至还建议说北大应该建设一个《红楼梦》的资料馆，把《红楼梦》的材料都集中到北大来，我是很赞同这么做的，非常有意义。

北大应该来研究或者来推动《红楼梦》的研究。当然北大远不是我一个人，中文系有很多老师都是研究《红楼梦》的，他们比我研究得深入。我只是从一个角度来做研究。

您认为北京大学应该围绕《红楼梦》做哪些工作？

叶朗：《红楼梦》的研究在我们北大有历史，我们应该继续做一些工作。《红楼梦》的传统也是一个非常好的传统，这一点我们有自觉，要一直把它做下去。

一个是我们自己做研究，加强《红楼梦》的研究。实际上现在我觉得我们对于传统文化、传统美学也研究得很不够。我曾经在有些文章中提到过，毛泽东主席在50年代有一个对文艺工作者的谈话，原文我背不下来，他的意思是说中国古代的这些艺术、绘画、戏曲都是有道理的，或者说是有理论的，但问题是我们说不大出来。为什么？因为研究不够。我经常举的一个例子就是京剧，我们常说京剧好，看表演并热烈地鼓掌。但好在什么地方，说不出来。

第二就是推广，特别是在大学生里面来推广《红楼梦》，就像英国人要读莎士比亚，俄国人读托尔斯泰一样的道理。我曾经看到有一家报纸在大学里做了一个调查，说你最读不下去的书是什么，第一本就是《红楼梦》。我就很奇怪，我认为中国小说里头第一本应该读的就是《红楼梦》，大学生一定要读《红楼梦》，所以我也提倡在北大开授《红楼梦》的课程。和中文系的刘勇强教授等，我们一起做了一个慕课"伟大的《红楼梦》"。

我觉得我们有这个责任，归结起来就是一种学术研究的自觉性。我们在北大，作为一个北大的学生或者北大的学者、老师，我们是有继承蔡元培重视美学研究、重视美育普及、重视中国文化的研究、重视《红楼梦》研究等传统的责任，不能把它中断，不要让它消失。所以我们美学和美育研究中心设在这个地方，我们尽量做，当然我们做得很有限，但是我们尽量做，把它继续下去，继续研究，继续传播，更广泛地传播。

在中国共产党建党一百周年之际，我们也有一些这方面的文章和电视剧。比如说《觉醒年代》，我觉得它非常好，讲中国革命的传统。北大是有革命的传统的。不光是红学，同时我认为北大还有一个对中国传统文化的研究、继承和发扬的传统。很多东西的源头都应该到北大来找，所以我们应该把这些东西搞清楚，然后把它发扬光大。

我们的学生们也要继承和传播。一个是学习研究，另一方面就是国际交流。现在我们都强调国际化，我觉得非常对，因为现在就是个全球化的时代。但是国际化、全球化我觉得有两个方面，一个是要把西方的好的东西尽量多地吸收进来，另外一个要把中国的好的东西传播出去。交流是要同时进行的。目前西方对中国太不了解了！我们中国人过去是对西方不了解，但是现在相比起来，我一直认为中国人对西方的了解大大超过西方对中国的了解。

我们上次开世界美学大会，请了一些国外的美学家来参加。他们走的时候说收获很大，他们知道了中国除了老子、孔子之外，还有朱光潜、宗白华，他们第一次知道有朱光潜！我还记得很早有一次，我们国家请了一个意大利的作家协会的主席来开会，接待他的人说今天还有点时间，带你们去参观一下鲁迅的故居，然后对方就问，鲁迅是谁？他根本不知道鲁迅是谁！真的太不了解中国了。当然这与我们那时候的经济地位、政治地位都有关系，现在可能慢慢会变化，但仍然应该让世界更了解中国。

所以我们强调国际化的时候，除了强调要去向西方开放，引进西方的一些好的东西之外，千万要记住也必须要把中国的东西传出去。一个很重要的前提就是我们自己要研究，所以我觉得将来我们的学生在这方面要下功夫。

我们需要做很多。很多事需要我们的学生来做，一代一代地继续。老师年龄大了做不了了，年轻人可以做。而且现在条件不一样，我们年轻的时候没有手机、电脑，如今想了解一些国外的东西就很方便了，要传播也很方便。

传承北大人文传统、传承中华传统文化的确需要一代代青年人去做，您对于青年人有什么治学方法的指导或者寄语吗？

叶朗：我经常跟我们同学引用冯友兰先生的一句话，是晚年学生去采访他时他提到的。他说："人类的文明，好像一笼真火，几千年不灭地在燃烧。为什么不灭？就是因为古往今来的思想家、文学家、科学家，都呕出心肝，把自己的脑汁作为燃料添加进去，这样人类的文明才不灭。"那么为什么要呕出心肝呢？冯先生自己回答说，那是因为"欲罢不能"，就像一条蚕，它既生而为蚕，只有吐丝，"春蚕到死丝方尽"，它也是欲罢不能。

我对北大的同学们说，这"欲罢不能"四个字非常好。我们北大的人文传统和人文精神就是"欲罢不能"，学问做到深处，自有欲罢不能，这就是对中华文明和人类文化的一种献身精神，一种超越个体生命的精神。

我们要继承传统。做美学美育也好，读《红楼梦》也好，研究中国美学也好，对我们的人生有什么意义？就是我们要提升自己的人生境界，因为我们每个人的个体生命都是有限的，要超越个体生命的有限存在和有限意义，去追求一种更有意义、更有价值、更有情趣的人生。

我研究《红楼梦》就是对中国传统文化的研究和继承。曹雪芹、叶燮，包括王夫之等等这些明清的大的思想家、文学家，他们对中国文化的贡献强烈地影响了我，推动我集中自己的精力来研究中国的传统文化、传统美学，传播中国的传统文化、传统美学。用费孝通一再讲的话来说，就是"文化自觉"。

我顺便补充一句，费孝通这位学者我过去不太了解，因为我觉得他做的是社会学，跟我好像没有关系，所以对他不太关注。后来我发现这个人很了不起，不仅是社会学，他对整个中国文化的理解有很深的深度，而且他对很多问题有非常好的见解。他提出"文化自觉"，还有"美美与共"等等，非常了不起。所以我现在找了很多费孝通的书和资料来看：他的自传、对他的采访、他晚年的谈话录等等。我前不久就一直在看费孝通的晚年谈话录，他有很多见解看法都很了不起，我觉得非常好。我过去不了解他，很多重要的人物，我们其实不知道、不了解，对不对？但慢慢地就会了解了。

所以一个人，特别是你们年轻人，要善于增加自己的智慧。怎么增加？那就从这些前辈学者身上学。他们怎么度过他们的人生，怎么做他们的学术，真的要从他们身上学习。

对于大学和中学的青少年，我觉得可以看一点朱光潜的书、傅雷的书。我是希望每一个大学生和中学生都能够读读《傅雷家书》，因为它可以告诉你真正的艺术是什么、真正的有意义的人生是什么。丰子恺的书也很好，他的人生也是一个诗意的人生。（撰稿：来星凡；采访：来星凡、黄昭华、郑莉娇）

赵振江教授从事西班牙和西班牙语美洲文学研究与翻译工作。20 世纪 80 年代末，因为一个偶然的契机，他远赴西班牙格拉纳达大学，翻译、校订西班牙文版《红楼梦》。将近四年的时间里，他夜以继日，精益求精，每一处用词都反复斟酌，每一次改动都细细思量，终于完成了这部鸿篇巨制的翻译与校订工作。西班牙文版《红楼梦》问世后，在西班牙引起了热烈的反响，也成为中外文化交流中的一座重要的桥梁。

他也持续地致力于将西班牙语诗人的诗情世界引入中国，他的工作使他成为两种文化间的一名引渡者。赵振江教授为本书撰文，详细地谈了翻译《红楼梦》的几点体会。同时，我们也对赵振江教授进行了访谈，了解到西班牙文化世界中《红楼梦》与中国文化是怎样的存在。热爱古典诗词的他，从一名译者的视角，发现了《红楼梦》诗词里别样的有趣之处。

学人简介

赵振江，1940 年 2 月生，北京人。北京大学外国语学院教授。主要研究领域为西班牙语语言文学。代表著作有《拉丁美洲文学史》（合著）、《西班牙与西班牙语美洲诗歌导论》等。

赵振江◎翻译《红楼梦》的几点体会①

自"五四"以来，中外文学交流是极不对等的。每当西班牙报刊介绍《红楼梦》时，就说这是中国的《堂吉诃德》，以此说明《红楼梦》在中国和世界文坛上的地位。但是迄今为止，在整个西班牙语世界二十多个国家和地区，西班牙文版《红楼梦》只有一个版本（我们国内也出过一个版本，但在国外根本见不到）。再看看《堂吉诃德》在我国的出版情况，简直令人难以置信。自 1922 年，林纾和陈家麟合译的《魔侠传》问世，至 1978 年杨绛先生从西班牙语译出的《堂吉诃德》出版，这期间就有蒋瑞青、伍光建、温志达、傅东华、张慎伯、范泉、桂慈、瞿秋白、伍实、陈伯吹、刘云、萧章、朱昆等人翻译或改写的十余个不同版本的《堂吉诃德》。此后至 2010 年，据不完全统计，《堂吉诃德》在我国的版本竟多达八十余种。仅从 2000 年至 2010 年的十年间，就出版了六十四种不同版本的《堂吉诃德》，缩写版、改写版、译写版、少儿版、少年版、初中生珍藏版、高中生珍藏版、少年必读版、青年必读版、青少年必读版、青少年速读版、彩绘版、插图版、动画版、漫画版、连环画版、图咏版、彩色插图精读版、彩绘世界文学名著专家导读版、杜雷插图典藏名著版、大语文丛书语文新课标名著读书系列外国文学高中版，可谓名目繁多，层出不穷。我虽然是研究西班牙语文学的，也百思不得其解。

我们曾经投入了不少人力和财力，翻译出版了一些古典文学名著，但就西班牙文版《红楼梦》而言，并未达到预期的效果。究其原因，我认为有两点：一是只聘请西语译者，而没有中国人审校；二是只管翻译出版，不管发行即传播的情况如何。在这方面，西班牙格拉纳达大学的做法倒是

---

① 本文系作者为本书所撰。

可以借鉴的。

在西班牙出版《红楼梦》，这原本是我们的外文局和格拉纳达大学的一项合作协议：我方提供译文，他们负责出版发行，并向外文局提供两个赴该校进修西班牙语的奖学金名额。当格拉纳达大学拿到《红楼梦》的译文时，他们认为译文不是从汉语直译而是从英文转译的，而且译文的水平没达到他们的要求，因此不能出版。大学秘书长卡萨诺瓦教授亲自去马德里与我国驻西班牙大使馆联系，请文化参赞推荐一位西文版《红楼梦》的审校者和定稿人。当时任文化参赞的是张治亚先生，他向卡萨诺瓦先生推荐了我，这就是我何以被动地成了《红楼梦》译者。要说明的是，我和张治亚先生此前并没打过任何交道，他比我年长，是国内第一批（1952—1956）学习西班牙语的外交官。我译的阿根廷史诗《马丁·菲耶罗》在布宜诺斯艾利斯展出时（1984），他正在那里任文化参赞，因而推荐了我。至于我个人，一则不谙红学，二则像我这样的西语水平如何能翻译《红楼梦》呢？后来有位"知情人"告诉我说，西文版《红楼梦》已有成稿，我的任务无非是对照中文看一遍，我这才鼓起勇气，于1987年7月到了格拉纳达。

到了那里，才知道根本不像那位"知情人"所说。有西文译稿不假，可人家说那译稿不能用，要逐字逐句地对照汉语修订。这哪里是"看一遍"，简直就是重译。我知道问题严重了，自己难以胜任，可又不能打"退堂鼓"，只好硬着头皮"既来之，则安之"。

第一次拜会卡萨诺瓦先生，我就明确提出：需要一位语言水平很高的西班牙人，最好是诗人，和我一起工作。理由很简单：西班牙语不是我的母语，我个人无论如何也无法完成这项工作。经研究，校方推荐一位在读的文学博士——何塞·安东尼奥·加西亚·桑切斯与我合作。结果，原来计划两个月审校一卷，拖了一年多才完成。后来，我们的做法是，何塞将法文版《红楼梦》译成西班牙语，我对照汉语版校订他的翻译。当第一卷西文版《红楼梦》出版时，既不能署外文局提供的译者姓名，也不能署我与何塞的姓名，译者就成了TUXI，即"西语图书"的缩写，我与何塞就成了"校对、修订、注释"。2009年，Galaxia Gutenberg（又称"读者圈"）出版社再版时便改成了"赵振江与何塞·安东尼奥·加西亚·桑切斯译，阿丽霞·雷林克·艾莱塔校"（Traducción de Zhao Zhenjiang y José

Antonio García Sánchez, revisada por Alicia Relinque Eleta）。要说明的是，格拉纳达大学这样做，事先并未和我商量，因为我只是个译者，既无版权，也未得到稿酬。但我还是很感激格拉纳达大学，因为他们付出了极大的努力，前后拖了十六年，才出齐了西文版三卷本的《红楼梦》。

我问过外文局从事西班牙语翻译的同行，是否有人审校过《红楼梦》的译文。回答是否定的，理由是"文责自负"。可如果译者根本不懂汉语，他如何负责呢？

就拿《红楼梦》这个书名来说吧，国内西文版译作 SUEÑO DE LAS MANSIONES ROJAS，直译是"红色大厦（或官邸）之梦"，la mansión 一词在西班牙语里，即大厦、豪宅、宅邸之意，而且用的是复数。问题是书中的荣宁二府的"府"也译作 mansión。懂汉语的读者，对这样的译法，一定会提出质疑。"红楼"之楼和"荣宁二府"之府，怎么会是同一个词呢？我们知道，《红楼梦》又名《石头记》《情僧录》《风月宝鉴》《金陵十二钗》，再看看作者自己对《红楼梦》的评价："浮生着甚苦奔忙，盛席华筵终散场。悲喜千般同幻渺，古今一梦尽荒唐。漫言红袖啼痕重，更有情痴抱恨长。字字看来皆是血，十年辛苦不寻常。"就更能体会"红楼"绝非仅指"荣""宁"二府。我个人觉得，译作 Sueño en el Pabellón Rojo，或许能使读者产生广阔的遐想。或许正因为如此，英文译者霍克斯采用了《石头记》的书名。

又如把"撞客"译成"碰见朋友"，如有国人校订，这样的误译是不会出现的。至于把"叩头"译作"问候"，把"炕"译作"床"，把"初试云雨情"译作"第一次性生活体验"，虽说不是误译，但不同的译者会采取不同的译法，也有个"雅俗优劣"之分吧。

在翻译过程中，有时还会碰到意想不到的问题。比如在翻译香菱（即甄士隐的女儿英莲，被拐卖到薛家后改名香菱，后又被夏金桂改作秋菱）的名字时就碰到了麻烦。按说这个名字没有什么出奇的地方，可谁知当我们注释其含义时，发现在西班牙没有菱角这种植物，自然也就没有西班牙文的名字。国内提供的版本译作 castaña de agua，可这是荸荠，显然与一位楚楚动人的少女形象相去甚远。要译作"菱"，就要查植物学词典，可在植物学中，又有两角菱、四角菱和乌菱之分，香菱之菱属于哪一种呢？再说，如果一定要译作"菱"，就要用拉丁文，在西班牙语中，突然出现一个拉丁文单词，如同在花生米中掺一粒石子。经再三研究，只好把香菱之菱译作睡莲（Nenúfar）了。"睡莲"与英莲之"莲"是同族，声音也不难听，似乎也与人物的形象相符。这仅仅是翻译过程中一个小小的插曲，译者的良苦用心也就可见一斑了。

对我们来说，最难的是翻译《红楼梦》中的诗词。我们知道，汉语和西班牙语是完全不同的载体：一个属汉藏语系，一个属印欧语系；一个是单音节表意的方块字，一个是多音节的拼音文字；一个有四声而且韵母非常丰富，一个是韵母单调（仅五个元音）但有重音，节奏鲜明。如果逐字逐行，是无法译的。再说，学过外语的人都知道，在外语文本中，最忌讳的就是重复同一个单词，而在汉语里，这却是一种修辞手段。诸如"花谢花飞花满天，红消香断有谁怜""秋花惨淡秋草黄，耿耿秋灯秋夜长""桃花帘外东风软，桃花帘内晨妆懒。帘外桃花帘内人，人与桃花隔不远"，一行七个字，三个"花"，如何翻译呢？只能在理解原诗的基础上，用西班牙语写一首尽可能与其相似的诗。诗歌翻译是二度创作。为了保证译文的忠实，我们的做法是，首先由我做两种翻译：一种是不管西语的语法结构，逐字硬译，"对号入座"，还要标上汉语拼音，使何塞对原诗的本来面目和声音有个总体印象，以弥补他根本不懂汉语的缺欠，但这样的翻译，有时他根本看不懂，莫名其妙。因此，还要按照规范的西班牙语做另一种翻译。何塞在两种翻译的基础上加工润色，使其成为西班牙语诗歌。然后，我们一起讨论定稿。定稿之后，还要把它交给当地的几位诗人朋友传阅，并听取他们的修改意见。

说到《红楼梦》里的诗词，我想起已故英语教授齐声乔先生和我的一次谈话。齐先生是著名语言学家罗常培的高足，曾任彭德怀元帅在板门店和美国人谈判的英文翻译，生前和我是"忘年交"。有一天，齐先生对我说："我去问温德①，杨宪益先生和霍克斯翻译的《红楼梦》，哪一个更好些。这俩人都是温德的朋友，他要滑头，不肯说，但又忍不住，最后还是说了一句：'霍克斯翻译的《红楼梦》里的诗，真是诗。'"

---

① 罗伯特·温德（Robert Winter, 1887—1987），祖籍法国，在美国出生与读书，曾留学法国。在芝加哥大学任教期间，结识了闻一多先生，后者举荐他到东南大学任教。1928 年清华学堂改为国立大学后，他和吴宓、闻一多一起到清华。后又赴昆明西南联大。1952 年院系调整，到北京大学西语系任教。温德和齐声乔是好友。

在此要说明的是，我不懂英文，对英文版《红楼梦》没资格评论。再说，我根本不认识霍克斯；而对杨先生，不仅十分景仰，在西班牙还有过一次长谈。他是我崇拜的偶像，至今还记得先生的《题丁聪为我漫画肖像》："少小欠风流，而今糟老头。学成半瓶醋，诗打一缸油。恃欲言无忌，贪杯孰与俦。蹉跎渐白发，辛苦作黄牛。"虽是自嘲，但对仗工整，平仄和谐，雅俗共赏。我引温德的原话，绝无半点贬低杨先生的意思，只想说明汉语诗歌外译，是何等的不容易！（至于温德的说法是否恰当，则另当别论。）

说到古典诗词外译，就西班牙语而言，我认为，最好是由外国的诗人汉学家来译。如果是国内的西班牙语学者翻译，最好与西班牙语国家的诗人合作，才能保证既忠实原文，译出来的又真是"诗"。否则，完全由中国人自己译，那要先看看他是否会用西班牙语写诗；而完全由不懂汉语的外国诗人转译，有时又会闹笑话。我举两个例子。

2000 年，我在马德里去拜访一位女诗人，她很高兴地送我一本与人合译的《王维诗选》。她不懂汉语，是和一位懂汉语的西班牙人合译的。我随手翻开一页："树枝上的荷花！"荷花怎么会开在树枝上呢？一看原文，明白了："木末芙蓉花，山中发红萼。涧户寂无人，纷纷开且落。"（王维《辛夷坞》）原来译者不知有木芙蓉，以为芙蓉就是荷花（水芙蓉），所以荷花就开在树枝上了。当我向女诗人解释时，她说："我还以为是超现实主义呢。"我又吃一惊：原来超现实主义可以这样理解！

另一个例子是 1990 年诺贝尔文学奖得主、墨西哥诗人奥克塔维奥·帕斯，将杜甫的五言律诗《春望》中的"城春草木深"译作"三月，绿潮淹没了街巷和广场"（Marzo, verde marea, cubre calles y plazas）。帕斯是大诗人，他的译文肯定是诗，毋庸置疑。用"绿潮"暗指草木，用街道和广场指代城镇，用"淹没"表明"草木之盛"，却也说得过去，可是这"三月"是从哪里来的呢？往下看，原来译者将"烽火连三月"中的三月（一连三个月）理解成了三月份，并且提前到了第二句，所以第五句的"烽火连三月"就变成了"碉楼和垛口说着火的语言"（Hablan torres y almenas el lenguaje del fuego），原诗中"战事旷日持久"的意思就没有了，"家书抵万金"也就失去了依据。正如帕斯本人所说的：好诗人，不一定是好译者。当然，就这首诗而言，误译的责任不在帕斯，因为他是从英文转译的。

　　我认为，将中国的文学经典翻译成外文，主要靠国外的汉学家。但培养一位高水平的汉学家，不是一蹴而就的事情。目前，尤其在非通用语种国家，高水平的汉学家稀缺。在这种情况下，不妨采取我们在格拉纳达大学的做法：首先遴选出大家公认的国学经典的英译本或法译本，然后请西班牙语高水平的译者（应不难找到）译成西班牙文，再由我国的西班牙语学者根据原文审校。这样，既可保证译文质量，又可避免误译，收到事半功倍的效果。当然，这只是目前的权宜之计。等到译介国有了高水平的汉学家，也就无须我们越俎代庖了。

《红楼梦》走进西班牙语世界

——访北京大学外国语学院教授赵振江

赵振江教授在访谈中,不仅重温了他翻译西语版《红楼梦》的细节趣事,还详细讲述了西语版《红楼梦》出版后在西班牙引发的热烈反响,以及西班牙世界对于中国文化的喜爱。在他这位熟悉汉语与西班牙语的跨文化学者的视角中,《红楼梦》与拉美魔幻文学有着一定的共通与联结。诗歌在不同文化中,也将得到不同的品味模式。

在翻译《红楼梦》的过程中,让您印象最深刻的是什么事情?

赵振江:印象最深的并不是什么大事,而是一些具体的小译法往往需要反复斟酌。比如翻译《红楼梦》里人物名字的时候,我们曾想按意思翻译,以为这样容易解决名字的语义双关问题。但翻译起来,才发现这样做的问题更多。比如贾雨村,译成了"雨水下的村庄·贾",因为"贾"是姓,不可能译成"假"的意思,不但觉得有点滑稽,而且也译不出"假语村言"的意思,便只好作罢,还是采用汉语拼音的办法了。但是采用汉语拼音翻译,对外国人来说也有阅读和理解上的困难,如外国人很难把贾珍(Jia Zhen)和贾政(Jia Zheng)区分清楚,又如他们会把曹操(Cao Cao)读成"高高"等。外文翻译成中文也有类似的问题,比如英语的"约翰"和西班牙语的"胡安",英语的"约瑟"和西班牙语的"何塞",其实是同一个名字。翻译有些问题,还没有统一的规范,需要斟酌和思来想去,于是印象也就最深刻。

在您的《红楼梦》译本出版之后,当地的反响如何?

赵振江:应当说,西文版《红楼梦》问世后引起了热烈的反响。在格拉纳达大学的文化中心马德拉萨宫举行了隆重的首发式，并邀请了北京外文局著名翻译家和红学家杨宪益等一行三人参加了该项活动，同时在格大校部举办了《红楼梦》人物画展。西语版《红楼梦》的第一卷在格拉纳达出版社出版时，印了两千五百册，一个月售完。

传媒和文化界也反响如潮。西班牙《国家报》和一些地方报刊以及电台、电视台都做过报道。穆尔西亚的文化季刊《拾遗》上发表了小说的第十七回，并附有何塞与我合写的文章《曹雪芹与〈红楼梦〉》。专门发表新作的杂志《比特索克》（Bitzoc）上发表了小说的第十八回。格大校刊的特别副刊上发表了小说的第一回以及何塞·蒂托写的短评：《〈红楼梦〉：雄心勃勃的出版业绩》。ＡＢＣ杂志1989年第2期"书评家推荐图书"栏目中，十四位书评家中有两位同时推荐了《红楼梦》。《读书》和《喀迈拉》（QUIMERA）等文学杂志上也相继发表评介和推荐文章……

格拉纳达大学副校长卡萨诺瓦教授在西文版《红楼梦》前言中说："它向我们提供了无比丰富的情节，从而使我们对中国文化和智慧的无限崇敬更加牢固……对于格拉纳达大学来说，此书的出版意味着极大的光荣和优越感，因为我们率先将这智慧与美的遗产译成了西班牙文……"

1989年5月3日，格拉纳达官方报纸《理想报》曾发表一篇对格大出版社社长巴里奥斯先生的专访。他说："这部中国小说的译本在全国各地所引起的反响，促使我们要改变自己的方针：我们要与那些丑陋的令人反感的图书决裂……"

在西班牙语世界里，《红楼梦》是一个什么样的存在？

赵振江：在西班牙有为《红楼梦》写文章的，我当时也搜集过。《红楼梦》本身在西班牙还是比较受欢迎，但尽管如此，要拿它跟《堂吉诃德》在中国的传播做比较，还是很不对等。

这方面我的感受很深，中西文化交流是很不对等的。最深的体会是，我在西班牙经常接受报纸杂志专访，每当提起《红楼梦》在中国文坛的地位，他们都会说"这是中国的《堂吉诃德》"。可是从林纾翻译《魔侠传》开始，《堂吉诃德》在中国有上百个不同的版本。前不久，我的朋友、汉学家雷林克女士又把林纾翻译的《堂吉诃德》从中文翻译回了西班牙语，被称为"堂吉诃德回家"。可是在西班牙和西班牙语美洲二十几个国家和地区，《红楼梦》几乎只有这一个版本。我说"几乎"，是因为我们国内也出版了西文版《红楼梦》，但据我所知，在国外基本上没有传播。

实际上，西班牙是很喜欢中国文化的，我们中国有很多文化精华在国外没有得到很好的传播。比如毕加索曾说：如果我懂中文，就会用中文"写"自己的画。他认为汉语的象形文字就是画，尤其是草书，他认为就是抽象画。毕加索对齐白石和张大千特别推崇。

我还记得在我住的大学花园式宾馆举办过一个医生和护士的培训班。《红楼梦》里有一回讲"张太医论病细穷源"，其中提到中医把脉的"寸关尺"和阴阳五行如何相生相克，我们翻译的时候对此做了一个很长的注释。于是我们把它打印出来，分发给这个培训班的医护人员，他们对中医的辨证施治非常感兴趣。

在格拉纳达大学，有一位教授就开了一门关于中国文化的课程，干脆用《红楼梦》做教材。《红楼梦》的确是一部百科全书，包罗万象，建筑、烹调、服饰、园艺、戏曲、诗词……几乎应有尽有。

您是如何与《红楼梦》结缘的？最喜欢里面的哪些人物、情节或者部分？

赵振江：上中学的时候我就想读《红楼梦》，但当时没有读。因为中学图书馆里的书比较少，《红楼梦》比较难借到。上大学以后读了《红楼梦》，也读了很多关于红学的辩论、文章。我喜欢古典诗词、古典文学，喜欢《红楼梦》是很自然的事情。

曹雪芹写人物千人千面，每个人的语言和行动，都非常符合他的身份。对人物很难说绝对喜欢，但是许多人物都有值得喜欢和欣赏的地方。

我更多地还是喜欢《红楼梦》的语言和里面的诗词。《红楼梦》里面的诗词很有味道，还符合每个人的性格。欣赏《红楼梦》里的诗词，不能像唐诗宋词，因为它是根据特定环境和人物的特定性格来决定写什么样的诗。

关于诗词，这里面还有一个小故事。我和何塞想出一本《〈红楼梦〉诗词选》。他就非要选锦香院的妓女云儿写的两首小曲，什么"两个冤家，都难丢下"，还有"豆蔻花开三月三"。我不同意，他却坚持说"这两首小曲儿写得好"。的确，西班牙谣曲里有类似的这种风格。我说，如果将这两首小曲作为曹雪芹"写谁像谁"的例子，倒也说得过去。但要按我们的标准，绝不会把这两首小曲看作《红楼梦》诗词里的上品。

《红楼梦》里的诗词给您留下最深印象的是什么？

赵振江：从《红楼梦》里的诗词，还能看出更深层的东西。有一阵讨论《红楼梦》，有人认为后四十回也是曹雪芹写的。我觉得，曹雪芹最多可能留下一些片段，但后四十回不会是他写的。因为按照人物发展的逻辑，比如说贾兰，他写"姽婳词"的时候，"姽婳将军林四娘，玉为肌骨铁为肠。捐躯自报恒王后，此日青州土亦香"，那已经是颇有诗意了，可后四十回写的诗反倒没有诗的味道了，显然前后不是出自同一人之手。

当然中文的诗歌经过翻译后，又会发生变化。比如大观园里搞诗歌比赛，咏白海棠、咏菊等评赏比赛。中文里我们认为最好的诗，翻译成西班牙语，就未必是最好的了。比如在中文里，我们认为林黛玉写的诗最好，但西班牙人可能觉得这不是最好。这是没有办法的，这也是翻译跟原文之间必然存在的差异。

翻译工作实际上是跨越语言文化的连接工作，您觉得翻译《红楼梦》这件事对您有什么特殊的意义吗？或者说，跨越中文和西语两个文明视角，您对于《红楼梦》以及中国文学等有哪些思考？

赵振江：我只觉得，为国家做了一件事。我的学术研究的范畴，基本上是对西班牙和西班牙语美洲文学的研究和翻译，比如把西班牙语诗歌翻译成汉语。至于把《红楼梦》翻译成西班牙语，完全是出于偶然，是误打误撞。我从西班牙回来以后跟红学界产生了一些联系，比如讲讲《红楼梦》的海外传播以及我在翻译过程中碰到的一些问题。

不过翻译西班牙和西班牙语美洲的诗歌，也许能给我们的中国诗人提供一些借鉴。最近我想编一本《西班牙与西班牙语美洲抒情长诗选》。我觉得当前的中国诗坛很多诗太碎片化和私密化，读者如果不特别了解作者的全部履历，根本不知道他在说什么，这就是脱离了群众。尽管诗歌界很热闹，诗作也很多，但是大众中读诗的人却很少，这是一个问题。西班牙和西班牙语美洲的诗歌有写宏大题材长诗的传统，这一直延续到现在，比如像聂鲁达写的《伐木者，醒来吧》《马丘比丘之巅》。我刚刚译完一个厄瓜多尔诗人写的《胡宁大捷——玻利瓦尔的颂歌》（注：该诗九百零六行，已在《中华读书报》2021年6月16日的17—18版全文发表）。当时就想，我们中国那么多诗人，我们这样一个诗歌大国，就没人写一首关于长征的或关于红军将领的颂歌。有人说，作家天生就不是唱赞歌的，我认为该唱赞歌的时候还是要唱，该针砭社会就得针砭社会，作家要反映并指导社会发展，而不是只写阴暗和龌龊的东西。

我还观察到一件挺有意思的事，有时人们一提到《红楼梦》，就说这是一部伟大的现实主义作品，但是《红楼梦》里有很多细节近乎拉美的魔幻现实主义和幻想文学。比如贾宝玉口含一块石头出生，这是现实吗？太虚幻境，这是现实吗？照风月宝鉴，一边是骷髅，另一边是美人，这是现实吗？博尔赫斯编了一本《幻想文学选读》，里面就选了《红楼梦》里太虚幻境、贾瑞照"风月宝鉴"以及《聊斋》里的鬼故事等一些篇章。不过拉美魔幻现实主义跟这些中国作品的区别在于：中国的这类作品，读者一开始就知道这是幻想，而拉美作家则把幻想和现实结合起来，所以拉美的魔幻现实主义作家，往往不承认自己是魔幻现实主义。（撰稿：吴星潼、赖钰、周君柔；采访：吴星潼、周君柔）

北京大学中国语言文学系教授陈熙中长期从事中国古代文论和明清小说的教学与研究，其《红楼求真录》聚焦于研判抄本真伪、脂砚斋批语、作品异文等《红楼梦》研究中的重要问题。

陈熙中的研究熔字词考证、文本分析于一炉，论据翔实、分析严密，对红学研究中的多桩"公案"的诠释颇有力度，多有精妙之论，体现出北大学人严谨、求实、创新的治学范式。《"实字""虚字"与"通用门"》一篇便颇见陈熙中教授的治学功底与论述风格。

访谈中，陈熙中教授也谈到对这篇文章比较满意，因为"能够解决实际问题"。"红楼求真"四字精准地概括了陈熙中先生孜孜以求的研究目标。耄耋之龄的陈熙中先生仍笔耕不辍，一篇篇"读红零札"文章精彩不已。他既谈到吴组缃、吴小如等先生对他的影响，也道出了他在古代文学领域多年治学的经验。回顾与嘱托之间，便勾勒出一条北大治学的脉络。

陈熙中，1940 年 3 月生，江苏无锡人。北京大学中国语言文学系教授。长期从事中国小说及古代文论研究。兼任中国红楼梦学会学术委员会委员、北京曹雪芹学会顾问。代表著作有《红楼求真录》等。

陈熙中◎"实字""虚字"与"通用门"①

《红楼梦》第三十七回《秋爽斋偶结海棠社，蘅芜苑夜拟菊花题》中史湘云和薛宝钗商量如何作菊花诗，庚辰本这样写道：

> 湘云只答应着，因笑道："我如今心里想着，昨日作了海棠诗，我如今要作个菊花诗如何？"宝钗道："菊花倒也合景，只是前人太多了。"湘云道："我也是如此想着，恐怕落套。"宝钗想了一想，说道："有了，如今以菊花为宾，以人为主，竟拟出几个题目来，都是两个字：一个虚字，一个实字，实字便用'菊'字，虚字就用通用（'通用'二字被人点改为'人事双'）关的。如此又是咏菊，又是赋事，前人也没作过，也不能落套。赋景咏物两关着，又新鲜，又大方。"湘云笑道："这却很好。只是不知用何等虚字才好，你先想一个我听听。"

此段文字各本基本相同，异文主要出现在"通用关"这三个字上，具体异文如下：

1. 己卯本、舒序本、列藏本、梦稿本、甲辰本、程甲本作：实字就用菊字，虚字便用通用门的。

2. 戚序本、蒙府本作：实字就用菊花（按：原文如此），虚字通用的。

上述几种异文（包括庚辰本），究竟哪个是原文呢？为了弄清这个问题，我们有必要先谈谈宝钗和湘云所说的"实字"与"虚字"是什么意思。

---

① 本文原载于《北京大学学报（哲学社会科学版）》2010 年第 01 期。

笔者所见到的各种《红楼梦》校注本，对她们两人说的"实字"与"虚字"都没有做注解［只有周定一主编的《红楼梦语言词典》（商务印书馆 1995 年版）对宝钗所说的"实字""虚字"做了解释："【实字】有实在意义的字：一个虚字，一个实字，实字便用'菊'字，虚字就用通用门的。""【虚字】没有很实在意义（与具体事物有关）的字：如今以菊花为宾，以人为主，竟拟出几个题目来，都是两个字，一个虚字，一个实字。"另外，《汉语大词典》第三卷（汉语大词典出版社 1989 年版）对"实字"的释义亦引宝钗语作为书证："【实字】①犹今言实词。……②指具体的名物词。……《红楼梦》第三十七回：'如今以菊花为宾，以人为主，竟拟出几个题目来，都要两个字：一个虚字，一个实字。实字就用"菊"字，虚字便用通用门的。如是，又是咏菊，又是赋事。'"］，可能是因为觉得这两个词很普通，无须解释。其实不然。

　　宝钗提出，诗题都用两个字，一个虚字，一个实字，实字便用"菊"字。结果宝钗和湘云拟出的诗题共十二个，它们是：《忆菊》《访菊》《种菊》《对菊》《供菊》《咏菊》《画菊》《问菊》《簪菊》《菊影》《菊梦》《残菊》。说"菊"字是实字，这好理解，但为什么"忆""访""种""对""供""咏""画""问""簪""影""梦""残"这些字成了虚字了呢？对于今天的多数读者来说，这恐怕是不容易理解的。

　　古人所说的实字、虚字，有时意思相当于今人语法中的实词、虚词。如朱熹说："《大学》中大抵虚字多。如所谓'欲''其''而后'，皆虚字；'明明德、亲民、止于至善''致知、格物、诚意、正心、修身、齐家、治国、平天下'，是实字。"张炎《词源》"虚字"条说："词与诗不同：词之句语有二字三字四字至六字七八字者，若堆叠实字，读且不通，况付之雪儿乎？合用虚字呼唤。单字如'正''但''甚''任'之类，两字如'莫是''还又''那堪'之类，三字如'更能消''最无端''又却是'之类。此等虚字，却要用之得其所。"他们所说的实字、虚字大体上等于我们现在说的实词、虚词。在这个意义上，名词是实字，动词也是实字。杜甫《重题郑氏东亭》诗："崩石欹山树，清涟曳水衣。"《杜少陵集详注》引顾宸云："此诗得力全在诗腰数实字，著一'欹'字如见巉岩参差，著一'曳'字宛然藻荇交横。"清人陈仅说："有炼实字者，如老杜'浮云连海岱，平野入青徐'，'连'字'入'字为单炼；'花妥莺捎蝶，溪喧獭趁鱼'，'妥'（按：西北方言，以堕为妥。说见《苕溪渔隐丛话》）、'捎'、'喧'、'趁'，每句各两字为双炼。"这都是把动词当作实字，也就是今天我们说的实词。

那么，为什么宝钗和湘云把"忆""访""种""影""梦""残"等这些动词名词形容词一股脑儿都说成是虚字呢？

原来古人所说的实字、虚字还有另外一种意思。清人费经虞《雅伦》引《对类》云："盖字之有形体者为实，无形体者为虚，似有而无者为半虚，似无而有者为半实。"即只有那些有具体形体的名物词才属于实字，其余的字词包括动词、形容词等则统统都目之为虚字或半虚半实字。南宋魏庆之《诗人玉屑》卷三"唐人句法"：

> 眼用实字（按：五言以第三字为眼，七言以第五字为眼）
> "夜潮人到郭，春露鸟啼山。""旅愁春入越，乡梦夜归秦。"……"半夜蜡因风卷去，五更春被角吹来。""朝登剑阁云随马，夜渡巴江雨洗兵。"
> 首用虚字
> "无风云出塞，不夜月临关。""无人花色惨，多雨鸟声寒。"……"载酒寻山宿，思人带雪过。""无边落木萧萧下，不尽长江滚滚来。""但将酩酊酬佳节，不用登临怨落晖。"

很清楚，这里的实字指名词，虚字则指名词之外的副词、动词、形容词等。

对实字、虚字做如是区分的观念在古人诗评中习见。如杜甫《秋兴八首》之五："蓬莱宫阙对南山，承露金茎霄汉间。西望瑶池降王母，东来紫气满函关。云移雉尾开宫扇，日绕龙鳞识圣颜。一卧沧江惊岁晚，几回青琐点朝班。"《杜少陵集详注》引卢德水云："此章下六句俱用一虚字二实字于句尾，如'降王母''满函关''开宫扇''识圣颜''惊岁晚''点朝班'，句法相似，未免犯上尾叠足之病矣。"这是把"降""满""开""识""惊""点"等当作虚字。又，杜甫《江亭送眉州辛别驾升之得芜字》诗："柳影含云幕，江波近酒壶。异方惊会面，终宴惜征途。沙晚低风蝶，天晴喜浴凫。别离伤老大，意绪日荒芜。"明人王嗣奭评曰：

"五六'低''喜'皆虚字，昔人谓之诗眼。"这是把"低""喜"二字当作虚字。清人陈祚明评汉《郊祀歌·练时日》云："又妙在'下''来''至''坐''留'并虚字，'车'与'斿'并实字。"也是把动词"下""来"等说成虚字。

至此，我们可以明白了，宝钗和湘云把动词"忆""访""种"等和形容词"残"当作虚字并没有错。至于"影"和"梦"虽然是名词，但它们与天地日月花木禽兽等名词不同，是没有具体形体的，所以也归入虚字（前人亦称"影""梦"等字为半实字）。

在弄清了实字、虚字的意思之后，我们接着来讨论"虚字就用通用关的"异文问题。

首先，各本都有"通用"二字，所以可以认定"通用"二字应为原文所有。我们知道庚辰本的点改文字几乎全是没有版本依据的臆改，这里把"通用关"改为"人事双关"，也是如此。

其次，戚序本、蒙府本的"虚字通用的"一句，本身意思就不通顺，显然也不可能是原文。

所以原文只可能是庚辰本的"虚字就用通用关的"或己卯本等的"虚字便用通用门的"。略去"就""便"二字的些微差异不论，那么，问题就集中在原文究竟是"通用关"还是"通用门"。

"通用关"的说法，意义不明，亦未见于他书；而"通用门"却是见于古书的，而且是一个常用词语。

元人傅若金在《诗法正论》中说："但涉江湖闹热语便鄙俗，凡用通用门字无法则软弱。软弱犹易疗，鄙俗最难医。"明代王良臣辑《诗法密谛》、清代费经虞撰《雅伦》和张潜辑《诗法醒言》都引了他的这几句话，文字小有出入，《诗法密谛》和《雅伦》中"通用门"作"通用门类"。不过，什么是"江湖闹热语"，什么是"通用门字"，目前我们还不能确切把握它们的意思，猜想起来，"江湖闹热语"似指诗歌中已经用滥了的套语，"通用门字"则是指普通平常的词语。如果真是这样，那么傅若金所说的"通用门"也许与宝钗说的"通用门"关系不大。

我们注意到，明清时期的一些分类字书中一般都有"通用门"（或"通用类"）这一门类。我们先来看由朱元璋敕撰成书于洪武年间的《华夷译语》。这是一部最早的《华夷译语》，只收蒙古语，可以说是一部汉蒙分类词汇（其中蒙语只以汉字记音）。《华夷译语》是以词语的意义分类的，共分十七门，依次为：天文门、地理门、时令门、花木门、鸟兽门、宫室门、器用门、衣服门、饮食门、珍宝门、人物门、人事门、声色门、数目门、身体门、方隅门、通用门。其中除人事门、通用门外，其余各门收录的大多是名词，只有个别门类还收了少量动词、形容词等。现将其人事门和通用门中所收的一部分汉语字词节录如下：

人事门：听、见、教、拿、认、记、想、问、到、行、回、来、唱、睡、请、读、打、骂、跪、坐、梦、起、走、去、笑、愁、喜、羞、忙、聪明、爽利、卖、买、商量、安排、一同、自由、恐吓

通用门：难、易、忧、有、无、不、通、是、非、实、虚、大、小、高、低、长、短、不能、能、歹、好、这里、那里、好生、随即、若是、虽是、怎生

从中可以看出，人事门收录的是有关人的举止行为性格等的词语，以动词、形容词为主：通用门收录的主要是形容词、副词、连词等，因为它们适用于一切门类，故叫通用门。

这种词语分类法不但为以后的多种《华夷译语》所继承（从洪武以后到清代中叶，曾编过几次《华夷译语》。乾隆年间傅恒、陈大受等奉敕编纂的《华夷译语》，包括英、法、拉丁、意、葡、德等外语和藏语等少数民族语言的译语，也分天文、地理、通用等门），而且也被其他同类书籍所采用，只是门类多少略有增损。如明代陈侃《使琉球录》中附录的《夷语》（按：指日语）分天文、地理等十五门，其中人事门和通用门所收的汉语字词如下：

人事门：跪、说、拜、兴、走、去、来、你、我、有、无、好、歹、买、卖、睡、请来、见朝、入朝、鞠恭（原文如此）、底（原文如此）头、立住、叩头、谢恩、朝贡、平身、庆贺、表章、赏赐、起来、进贡、进表、进本、报名、辞朝、回去、早起、下程、筵宴、敕书、拿来、好看、不好、放下、作揖、给

赏、方物、多少、言语、晓的、不晓的、圣旨、御前谢恩、且慢走、上紧走、上御路、再叩头

通用门：买、卖、来、去、说、看、求讨、起身、起去、起来、回去、说话、不敢、晓的、知道、付答、回赐、好看、不好、买卖、有无、东西、不知道、明早起身

明清两代涉及日本和琉球的书籍如《筹海图编》《日本考略》《琉球入学见闻录》等，其中都有类似《使琉球录》中《夷语》那样的汉语日语对译词汇，分类也大致相同，不过称"类"不称"门"。如明人胡宗宪的《筹海图编》[《筹海图编》，题明胡宗宪撰，实为其幕僚郑若曾（号开阳）撰，有明刻本、四库本] 有《寄语（按："寄"是译的意思，"寄语"即译语）杂类》，分天文、时令、地理、方向、珍宝、人物、人事、身体、器用、衣服、饮食、花木、鸟兽、数目、通用共十五类。其人事类与通用类所列汉语字词如下：

人事类：要、不要、立、等待、眠、拿来、拿去、相扰、乱说、看、不送、嬉、坐、病、揖、骂、鼾、罾、睡、去、在、不在、来、便来、回来、便去、快来、送与我、爱惜、怕、出去、前行、行、喜、说话、怠慢、饮、独乐、羞愧、吃、安排、走、快去、打人、借、买卖、不吃了、唱、莫怪、多持久、教、吃酒、那里去、添、行路、晓得、卖、叫人、老实说话、痛、起身、多多吃了、还了、不晓得、沙、请人、慢慢的、害、不卖、怎么卖、肚饥、哭、多少、打、有情、无情、醉、缓、无工夫、怪、死、肿、唤、笑、活、买、输、伤寒、写字

通用类：有、无、好、极好、不好、大、小、少、多、远、近、瘦、短、细、朽、厚、薄、歪货、破、不是、要紧、缓、无用、多有、未、香、臭

又如清代潘相的《琉球入学见闻录》（此书有清刻本，首有陆宗楷乾隆甲申年序），其中《土音》（按：指日语）分天文、地理、时令、人物、人事、宫室、器用、身体、衣服、饮食、珍宝、通用共十二类。内人事、

通用两类所列汉语字词如下：

人事类：作揖、洗浴、上人洗面、下人洗面、拳头、打架、脱衣、杀、醉、睡、起来、疼、行路、等待、病、生、死、伤风、好、不好、买、卖、言语、上紧走、梦、瘦、肥、早起、晓得、不晓得、回去、坐

通用类：甜、酸、鲜、蛋、黄、红、青、白、紫、黑、念书、香、臭、说话、不敢、喜欢、笑、啼、歌

从上述各书的人事门（类）和通用门（类）所收的字词来看，这两个门类常出现交叉重叠的现象。最明显的是《使琉球录》中的《夷语》，其人事门和通用门都收了"说、去、来、买、起来、晓的、好看、不好"等词。就不同的书而言，也是如此，如"有、无、好、歹"在《华夷译语》中属通用门，在《夷语》中却属人事门；"说话"在《寄语杂类》中属人事类，在《夷语》和《土音》中却属通用门（类）；"笑"在《华夷译语》中属人事门，在《土音》中却属通用类，等等。原因显然是由于人事门与通用门往往互相兼容，难以截然区分。所以后来编的《高昌馆杂字》（永乐年间设四夷馆，编辑的《华夷译语》包括蒙古、女真等八种语文，《高昌馆杂字》为其中之一，是汉文、畏吾儿文对照的分类词汇集。1984年民族出版社出版了胡振华、黄润华整理的《高昌馆杂字》，收一千零二个语汇，分天文、地理、人事兼通用等十七门）就干脆把这两类合并，叫作"人事兼通用门"。

这种分类法并非只用于这些汉语与少数民族语言或外国语言对译的书籍。如明代蔡清（1453—1508）在《易经蒙引》中也使用了这样的分类法。蔡清根据程子之说把卦象分为天文、地理、时令、人物、人事、身心、宫室、器用、饮馔、布帛、珍宝、禽虫、气色、数目、卦、通用等十六类，他将"言""吝啬""决躁""进退"等归入人事类，将"圆""直""均""文"等归入通用类，表明与上述书籍的分类是一致的。此外，明代一些收录诗文词语的类书也采用类似的分类法，如卓明卿编的《卓氏藻林》分天文、地理等三十七类，最后一类是"通用类"；璩崑玉编的《古今类书纂要》分天文、地理等三十多部，其中也有"通用部"。

将词语划分为天文、地理、通用等门类，也与古代诗歌的创作有密切的关系。中国的旧体诗尤其是律诗讲究对仗，而且一般要求同类对仗（所谓工对），如星对月、风对雨，就是同属天文门类的词语相对。因此，旧时一些专为写诗提供字汇或对仗例句的书籍也都以天文门、地理门等分类，其中通常就有通用门。如明代吴勉学编的《对类考注》分成天文门、地理门等二十门，其第十九门为通用门，所收为形容词（高、远等）、动词（来、去等）、副词（初、乍等）、助词（乎、也等）。清康熙时人车万育的《声律启蒙》卷三亦列"天文""地理"等类，其中有一类是"通用"，例句是："堪对可，乍对将。欲绽对初放。偏宜对雅称，所愧对何妨。低昂北斗夜将半，断续西风天正凉。"

综上所述，可知在明清人对汉语字词的分类中，是有一类叫作"通用门"（或"通用类"）的。"通用门"中所收的字词，多为动词、形容词等。这就是说，"通用门"中的字，正是宝钗所说的"虚字"。同时，"通用门"与"人事门"往往交叉重叠，所以采用"通用门"的虚字，也符合宝钗所说的"以菊花为宾，以人为主""又是咏菊，又是赋事"的要求。据此，我们认为，在《红楼梦》的原文中，宝钗的那句话应是："虚字就用通用门的。"不过，我们应该明白，"通用门"在这里主要是作为一个词语分类的范畴使用的，并不意味着有一本字书或《对类》之类的书曾把所有凡属通用门类的字词都收录到它的"通用门"里（天文、地理等门亦然）。《红楼梦》的各种版本在"通用门"上出现异文，恐怕多半是因为有些人不懂"通用门"的意思而造成的。甚至近代文人王瀣（字伯沆，1871—1944）也认为"虚字便用通用门的"一句中"门"字是衍字。直到今天，还有校本认为"通用关"是"通用双关"之误，庚辰本漏抄了一个"双"字。现在多数《红楼梦》的校本虽然采用的是"通用门"，但是都不做说明或注解。[唯周定一主编的《红楼梦语言词典》收有"通用门"词条，其释义为："属于通用的门类。门，指作格律诗时为对仗用，某些诗韵按词性所做的语词分类。"因该书体例，只引《红楼梦》本文，不列其他书证，故读者难得其详。]为此本文对"通用门"做了一些考释，不当之处，恳请方家不吝指正。

附记：在此文写作过程中，笔者心中一直存在这样一个疑问：庚辰本的文字往往与己卯本一致，为什么庚辰本会把"通用门"写成"通用关"呢？"门"字与"关"字差别甚大，抄者一般不至于把"门"字错看成"关"字。由于不能对此做出合理解释，所以在文中有意识地回避了这个问题。文章写完以后，忽然想起，庚辰本中这几回的"门"字一般写成"门"（即与现在的简化字相同，当然手写体略有差异），"关"字则写成"门"字内加"关"，因此，事情会不会是这样：庚辰本原也作"通用门"，点改者不懂其意思，臆改为"人事双关"，在改的时候，他把"通用"二字点去，旁写"人事双"三字，然后在原有的"门"字内加一"关"字，把"门"改成"关"。果然，检核书中"虚字就用通用关"与紧接着的下文"赋景咏物两关着"的两个"关"字，发现它们虽然都写成"门"字内加"关"，可是这两个"门"内的"关"字笔迹有明显差异，"通用关"的"关"（指"门"内的"关"）与"人事双"三字的笔迹相同。于是再检核同回"非关情女亦离魂"、第三十六回"这个分例只管关了来""先时在外头关，那个月不打饥荒""你们家把好好的人弄了来关在这牢坑里"、第三十三回"把各门都关上"等"关"字（按：以上各回的抄手系同一人），发现其写法均与"赋景咏物两关着"的"关"相同，而不同于"通用关"的"关"。庚辰本原亦作"通用门"，遂无疑义。然则《红楼梦》原文当为"通用门"，又得一有力之版本根据矣。

参考文献：

1. 黎靖德：《朱子语类》卷十五，中华书局，1986，第 309 页。

2. 夏承焘：《词源注》，人民文学出版社，1998，第 15 页。

3. 仇兆鳌：《杜少陵集详注》卷一，文学古籍刊行社，1955。

4. 陈仅：《竹林答问》，清镜滨草堂抄本。

5. 费经虞：《雅伦》卷十五《属对》，康熙四十九年刻本。

6. 魏庆之：《诗人玉屑》，上海古籍出版社，1982，第 77—80 页。

7. 王嗣奭：《杜臆》卷五，上海古籍出版社，1983，第 181 页。

8. 陈祚明：《采菽堂古诗选》卷一，清刻本。

9. 傅若金：《诗法正论》，明刻本。

10. 贾敬颜、朱凤：《蒙古译语女真译语汇编》，天津古籍出版社，1990。

11. 陈侃：《使琉球录》，明嘉靖刻本。

12. 蔡清：《易经蒙引》卷十二下，四库本。

13. 孙良明：《中国古代语法学探究》（增订本），商务印书馆，2005，第 372—373 页。

14. 《王伯沆红楼梦批语汇录》，江苏古籍出版社，1985，第 397 页。

《红楼梦》求真

——访北京大学中国语言文学系教授陈熙中

陈熙中先生是如何从小说中发现"通用门"这一问题并凭借学识进行研究解决的，他在访谈中为我们进行了介绍。词语的考察辨析颇需要深厚的"小学"，也即语言文字之功，如何走上这样研究《红楼梦》的道路，陈熙中先生为我们进行了分享。

您何时开始阅读《红楼梦》，又是怎样对它产生兴趣的呢？

陈熙中：第一次读《红楼梦》是初高中的时候，但当时看不太懂。我看的第一本古典小说是《水浒传》，高中我主要看鲁迅、郭沫若、巴金这些作家，那时对《红楼梦》没有产生很特别的兴趣。但1954年全国开展的对俞平伯《红楼梦》研究中的错误观点的批判，我还是比较关心的。

应该是始自大学，在老师和课程的影响下，我对《红楼梦》产生了兴趣。我1957年进入北京大学读书。当时有位老师叫吴组缃，他是小说家，很多作品如《一千八百担》《樊家铺》等都很有名。当时吴先生开小说研究课，主要研究《红楼梦》，还讲《水浒传》《三国演义》《聊斋志异》。

吴组缃先生认为《红楼梦》是在以前短篇、长篇小说的基础上达到了中国封建时期的小说最高峰。吴组缃先生分析得很细，他的课很受欢迎。吴先生的一些红学论文，比如《论贾宝玉的典型形象》《论〈红楼梦〉里的陪衬人物》，影响都很大。

在我入学之前，何其芳先生和吴组缃先生讲《红楼梦》有过"打擂台"，主要是他们对薛宝钗人物形象的观点有所不同。吴先生认为薛宝钗是不好的，很有心计，虚伪讨好；何其芳先生认为她人本身不坏，是制度造就成虚伪的人。

您是何时开始进行《红楼梦》研究的？

陈熙中：吴先生对我影响很大。但我开始研究《红楼梦》，则出于一种偶然的机缘。1973年我与两位同事合写了一篇《〈红楼梦〉——形象的封建没落史》，发表在《北京日报》上。只是使用阶级斗争的观点去分析《红楼梦》，与当时的评《红楼梦》文章属于同一类型。

我从文本的角度研究《红楼梦》的第一篇文章，是与侯忠义先生合作的《曹雪芹的著作权不容轻易否定——就〈红楼梦〉中的"吴语词汇"问题与戴不凡同志商榷》，发表于《红楼梦学刊》创刊号（1979年第1期）。当时戴不凡先生的《揭开〈红楼梦〉作者之谜》一文认为《红楼梦》是曹雪芹在石兄《风月宝鉴》旧稿的基础上改写成的，曹雪芹只是一个改写的作者。我们以戴文提出的第一个"内证"即"大量吴语词汇"问题为例，证明他举出的一些证据是不能成立的。

那时候还有一些其他文章，比如《读〈红楼梦探源〉二题》（发表于《文献》1979年第1期）。1980年中国红楼梦学会成立，我当选为理事会理事。

您的《红楼梦》研究主要关注哪些方面的问题？能否与我们分享其中比较有代表性的案例？

陈熙中：我研究《红楼梦》的方法，主要是受到了吴小如先生的影响。吴小如先生研究诗词时非常重视对词语的考察辨析。例如《木兰辞》中"问女何所思，问女何所忆？女亦无所思，女亦无所忆"中的"思"和"忆"，一般读者往往会认为是普通意义上的"思"和"忆"，这是不正确的——当时的木兰明明心事重重，为父亲要去从军而忧愁。大量的证据表明，"思"和"忆"在汉乐府诗中特指男女爱情之间的思、忆，因此这里的诗句要表达的是木兰心事重重并不是因为男女感情的缘故，而是另有原因。只有在广泛考察同时期文学作品中词语的含义，理解词语在当时语言环境中的真实意义之后，我们才能够理解文学作品的本义。

我因此很重视对文学作品语言文字的研究，近年来也一直在进行《红楼梦》的注释工作，并且也会考察辨析各个版本中哪个本子更接近原文本义。

比如《〈红楼梦〉语言中的一个谜："足的"——兼谈庚辰本的真伪问题》（见《红楼求真录》，北京大学出版社 2016 年版，第 21—27 页）是针对当时有些文章认为，包括庚辰本在内的所谓"脂钞本"都是后出于程高一百二十回本的伪作观点。我在比较各本的异同时，发现庚辰本中有一个特殊的词汇，这就是"足的"。这个词在八种抄本中都出现过，比如"足的这位姑娘亲自入了空门，方才好了，所以带发修行。今年才十八岁，法名妙玉""一时散了，背地里宝玉足的拉了刘姥姥细问那女孩儿是谁""贾母足的看着火光息了，方领众人进来"等。其中庚辰本出现过七次，己卯本六次。而在一百二十回的程高本中几乎已经毫无踪影。我们可以进一步推测，其他抄本中的"促的""足等"等异文所根据的底本，其实都作"足的"。只是由于"足的"一词，为人所未曾见过，对它的确切意思不能掌握，因此抄写者或整理者便根据其上下文猜测其意思而加以不同的改写。但是，这些改动大部分还是留下了它们源自于"足的"的痕迹。比较"足的"一词在各本中的异同，足以说明脂本并非出自程本，而且脂本特别是庚辰本的文字更接近《红楼梦》的原稿。

实际上，类似"足的"这种特殊词语在脂本中不止一个，《说"越性"——兼评"程前脂后"说》《"越性"考源》（见《红楼求真录》，北京大学出版社 2016 年版，第 43—55 页）两篇文章中所讨论的"越性"就是又一个值得注意的特殊词语。根据我的统计，在庚辰本中"越性"共出现三十五次。在《石头记》（《红楼梦》）的传抄过程中，"越性"往往被改成"索性""爽性""越发"等。改动的原因很明显，是因为"越性"这个说法为一般人所未见，抄手便根据上下文猜测其意思而改。《红楼梦》中的"越性"极有可能就是吴语的"有心"（意思是索性），只不过写法不同罢了。

我的这种校勘方法，受到了学者的注意。南京大学王希杰教授在《作为方法论原则的零度与偏离》一文中，说："虽然他没有说什么零度、偏离，但是我们完全可以说，他的方法论原则就是，在众多的偏离形式中寻找那个能够产生出这么众多偏离形式的零度形式。"中文系同事林嵩先生在《论校勘学上的零度与偏离法则——〈王子年拾遗记〉异文释例》一文中也谈到我的这种校勘方法。

您长期做红学的研究，成果颇丰，能否和我们分享您比较满意的文章？

陈熙中：我最满意的还是能够解决问题的文章。比如《"实字""虚字"与"通用门"》这一篇。

庚辰本《红楼梦》第三十七回《秋爽斋偶结海棠社，蘅芜苑夜拟菊花题》中，史湘云和薛宝钗商量如何作菊花诗，宝钗道："如今以菊花为宾，以人为主，竟拟出几个题目来，都是两个字：一个虚字，一个实字，实字便用'菊'字，虚字就用通用关的。"此段文字各本基本相同，异文主要在"通用关"，他本或作"通用门""通用"，上述几种异文（包括庚辰本），究竟哪个是原文呢？

我经过研究发现，在明清人对汉语字词的分类中，是有一类叫作"通用门"（或"通用类"）的。"通用门"中所收的字词，多为动词、形容词等。这就是说，"通用门"中的字，正是宝钗所说的"虚字"。同时，"通用门"与"人事门"往往交叉重叠，所以采用"通用门"的虚字，也符合宝钗所说的"以菊花为宾，以人为主""又是咏菊，又是赋事"的要求。据此，我们认为，在《红楼梦》的原文中，宝钗的那句话应是："虚字就用通用门的。"而《红楼梦》的各种版本在"通用门"上出现异文，恐怕多半是因为有些人不懂"通用门"的意思而造成的。

有些看似只是文字问题，实则还涉及很多方面，比如版本、作者、人物分析的问题。我在《"仍"字释疑》《再释"仍"字》（见《红楼求真录》，北京大学出版社2016年版，第118—128页）中，曾谈到《红楼梦》中"仍"字的用法。部分学者认为庚辰本第二十三回《西厢记妙词通戏语，牡丹亭艳曲警芳心》"命宝玉仍随进去"的"仍"字不通，而程高本作"也"才是正确的，并据此认为程高本《红楼梦》是真本、脂评本《石头记》是伪作，即主张"程前脂后"。

我们发现，庚辰本第四十一回《栊翠庵茶品梅花雪，怡红院劫遇母蝗虫》"妙玉斟了一盏与黛玉。仍将前番自己常日吃茶的那只绿玉斗来斟与宝玉"，也有一个"仍"字。实际上，在古汉语中，"仍"字不仅有仍然、依旧的意思，而且经常与"乃"字通用。上述《红楼梦》中的两个"仍"字，即相当于"乃"字。按照我们的思路，不是脂本改"也"为"仍"；相反，是高鹗改"仍"为"也"。

有了抄本以后，《红楼梦》的研究都力图恢复原文，虽然判断哪个是原文很难，但仔细辨析的话，大部分还是可以恢复的，像我举的例子基本上都可以恢复。

发现《红楼梦》中语言文字方面的问题，是否是推动您进行注释工作的原因？

陈熙中：我在自己的"读红零札"系列文章中借着自己所研究的小问题进行零星的讨论，这对推进学术发展是有益处的——否则《红楼梦》中那些词语的细节就被我们放过了。《红楼梦》中写了大量方言和习俗，这方面也还有大量工作要人做，例如有的人对"方言"没有正确的概念，见到一个词在自己的方言中有，便说是本方言中特有的，并且进一步作为他们判定作者是某地人的依据，而不去考察这些语汇在其他方言中是否也存在。

书中所反映的风俗习惯也是如此，例如第六十一回讲到迎春的丫头到厨房去要鸡蛋，管厨房的婆子搪塞她说："不知怎的，今年这鸡蛋短的很，十个钱一个还找不出来。昨儿上头给亲戚家送粥米去，四五个买办出去，好容易才凑了二千个来。我那里找去。"很多人对鸡蛋和"送粥米"之间的关系没有关注，很多注释者也没有出注。我经过考察之后发现，"送粥米"是指亲友给生孩子人家馈赠食品等礼物表示祝贺，全国都有类似的风俗，虽然不一定都叫"送粥米"，但各地送礼时必定有鸡蛋。这样一来鸡蛋和"送粥米"才真正发生了关联。不过也有研究者，他自己是湖北人，看到"送粥米"，便说这是湖北人的习惯，并据此断定作者也出身湖北地区。类似的问题还有很多。

《红楼梦》研究在您的整个学术体系中处于怎样的位置？

陈熙中：我最早进行的是《水浒传》的研究，后来便以《红楼梦》为主了，而且主要是以注释工作为主。我开设过古代小说研究的课程，主要讲的就是脂批。

在小说批评理论方面我也做过一些研究，例如我曾写作过《说"真有是事"》一文。脂批经常会出现"真有是事""真有是语"或"有是事""有是语"。林黛玉初进贾府到贾母处，下人们便说"才刚老太太还念呢，可巧就来了"，这是非常合情合理、活灵活现的客气话。脂批道"真有是事，真有是事"，此前很多红学家都认为脂批出现"真有是事"的地方都表示相关情节是曹雪芹写的真人真事。但我考察了当时的文学批评术语之后，发现"真有是事"的意思实际上是指此处的描写讲得合情合理、活灵活现。这一术语在金圣叹评《水浒传》中也经常出现。在"智取生辰纲"的情节中，金圣叹在多处连续评道"真有此事""真有此语"，这当然不是在说这些事是历史事实，而是赞叹小说情节描写生动，在那种场合就一定会有这样的话和这样的事。

我写的很多文章都不长，但写文章不在长短，关键还是看有没有讲出些意思来。我还对《红楼梦》批语的含义进行过很多辨析。比如贾宝玉第一次上学时，一路向长辈们告别，从贾母到王夫人等等。最后突然想起来忘了一个人——自己的心上人林黛玉。脂砚斋在这里有批语："妙极，何顿挫之至。余已忘却，（阅）至此心神一畅。一丝不走。"吴世昌、杨光汉等人认为"余已忘却"说明这里写的是真人真事，而且曹雪芹和脂砚斋年龄相当而且非常亲近，否则二人之间不会将恋爱这类私密的事情都讲出来。但事实上，"余已忘却"是说自己作为读者读到此处都忘记了宝玉还没跟黛玉告辞，这是对小说手法高明的赞叹。一般人写作小说，辞别的时候当然要先去和心上人告别，而这里黛玉被放在了最后，这也正是小说"顿挫之至"之处。

作为身处北大红学研究传统中的一位学者，您如何看待北大的红学研究？

陈熙中：北大红学的三个派系中，我对索隐派持否定态度。当年胡适原本已经把它打倒了，但现在却又出现了很多，这个也不必大张旗鼓地去批判辩驳，任其自生自灭就好。考证派有其正确的一面，现在也有很多人在做考证派路数的研究，但胡适也有问题，他曾很明确地讲过自己根本看不上《红楼梦》。我认为小说批评派的研究方法比较正确，但与此同时，版本、文字恰恰影响到对一些关键内容的理解，这些基础工作是不能够忽视的。

您认为《红楼梦》的各版本中，哪个或哪些本子比较好？

陈熙中：人们都说北大庚辰本抄手的水平在各本中最差，别的本子的字写得好好的，只有庚辰本写得乱七八糟，但我却最看重庚辰本。正因为抄手水平差，所以他不会对原文加以改动，最多也只是抄错而已，而有文化的抄手遇见"足的"等词可能擅自就改了。抄错的地方研究者还是可以看出原来的面貌，但抄手擅改的地方就看不出来了。抄手的水平低反而能更好地保存原文的面貌，这是一个辩证的道理。之前提到的"足的"的问题，庚辰本中七处都作"足的"，其他抄本有的已经改了，而程甲本全部改掉了。因为只有"足的"可以生发出其他说法，而其他说法无法反过来生发出"足的"。以前校勘往往会说"某字于义为长"，即认为某字在意思上更好。但这存在问题，意思好的不一定就是原文，后改的说法可能更好但并非原文。

作为古代文学研究的学者，请您谈一谈多年来治学的心得。

陈熙中：首先，进行古代文学研究要有基本功。现在因为文学和文化常识的问题闹大笑话的人很多，连一些学者都会犯低级错误。虽说常识和研究水平是两回事，但是低到太过离谱的水平还是会让人不禁怀疑其研究。现代人最好不要总用文言文的语汇，这是当年王力先生就讲过的，因为写出来永远不是古人的文言文，而只会导致误用"家父"称呼别人父亲等等的低级错误，老老实实讲大白话就好了。

第二，吴小如先生有一句名言，即"治文学要通小学"，小学指的就是语言文字之学。我今天介绍的很多研究都和语言文字有关。

我们现在有了电子信息检索工具，相比起古人做学问方便了很多，但如果没有思想，我们还是无法发现和解决问题，好比"仍"字，如果我们熟视无睹便会把这个问题放掉，而这又牵扯到了版本在前在后的问题。我的这些研究受到王国维影响也比较深，他主张要重视古人的"成语"。这里的"成语"不是现在常说的成语，而是指古人的习惯语、通用语。词语是不会孤立出现的，同一时代的语汇需要联系起来考察。这一道理放在古代任何时段的研究上都是成立的。

此外，学术是一个渐进的过程。例如冯其庸等人校注《红楼梦》的工作已经相当不错了，但还是留下了很多错误。学无止境，前人已经研究过的问题往往还有很多值得留意的地方等待我们的探究。（撰稿：隋雪纯；采访：隋雪纯、卜天泓）

编者语

近年新出版的全国高中语文统编教材把《红楼梦》列为整本书阅读，其中，高一语文教材下册第七单元的内容是阅读《红楼梦》整本书。在高中语文统编教材总主编、北京大学中国语言文学系教授温儒敏看来，做这样的安排，有助于让学生对这部伟大的著作有一些感性的了解。

经过多年品读，《红楼梦》让温儒敏感受到"诗比历史更富于哲学意味"。在中小学生当中普及和推广《红楼梦》阅读，让这部中国古代文化的"百科全书"浸润更多人的心田，是温儒敏一直在积极推动的事。

学人简介

温儒敏，1946 年 2 月生，广东紫金人。北京大学中国语言文学系教授，山东大学文科一级教授，全国中小学语文统编教材总主编。研究领域为现代文学史和语文教育。代表著作有《中国现代文学批评史》《中国现代文学三十年》《为精神界之战士者安在》等。

温儒敏◎《红楼梦》让人感受到
"诗比历史更富于哲学意味"

——访北京大学中国语言文学系教授温儒敏

温儒敏教授认为，《红楼梦》是中国文学的巅峰，也是中国古代文化的"百科全书"，凡是受过基础教育的国人，都应当读一读《红楼梦》。温儒敏长期从事现代文学和语文教育研究，他认为《红楼梦》对现代文学有怎样的影响？在中小学生当中普及和推广《红楼梦》阅读，有怎样的意义？我们又该如何阅读《红楼梦》？让我们走近温儒敏教授，了解一下他与《红楼梦》的故事。

您最早接触《红楼梦》是什么时候？之后重读《红楼梦》有什么感受？

温儒敏：我上初中时就读了《红楼梦》，当时就是似懂非懂、蹦蹦跶跶地读，并没有坚持读完，对宝黛之恋的情节比较关注，但也觉得"麻烦"，并不真的懂。《红楼梦》写的是日常生活，比较琐碎，但蕴意很深，初中生缺少历练，往往读不进去。上高中时，我读了何其芳的《论红楼梦》，这本书文笔很美，深入浅出，引起了我对《红楼梦》这部"大书"的浓厚兴趣——原来这本书是可以当作封建社会"百科全书"来读的，里边还有这么多的学问和争议。

完整地读《红楼梦》，是在 20 世纪 60 年代。当时我还在上大学，二年级之后学校就基本停课了，我的时间很多，就找各种书来看，读书多而杂，漫羡而无所归心，其中就包括《红楼梦》。在这样的"乱世"中读《红楼梦》，会觉得很脱离实际又很切合现实，对传统文化以及人情世故的理解，反而比平时要深刻一些，荒唐而残酷的现实也迫使人去思考。

大学毕业后，我参加工作，到粤北基层当了个小干部，经常下乡下厂。记得还是在五七干校劳动时，我又读了一遍《红楼梦》，这次的阅读感受和学生时代的感受又不一样了。当时官方宣传也提倡干部读《红楼梦》，主要是引导大家往阶级斗争的方面理解。但让我最有感触的还是小说中透露出的许多哲理，诸如"天下没有不散的筵席""陋室空堂，当年笏满床。衰草枯杨，曾为歌舞场"，以及《好了歌》等等。现在回头看，书中的这些感喟不一定都是悲观的，让我对于历史嬗变的复杂性与神秘性有了更多的感觉。我当时甚至对所谓的"色空"，也做过一些探究。《红楼梦》拓展了我的想象世界，启示我知人论世，也滋润过我的青春。

最近二三十年，虽然没有再完整通读《红楼梦》，但这是我经常都要顺手翻阅的书，随便翻到哪一页，都可以有滋有味地读下去。人的社会阅历多了，对历史、传统、人生都有了更深的思索，这时再读《红楼梦》，就觉得这部作品不只是谈情说爱的故事，也不只是描写了封建社会的生活，里边还有作者非常独特而又超前的人生感悟，有它的象征世界。

大约十多年前，我还读过一些有关《红楼梦》研究的著作。其中余英时关于《红楼梦》的"两个世界"的论文引起了我的共鸣。进入中老年时期之后，我读《红楼梦》，就更多地注意到它的"乌托邦的世界"和"现实的世界"的"合体"与"分立"，譬如"清"与"浊"、"情"与"淫"、"假"与"真"以及风月宝鉴的反面与正面，等等。这两个世界是贯穿全书的线索，把握这条线索，就更能理解这部"奇书"的中心意义，从而读懂并领悟到有关人生、人性、伦理等形而上的启示。

请您谈一谈自己比较喜欢或印象比较深的《红楼梦》情节或者人物。

温儒敏：《红楼梦》写了九百多人，很多人物都非常有个性，让人过目不忘，这确实很了不起。我印象最深的人物当然是贾宝玉、林黛玉、薛宝钗、凤姐等等，他们不一定让人喜欢，但各自具有鲜明而丰富的性格内涵，读过以后，都会成为我们想象世界中的"熟人"，以至于具有某种标示性的意义，也就是所谓"共名"。就如同一说堂吉诃德，马上会想到耽于幻想、不切实际的"斗士"；提起阿Q，马上意识到"精神胜利法"。

《红楼梦》中的人物是典型而丰富的，很难一语概括。贾宝玉这个人物你怎么给他"定义"？很难，他给人的感受是复杂的，既是"情种"，又有普通人所不及的那种洁净、透明与脱俗。无论古今，现实生活中其实很少有贾宝玉，但他却可以那样真实地存在于我们的想象世界中。黛玉的"共名"是"才高命薄"，然而她的忧生伤世的悲剧感，与现代文学中常见的"孤岛意识"，岂不也有类似？又比如凤姐，泼辣、聪明、能干、有机心，也是非常典型的人物，我们在生活中也能见到她的某些影子。我们说某个女人很厉害，有时就会说她是王熙凤。然而"凤辣子"也脱离不了悲剧的命运。

《红楼梦》中的很多细节描写令人惊叹，特别是关于主要人物的心理描写，那种细腻真切，甚至写到了潜意识层面。比如写贾宝玉总感觉男子"污浊"，而女子干净似水，他成天喜欢在女孩子中间混，甚至吃女人用的胭脂。这似乎有些变态，其实不然，这是对封建时代流行的女性观的某些反叛与颠覆，而且写出了某种男性潜在的心理。特别是青春期的男性，对于女性的想象往往也都是很圣洁的。

对《红楼梦》所写的人和事，光是做社会学分析是不够的，甚至一般的文学理论概念也很难"抵达"，因为它的描写总是触及人性的丰富性，包括某些隐秘的部分，以及那些我们司空见惯却未必认真辨识过的方面。读《红楼梦》需要"裸读"，细细去体味，不先入为主地用某些概念去套，也不满足于提炼什么"意义"。自然，《红楼梦》有各种读法，如鲁迅所说，经学家看见《易》，道学家看见淫，才子看见缠绵，革命家看见排满，流言家看见宫闱秘事……读者的角度不同，各取所需，也说明《红楼梦》的阐释空间很大。但总有最基本的，那就是触及人性的描写。

您认为《红楼梦》对现代文学有怎样的影响？您觉得现代学者的《红楼梦》研究有怎样的意义呢？

温儒敏：《红楼梦》对现代文学作家的影响非常大。"五四"新文化运动的先驱者是反传统的，有意压低对传统文学的评价，但对《红楼梦》却网开一面，而且评价甚高。蔡元培、胡适、鲁迅都研究考证过《红楼梦》。鲁迅称赞《红楼梦》在中国的小说中实在是不可多得的。其要点在敢于如实描写，并无讳饰，其中所叙的人物，都是真的人物。他认为：自有《红楼梦》出来以后，传统的思想和写法都打破了。这是相当高的评价。特别是"如实描写，并无讳饰"这八个字，抓住了《红楼梦》的创作精神，也是"五四"以后新文学现实主义一直追求的精神。

受《红楼梦》影响的现代作家很多，最显著的是巴金和张爱玲。巴金的激流三部曲（《家》《春》《秋》）企图展示大家族崩溃的过程，显然在结构和手法上都模仿了《红楼梦》（也同时参照了外国的"家族小说"）。而张爱玲从小就喜欢读《红楼梦》，后来每隔几年就从头看一遍，晚年还著有红学论集《红楼梦魇》。而她的小说创作，包括《金锁记》等，其人物塑造，心理刻画，浓艳、繁复的工笔写实中透露的苍凉意味，甚至语言的文白格调，都在模仿《红楼梦》的神韵。

王国维1904年写的《红楼梦评论》，是第一篇站到哲学与美学的高度对《红楼梦》的价值做出总体评价的论作。论著采用的主要是逻辑思辨的批评，完全超越了此前拘泥于考证和索隐的聚讼，可以说，现代文学批评史就是从这篇文章发端的。亚里士多德说"诗比历史更富于哲学意味"，王国维对此深有领会，他注意到阅读《红楼梦》必须有审美目光，注意把握其如何表达出作家的经验，探讨作品具有什么样的审美与伦理的追求，突破了传统的妙悟式、点评式的批评。王国维的这种文学欣赏和批评方法，即使在今天，也还是具有启示意义的。

胡适、俞平伯都注重《红楼梦》的考证，他们是"红学"的奠基者。比较而言，俞平伯的《红楼梦》考证，更贴近文学，他的贡献是很大的。可惜的是，20世纪50年代开展对俞平伯《红楼梦》研究的批判，其实也是矛头指向胡适，指责其为"唯心主义"，全盘否定。那主要是政治运动，对于学术的伤害很大。

作为中小学语文统编教材总主编，您认为在中小学生当中普及和推广《红楼梦》阅读，有怎样的意义？

温儒敏：我主持编写的小学语文教材，五年级就安排了《红楼春趣》，是节选自《红楼梦》第七十回，写的是宝玉、黛玉等在大观园里放风筝的故事，让学生在小学阶段对这部伟大的著作就有一点感性的了解。而高中语文统编教材中，更是把《红楼梦》安排做"整本书阅读"。

《红楼梦》是中国文学的巅峰，也是中国古代文化的"百科全书"，凡是受过基础教育的国人，都应当读一读《红楼梦》。不一定都要喜欢，但要有所了解，有所尊崇。让高中生读《红楼梦》，一是让他们对古代文化与古代社会生活有一些感性的了解，这种了解是读一般历史书难于获取的；二是让他们通过读《红楼梦》去感受民族审美的积淀，培养审美的感觉与能力；三是帮助他们通过对《红楼梦》的阅读去感受汉语之美，培养良好的语感，《红楼梦》是用白话写的，但那时清代的白话也带有许多书面语的成分，读过《红楼梦》，它那种语言的精美、雅致和简洁，会让学生们的语感得以熏陶，从而提升语言表达能力；四是让他们从《红楼梦》中感受知人论世，认识社会历史的复杂性，锻炼和提高逻辑思维与直觉思维的能力。

新出的《温儒敏论语文教育四集》中，有一篇《〈红楼梦〉整本书阅读教学的要点与难点》，其中特别提到高中生的认知水平与《红楼梦》有隔膜，他们不一定能喜欢并读完这部小说，可能会有阅读心理障碍，需要老师点拨和引导，引发阅读兴趣。《红楼梦》是大部头，节奏慢，多写情爱、宴饮、看戏、作诗、死亡等日常生活，比较琐碎，与现今学生普遍阅读的流行读物有很大的差别，所以老师有必要提醒学生调整阅读姿态，学习精读与浏览结合等方法，有意识提升自己的阅读品位。而且，学生阅读《红楼梦》可能有他们特别的感受，甚至有偏颇，但个人经验在阅读中是十分重要的，必须得到尊重。

在新红学一百年的当下，您觉得当代人应该怎么阅读、研究《红楼梦》?

温儒敏：作为《红楼梦》的热心读者，我对《红楼梦》的研究也一直保持着关注。纪念新红学一百年，是有意义的。我们要充分肯定胡适那一代学者在那个时代做出的贡献。胡适发掘并保存了脂砚斋重评《石头记》的残本，并对曹雪芹及其家世做了考证，虽然有些还只是"假设"，缺少有力的论证，但他对"红学"无疑起到了奠基作用。有意思的是，老校长蔡元培当年对胡适的考证所做出的回应，他采用的是"以意逆志"的方法，考索《红楼梦》到底隐写哪些"真事"。蔡元培的《石头记索隐》，引出了所谓"索隐派"。蔡元培是留德的心理学学者，居然也能对《红楼梦》做出非常专业的研究，那一代学者的视野和学问多么令人敬慕！尽管后来对所谓考据派、索隐派多有质疑和批评，甚至有过政治性的否定和批判，但胡适、蔡元培研究《红楼梦》的考据与索隐的两翼，大致奠定了一百年来《红楼梦》研究的格局，这个功绩是不可埋没的。这场关于《红楼梦》的论争，最初就发生在"五四"新文化运动的大本营——北京大学，回想当年北大学术争鸣、百花齐放的氛围，多么令人神往！今天的北大更应当继承发扬这样活跃自由的学术传统。

《红楼梦》是艺术的巅峰，是博大精深的文化经典，它所留下的阐释空间是无限的，不同的人从不同角度都可以解读他所理解的《红楼梦》。而且，这部作品从诞生开始就引发了各种各样的争论，以至于人们在阅读欣赏这部作品时，也会情不自禁地对这部书的各种疑窦产生探究的兴趣。所以"红学"才会这么热，时不时会出现关于《红楼梦》的争议，是很自然的事情，也是一种有趣的文化现象。但近些年也不时出现一些有关红学的文献真伪混杂甚至生造文献的杂音，互联网对这些杂音的炒作，影响了普通读者的阅读，甚至给"红学"领域制造了混乱。对于"红学"而言，一项很重要的工作就是对相关的文献资料进行辨识和整理。《红楼梦》的研究现在似乎大部分精力都放在对作者及其家世的考证，这当然是重要的基础性工作，但也应当加大对于《红楼梦》文学价值的研究和阐释。我希望有更多的"红学"专家能写出像王国维、何其芳那样的有文学、美学和哲学思考的论著，帮助普通读者更好地欣赏《红楼梦》。

《红楼梦》是中国文学的巅峰，是奇峰突起的"异数"，体会它对人生和命运独特而深透的感受，那种遍布华林的悲凉之雾，总让人想起亚里士多德所说的那句话——"诗比历史更富于哲学意味"。（采访：刘文欣、谢欣玥、马骁）

著名作家、学者吴组缃先生（1908—1994）是中国红楼梦学会首任会长。作为吴先生的"及门弟子"，北京大学中国语言文学系的刘勇强教授曾总结吴先生在《红楼梦》研究中的独特视角与发现，称之为"吴组缃读法"，即强调小说的历史感与现实针对性，特别重视通过人物分析把握作品的现实意义，揭示出人物安排、情节设置、细节描写的深隐内涵与艺术魅力等。回顾"吴组缃读法"，对于今日的红学研究依然有启发意义。

接过吴先生的学术衣钵，刘勇强教授主要从事中国古代小说及宋元明清文学研究，他开设的"《红楼梦》研究"选修课程广受学生欢迎。或言"红学如海"，刘勇强希望读者在其中窥见曼妙新奇的独特景象。

学人简介

刘勇强，1960年生，江西南昌人。北京大学中国语言文学系教授。主要研究领域为中国古代小说及宋元明清文学研究。著有《〈西游记〉论要》《奇特的精神漫游——〈西游记〉新说》《中国神话与小说》《中国古代小说史叙论》《话本小说叙论》《古代小说研究十大问题》（合著）等。

刘勇强◎《红楼梦》的"吴组缃读法"①

对"红学"的划分，有所谓评点派、索隐派、旧红学、新红学等等，但这似乎只代表了每个红学家的基本路数，不足以揭示他们各自的特点。其实，即使理论方法较为接近的研究者，具体见解也可能有很大差别。比如 20 世纪 50 年代，吴组缃先生与何其芳先生同在北京大学开设《红楼梦》课程，观点有别，如同唱对台戏，颇为一些前辈学者津津乐道。他们最大的分歧在于，何其芳认为宝钗是标准的"封建淑女"，而吴先生却认为薛宝钗工于心计，城府很深，有很明显的市侩习气，算不得"淑女"，作者对她也有讽刺的意味。

对于自己与何其芳先生的分歧，吴先生曾解释说，何其芳是诗人，习惯用抒情性的、理想化的眼光看世界，把人都看得那么单纯、那么好；而自己是小说家，小说家的眼光往往是剖析的、批判的，所以会把人看得很坏。就宝钗的人品而言，自是见仁见智。而吴先生的诛心之论却是从丰富的生活体验出发，着眼于人物的基本性格所反映出的社会本质。尽管读者不一定完全认同他的观点，但在他入木三分的剖析中，我们可以看出，古代小说之于吴先生，不是呆板的叙述、空洞的描写，而是活生生的社会现实。更为可贵的是，吴先生这种从生活出发的研究，并没有停留在经验性的感想层面，而往往能通过缜密的思考，将深切的体会提升到理论的高度，进而得出具有普遍意义的结论。

---

① 本文是作者将吴组缃先生论《红楼梦》的文章编辑为《〈红楼梦〉的艺术生命》一书时所作小引，原载于《〈红楼梦〉的艺术生命》，北京出版社 2018 年 11 月 11 日出版。

至少对一部大家都耳熟能详的小说经典来说，在情节、人物方面具体见解的差别以及何以会造成这种差别，可能更值得我们关注。虽然这种差别也许并不构成某种所谓"范式"，但独特的视角、新颖的分析、别致的论述，同样具有方法上的意义——明清小说评点家喜欢在评点一部小说前，针对这一小说的特殊性写一篇"读法"，如金圣叹的《读第五才子书法》、毛宗岗的《读三国志法》、张竹坡的《金瓶梅读法》、张新之的《红楼梦读法》、刘一明的《西游原旨读法》，等等。这些"读法论"揭示某一小说的特点，反映评点者的眼光，与具体评点相互补充、生发，对阅读产生了重要的引导作用。所以，我愿意将吴先生在《红楼梦》研究中的独特视角与发现，称为"吴组缃读法"。

"吴组缃读法"有哪些要点呢?

首先，吴先生一向重视文学反映时代与社会的使命意识，强调小说的历史感与现实针对性。吴先生晚年在一篇文章中说："我们搞古代文学研究的人，要是缺乏时代的敏感，缺乏有血有肉的历史知识，就得不出正确的结论。"在他看来，古代小说的历史感与现实针对性，绝不仅仅是一种逝去的历史风景，其中还可能包含着与当代社会生活密切相关的思想启示。吴先生对《金瓶梅》《红楼梦》等小说的评论即是如此，他认为西门庆是一个市侩的典型，宝钗身上也有市侩气。这种"利之所在，无所不为"的市侩气，正是吴先生对中国社会特性的一种认识。

众所周知，受历史唯物主义和反映论的影响，强调文学的社会价值成为20世纪中期以来的主流观念，它极大地提升了人们对文学作品的意义与功能的认识，但也一度出现了一些机械的、简单化的倾向。在这样的理论背景下，怎样坚持正确的思想观念，反对教条主义和形而上学的思维方式，对于正在建立中的新的文学史学科乃至对《红楼梦》研究，都是一个理论性、实践性兼而有之的课题。而吴先生既受过系统的学术训练，又有高超的创作经验，恰是他能将丰富的生活阅历、敏锐的文学感悟及睿智的理论思辨结合起来，从而在这一学科建设过程中，阐述不同于流俗的学术见解的前提。

其次，吴先生特别重视通过人物分析把握作品的现实意义。早在1941年写的《如何创作小说中的人物》一文中，他就声明"我看小说，喜欢看人物"，认为没有写出人物，就不称其为小说。因此，吴先生在揭示小说的读法和研究的重点时，也在人物及其关系上大做文章。例如，针对《红楼梦》的研究，他主张：

> 因此，我们研究《红楼梦》这样一部伟大的古典现实主义作品的内容，正应该从人物形象的研究着手。研究众多人物主次从属的关系，研究众多人物形象的特征，研究众多人物在矛盾斗争中的地位和彼此间的关系，研究人物性格的形成和发展，研究作者在处理上所表现的态度或爱憎感情等等。只有这样地来做研究，才能了解作品的思想内容和它所反映的现实意义。

实际上，人物论在20世纪中期的小说研究中是一个热门，其间多有高见，也存在不少不科学或者说违反艺术规律的现象。吴先生认为一些人物论把小说中的人物等同于历史人物，孤立地讨论人物的是非、善恶，忽视了人物作为艺术形象的属性。而我们应该注意的是作者的态度，注意作者是怎样描写这个人物的、他要通过这个人物表达什么。如果我们把艺术形象当成历史人物，就将问题简单化了。以《红楼梦》为例，作者主观态度对所有女孩子都是同情的，将她们都列入了"薄命司"。但在具体描写时，对不同的人又根据她们不同的思想性格特点做不同的对待，晴雯与袭人性格与命运的不同就是明显的例证。

在人物解读方面，吴先生的《论贾宝玉典型形象》被推为"通过分析人物形象阐发《红楼梦》的思想内容和解剖作者创作思想的拔萃之作"。在这篇论文中，吴先生从多方面对人物的性格及促成其形成的环境做了认真的考察，在情节的整体关联中揭示出人物性格发展变化的轨迹，又用人物性格的变化印证了作品情节的丰富内涵，有很强的示范性。

第三，由于吴先生从事过小说创作，深谙艺术规律，所以，他分析古代小说往往具有一种作家的艺术敏感，能揭示出人物安排、情节设置、细节描写的深隐内涵与艺术魅力。吴先生另一篇堪称典范的论文《谈〈红楼梦〉里几个陪衬人物的安排》就是以艺术创作的眼光来讨论小说中人物的设置与描写的。他在文章的开篇就说：

> 写小说，在有了内容之后，下笔之前，得先布局。像画画，

先勾个底子；像造房子，先打个蓝图。这时候，首先面临的就是人物的安排问题。比如，把哪些人物摆在主要的、中心的地位；怎样裁度增减去留、调配先后轻重，使能鲜明而又深厚地显示内在的特征和意义；从而充分地、有力地并且引人入胜地表达出内容思想来。

基于这样的认识，吴先生指出，《红楼梦》开篇不是写贾、林、薛三个中心人物，而写的是甄士隐和贾雨村，他们在开头的出场引出了笼罩全书的主题思想，是为准备开展悲剧故事而安排的两个人物。他又进而对冷子兴、刘姥姥在小说中的细部描写与全局性作用做了精彩的分析，这对我们认识作品的思想底蕴大有启发，对学习作品的艺术手法，运用到今天的创作中来也是不无教益的。

"吴组缃读法"是建立在新的文艺观念与理论基础上的，因而具有更高的指导意义。在《红楼梦》研究中，有的研究者曾习惯从书中摘取一些枝节的事项和细节来论断作品反映了怎样的思想，提出了怎样的问题，如列举大观园一顿酒饭花了多少银子，以证明贾府生活的奢侈之类。针对这些评论，吴先生指出："若是一部《红楼梦》只提供了这样一些干瘪的事实和数字，那它有什么价值？作为死的历史资料看，许多文献尽有更为翔实更为精确的记载，《红楼梦》和一切文学作品都远不能及。《红楼梦》的伟大与不朽之处，是在它以无比丰富的活生生的艺术形象，真实地反映了社会和历史的内容；在这一点上，任何历史记载都不能和它比拟。"他主张联系作者的思想和对现实生活的提炼和概括，联系作品的整体构思来谈人物的塑造。他还做了一个形象的比喻："我们若把人的鼻子从脸上揪下来，单独拿在手里，讨论这是不是个好鼻子，应不应该在上面戴副近视眼镜等等，这样的讨论自然没什么道理。"

总之，在吴先生看来，小说的情节、人物是一个整体，作品的思想内容与艺术表现形式、技巧也是不能分割的，而他对小说艺术特点的分析也不同于一般的鉴赏，常能将感悟与思辨融为一体，既避免了立论的空疏、抽象，又摆脱了对文学作品隔靴搔痒的公式化评论。

值得一提的是，吴先生的上述思想与学术实践大多是在20世纪中期那一特定的社会环境下提出的。在这之后的二十多年里，吴先生所说的那种阉割艺术生命、抹杀文学特点的研究却在中国学术界大行其道，这既是一个遗憾，也更让人对吴先生的敏锐由衷地敬佩。就是在今天，研究方法日新月异，特别是一些形式化研究颇为流行之时，牢记吴先生所揭示的"艺术是活生生的"这一基本前提，仍有着极为重要的意义。

若从"红学"史上看，"吴组缃读法"的意义，概而言之，则有以下几点最为突出：

其一是对清代评点派的超越。吴先生虽然也如清代评点派一样，重视人物评论，但他的评论超越了后者的基本立场与琐屑方式。如前述吴、何之别，看上去延续了评点派热衷的"钗黛之争"，不过，就吴先生的看法而言，已不是基于传统婚姻观念与处世哲学在钗黛之间的简单抑扬取舍，而是将人物置于更广阔的社会发展中的考察。与此相关，他还将对钗黛等形象的认识作为把握全书思想意义的一个关键点。

其二是对新旧红学的超越。吴先生对《红楼梦》的看法，固然承接新红学的影响，摆脱了旧红学索隐派的束缚，但同样也没有受新红学的局限。新红学由版本和曹雪芹家世研究，推及文本研究，往往过于强调曹家故实与《红楼梦》的关系，吴先生则既吸收了新红学在这方面的成绩，对程本又不是简单否定，而是在指出脂本、程本差别的基础上，同时肯定程本的价值。同时，他对《红楼梦》思想意义的分析，更是不拘泥于曹雪芹个人的经历，而是努力分析和挖掘作品客观呈现的社会现实及其底蕴。

其三是对庸俗社会学和机械反映论的超越。吴先生重视《红楼梦》作为小说的艺术特点，将思想考察与艺术分析结合在一起。他提醒人们："凡是阉割了艺术生命，抹杀了文学作品的特点，那方法都是错误的。所以，在评论一个艺术形象时，一定要从作品的整体、从全部关联上看清所处的位置、所显示的意义和所起的作用。"

其四是对红学研究自身局限的超越。随着红学研究的深入，其内在的学理有固化的倾向，一些红学家有时不自觉地对《红楼梦》做孤立的研究，而吴先生始终将其放在中国文化的大背景下加以探讨，特别是他将《红楼梦》在当代的传播，视为新文化的一部分，我以为是一个极为重要的观点。

正因为如此，"吴组缃读法"无论对研究者还是对读者，至今都仍有重要的参考价值。本文则非敢充序，聊作读后感而已。

《红楼梦》启发我们要"洗了旧套，换新眼目"

——访北京大学中国语言文学系教授刘勇强

由于兴趣和教学科研的需要，刘勇强经常翻阅《红楼梦》。在他看来，《红楼梦》百读不厌，可以常读常新，每一次翻阅，都有可能发现一些以前没有留意的描写，大有意趣。他眼中的《红楼梦》，是一部"我正在重读"的经典，每次重读都能像初读那样带来新发现。

您初读《红楼梦》是在什么时候？多次阅读《红楼梦》有怎么样的感受？

刘勇强：我有一套 1972 年人民文学出版社印的《红楼梦》，是我父母买的。当时我刚念初中，因为听说这是一部谈恋爱的书，不好意思看，估计看了也看不懂。那时喜爱看的还是《三国》《水浒》《西游》《封神》之类的小说，更多的是当代的小说。不过，当时由于文化革命与社会批判的需要，正式和非正式地出版过不少"《红楼梦》研究资料"之类的书，里面节录了不少新旧红学的观点摘要，也有当时的一些评红文章，通过这些东西，我对《红楼梦》及红学多少也有点了解。

真正阅读《红楼梦》是上了大学以后，后来因为兴趣和教学、研究的需要，随时拿起放下，读过的次数没法统计。大概可以印证卡尔维诺在《为什么读经典》中所说的，经典是那些"我正在重读"而不是"我正在读"的书，一部经典作品是每次重读都像初读那样带来发现的书。

请您谈谈《红楼梦》中您印象最深刻的情节和最喜欢的人物。

刘勇强：因为反复阅读过的缘故，我对《红楼梦》的主要情节都有较深的印象。因为《红楼梦》百读不厌，可以常读常新，每一次翻阅，都有可能发现一些以前没有留意的描写，大有意趣。

在各种有关《红楼梦》的问卷中，"你最喜欢哪个人物"这个问题经常可以看到，也许每个人都能说出一二。但假如反过来问：如果你有机会结识宝黛钗，你觉得他们可能喜欢你吗？或者你接受他们的喜欢吗？恐怕没几个人敢回答或回答得上来。

记得许多年前在一次宴席上，有一位前辈也曾问过我最喜欢《红楼梦》中的哪个人物，我估计在钗黛湘辈中选择，说不定会引发一场不合时宜的"小型研讨会"，就顺口说喜欢晴雯。这位前辈有些诧异我这个"比较特殊"的选择，但没有追究原因。后来在一篇回忆文章中，看到吴组缃先生也说过最喜欢晴雯，认为她聪明、美丽、正直、大方、忠诚、刚烈、识大体、顾大局、富于牺牲精神，在中国古典小说女性形象中无第二人。

您曾师从吴组缃先生，又曾为吴先生编辑《吴组缃文选》《〈红楼梦〉的艺术生命》，您认为吴先生的研究对今天的红学研究有什么启发意义？

刘勇强：关于吴先生的研究，我写过《吴组缃先生文学研究的学术个性》等几篇文章介绍。就吴先生的《红楼梦》研究而言，我在《〈红楼梦〉的艺术生命》的小引中，提出了一个"吴组缃读法"。

在我看来，吴先生对《红楼梦》以及其他小说的研究中有这样几个特点：一是注重从社会生活出发，挖掘作品的历史价值与对现实的启示；二是突出人物分析，努力揭示人物的性格、心理及相互关系；三是重视形象的整体联系，而不是摘取某些描写做孤立的分析；四是强调小说作品的文学艺术属性，坚持把小说当小说看。这几个特点表面上看，并没有什么特别深奥稀奇之处，但在实践中并不一定都能做到恰到好处。比如从社会生活出发，既需要有丰富、鲜活的历史知识，也需要有对世事人情的深刻体验，还需要对小说描写的敏锐感悟与周密思辨。

正因为如此，虽然因为时过境迁，吴先生论著中不可避免地带有当年的时代印迹，但其中包含的真知灼见，还是可以给我们启发，他的研究思路也仍然值得我们借鉴。

对《红楼梦》的研究历程，您有哪些心得体会？

刘勇强：兴趣与教研需要是我写这些与《红楼梦》有关的文章的主要

原因。我虽并未刻意回避红学，但也只是"莫失莫忘"而已，远达不到"不离不弃"的程度。某次，我友情出席一个地方性的红学论著出版会议，这也是我至今参加过的唯一的与红学沾边的会议。发言时，我引了明代小说《钟情丽集》中的一首诗：

> 青鸾无计入红楼，入到红楼休又休。
> 争似当初不相识，也无欢喜也无愁。

之所以有这种感觉，一方面当然是由于红学博大精深，浅学薄识者常常无所适从；另一方面又是因为其中纷争不断，往往各执一端，殊失读书明理遣兴之趣。当然，这样的认识太消极，不足为训。

至于具体到评红文章的写作，我有两点小体会：一是我觉得从细节着眼，进而将相关描写串联起来看，也许能够看到更多彩的文学图景，我写《心理活动的古典姿态》《"宝钗扑蝶"的情思》《"纸上有声"待"知音"——〈红楼梦〉中的声音描写》等就是如此；二是要联系小说史、文学史乃至文化史的大背景来看《红楼梦》，这样才能更清楚地把握《红楼梦》的特点与价值，我写《美人黄土的哀思——〈红楼梦〉的情感意蕴与文化传统》《作为小说标准的〈红楼梦〉》等就是如此。

您认为《红楼梦》对于当代文化的建设有什么意义吗？

刘勇强：吴组缃先生在《魏绍昌〈红楼梦版本小考〉代序——漫谈亚东本、传抄本、续书》一文中回忆20世纪20年代初在芜湖书店除了看到《新青年》《少年中国》《胡适文存》《独秀文存》等新书刊外时说："我得到一个鲜明印象：这就是'新文化'！"这不仅是一个非常有时代特色的感觉，也是一个极有内涵的文化判断。我以为《红楼梦》的"新文化"属性，不但是指它与"五四"新文化运动的精神联系，也是指这部小说一直伴随着20世纪乃至今天中国文化的建设，具有了多方面的当代意义。其中至少有两点值得重视。首先，《红楼梦》展现了一种求新求变的意识，使之成为新文化运动上游的源头之一，为新文化的发展提供了精神参照与思想资源。其次，新文化运动是一个动态的发展与建构过程，《红楼梦》艺术形象的不断被阐释也以独特的方式丰富了新文化的话语系统。当然，更重要的是，《红楼梦》作为一部受众之多甚至可能超过任何一部现当代文学作品的古代小说名著，它与当代人的精神文化生活密不可分。

您多次开设过《红楼梦》研究方面的课程，开设这一课程的初衷是什么？

刘勇强：如今的教学重视素质教育与经典精读，就明清小说而言，《红楼梦》自然是首选作品之一。我希望通过课程引导阅读，期待这部敏锐细腻、富有创新意识的小说能够有助于培养学生的独特审美能力。用《红楼梦》第一回上的话说，就是"洗了旧套，换新眼目"。

我有过一个"奇怪的想法"：红学如海，偶然涉足，恰如刘姥姥进城，到荣府大门石狮子前，便不敢过去，又蹭到角门前，不甘心远远地在墙角下等着，就绕到后街上后门上去问。后门不是登堂入室的正途，但刘姥姥却也一而再再而三地进到了贾府的深宅大院中。我不知道红学有没有"后门"，如果有，可能也如《红楼梦》所写，那里没有簇簇轿马，没有挺胸叠肚指手画脚的人。蹑手蹑脚地进去，也许还是能用自己的眼光看到一些不一样的景象。

与此同时，就我个人来说，其实还希望同学们能够开阔眼界，有更广泛的阅读。所以，我在"《红楼梦》研究"选修课第一节课上，套用时下流行的句式，放了一个谬论：有一种文化，叫《红楼梦》；有一种没文化，也叫《红楼梦》。《红楼梦》博大精深，有文化自不待言。但是，如果开口闭口只知道一部《红楼梦》，不说一叶障目，就是一树障目、一山障目，也会失去一些应该看到的东西。为此，在通识课中，我又另开了一门"古代小说名著导读"，希望向感兴趣的同学介绍更多的小说经典。（采访：隋雪纯）

2020 年 6 月，北京大学哲学系教授王博的《红楼梦》阅读札记《入世与离尘：一块石头的游记》正式出版。王博从事中国哲学研究，庄子哲学是他的专攻和专长，这本书他花费十年时间写作而成。对拿出真实生命读书治学的他来说，阅读《红楼梦》是知识历险，也是人生旅行。在《入世与离尘：一块石头的游记》的引子里，王博将他对于《红楼梦》哲学的体悟理解与人物情节的生动阐释相结合，深入浅出，灵妙无穷。

这样的一本书是怎样写成的？在访谈中，王博详细地为我们阐释了书后的诸种立意思考。沉沉思考、细细落笔的背后，是他剖析《红楼梦》哲学的角度，也是人生思考的积淀。

王博，1967 年 1 月生，内蒙古赤峰人。北京大学哲学系教授。主要从事中国哲学特别是儒家哲学、道家哲学和早期经学研究。代表著作有《老子思想的史官特色》《简帛思想文献论集》《易传通论》《庄子哲学》《中国儒学史·先秦卷》《入世与离尘：一块石头的游记》等。

王博◎入世与离尘：一块石头的游记①

虽然在现实世界中，曹雪芹看似是一个无材补天、半生潦倒的失败者，但他无疑是历史上最成功的作者之一。《红楼梦》一经传布，很快便风靡于世。如缪艮所说："《红楼梦》一书，近世稗官家翘楚也。家弦户诵，妇竖皆知。"吴云亦云："二十年来，士夫几于家有《红楼梦》一书。"其感人心处，甚至有痴女子以读《红楼梦》而死。乐钧《耳食录》记载：

> 初，女子从其兄案头搜得《红楼梦》，废寝食读之。读至佳处，往往辍卷冥想，继之以泪。复自前读之，反覆数十百遍，卒未尝终卷，乃病矣。父母觉之，急取书付火。女子乃呼曰："奈何焚宝玉、黛玉？"自是笑啼失常，言语无伦次，梦寐之间未尝不呼宝玉也。延巫医杂治，百弗效。一夕视床头灯，连语曰："宝玉宝玉在此耶！"遂饮泣而暝。

这种情景，让读者马上会联想到小说中的贾瑞。只不过对痴女子而言，她着迷的对象是小说的主人公宝玉。痴女子的悲剧，从一个侧面印证着作品的成功。曹雪芹以其深刻的人生反思、精妙的设计、严谨的布局、细致入微的人物刻画、千里伏线的排兵布阵，把读者带入了一个虚构又真实的世界之中，也让《红楼梦》成为历史上中国最伟大的小说。

金圣叹是古代中国最著名的文学批评家之一，他对于《水浒传》《西厢记》等的批评脍炙人口，对后世的阅读和创作都产生了极大的影响。

---

① 本文摘录自王博所撰《入世与离尘：一块石头的游记》一书引子。

《水浒传》序一云：

> 今天下之人，徒知有才者始能构思，而不知古人用才乃绕乎构思以后；徒知有才者始能立局，而不知古人用才乃绕乎立局以后；徒知有才者始能琢句，而不知古人用才乃绕乎琢句以后；徒知有才者始能安字，而不知古人用才乃绕乎安字以后。此苟且与慎重之辩也。言有才始能构思、立局、琢句而安字者，此其人，外未尝矜式于珠玉，内未尝经营于惨淡，愦然放笔，自以为是，而不知彼之所为才实非古人之所为才，正是无法于手而又无耻于心之事也。言其才绕乎构思以前、构思以后，乃至绕乎布局、琢句、安字以前以后者，此其人，笔有左右，墨有正反；用左笔不安换右笔，用右笔不安换左笔；用正墨不现换反墨，用反墨不现换正墨；心之所至，手亦至焉；心之所不至，手亦至焉；心之所不至，手亦不至焉。心之所至手亦至焉者，文章之圣境也；心之所不至手亦至焉者，文章之神境也；心之所不至手亦不至焉者，文章之化境也。夫文章至于心手皆不至，则是其纸上无字、无句、无局、无思者也。而独能令千万世下人之读吾文者，其心头眼底乃宦宦有思，乃摇摇有局，乃铿铿有句，而烨烨有字，则是其提笔临纸之时，才以绕其前，才以绕其后，而非陡然卒然之事也。

刘铨福曾经感慨："《红楼梦》非但为小说别开生面，直是另一种笔墨……实出四大奇书之外，李贽、金圣叹皆未曾见也。"（《脂砚斋重评石头记》跋）邱炜萲《菽园赘谈》亦云："吾人所见小说，自以曹雪芹位置为'第一才子书'为最的论。此书在圣叹时尚未出世，故圣叹不得见之，否则，何有于《三国志演义》？彼《三国志演义》者，《西游记》其伯仲之间者也。"但后来者对《红楼梦》的评论似乎也有金圣叹的影子。如洪秋蕃《红楼梦抉隐》云：

> 《红楼梦》是天下古今有一无二之书，立意新，布局巧，辞藻美，头绪清，起结奇，穿插妙，描摹肯，铺序工，见事真，言

102

情挚，命名切，用笔周，妙处殆不可枚举。而且讥讽得诗人之厚，褒贬有史笔之严，言鬼不觉荒唐，赋物不见堆砌，无一语自相矛盾，无一事不中人情。他如拜年贺节，庆寿理丧，问卜延医，斗酒聚赌，失物见妖，遭火被盗，以及家常琐碎，儿女私情，靡不极人事之常而备纪之。至若琴棋书画，医卜星命，抉理甚精，觇举悉当，此又龙门所谓于学无所不窥者也，然特余事耳。莫妙于诗词联额，酒令灯谜，以及带叙旁文，点演戏曲，无不暗合正意，一笔双关。斯诚空前绝后，夐夐独造之书也，宜登四库，增富百城。

洪秋蕃这里所谓立意、布局、辞藻、用笔等，与金圣叹的构思、布局、琢句、安字等大同小异。或许有前后影响之处，但更多的是英雄所见略同。对于创作而言，才是必要的前提。无才则意无所显，文无从出。但才之外之上，构思、布局、琢句、安字尤其重要。构思、立意，便是如孟子所说的"先立乎其大者"。《红楼梦》论诗时经常提到立意新，才会有好诗，格律倒在其次。其实，包括小说在内的任何作品都是如此。此处所谓意，就是体现在作品中的作者的灵魂，作者的世界观和人生观，同时也是作品的宗旨。此意满心而发，无处不在。一字一句，一山一水，一草一花，一石一木，一金一玉，一人一物，皆渗透着作者的灵魂。唯其如此，方能称作"大者"。《红楼梦》的"大者"很明白，就是"梦幻"，就是"万境归空"。作者所有的铺陈，都是为了呈现此作者之"意"。

哲学家要想说明为什么是"梦幻"，为什么是"万境归空"，需要提出概念等工具来，借助于逻辑的手段展开论证。小说家不同，他们的手段是讲故事。讲故事就要布局，即亚里士多德所谓"事的排列"，也就是故事如何展开，从哪里开始，怎么演进，怎么转折，如何收场。曹雪芹是一个有故事的人，他的人生就是一个故事，这个故事有它自己的脉络和方向。《红楼梦》的故事显然不能等同于作者的人生，也不能还原为具体的历史，虽然其中融入了作者的生命或者作者所见到的历史。这故事是构造的，也是普遍的。不同于其他小说，第一回特别强调本书"无朝代年纪可考"，其重要的暗示便是故事的构造性和普遍性。作者以思想凝练着自己的所见所闻，也以自己的所见所闻丰富着自己的所思所想，于是，个体的生命上

103

升为普遍的人生，个体的历史经验也上升为普遍的世界观。曹雪芹也是一个会布局的人，书中四十二回借宝钗之口论大观园的画法，第一要看纸的地步远近，该多该少，分主分宾，该添的要添，该减的要减，该藏的要藏，该露的要露；第二件，这些楼台房舍，是必要用界划的；第三，要插人物，也要有疏密，有高低，衣褶裙带，手指足步，最是要紧。这不仅是作画的布局，也是作书的布局。如首回脂批所说：

> 事则实事，然亦叙得有间架、有曲折、有顺逆、有映带、有隐有见、有正有闰，以至草蛇灰线、空谷传声、一击两鸣、明修栈道暗度陈仓、云龙雾雨、梁山对峙、烘云托月、背面傅粉、千皴万染，诸奇书中之秘法亦不复少。

《红楼梦》的批评者经常提醒读者留意作者布局的精妙，如整部大书从甄士隐说起，第一回脂批即云："不出荣国大族，先写乡宦小家，从小至大，是此书章法。"随本总评："未叙黛玉、宝钗之前，先叙一英莲，继叙一娇杏，人以为英莲、娇杏之闲文也，而不知为黛玉、宝钗之小影。"第二回以冷子兴和贾雨村的对话演说荣国府，正总评："以百回之大文，先以此回作两大笔以冒之，诚是大观。"此类甚多，不胜枚举。其中值得特别注意者，文中叙述每热中见冷，悲乐相随，话石主人《红楼梦本意约编》指出：

> 《红楼梦》叙事，每逢欢场，必有惊恐。如贾政生辰忽报内监来，凤姐生辰忽有鲍二家之事，赏中秋贾赦失足，贺迁宫薛家凶信，接风报查抄之类，皆是否泰相循，吉凶倚伏之理。其用心之细，虽缕细不能尽写也。

这种叙述方式自然别具深意。而就整部书而言，基于梦幻之意的安排非常明白，呈现出一个显著的变化趋势。如张其信《红楼梦偶评》所说：

> 《红楼梦》一书，前写盛，后写衰；前写聚，后写散；前写入梦，后写出梦。其大旨也。其笔下之作用，则以"意淫"二字

为题，以宝玉为经，宝钗、黛玉与众美人为纬。一经一纬，彼此皆要组织，妙在各因其人之身分地步，用画家寓意之法，全不着迹，令阅者于言外想象得之。

盛衰聚散、入梦出梦，确是《红楼梦》的一大结构，用以呈现梦幻、万境归空之意。此结构又表现在以宝玉、黛玉、宝钗等众人物为载体，演绎离合悲欢的故事。曹雪芹当然是塑造人物形象的妙手，也是设计人物关系的妙手。以宝玉为中心，众人以各具特色的形象，或疏或密、或露或藏地安放在故事之中。四十六回脂批："通部情案，皆必从石兄挂号，然各有各稿，穿插神妙。"王希廉《红楼梦总评》说：

> 《红楼梦》虽是说贾府盛衰情事，其实专为宝玉、黛玉、宝钗三人而作。若就贾、薛两家而论，贾府为主，薛家为宾。若就荣、宁两府而论，荣府为主，宁府为宾。若就荣国一府而论，宝玉、黛玉、宝钗三人为主，余者皆宾。若就宝玉、黛玉、宝钗三人而论，宝玉为主，钗、黛为宾。若就钗、黛两人而论，则黛玉却是主中主，宝钗却是主中宾。至副册之香菱是宾中宾，又副册之袭人等不能入席矣。读者须分别清楚。

分主分宾，正出自宝钗的画论。用在分析《红楼梦》中人物的远近高低上，十分恰当。进一步言之，通过正册、副册、又副册的设计，主宾的相对可以无限延伸，如正册十二钗为主，副册十二钗为宾等。而主和宾之间，又形影错综，界划井然。"晴为黛影、袭为钗副"之说，众所周知。有时或一形多影，或一正一副，不一而足。而主主宾宾之间，又呈现双峰对峙、两水分流的结构。其章法之严密，令人赞叹。

批评者经常喜欢把《红楼梦》和《水浒传》相提并论，以之为古代中国小说中的绝品。卧虎浪士《女娲石叙》："海天独啸子云：我国小说，汗牛充栋，而其尤者，莫如《水浒传》《红楼梦》二书。"曼殊《小说丛话》："《水浒》《红楼》两书，其在我国小说界中，位置当在第一级，殆为世人所认同矣。"眷秋《小说杂评》："吾国近代小说（指评话类），自以《石头记》《水浒》二书为最佳。"解弢《小说话》云："章回小说，吾推《红楼》第一，《水浒》第二，《儒林外史》第三。"两部小说的成功是全方位的，而尤其体现在人物刻画之上。如金圣叹《读第五才子书法》所说："别一部书，看过一遍即休。独有《水浒传》，只是看不厌，无非为他把一百八个人性格，都写出来。"《序三》又云："《水浒》所叙，叙一百八人，人有其性情，人有其气质，人有其形状，人有其声口。夫以一手而画数面，则将有兄弟之形；一口吹数声，斯不免再映也。施耐庵以一心所运，而一百八人各自入妙者，无他，十年格物而一朝物格，斯以一笔而写百千万人，固不以为难也。"与施耐庵相比，曹雪芹在人物的描摹方面毫不逊色。《水浒传》写英雄，《红楼梦》则写儿女。其笔下之十二钗，恰如《红楼梦》十二支曲调，各各不同，而又各有其法。这当然得益于作者的琢句安字之力。《红楼梦》述宝玉见诗便知其必为黛玉所作，其实读者亦然。贾府四春，元春贵而探春敏，迎春懦而惜春冷，其口中所出，则如影随形。宝钗和黛玉的作诗说话，全是各自的身份，泾渭分明。其他如刘姥姥、如薛蟠、如焦大、如倪二等，皆能栩栩如生，全赖胸中丘壑和文字之功。所谓心之所至，手亦至焉。四十回随总评云："天下之事不为则已，为则必彻。文章不做则已，做则必尽致。余于《红楼》无间然矣。赋物序事写性言情，无不尽态极妍。"洪秋蕃亦云："《红楼》妙处，又莫如描摹之肖。性情各以其人殊，声吻若自其口出，至隐揭奸诈胸藏，曲绘媟亵情状，尤为传神阿堵。佛家谓菩萨现身说法，欲说何法，即现何身，作者其如菩萨乎！"

《红楼梦》琢句安字之严谨，让全书的文字俨然都成为谜语，阅读则成为猜谜的游戏。直接点出的谜语，书中数见，典型者如二十二回的灯谜、五十回和五十一回的灯谜及诗谜等。其中有些谜语，作者直接给出了答案。而另外一些，则故弄玄虚，将其束之高阁，交由读者参悟。但更多的谜语，却不以谜语的面目出现。全书名姓各有取义，读者皆知。另外，无处不在的谶语预言，批书人也多有言及。如二十二回哈斯宝批云："《金瓶梅》中预言结局，是一人历数众人，而《红楼梦》则是各自道出自己的结局。"道出自己结局的方式并不相同，或以诗，或以戏，或以灯谜，或以酒令，或者就是日常的说话，只有最后时刻的到来，才会发现一切都曾经被反复地预言。就像宝玉对黛玉所说："你死了，我做和尚去。"其实《红楼梦》的预言结局，也不是全部由"各自道出"，第五回太虚幻境贾宝玉所见众人的命运，便是出自他人的观察。类似的情形很多，以第一回癞头僧人对甄士隐念的四句诗为例：

> 惯养娇生笑你痴，菱花空对雪澌澌。
> 好防佳节元宵后，便是烟消火灭时。

其中当然潜伏着后来的火灾，而第二句更隐藏着香菱嫁给薛蟠、所遇非偶的事实。同样地，贾雨村所吟的一联：

> 玉在匮中求善价，钗于奁内待时飞

也暗含着黛玉和宝钗的生命，所以甲戌本此处脂批云："表过黛玉则紧接宝钗。"凡此种种，令批书人常有"不见后文，不见此笔之妙"之叹。诸联《红楼评梦》云：

> 书中无一正笔，无一呆笔，无一复笔，无一闲笔，皆在旁面、反面、前面、后面渲染出来。中有点缀，有剪裁，有安放，或后回之事先为提掣，或前回之事闲中补点，笔臻灵妙，使人莫测。总须领其笔外之神情，言时之情状。

立意之新、布局之妙、琢句之精、安字之巧，正是《红楼梦》被视为"小说家第一品"的原因。但此书还有另外一番好处，如张其信《红楼梦偶评》所说，乃是"深者见深，浅者见浅，高下共赏，雅俗皆宜"，每个《红楼梦》的读者都可以从书中见到不同的东西。"黄帝四面"，此其所以为圣也；菩萨千面，此其所以为神也；《红楼梦》读来一人一面，此其所以为不朽之言也。

但真正说来，让《红楼梦》成为"说部书中之不朽者也"的点睛处，终归由于它是一个伤心人的血泪。绛珠之泪便是作者之泪，宝玉之悲也是作者之悲，第一回"楔子"的结尾处有诗曰：

> 浮生着甚苦奔忙，盛席华筵终散场。

悲喜千般同幻渺，古今一梦尽荒唐。

漫言红袖啼痕重，更有情痴抱恨长。

字字看来皆是血，十年辛苦不寻常。

　　所有的血泪都从心里流出，化作分明的字迹。万境归空之后的曹雪芹，似乎仍然未改痴迷和体贴的本性。他体贴的对象变成文字，他痴迷的不再是情，而是意识到枉然之后的追忆。这让我们难免怀疑作者是否有了像主人公贾宝玉一样的觉悟。

　　即便做了和尚，也还是一个情僧。即便是一部悟书，也还是一部情书。

参考文献：

1. 一粟：《红楼梦资料汇编》上册，中华书局，2004，第349页。

2. 施耐庵著，金圣叹批评：《金圣叹批评本水浒传》，岳麓书社，2010，第7页。

3. 朱一玄：《红楼梦资料汇编》，南开大学出版社，1985，第861页。

读《红楼梦》，话人生

——访北京大学哲学系教授王博

采访王博老师的地点定在临湖轩。通往临湖轩的小道两边都是很茂盛的绿叶，四下里围住行人。这是燕园植物密度最大的地方之一，数以万计各种植物的叶片在天地间静静地呼吸吐纳。

近来，北京的天空极其蓝，艳花高树各自红绿，而要谈论的又是《红楼梦》。小轩旁，卵石铺就的路曲径通幽。天刚刚下过雨，又过了午后，天色亮而天气不热，于是我们在临湖轩的小院儿里访谈。要落座的小几两步开外就是一棵颇有年头的古树，北望，树影缝隙间未名湖光偶尔透出粼粼金色。石砖地上，树影微微晃动，景色几乎使人出神，真乃一"梦"了。

这次关于《红楼梦》的谈话，王博老师从《红楼梦》本身，谈到他的新书《入世与离尘》，论及自己写书、治学的种种经历和经验。他从《红楼梦》开始，一路追溯，揭示出内中种种哲学与伦理味道。这里有回忆、有思考、有反刍，一本书可以不仅仅是一本书。有如泡茶，谈话的语词在高树围成的一盏巨杯中沉浮流动，一大杯醇厚的思想之茶新鲜初成——

在《入世与离尘》这本书里，您觉得哪些部分最有心得？

王博：我觉得说到心得，或者是自己最有感觉的部分的话，一是关于书名的讨论，一是关于贾府四春结构的理解。

对《红楼梦》的五个书名，讨论似乎相对比较少。作者为什么要用这样的云龙之笔？铺陈出五个名词，他的用意是什么？名字有赋予一个对象以意义的功能。好比我们画出一条龙来，名字是点睛之笔。一个建筑，比如我们所在的这个地方，现在叫临湖轩。一说临湖轩，就有一种感觉、一种意义涌现出来。所以，从前我们的任何建筑，小到亭子，大到一个园林，名字都非常讲究。

所以当时我在想，这些名字一定有它的用意。是什么呢？书里面特别提到了五个名字，我后来的概括是，分别从情感、从欲望、从生命、从世界还有从心灵，开出五个门户来。让读者能够穿过这五个门户，进入到《红楼梦》这样一个世界中间——而且从每个门户进去，可能看到的是不同的风景。

再一个我比较有感觉的，是写四春的部分。大家做《红楼梦》研究，一般来说最关心的是宝钗、黛玉、宝玉，认为"铁三角"就是主角。但对姓贾的这四个人，有时候反而关注不够。

本来我在书里面写人物的时候，基本上采取的是两两相对应的方式。我觉得这也是曹雪芹在设计金陵十二钗的时候，有意识选择的一个结构。宝钗和黛玉对，湘云和妙玉对，熙凤和巧姐对，等等。那么，贾府四春当然也可以看成两个对子，元春和探春、惜春和迎春；所以我一开始在写的时候，其实是想按照和其他八钗的写法一样两两相对去呈现。

但后来在写作的过程中，总觉得采取我现在书中呈现的写法（按：四春一体，而非两两相对的写法），可能更能够体现曹雪芹的设计意图。他的意图其实是把四姐妹作为贾府历史的象征。"原应叹息"，正是一个盛衰的过程。这样一个兴亡的过程，同时也被另外的一些符号不断地强化着，比如说通过四季，春夏秋冬。所以，如此去看的话，四姐妹作为一个整体去进行讨论，似乎比两两相对的讨论要更能够贴近作者本身对这四个人物的设计。

在《红楼梦》中，您最喜欢哪一个人物？

王博：其实我觉得每个人物都挺可爱的。我之前跟很多朋友聊天，他们有时候就经常问我这个问题。我的答案是一样的，我最喜欢的人物是探春。

探春在季节上来讲是秋天，所以她住的地方叫秋爽斋，秋高气爽。就跟她住的那个所在的摆设一样，探春是很大气很敞亮的一个生命的形象。探春跟黛玉比的话，可能会更世故一些；但是她仍然有那种超凡脱俗的仙气。她能够把两个东西在生命中间很好地融合在一起。

另外，就是探春那种很强的命运感。她很清楚贾府不可挽回的命运，但是仍然很努力地尽人事，我觉得这一点很了不起。所以我在书里面也特别讲到，其实她是想"回天"，但是又"回天无力"。

你看她本身，我觉得就很有诗意。诗社是她的主意，她很有这种诗情画意，但是同时，也有做事的本领。我觉得探春是很了不起的一个人。

但是《红楼梦》里边每一个人物，或者说小说里面的每一个人物，都是理想化的，因为你要塑造一个生命的典型，或者说去表达一个生命类型。但具体的生命其实都不是理想化的，都是很复杂的。小说中的生命是纯的，而我们的生命都是杂的。我们自己很难说跟谁很像。一方面，每个人都是独特的；第二个，每个人都是复杂的；第三个，我觉得很重要的，其实每个人都是在不断地自我塑造中——你说十年前的我，和现在的我，和十年之后的我，是不是同一个我？

既是，又不是。甚至于我们可以十分钟之前一个主意，十分钟之后就变了。这很难说。所以我觉得我们不会像书中的任何一个人。你可以喜欢一个人，可以欣赏一个人，但是欣赏他其实不代表着你要成为他。就像年轻人有时候崇拜一个人物，或近或远的，但崇拜一个人并不意味着要变成一个人。

您对《红楼梦》的阅读体验是？

王博：《红楼梦》我其实读得挺早。我父母亲在大学都读的是中文系，后来又教语文，家里面有些文学书，有现代文学类的，有古典文学类的。我大概十岁出头，对文学很有兴趣，《三国》《水浒》《西游》这样的书，读起来劲头更足。比如《三国》，我一口气就可以读完，《水浒》一口气也可以读完，《西游》甚至于《封神演义》等等，都可以一口气读完。但是读《红楼梦》吧，这口气一直贯通不下去。基本上就挑着读一点，但也不会把它一直读到最后。

至于原因，我觉得除了孩子的性情之外，还是理解力。性情很重要，你跟这个人情投意合，话就多；如果情不投、意不合，在一起也没什么话说。

但除了这点之外，我觉得理解力也很重要。换句话说，你到底有没有理解到作者在说什么？小时候大概比较能读故事，喜欢英雄、喜欢神怪这种很热闹的。《红楼梦》更多地写到儿女情长、人情世态、家长里短。这些东西，我想对于一个十几岁的小孩来说，特别是男孩来说，可能没有太多的感觉。女孩子应该好些，比男生更早能够和《红楼梦》之间有一种感应。

到了大概将近四十岁的时候，重新把《红楼梦》给捡起来了。其中的原因，我觉得首先是出于知识的兴趣。当老师或者做学术，就有求知的好奇心。当时我好奇的其中之一，就是《红楼梦》的本名《石头记》中，"石头"到底是什么意思？然后就沿这个问题追问，看《红楼梦》中是怎么讲石头的。当然，这个时候阅读跟十几岁那时候阅读完全不一样。因为这个时候有了更多的知识积淀，更重要的是，有了更多的人生阅历。这种人生阅历，再加上哲学学习带来的问题意识，会促使你去思考一些比较重要或者根本的问题，比如生命意义的问题、生命和世界的关系、你到底要选择做一个什么样的人的问题。

这个时候阅读跟小时候阅读就是两个不同的东西。以前读的时候有阅读的困难，阅读困难其实主要在于理解。你不能够去理解，也因此它跟你的生命之间不可能有一种契合；但是到这个年纪就不一样了，你有了更好的理解能力。

比如说，我觉得石头就是心灵的象征。从石头到宝玉再回到石头，其实是一个心灵的历程，在历程中间心灵会呈现出不同的状态，从本心、不动的心，到一个和这个世界结合在一起的入世心。当然，从这个地方开始，接下去就很自然地产生对其他几个名字的好奇，就是我前面讲的，为什么一般的小说就只有一个名字，为什么《红楼梦》名字这么多？

进一步去读，就发现曹雪芹是一个摆弄文字、摆弄名义的高手。他经常给小说中的人物起不同的名字，对他自己也是。他自己名字也很多，每一个名字、每个名义都是他生命的一个侧面。《红楼梦》的几个名字应该有其特殊的用意；同时，当然会去想，这些书名跟他编排出来的几个人名有什么关系，比如说空空道人和《情僧录》，孔梅溪和《风月宝鉴》，吴玉峰和《红楼梦》等。

然后我就在想，是真有这几个人，还是他像孙悟空一样，把汗毛一吹就变出来了，都是他自己变化出来的这么一些人？从名义上去思考的话，我觉得这些问题就会有一个比较清楚的答案。因为曹雪芹最喜欢的就是用谐音的方式，通过名字本身来呈现一种意义、一种理解。比如吴玉峰，就是一座没有玉的山峰；孔梅溪，尤其是在东鲁，让人想到孔夫子、孔圣人，是一个儒家的视角；空空道人，当然就更明显。如此这般，我觉得会一步步地进入到曹雪芹的一种设计、一些用心中。比如说，为什么是四大家族？为什么是"贾史王薛"？为什么是十二个女子？

一个是求知的好奇心，一个是文本本身的那种对生命和世界的思考带来的一种吸引力，都是让人想不断地去阅读、不断地去思考的动力。我觉得这是我重读《红楼梦》这本书的一个大概背景。

您觉得《入世与离尘》这本书是一本哲学方面的书吗？因为您研究中国哲学，关心"人"、关心"生命"这样一些问题，您会觉得这本书的读者是谁？

王博：这本书的图书分类一个是在文学研究里面，另外一个是把它放在随笔里面，我觉得其实都可以。我并不认为它是一个严格意义上的哲学书。因为我们通常对哲学书本身，有一种既定的印象。比如说对某一个或者某一些哲学问题，用一种概念或者论证的方式来呈现，一般是哲学书所具有的特点，它有一种很强的逻辑性。实际上我们在写哲学类文章的时候，经常会采取这样的一种写法。

但是话说回来，我觉得哲学或者哲学的角色，不可能是按照一个模式就完全可以呈现的。哲学英文叫 philosophy，但是事实上，我们现在在讨论哲学的时候意义已经相当多元。

比如说我们 2018 年开世界哲学大会，在筹备的时候，来自于不同地方的学者、哲学家们一起讨论的共识是用复数形式的 philosophies 来称呼哲学。复数意味着，我们其实可以有不同地域的、不同类型的、不同风格的哲学。

比如《庄子》，它是一部什么样的著作？中文系的人会把它看作是文学著作，但我们讲中国哲学时，很显然是把它看作哲学著作去阅读。

所以，如果说要我给这本书本身来做一个一般的描述的话，我还是会认为这是一个包含着哲学思考、从哲学的视角出发、对一个作品的阅读和理解。其实一部书，也许当我们把它当作是一部哲学书来看的时候，它就是哲学书。归类是某种方便，是因为你要把它放在一个地方，比如图书馆的书架上。但很多时候归类就是贴标签，而贴标签本身未必那么恰当，标签本身也是可以经常变换的。就像曹雪芹这本书，它既可以叫《石头记》，也可以叫《红楼梦》，也可以叫《金陵十二钗》，这个道理是一样的。

请您谈谈您心中的"哲学"。

王博：此前，我去拍了一个学科宣传片的几个镜头，我当时是这样描述哲学的：它既是一个学科，又不是一个学科。说哲学不是一个学科是因为，哲学本身是对"根"的思考。我们一般关于哲学当然有很多定义或者描述，通常的一个讲法，就是哲学是对宇宙和人生根本问题的思考。这种根本问题的辐射性是很大的。在同一个根上面，可以长出不同的东西来。可以有艺术哲学，可以有经济哲学，可以有政治哲学，甚至可以有物理学哲学——如果你可以看到那种超越性的话。科学家，比如说物理学家，像杨振宁先生，最后就会对哲学感兴趣。而古希腊哲学里的形而上学就叫metaphysics，所谓"物理学之后"，它被认为是追问物理学背后的根据所产生的知识。说哲学是一个学科，核心是要凸显它的专业性。换句话说，你并不能够随随便便地就走进这样的一个领域，它有它专业的门槛，你要受到这样的训练。它也有自己的核心问题和方法。譬如前面提到的最根本性的思考。但这种根本性的思考以什么样的方式，比如以什么样的语言、以什么样的论述方式呈现出来，是可以很不一样的。西方哲学传统可能更多地通过逻辑的方式、通过论证的方式来呈现；而整个中国哲学传统似乎就有另外的一个特点，它的语言、提出问题和解决问题的方式似乎很不一样。所以冯友兰先生以前有个说法，他说，西方哲学有一个形式上的系统，但中国哲学有实质的系统而没有形式的系统。形式的系统就是那种很清晰的概念的辨析，很清晰的逻辑的论证，以呈现出一个思想的运动和结构。

您写书的时候具体采取怎样的工作方式？

王博：这本书写了有十年。一开始动笔时，会有一些碎片化的思考。后来我把这些思考讲给身边的朋友，他们觉得挺有意思。然后，我跟一些朋友做一些演讲，跟他们来谈谈我对《红楼梦》的某种解读，比如说书名的含义、比如李纨和秦可卿这个对子，还包括对四大家族贾史王薛的解读，等等，大家也一直鼓励我写出来，包括我父亲，他已经去世了。我父亲在的时候也跟我说，他说你要把它写出来。但是其实一直没有真的下决心。最后下决心是在 2019 年上半年，我在工作之余大概花了差不多四个月的时间，基本上白天工作，然后晚上差不多每天会写到凌晨 3 点。

写作是一件很吃力的事情，写作跟读书、思考、讲述完全不一样。首先写作的过程本身就是一个创作的过程，平常讲的时候，或者平常想的时候并没有那么系统，细节也没有精雕细刻，可是写作不一样。

其次，从大的方面，比如说系统性、整体性，直到每一个细节处怎么去安顿，都需要去认真揣摩、仔细雕琢，所以说写作很辛苦。而且为了追求文字风格的一致，我之前写过的部分内容要重新把它写过，这样的话才像是一个整体。以前文字中间有些觉得不恰当的，或者是写作过程之中理解发生变化的，都会重新改过。写作的话，我觉得最好的方式就是一气呵成。断了再重新续上，有时候就需要契机。

之所以在那样一个时候下决心写出来，就是觉得已经比较"熟"了。我的写作差不多都是这样，腹稿比较成熟了，就希望能够了结它，算是对自己的一个交代。一个东西写完了之后，就会把它放很久，不再去碰它。

（撰稿：来星凡；采访：来星凡、黄昭华）

编 者 语

　　《不灭的真情：说"宝黛之爱"》一文作于2013年，这是北京大学中国语言文学系长聘副教授李鹏飞发表的关于《红楼梦》研究的第一篇正式文章。这篇富有感性体悟、带有散文美蕴的文章广受好评。而在这之前，他已为研究《红楼梦》做了长期准备。我们节选《不灭的真情：说"宝黛之爱"》部分经典段落，与君共读。

　　李鹏飞一直深耕于中国古代文学研究，怎样的契机让他开始集中研究《红楼梦》？多次重读《红楼梦》的他，对经典著作的研读有何感受？经典研究如何发现新问题？如何评价《红楼梦》的艺术成就，确认其文学史地位？论文之后，特附上李鹏飞专访，一起倾听他的回答，走入他研究《红楼梦》的心路历程。

学 人 简 介

　　李鹏飞，1972年7月生，湖南益阳人。北京大学中国语言文学系长聘副教授、研究员。主要研究领域为中国古典小说史、小说理论、小说的跨文化传播以及魏晋南北朝隋唐诗歌史等。代表著作有《唐代非写实小说之类型研究》《古代小说研究十大问题》（合著）等。

李鹏飞◎不灭的真情：说"宝黛之爱"① (节选)

　　《红楼梦》所表现的爱情的核心内容就是贯穿始终的宝黛之爱。对于宝黛之爱的曲折过程和深厚内涵学界已经有了太多的论说，这里都不再重复了，而主要从一些侧面来认识曹雪芹对于爱情这一人类最美好情感的深刻体认与高超表现。

　　在小说中，宝黛之爱是从一个带有超验色彩的神话——神瑛侍者和绛珠仙草的故事开始讲起的：为了报答灵河岸边、三生石畔神瑛侍者日以甘露灌溉之恩，绛珠仙子追随他来到了人间，打算以毕生的眼泪相还。这一奇特的故事向来被视为宝黛之爱的宿命性的基础和前提。因为这一基础在小说的开头便已经奠定下来了，因此自始至终，神瑛与绛珠的故事便跟宝黛爱情的故事一直交相辉映，闪烁着动人的光彩，生发出无穷的意蕴。当人们看到小说描写生活中的宝玉对黛玉无微不至、生死以之的关爱与呵护时，便禁不住会想到这个美丽的神话，会想到这是一位来自神界的神瑛侍者在倾心呵护一棵柔弱无依、禁不起人间风霜侵袭的小草，便会有一种莫名的感动涌上心头。宝玉对花草树木等无情之物的同情体贴，对他周围那些像花草般美丽柔弱的女性的关爱呵护，不正是神瑛侍者对绛珠仙草的爱在人世间的延伸？这种爱乃是发自天然的，出自宝玉的天性，包含着深切的尊重、同情与怜惜，除了要求自我牺牲与自我付出之外，几乎是无欲无求的，因此被有的学者称为神性之爱，宝玉对于纯洁少女的无比尊崇就是这种爱的外在表现。在男女之爱中，除了性爱之外，也会有这种神性之爱的流露，曹雪芹正是强烈地体会到了这种神性之爱的存在，便以特殊的形

---

　　① 本文原载于《文史知识》2013年第11期。

式来加以表现。在宝黛之爱中，既具有这种不含任何世俗杂质的神性之爱，更有刻骨铭心、缠绵不尽的只针对着"这一个"特定对象的至死不渝的爱，对于这种爱的来由，人们感到一种无可理喻的神秘感，便用宿命论的方式来加以解释。而反过来，当用宿命论的方式来对一种强烈的感情加以解释时，人们同时也就会将这种感情更加予以强化。神瑛与绛珠在灵河岸边、三生石畔的前缘让他们在人世间一见面便彼此觉得似曾相识，而当他们后来听到贾母说起"不是冤家不聚头"这一句俗语之后，竟好似参禅一般，都不觉潸然泪下，一个在潇湘馆临风洒泪，一个在怡红院对月长吁——一旦从内心体会到那种宿命感，便证明这种爱情已经发展到了十分深沉的境地。而对宿命感的这一体认，也让他们的爱情以更加猛烈的速度暗中发酵着，直至孕育出自我牺牲的毁灭性的力量。而这，与绛珠来到人世以泪报恩的神话结构便完全契合了。当爱至于自我牺牲、自我毁灭、报恩偿债的地步，也就达到了极致的巅峰体验的境地，从而完全超越世俗的情感，遗世而独立，孤独而寂寞，甚至那被爱者也无法彻底理解这种情怀，因此，林黛玉便在她自己的爱中成为真正的"世外仙姝寂寞林"，而贾宝玉也最终怀抱着至死靡他的爱情飘然遁世，寂然独处，他们终究还是成为彼此各不相干的神瑛侍者与绛珠仙子，回到了没有世情牵绊的太虚幻境。

《红楼梦》对宝黛之爱的具体表现真正进入到了人物精神世界的最深处，表现出爱情体验的精神特性，从而使古代小说的爱情表现脱离了徒悦容貌与皮肤滥淫的低级趣味，具备了更丰富、更具超越性的内涵。宝黛之爱自然也不乏彼此外貌吸引的因素，在宝玉眼中，黛玉也是具备"倾国倾城貌""病如西子胜三分"的，但小说并没有对此做太多的渲染，而是以特别浓重的笔墨描写宝玉对黛玉整个精神人格、整个青春生命的尊重与怜爱，描写对黛玉的爱在宝玉内心深处所激发出来的更为深广的爱，描写那真正的爱所激起的深沉的怜悯与忧伤。在小说第二十七回末尾与二十八回开头，写到了著名的黛玉葬花，黛玉吟咏《葬花词》以自伤自怜，宝玉无意中听到了，尤其是当他听到其中的"侬今葬花人笑痴，他年葬侬知是谁""一朝春尽红颜老，花落人亡两不知"等句时，"不觉恸倒山坡之上"，想到"林黛玉的花容月貌，将来亦到无可寻觅之时，宁不心碎肠断！

既黛玉终归无可寻觅之时，推之于他人，如宝钗、香菱、袭人等，亦可到无可寻觅之时矣。宝钗等终归无可寻觅之时，则自己又安在哉？且自身尚不知何在何往，则斯处、斯园、斯花、斯柳，又不知当属谁姓矣！因此一而二，二而三，反复推求了去，真不知此时此际欲为何等蠢物，杳无所知，逃大造，出尘网，使可解释这段悲伤"。这一大段文字，在中国古代小说的爱情描写中乃是绝无仅有的。在此之前，不管是小说还是戏曲，描写女性的绝代姿容在男性心中所引发的感受几乎全都是意乱情迷与情欲勃兴，几乎没有任何其他情感体验，这既是单调的，也是不真实的。而曹雪芹在此通过宝玉的视角所表现出来的对于黛玉"花容月貌"的情感体验却是全新的，也是令人深受震动的。当真正深挚的爱情来临时，被爱者在爱人心中所激起的大概更多的乃是疼爱与怜惜、温柔与忧伤，甚至还有强烈的痛惜之感、悲悯之情，想到所爱者的容颜、青春与生命终将随着岁月的流逝而逝去，岂不令人心碎肠断？宝玉正是从黛玉的自伤自怜，想到黛玉这样一个自己所深爱的人也终将红颜老去，香消玉殒，这岂不是人世间最足令人伤痛之事！再由此进而推及自己、他人和其他事物，甚至整个世界，都终有消失的那一天，不禁更感到深重的悲伤，更感到天地造化之无情——这正是对生命悲剧底蕴的最深切体认，也是人生最痛苦的一次觉醒。这是最深挚的爱所引起的最深重的痛苦，除非不再生而为人，变成无知无识之物，除非能逃出这世情之网的羁绊、逃出这宇宙造化之外，否则，这痛苦便不会消失。

正是对黛玉的挚爱，唤起了宝玉心底的生命意识；正是对黛玉整个生命的痛惜，唤起了他对世间万有的怜悯之心。如果连自己如此深爱着的最宝贵的人都不能在这世上长存，如果连这个世界都有生死幻灭，那么人类所创造的其他一切，又怎能天长地久？其意义又在哪里呢？既然如此，他宝玉又怎么还会对那些世俗的功名利禄发生追逐的兴趣？他对黛玉的爱是跟其他存在物、跟整个世界的存在紧密相连的，当没有了这样一种爱，或者失去了那个爱的对象，整个世界也就丧失了存在感，到此时，宝玉除了脱离红尘，还会有别的出路吗？这一点，小说通过第五十七回的"慧紫鹃情辞试忙玉"就已经做了充分的预示。曹雪芹正是在存在的根底处把握到了宝黛之爱最深刻的内涵，并予以了十分出色的表现，这样的描写即使是置于整个世界爱情文学的历史中，也是令人赞叹的。而且，这样的爱情描写，也是古代文学中爱情价值观念的一个重要变化，在公认的一些爱情戏（如《西厢记》）中，也未尝没有表现女性之爱所引发的神圣感，但是同时也无不掺杂着猥亵与色情的强烈意味，只有对被爱者的精神、人格和生命都有了尊重的时代，才会发生这种真挚而纯净的神圣之爱。

经典不可回避，以《红楼梦》观生命哲学

——访北京大学中国语言文学系长聘副教授李鹏飞

在李鹏飞看来，《红楼梦》是不可绕过的经典之作，凝缩了极为深厚的文学艺术意蕴和思想哲理意蕴，仍有待我们不断地进行深入研究。这一伟大的经典之作，也在呼唤我们每个人与之相遇，并激活我们自身的生命感悟。

您一直深耕于中国古代文学尤其是古代小说的研究，从研究志趣的发展历程来看，您是何时以及如何逐渐转向《红楼梦》研究的？

李鹏飞：说起来，我对《红楼梦》的研究算是起步比较晚的了。

我在北大中文系跟随葛晓音老师做本科和硕士论文时，主要关注的是魏晋南北朝隋唐诗歌。选定硕士论文题目之前，因为一些特殊的原因，葛老师建议我转向古代小说的研究。因为我原本就一直很喜爱小说，经过认真考虑之后，我接受了她这个建议。在导师的进一步建议和安排下，我大致确定研究魏晋南北朝隋唐文言小说，随即开始大量地阅读这一时期的小说作品以及相关的重要研究论著。由于之前研究诗歌时，我已经看了不少魏晋隋唐的基本史料以及有关研究论著，所以一旦决定研究小说，上手也还算是挺快的。我的硕士和博士论文都是研究魏晋隋唐文言小说的。博士论文《唐代非写实小说之类型研究》的第一大部分主要研究唐代的谐隐精怪小说，当时我已经意识到这种小说类型的特殊写作技巧对后来的长篇小说如《西游记》《红楼梦》是产生了很大影响的，所以在论文里也提了一笔。

从六朝志怪、唐人小说到宋元话本、明清小说，中国古代小说的历史一共也就一千多年，比诗文的历史要短得多。另外，古代小说的发展前后

紧密相承，脉络一线贯通。教学和研究两方面，都要求我们的研究也必须尽量做到一气贯穿。于是从留校工作这些年来，我的研究重心也逐渐从文言小说转向了明清白话小说，当然，文言小说的研究也仍在继续做，并没有放弃。

在中国古代小说中，集大成者当然首推《红楼梦》，这是不应该也不可能绕开的重要经典。这样一部伟大之作，我想我一定要好好研究一下它。我们北大原本就是新红学的发源地、百年红学的一个重要根据地，但在近几十年来的相当一段时间内，北大中文系却很少有人专门来研究它，这方面的课程也很少。这对于北大中文系而言，无论如何都是一个遗憾。于是我决定要弥补一下这个遗憾。当然，最重要的原因还是我个人非常喜欢这部作品，每次读来都有所感悟。这样几层原因综合下来，我开始准备进入《红楼梦》的研究。

收集资料是研究的前提和基础，从十几年前开始，我就有意识地着手收集有关《红楼梦》的基本资料：一方面，陆续将甲戌本、庚辰本、己卯本、蒙古王府本、甲辰本、程甲乙本等清代《红楼梦》抄本、刻本的影印本收集齐全；另一方面，则有计划地收集阅读重要的红学研究著作，了解前人的研究成果。老一辈学者胡适、俞平伯、周汝昌、冯其庸、李希凡、赵冈、宋淇、蔡义江、郑庆山、林冠夫等先生的红学研究著作都写得十分精彩，我把它们放在案头，有计划地进行翻阅，慢慢做一些研究上的准备。但当时我并没有写过这方面的论文，而是在做其他研究。当时曾有前辈学者提醒我说红学是个无底洞，一旦掉进去，极有可能难以自拔，会遭受灭顶之灾，需要想清楚再进入。为此我也有过犹豫，但我仍然觉得自己迟早是会来研究《红楼梦》的。只是我没想到，从 2003、2004 年开始，这个准备期一下就拖了整整十年。

正式开始研究《红楼梦》的机缘直到 2013 年才到来。当时，中文系的刘勇强老师、潘建国老师和我要筹划一个三人笔谈，总题目叫"中国古代小说经典再发现"。既然打算重新发现经典，自然要从最经典的作品入手，我们经过商量，决定选择《红楼梦》作为第一个讨论的对象。我们各自从不同角度入手写成三篇文章，形成一组笔谈，发表在《文史知识》上。我写的那篇便是《不灭的真情：说"宝黛之爱"》，这是我写的第一篇关于《红楼梦》的文章。

从此以后，《红楼梦》就成为我的研究重心之一。从 2013 年起，相关的论文已经完成了八篇，目前正准备再写出五六篇，组成一个专题论文集。

《不灭的真情：论"宝黛之爱"》这篇文章不仅是您研究的起始，也被您选为代表性研究选段，您可以讲讲这篇文章对您的重要意义吗？

李鹏飞：这篇文章发表后引起了一些关注，也得到学界同行、学生、读者的一些鼓励。2017 年我第一次开"《红楼梦》研究"这门课程，有一位大一新生课间找到我，说她在高中订阅的《文史知识》上看到我这篇文章，读后非常喜欢，后来考到北大中文系，看到我开这门课，立刻就选修了。其实，这种风格的文章在今天很多专业研究者眼中，根本不算正儿八经的研究论文。但读者对这篇小文的肯定，让我很受鼓舞，坚定了继续研究《红楼梦》的决心。

"宝黛之爱"是很多读者眼中《红楼梦》的核心，确实是一个备受关注的重要问题，很多人都写文章讨论过这个问题，似乎已经很难再谈出什么新名堂了。但我觉得，对宝黛之爱还可以从思想哲理的层面再做进一步阐发。比如选段里谈到了第二十七回末至第二十八回开篇的情节，写宝玉看到黛玉葬花之后的内心活动，他触事移神，从花瓣的陨落想到黛玉的绝代容颜也终将消逝，不禁感到"心碎肠断"。他进而又想到宝钗、袭人、晴雯这些美丽可爱的女孩子们，乃至大观园和世间的万事万物，到有一天也都终将消失，到无可寻觅之时。这在他的情感世界里，像一个连锁反应引起了巨大的裂变。这种悲伤乃至震动是怎样一种性质的情感变化，以往没有人专门谈过。我就尝试从这个角度加以阐述，我认为这是宝玉对人生的第一次重要的领悟，第一次真正深刻而痛苦的生命的觉醒。这种痛苦之深之切，除非"逃大造、出尘网"，才能被解除。也就是说，除非他逃离这个世界、这个宇宙、这个人生，这种悲伤才能消除殆尽。我认为，他的这种领悟其实已经深深地触及了存在的根底处。宝玉所领悟的，乃是生命的本质真相，只不过普通人可能没有领悟或不如他领悟得这么深罢了。

这样深刻的人生感悟是由爱情触发的。张爱玲曾说中国是一个爱情荒芜的国度，但《红楼梦》是一个例外。宝黛之爱是一种真正的纯精神性的爱的体验。中国的古典小说、古代诗歌里都罕见这样的爱情描写。

这篇文章中有很多我个人的情感体悟，有点像文学随感，这种研究路数其实是很有争议的。这种对作品的感性认知究竟能不能算研究呢？我记得著名红学家蒋和森先生写过一本《红楼梦论稿》，以美文的方式谈论《红楼梦》人物，行文优美，饱含情感和诗意。他曾在某次重版后记中提到：有位读者给他来信，讲起自己曾流落在外，人生困顿，又遇重大挫折，产生了轻生的念头，无意中随身携带了这本书，翻到了《林黛玉论》这一篇，一读之下，深受感动，竟然打消了自杀的念头。看来，感性的东西倒是最能动人的，也是最能让人们的心灵产生强烈共鸣的。但这种研究路数后来越来越少了。我其实一直在思考文学研究到底应该是什么样的这个问题，也一直在探索不一样的论述方式。像"宝黛之爱"这种在人的内心引起巨大波澜的经典段落，这种瞬间的触动感悟或许更适合通过这样一种感性的形式来予以表达，我努力将这种感觉表达出来，希望它能够比通常的论文更贴近人心吧。

开始《红楼梦》研究后，您阅读它的习惯是怎样的？和最初阅读《红楼梦》时相比，体验会有什么变化？

李鹏飞：记得有家出版社曾做过一个调查："你最读不下去的名著是什么？"结果《红楼梦》榜上有名。我第一次读《红楼梦》是在初中的时候，当时感觉里面的一些诗词歌赋特别优美隽永，就背了下来，但觉得故事情节实在是很难吸引我，因此读到第五回就读不下去了。所以说来惭愧，我是后来直到上大学读了中文系后，才完整地把这部小说读了第一遍，也才开始有所感悟。此后随着年龄增长，读的次数也越多，也愈发感觉到这部作品的伟大。我想，读《红楼梦》还是需要一些人生经验、人情世故的阅历与积累吧，青少年时期读不下去也是正常现象。

到现在，我也不知道自己读《红楼梦》读过了多少遍，因为研究和教学的需要，一直在反复翻看。我把人民文学出版社出版的《红楼梦》放在案头手边，有时候看书写论文累了，想换换脑子，放松一下，就会随便翻开一页，读上一段。我收集的各个清代抄本、刻本的影印本就放在办公室和家里随手可以拿取的地方。如果一段时间在做《红楼梦》的相关研究或者是思考某个问题的话，就会频繁地重看原著，有时候需要从头至尾细读，有时候则需要反复研读某些相关章回。

看的次数越多，就会发现更多以前未曾注意到的一些细节问题，引发我往更广、更深和更细的方面思考，这样一来，一些以前没有留意的问题就凸显出来了。

《红楼梦》确实是这样一本书，即便我们早已非常熟悉它的情节，熟悉其中人物的命运，但每次随便翻开哪一页我们都能读下去，而且每次都会读得津津有味。在更熟悉文本，并且对红学研究成果有了更多了解之后，我也越来越理解、越来越热爱这部小说。这大概就是经典的魅力吧。

新红学发轫后，对曹雪芹家世研究、小说版本研究比较多，您相对偏重将《红楼梦》作为一部文学作品来进行研究，那么该如何去研究它的文学成就呢?

李鹏飞：的确，新红学一百年，它的两大支柱最初是"曹学"和"版本学"，后来又有了研究八十回后曹雪芹原稿情节的"探佚学"。从文学批评角度来研究《红楼梦》的路数长期以来反而不占主导地位。但是前辈学者也曾有过一些尝试，比如红学元老俞平伯先生，他的《红楼梦辨》是以考证为主的，但其中也不乏精彩的文学性研究。又比如周汝昌先生，他的成名作是《红楼梦新证》，也偏于考证一路，但他后来也写了《红楼梦与中华文化》《红楼艺术》这样从文化、艺术、思想角度来研究《红楼梦》的重要著作。

大概从20世纪七八十年代开始，余英时、周策纵等越来越多的学者都指出：我们应该认识到，《红楼梦》归根结底是一部文学作品，学界应该更多地从文学的、美学的、思想的、艺术的角度来深入地研究它。

我个人的看法是，曹学、版本学等方面的研究，包括作者家世生平、小说版本演变、脂批、探佚等很多方面，很多问题其实并没有真正得到解决，有的问题甚至还是根本性问题。但同时，也应该大大加强对《红楼梦》的文学艺术成就和思想哲理意蕴的研究。

众所周知，无论从哪个角度，要想进入红学研究，大概都离不开红学的三大板块：一是《红楼梦》的文本，这包括各个不同的版本，尤其是早期的三大抄本（甲戌本、己卯本、庚辰本）；二是脂批；三是红学史，尤其是红学研究的重要成果，更需要全面掌握。

从文学批评的角度研究《红楼梦》，也离不开上述红学三大板块的支撑。应该说，对于这样一部艺术手法十分独特、内容也极其复杂深刻的小说而言，从文学艺术的角度来研究它，门槛其实并不低。这既要求一个人在文学阅读、文学批评方面有丰厚的积累，也需要一个人对文学艺术本身有比较好的领悟力，否则很容易陷入偏执和误解，走上研究的歧路。从文学艺术角度来研究《红楼梦》，最近几十年来，可以说是渐趋热门，但真正精彩的研究其实并不多见，大概就与此有关吧。

正因为如此，我自己从开始做一点红学研究以来，也一直觉得如履薄冰、如临深渊。生怕自己的愚钝和浅陋偏离歪曲了小说崇高的思想艺术境界，也误解了作者曹雪芹的伟大心灵。

我本科硕士期间先是读中国古代诗歌，大体上通读了汉魏晋南北朝到盛唐时期的重要诗人的别集，后来转向小说研究后，又对中国古代小说史有了一些了解，小说史上的名篇佳作，包括文言和白话小说，也下功夫基本读完了。此外，从中学时代以来，我养成了阅读外国小说、诗歌的爱好。几十年来，看过的外国小说和诗歌数量也不少，尤其是苏俄小说、日本小说、欧洲古典小说涉猎比较多。西方古典诗、现代诗、中国现当代诗我也一直保持阅读和热爱。可以说，我是在《红楼梦》外围绕了一大圈之后才进入它，这样一来，它与中国古典诗歌、与前代小说、与文学艺术等等的关系，我或许可以有一个更通达的理解，也可以获得一个更宽广的参照系。这样或许可以避免一叶障目之弊，少犯一点偏执狭隘的毛病吧。

《红楼梦》研究在您的研究中处于怎样的位置？研究经典如何发现新的问题？

李鹏飞：我个人目前越来越认为研究经典是非常必要的。曾几何时，学界曾流传过一个"搁置经典"的口号，号召大家暂时搁置经典，把目光转移到文学史上更多其他作品上去。这种说法的提出，是考虑到经典作品已有太多的研究积累，不太容易再出新意，而经典之外的大量作品又相对遭到忽视，研究得很不充分。这种局面对整个文学史的全面深入研究确实很不利。因此，这一口号的提出自有其一定的合理性。但我这些年一直在反思这个口号，我觉得，我们固然应该重视经典之外的作品的研究，但无论如何，任何时候、任何情况下我们都不应该再搁置经典的阅读和研究了。

因为，经典虽然历来备受研究者关注，研究成果也汗牛充栋，但作为经典，其研究潜力是不那么容易被穷尽的，它也需要一代又一代的研究者以自己的生命和智慧不断去激活它、丰富它，使它永远保持着生生不息的活泼的状态。如果我们几代人不去碰它们，不去阅读、研究、传播它们，它们就会成为僵死的故纸堆。它们并不会自动跟我们的人生、跟我们的时代发生关联，更不可能自动进入文学和文化再生演变的生命过程。总之，这一切都离不开研究者的积极参与。

此外，从研究的角度来说，我发现，目前来看，经典文本中的问题很难说就真的都研究完了。每一代人，也包括每一个人，由于种种原因，在人生经验、知识结构和目光见识方面总是难免存在着这样那样的特殊性，这种特殊性在某种意义上，也是一种局限性。在这种局限性制约下，这一代人以为问题都研究完了，下一代人未必也会如此认为。这个人认为问题都说完了、说透了，另一个人未必也如此认为。比如《红楼梦》，经过新红学一百年来的研究积累，各方面问题的研究成果都不计其数，浩如烟海，真令人有望洋兴叹之感。但我个人觉得，这部小说庞大复杂的艺术体系仍有许多值得我们去深入探索的领域，其情感、思想、美学等方面有待研究的问题也还有不少。

而且，我认为，对于一个学者来说，经典研究还是应该成为他整个学术研究体系中的一个重要组成部分。这就像研究诗歌的学者，他不一定要一辈子专门研究陶渊明、王维、李白、杜甫和苏轼，但他至少应该以他们中的一位或几位作为他研究的一个根据地；而研究小说的人，同样也应该以一部或几部经典名著作为自己研究的一个根据地。这种研究，是应该不计功利的，不要计较有多少论著产生，阅读、研究和传播这些经典本身就是最大的意义之所在。

我自己想明白这些道理后，也向我的研究生们强调将经典作为研究立足点的重要性。的确，年轻学生急着要出文章，而研究经典需要文火慢炖的功夫，可能很难一下就找到研究的问题点，但若想长期从事学术研究的话，经典是绕不开也绝对不应该绕开的。我建议他们保持对经典文本的持续阅读和对其研究进展的持续关注，如果有所发现，就写论文，没有发现，就当作一种学术上的积累来对待，等到将来有一天当他们突然想回归《红楼梦》并重点去研究它时，就已经做好了充足的准备。

我的建议引起了学生们的重视，他们组织了一个读书会，专门研读《红楼梦》。读书会上一位硕士生发现了元杂剧中的度脱剧与《红楼梦》有些关系，她检索了一番，发现没人研究过这个问题，于是写成了文章，后来发在了《红楼梦学刊》上。我经常用这个例子鼓励后面的学生，告诉他们，在老一辈学者已经反复耕耘过的土地上，他们未必不能有所收获。

我自己发现问题也是通过这样的方式，在反复阅读的过程中，时不时就会有一些新的想法、新的问题冒出来。我写过一篇文章《释"反认他乡是故乡"》。《红楼梦》我之前读了那么多次，也没怎么注意过这句话，后来有一天突然发现，它一定意义上把《红楼梦》的主题思想的一个侧面用很简明形象的方式讲出来了，包含了一种"反异化"的思想主张在内。可以说，这句话的意义十分重大，怎么强调都不为过。那么，这句话有没有出处，它是曹雪芹原创的还是他化用了别人的诗句呢？我脑子里模糊地觉得在文学史上，尤其是魏晋隋唐诗歌中有类似的说法，但一时也想不起是哪首诗。同时，根据我对中国思想史的粗浅了解，我觉得它和魏晋玄学、禅宗的思想也许还有一定的联系。我查阅人民文学出版社出版的红研所注释本《红楼梦》，上面也没注这句话的出处。我检索期刊论文，发现也只有一篇文章简要地谈了谈如何理解这句话的内涵，也没说它的出处。可以说，大家都没太注意它的来历，也没意识到它的重要性，是不是这句话太明白易懂，反而被人忽略了呢？如此重要的一句话，在研究上却留下了一个空白。于是我开始全面查找资料，进行研究。我发现"故乡"和"他乡"这组对立的概念其实很早就在诗歌中使用过了，并在文学史上经过长期演变，逐渐由很具体的意思转化为比较抽象的意义，逐渐将"故乡"作为远离名利场的心灵精神安居的象征之地，而把"他乡"作为远离生命本真、原初阶段的异化状态的象征了。明清诗歌戏曲中已经比较频繁地出现与此十分相近的表达了，比如秦夒《别吟社诸公》中的"野夫又理西江棹，错认他乡是故乡"等。

曹雪芹将这句诗借用来放在《红楼梦》主题思想的大结构里，从而跟小说的具体情境，跟《红楼梦》整体的艺术世界有机地结合起来了。这就比单独的一句诗具有了更深厚的意蕴。所谓"反认他乡是故乡"，其实表达了一种深层的生命意识，认为人应该反抗异化，自然地生存。小说通过大量的细节和情节安排反复表达了这样一个思想，比如宝玉的玉和宝钗的金锁上写的"莫失莫忘，仙寿恒昌"和"不离不弃，芳龄永继"这几句话，以往人们都是从爱情誓言的角度来理解的，但是，"莫失莫忘、不离不弃"的爱情誓言和"仙寿恒昌、芳龄永继"究竟有什么关系呢？其实没什么关系，对不对？所以，这话其实是很令人费解的。现在联系"反认他乡是故乡"这一句话来重新解释这几句话的意思，我认为它们表面上看，是爱情的誓言，实际上是在提倡人们要保持与生俱来的本真状态，不要忘记、丢失自己的本心，如此才能进入生命的永恒状态。

连"反认他乡是故乡"这样重要的命题之前都会被研究界所忽略，所以说，这种经典之作仍有很多问题有待我们去发现、去研究，《红楼梦》也确实说不尽、说不完。

无论是"反认他乡是故乡""末世图景"还是惜春作画的意义，您似乎都比较关注《红楼梦》整部书的生命哲学、思想情感意蕴。请问是什么原因让您选择了这样的研究视角呢？

李鹏飞：这样一部伟大的作品，它的核心部分可能恰恰还是在思想和艺术方面。如前所说，以前的研究在这些方面所留下的空间还是比较大的。比如，《红楼梦》里的人物形象，都不仅仅是一个艺术形象，其背后往往还有很深的思想意蕴，比如贾宝玉这一形象身上就有很深厚的思想内涵，它和中国传统的儒释道思想之间有很深的关联。刘再复先生写了一本《贾宝玉论》，分别从儒释道三个角度来阐发贾宝玉这一人物身上所蕴含的思想意蕴，十分精彩。这部小说确实有哲理思想深度，这是我从这一角度来研究的原因之一。

另一个重要原因是，生命意识、情感体验这些问题往往与我们切身相关，也引发我自己很深的感触，也就更容易激发我的研究兴趣。对我来说，比较理想的研究课题是：研究对象和我自身的生命体验、人生困惑息息相关。读这样的作品，虽然不一定能消除或解决我的困惑，但发现古人也曾经面临同样的问题，面对同样的困境，然后再看看他们是如何面对这些困境和思考这些问题的，这本身就是对我们心灵的一种安慰。我想，人文学科的研究如果能够引发我们对人生普遍问题的思考，能够对我们的情感思想困惑有所启示，这会赋予人文研究更重大的意义。我觉得文学研究最终应当包含这样一个层面。

最近我在考虑的一个红学问题也和生命意识有关，这就是《红楼梦》里的孤独感。鲁迅先生曾在他的《中国小说史略》中说，看《红楼梦》，感到"悲凉之雾，遍被华林，而呼吸而领会之者，独宝玉而已"，这从贾宝玉的角度揭示了这种个人体验上的孤独感。我在阅读中也感觉整个小说中浸透着一种浓重的孤独感。日本著名汉学家斯波六郎有一本著作叫《中国文学中的孤独感》，他论述了中国古代诗歌的一些名篇中所表达出来的孤独感，但没有讨论中国古典小说中的孤独感。我感觉，中国的文学传统里长期以来就有着关于孤独的强烈感受和文学表达，而曹雪芹则通过小说这一形式对其做了一种更具体生动、更具哲学意味、更复杂深沉的表达。《红楼梦》已经上升到生命存在状态这样的高度来思考孤独的问题，它让我们看到，即使是倾心相爱的人之间，即使是彼此视对方为真正知己的宝、黛之间，也仍有心灵彼此孤立隔绝的感受。

您觉得应该如何评价《红楼梦》的艺术成就和文学位置？我们又应该如何去研究它呢？

李鹏飞：之前已经有很多著名学者对《红楼梦》做过各种各样的评价，比如对中国和西方文学都有很深研究的夏志清先生，就曾把中国古典小说和欧美小说做比较研究。他认为《红楼梦》在表现社会生活的深度、广度两个方面都大大地超过了西方的经典小说，比如巴尔扎克和狄更斯的小说。另外，还有学者也把《红楼梦》和《战争与和平》《堂吉诃德》相提并论。

我记得有一所美国大学的文学教授曾搞过一个世界前一百部伟大小说的排行榜，前十名中有《战争与和平》《堂吉诃德》《安娜·卡列尼娜》这些著名的长篇小说，这些书我也都读过，它们也确实当得起"伟大"这一崇高的评价。《红楼梦》也榜上有名，不过排名靠后一些。我觉得《红楼梦》的艺术成就其实是完全可以与它们平起平坐的。我为什么这么说呢？

我想，首先就是《红楼梦》的复杂性和深刻性已经达到了无以复加的地步。作者把复杂精密的艺术技巧、复杂深刻的情感和思想意蕴、深广而全面的社会生活面、博大精深的中国古典文化，这些内容都很完美地融合在一部小说里。我看过的外国小说中，苏俄小说也以生活面广阔、情感丰富细腻、思想深邃广博见长，但《红楼梦》在这些方面也完全可以与之相媲美，甚至有过之而无不及；西方现代小说则有着十分复杂的叙事技巧，复杂的精神、情感和意识世界，比如《追忆逝水年华》《尤利西斯》等等，而《红楼梦》完全凭着古典的叙事技巧构筑出了同样极为复杂的叙事艺术大殿。我不知道是否存在一部西方小说，它完美地融合了古希腊罗马和文艺复兴以来西方古典文化和叙事艺术的精髓。《红楼梦》一书，蕴含着中国古典文化的诸多方面，被称为"中国古代历史文化的全息图像"，蕴含着深刻复杂的古典文化内涵和无比高超的叙事艺术。随着时间的推移，我越来越觉得它确实是神乎其技矣。一个人的文学智慧、艺术智慧能够达到如此高的高度，确实令人叹为观止。俄罗斯人曾经把托尔斯泰称为他们民族的"文学之神"，我认为，曹雪芹也是中国文学史上当之无愧的"文学之神"。

不过，另一方面，在研究的过程中，我也总是提醒自己要保持客观和冷静。红学研究不能无限地拔高研究对象，对《红楼梦》的缺憾与疏失，我们也要理性地进行讨论和批评。我们不能把它看作一部从天而降、空穴来风的独创之作，从而过分夸大它的独创性。把它放在中国小说史、文学史的脉络里去看它的成就，会更理性、更公正一些。应该说，正是中国文学传统的长期发展，才孕育产生了这部集大成的经典之作——《红楼梦》。

有学者号召给红学降温，我觉得确实应该给不理性的研究降温，减少一些学派之争和"意气用事"，少一些不必要的、无意义的争吵。不过，话又说回来，早在清朝后期就有了文人为争宝黛优劣而互挥老拳的逸闻，红学一直这样热闹，这样激动人心，这也正好体现了《红楼梦》独特的艺术魅力吧。

红学经过这么多年的发展，前辈大家们确实留下了许多十分重要的成果。但《红楼梦》实在是太丰富、太复杂了，从任何一个角度来研究它，都不免会有盲区。当下，越来越多不同专业、不同学科背景的学者都在加入红学的研究，我觉得这是红学研究生态变得越来越健康的一个趋势。文学领域的研究者，在具体感性方面或许更敏锐一些，那就把它抓住并传达出来；哲学专业的研究者则擅长从中国传统哲学与思想的角度入手，来阐发小说深邃的思想和美学意蕴；历史研究者则凭借他们对清代历史的熟悉，可以继续推进作者家世生平的研究。总之，如果不同学科的学者们各尽其才，共同努力，应该还可以将《红楼梦》的研究再大大向前推进一步。(采访、撰稿：王钰琳)

　　北京大学艺术学院教授顾春芳长期从事美学、艺术学和戏剧学等领域的研究。她与《红楼梦》自小结缘，在北大求学期间，受到导师叶朗先生"细读《红楼梦》"的小说美学研究方法影响，将《红楼梦》与自己的专长戏剧学相结合，对戏曲与《红楼梦》叙事的关系进行了深入研究。她也长期致力于传承推广传统文化与美学，并探索美学和艺术学的网络共享通识课程新呈现方式，参与组织并讲授网络共享课程"伟大的《红楼梦》"等，让更多人得以享受古典美学的浸润。

　　《〈红楼梦〉小说叙事的戏剧性特征》一文便是顾春芳跨学科阐释经典文学的体现，在她细致的分析中，《红楼梦》这部小说的叙事艺术得以更深入地呈现，并为我们所感知。

　　顾春芳教授在访谈中谈到，在她成长过程中，"《红楼梦》始终存在"。从小时候对于文学作品的喜爱，到让《红楼梦》走进大学生活中，《红楼梦》已经与她的学术、工作、生活息息相关，和她的精神世界、情感世界紧密相融，成为她生命的重要组成部分。

学人简介

　　顾春芳，1975年6月生，上海人。北京大学艺术学院教授、北京大学美学和美育研究中心研究员。主要研究领域为美学、艺术学、戏剧学和电影学。代表著作有《戏剧学导论》《契诃夫的玫瑰》《呈现与阐释》《意象生成》《她的舞台：中国戏剧女导演创作研究》《戏剧交响》等，以及传记《我心归处是敦煌》、诗集《四月的沉醉》

顾春芳◎《红楼梦》小说叙事的戏剧性特征① （节选）

　　《红楼梦》小说大约有四十多个章回先后出现了和戏曲传奇有关的内容，这些内容与小说的结构、情节、人物及主旨大有关系。徐扶明先生曾在《红楼梦与戏曲比较研究》一书的第三章"剧目汇考"中考出《红楼梦》中的三十七出戏。我们通过细读《红楼梦》小说，重新考证了小说中相关戏曲剧目和演出内容的分布情况，约略考出各个章回出现和戏曲传奇以及其他演出有关的内容有一百多处。

　　《红楼梦》的小说叙事受到了明清以来戏曲传奇的深刻影响，其叙事美学的特色与戏曲的叙事形式关系密切。从小说出现的大量戏曲剧目和典故可以看出，《红楼梦》叙事美学有着非常显著的戏剧性特征。我们可以非常肯定地说，小说作者一定对元明清戏曲极为熟悉，并且具有深厚的曲学造诣。

　　……

　　从小说整体的叙事而言，《红楼梦》的叙事结构比较复杂，戏曲化的叙事方式非常突出。三个层级的结构——石头投胎、预言图谶、贾府兴衰——融合在一起，构成了《红楼梦》这个博大精深的艺术整体。其中，三个层级的结构类似戏曲文本的"戏中戏"结构。石头投胎——预言图谶——贾府兴衰，构成从外向内逐渐收缩的层级叙事。石头投胎到贾府，观贾府之兴衰的故事是整个叙事层级的内层核心。

　　在其章回结构的布局中所出现的"题诗""缘起"，这种叙述方式类似于戏曲中的"楔子"，小说结尾的"余文""跋识"，也都是戏曲剧本所具有的普遍特点。比如小说第一回，陈述《石头记》的成因和全书大旨，在

---

　　① 　本文原载于《曹雪芹研究》2019 年 01 期。

楔子中痛斥了"淫滥"小说和历来野史的陈腐俗套。甲戌本楔子中曹雪芹自题一绝上有批:"能解者方有辛酸之泪,哭成此书。壬午除夕,书未成,芹为泪尽而逝,余尝哭芹,泪亦待尽。"作者在小说开端即在卷首通过诗、画、曲反复预示他笔下各式人物的悲剧性命运和结局,特别是十二支《红楼梦曲》,"金陵十二钗"正、副、又副册判词,在叙事层面对全书大旨有统摄和预告的意义。第五回的《红楼梦曲》类似于传奇剧本中对即将出场的人物及其命运的一一介绍;第二回冷子兴演说宁荣二府,冷子兴对贾雨村悉数介绍贾府中的各个重要成员,相当于戏曲演出之前的"参场"。所谓"参场",即戏剧开演之前,由掌班率领全班演员,穿着各行角色的行头,整齐地排在戏台口面见观众,使观众大致了解上演的规模和即将出场的角色。再比如描写青埂峰下的顽石遇见一僧一道,陈述自己的愿望,顽石如何被僧道携去警幻仙姑处,后投身"花柳繁华之地,富贵温柔之乡"的经过,这种手法类似戏曲开演前的"自报家门"。第四十三回,宝玉水仙庵祭奠金钏儿,茗烟代祝数语,庚辰本夹批"此一祝亦如《西厢记》中双文降香,第三炷则不语,红娘则代祝数语,直将双文心事道破"等等。宝玉祭奠金钏儿时由茗烟代祝,其实借鉴的是戏曲直接对观众说话的叙述方式。

更具体而言,《红楼梦》所呈现的戏剧性特征,首先表现在其情节发展的序列设置、对白的展现形式,这些都有着非常显著的古典戏曲文本特征。《红楼梦》的整个叙事贯穿着"绛珠还泪"的故事,这种手法也就是李渔在《闲情偶寄》中所提出的"立主脑"的剧作法。传奇的"主脑"指的是一部戏应当在众多的人物、繁复的情节中着眼于一人一事,以此为中心,兼写其他人和事。《红楼梦》以"绛珠还泪""宝黛爱情"为"主脑"串起其他众多情节和人物,所以整部小说虽然在叙事上铺得开,却不觉零碎散乱。《红楼梦》描写贾府的日常生活看似"家庭琐事",然而贯穿整个小说的主线并非杂乱无章,而是有着清晰的主题。全书以盛极一时、渐衰征象、颓败垮塌的序列展开对家族命运的描述,并以"宝黛爱情"作为贯穿全书情节的主线,组织起看似复杂纷繁的日常生活。

冲突的营造是戏剧情节中非常重要的方面。从戏剧矛盾冲突的构建来看,《红楼梦》在情节的推进和发展中多处运用了戏剧的冲突意识。石头托生于一个政治变化的前夕,宝黛的爱情置身于矛盾重重的大家族,封建统治阶层和被统治阶层的矛盾，集团势力之间的矛盾，地主和农民的矛盾，皇权和贵族的矛盾，主子和奴仆的矛盾，奴仆和奴仆的矛盾，父子、母子、兄妹、妻妾、妯娌、嫡庶之间的矛盾比比皆是。这种矛盾多样化的揭示，呈现出了封建社会结构的常态和真相。

第二，小说以对白的方式展开，有着显而易见的戏剧色彩。在戏曲剧本中，除了唱词还有"宾白"。"宾白"即是古代戏曲剧本中的说白，徐渭《南词叙录》说"唱为主，白为宾，故曰宾白"。以对话体为主要叙述方式的小说有着戏曲传奇中宾白架设和处理的鲜明痕迹。我们可以发现《红楼梦》叙事的巧妙，其叙述方式类似根据戏曲中的关目依次展开，在写法上先叙述情节，再补就诗词韵文。比如，乾隆十九年甲戌脂砚斋抄阅再评时，《红楼梦》前八十回大体已经写就，只剩一些回次的诗词没有补完，如第二十回黛玉所制之谜语、第七十五回的中秋诗。学界认为曹雪芹很可能是将前八十回的文稿基本写完以后，交给脂砚斋等人抄写整理，自己再着手八十回之后的情节构思和写作。这种创作方式和戏曲剧本的写作过程异曲同工。

第三，从情节和细节的真实性来看，《红楼梦》的作者把许多真实的生活经历一一编入小说，小说中隐含不少"实事"。关于这一点，脂砚斋甲戌眉批说："有间架、有曲折、有顺逆、有映带、有隐有见、有正有闰，以至草蛇灰线、空谷传声、一击两鸣、明修栈道暗度陈仓、云龙雾雨、两山对峙、烘云托月、背面傅粉、千皴万染……"曹雪芹把很多家事和亲身经历移入了小说的叙事。写实入戏的写法是《红楼梦》的特点，而戏曲的功能是场上代言，所以历来以真事入戏也是戏曲的艺术特点。王骥德（1540—1623）在《曲律》卷三《杂论上》述"元人作剧，曲中用事，每不拘时代先后。马东篱《三醉岳阳楼》赋吕纯阳事也；《寄生草》曲用佛印待东坡，魏野逢潘阆，唐人用宋事"，就是指出戏曲化用真实历史的传统。

然而，戏曲写实入戏，并不等于传奇之事尽是真事，传奇不等于历史，戏曲之情节的编写类似绘画艺术需要"搜尽奇峰打草稿"，从不同的真事和经验中提炼出情节。虽然从史而来，从经验而来，但绝不同于历史，剧中发生的情节相较于真实的情况，往往有虚构、偏差和移植。在此意义上，完全将小说对应历史，进行过度的穿凿附会，或把小说本身作为历史来对待和研究的方法是绝不可取的。小说的写实入戏和戏曲的创作手法一样，都是在相对真实的基础上的虚构和想象，因此我们反对过度索隐和穿凿的研究方法，而主张从艺术、审美的角度发展和拓展当代的红学研究。清代音律学家凌廷堪（1755—1808）《校礼堂诗集》卷二《论曲绝句》之一二有言："仲宣忽作中郎婿，裴度曾为白相翁。若使硁硁征史传，元人格律逐飞蓬。""元人杂剧事实多与史传乖迕，明其为戏也。后人不知，妄生穿凿，陋矣。"

第四，小说情节还呈现了戏曲中的"务头"意识。什么是"务头"？金圣叹（1608—1661）《贯华堂第六才子书》卷二《读法》第十六则说："文章最妙，是目注此处，却不便写。却去远远处发来，迤逦写到将至时，便且住。如是更端数番，皆去远远处发来，迤逦写到将至时，便又且住，更不复写出目所注处，使人自于文外瞥然亲见。《西厢记》纯是此一法。"《西厢记》的悬念、停顿、突转的设置波澜起伏，极具戏剧性。"惊艳""寺警""停婚""赖笺""拷红"等都包孕着多种情境发生的可能。这种"引而不发"的手法，小说叫"卖关子"，传统戏曲称"务头"。金圣叹称赞《西厢记》"逶迤曲折之法"，剧中"佛殿奇逢""白马解围""停婚变卦""张生逾墙""莺莺听琴""妆台窥简"等设计，都为后续情节发展预留悬念和空间，这是古典戏剧叙事学的精妙之处。

"务头"转用在小说创作中就化为"伏笔"。我国传统章回小说"欲知后事如何，且听下回分解"的套路正是来自古典戏曲的这种方法。这种叙事方法对古典小说创作的影响很大。钱锺书指出，"务头"类似于莱辛"富于包孕的片刻"，是个极富创意的概念，这一富于包孕的时刻，钱锺书认为就是"事势必然而事迹未毕露，事态已熟而事变即发生"的时刻。《红楼梦》中黛玉葬花、宝玉悟禅机、宝玉挨打、抄检大观园、黛玉之死等都包含了"务头"的悬念和意蕴。

当然，"务头"还包含了另外一层意思。元代音韵家周德清（1277—1365）的《中原音韵》多次提到"务头"，他说："要知某调、某句、某字是务头，可施俊语于其上，后注于定格各调内。"在周德清那里，"务头"是为曲律学首创的一个名词。明代戏曲理论家王骥德在《曲律》中指出："系是调中最紧要句子，凡曲遇揭起其音而宛转其调，如俗所谓'做腔'处，每调或一句，或二三句，每句或一字，或二三字，即是务头。"清代戏曲家李渔说："曲中有务头，犹棋中有眼，有此则活，无此则死。"由此可见，明清曲家也经常将"务头"放在曲律规范中进行考察。

将《红楼梦》研究融入学术生命

——访北京大学艺术学院教授顾春芳

红楼世界本就是古典文化的全息影像，戏剧戏曲更是其中重要的一部分，小说中大量精彩的戏文运用，暗含着丰富的意蕴，且听顾春芳教授为我们分享介绍。在研究之外，她对于红学的推广与发扬有着深深的使命感，学术会议、研究机构、工具丛书、课程……围绕《红楼梦》发生的一系列事情，就是她真实的生活。

您是从什么时候开始了解《红楼梦》的？又是怎样逐渐从阅读《红楼梦》走向研究之路的呢？

顾春芳：我和《红楼梦》的结缘没有特别刻意，它自然而然地出现在我的成长中，并成为我童年最深的记忆之一。因为祖母办幼儿园，我小时候家里的书比较多，尤其是各种连环画本。那时候印象最深的事情就是和哥哥姐姐一起看各种各样的连环画。很多文学名著都有成套的连环画，我了解宝黛的爱情故事就是通过它。连环画的特点是会选择表现最突出的情节和人物，《红楼梦》连环画中的红楼十二钗都是古代仕女的线描画，人物和场景画得非常精美。我那时还喜欢临摹连环画里的人物，连环画里的线描画是当时儿童学习中国画的摹本。这是我对《红楼梦》建立的最初印象。

我的表姐是个"红迷"，四大名著中她非常喜欢《红楼梦》，所以我就常跟着她看。当时越剧《红楼梦》在上海家喻户晓，徐玉兰和王文娟扮演的宝黛深入人心，"天上掉下个林妹妹"的唱段也特别流行，尤其是"葬花""哭灵"这些场面直到今天还是感人肺腑。87版电视连续剧《红楼梦》播出又是一阵风潮，现在我们都觉得陈晓旭演得很好，可是坦率地

139

说，当时电视剧刚播放头几集的时候还有不少负面的评论。我和姐姐早就对《红楼梦》里的人物比较熟悉，我们刚开始觉得电视剧里的红楼人物和我们内心想象的并不完全一样。但87版电视剧《红楼梦》的红楼人物塑造总体还是成功的。两年之后谢铁骊导演了电影《红楼梦》，我们就拿电影和电视剧的人物进行比较。可见当时我们对《红楼梦》的痴迷。

到了我读中学的时候，教我们的一位语文老师很喜欢《红楼梦》，可以背诵《葬花吟》。她讲课过程中常常会讲到中外文学经典，当然也会谈到《红楼梦》。这自然是我最乐意听的，所以印象深刻。

但在读大学之前，我对《红楼梦》的理解应该说都只是停留在一般的兴趣，比较粗浅，真正产生浓厚的兴趣并开始深入地研究，是在北京大学做博士后的那个时期。我师从叶朗教授学习中国美学，叶先生早年写过一本书——《中国小说美学》，他在长期研究中国美学的过程中发现以往人们对中国古典小说有偏见，研究也并不深入，他的小说美学研究开拓了中国古典小说研究的一个新的方向，当时他还给北大的本科生开设中国古典小说美学的课程，非常受欢迎。叶先生本人就非常推崇《红楼梦》这部小说，也写过相关的论文，比如《〈红楼梦〉的意蕴》《"有情之天下"就在此岸》等，所以我潜移默化地受到他的影响。而有了一定阅历之后再重读《红楼梦》，体会就和以前完全不一样了，这部小说的意义和价值也和从前完全不一样了。从那时候起，我开始从学术研究的角度去重读《红楼梦》。

重读《红楼梦》，结合从前的兴趣和学术研究的需要，我开始关注一些版本方面的问题，开始有意识地去熟悉《红楼梦》的不同版本，比如为什么中国台湾用程乙本而中国大陆用庚辰本作为通行本的底本，两个版本有何不同，红学家们围绕这个问题有什么讨论。以往草草翻过的第一回和第五回，现在恨不得一字一句地去反复审读、反复琢磨。

叶先生倡导经典文本的细读，正是通过细读它，我发现了一个研究《红楼梦》的全新的视角。我所从事的研究是戏剧学和电影学，戏剧方面主要研究戏剧史和戏剧美学，包括西方戏剧和中国戏曲。过去我没有注意到带着专业的角度去思考《红楼梦》和中国戏曲之间的关系，因为只是将它当成长篇小说去读。重读《红楼梦》，不仅从小说中读出了作者和他笔下的人物生活、情感、经历的内在联系，还发现曹雪芹深谙中国艺术和中国文化，除了小说所展现的诗词、建筑、造园、礼仪、烹饪、服饰等博大精深的中国文化之外，作者对中国戏曲也非常熟悉。一个不精通曲学的人是根本不可能写出《红楼梦》这样的小说的。就拿"红楼十二曲"来说，就能见出作者非常了得的曲学修养。此外，作者基本上把元明清最经典的戏曲全部编织到《红楼梦》里去了，可以说它里面隐藏着一部元明清的经典戏曲史。通过《红楼梦》来研究戏曲，进而研究中国戏曲和古典小说之间的关系，我认为这是一个从跨学科的角度值得深入研究的方向。

阅读过程中，您最喜欢的或者印象最深刻的人物或情节是什么？

顾春芳：这太多了，精彩的情节和人物比比皆是，不一而足。但也受研究方向影响，我格外关注和戏曲有关的情节及人物描写。

比如说第二十二回《听曲文宝玉悟禅机》，我的印象就非常深刻。这一回剧情是元宵节全家看戏、猜灯谜，恰逢宝钗生日，老太太发话让凤姐张罗，外请了戏班子，在院子里搭台唱戏。这段情节跟一个戏有关联，就是《鲁智深醉打山门》，《醉打山门》里面有《点绛唇》套曲，中间有一支曲牌叫作《寄生草》。贾宝玉本来一听说是要演《西游记》或者《醉打山门》，他觉得这一类戏可能很俗，但是宝钗对他说，你孤陋寡闻了，这里面有一个曲牌非常好。果然，当贾宝玉听到《寄生草》后，大喜过望，喜得拍膝画圈，称赏不已，连连赞叹宝钗无所不知。因为在此之前他在看《南华经》，听了《寄生草》之后，他就觉得自己开悟了，回到怡红院后也填写了一支《寄生草》。这就引出第二天宝黛钗关于禅宗的一番讨论。这是非常有意思的一个章回。这支曲牌的曲词是整部小说的点睛之笔，涉及曹雪芹为什么写这部小说的问题。《红楼梦》起于言情，终于言情，但不止于言情。它的根本是要借宝玉这个人物追问人生意义的终极问题。《醉打山门》中的鲁智深是一个叛逆者形象，他破的是佛门规矩，而贾宝玉是封建社会清规戒律的叛逆者。宝玉从"赤条条来去无牵挂"的曲文中似乎领悟了一些人生的真相。

还比如说，第二十三回宝黛共读西厢，这也是令人印象深刻的场面。在一个万物复苏的春天，宝玉百无聊赖，茗烟就给他找来很多闲书，他偷偷揣了一本《会真记》（《西厢记》）来到沁芳闸桥畔。这时小说描写一阵风吹过来，树上的桃花簌簌地飘落下来，贾宝玉就用他的衣袂接着桃花，把桃花撒到水里去，他与前来葬花的黛玉不期而遇。黛玉问宝玉在看什么，宝玉就说自己在看四书五经，但事实上看的是《会真记》。书里面这一段描写特别精彩，当林黛玉发现宝玉看的是《会真记》的时候，她放下花锄，大大方方地跟贾宝玉一起接过这本书读，而且一读就放不下来，一口气把十六回全部读完，自觉辞藻警人、满口余香。这是一个青春觉醒的时刻，是描写宝黛爱情非常动人的一笔。将《西厢记》里面张生和崔莺莺的爱情编织进《红楼梦》的小说里，与宝黛爱情交相辉映，增加了审美的余韵。

每一次讲起《红楼梦》中特别难忘的场面，不由得想到"晴雯之死"。小说这一段的描写非常细腻动人。晴雯被赶出怡红院之后，宝玉一直打听晴雯的去向，打听到后立即前去看望。小说写贾宝玉进了屋子之后，迎面看到地上一张破旧的凉席子，晴雯就躺在这张破席子上，宝玉去把晴雯叫醒。晴雯醒过来的第一句话写得非常精彩。很多拙劣的作者在这个时候可能会写"宝玉你来了"之类的话，但曹雪芹不会这样写，他写的是虚弱的晴雯要求"给我口水喝"。于是宝玉就去给晴雯找水，可是找遍屋子也没有干净的水，只发现一个黑乎乎的水罐子，里面的水油腻腻的，屋里没有喝水的杯子，只发现了一个粗瓷大碗，看上去不干净。曹雪芹用了一个细节，宝玉掏出一块手绢在碗口擦了一擦。这个细节写得非常好，我们不由得想到当年他们在怡红院朝夕相处的时候那种锦衣玉食的生活，这种天壤之别构成了对人物悲剧性命运的烘托，同时贾宝玉在此刻照顾晴雯也刻画了患难见真情的美好。晴雯喝水之后有了说话的力气，就让宝玉把袄子脱下来，她也把自己的脱下来，两个人互换袄子，她想着这样一来即便是到棺材里去，好像也有宝玉的陪伴。晴雯还把自己的指甲咬下来留给宝玉。可是我们知道，晴雯死后连一个墓穴都没有，王夫人说她得的是痨病，让人把她的尸体送到城外化人场去烧了，晴雯之死是《红楼梦》惨绝的一笔。

每个读过《红楼梦》小说的读者，都有自己对人物的理解和想象。宝黛钗自不用说，其他人物形象也各有趣味和张力。比如王熙凤这个人物，大家都觉得她是霸王式的人物，杀伐决断，可是她也有真情意的一面。第十一回她去看望秦可卿的时候，就体现了她不常为人见的那一面。《红楼梦》全书贯穿了一种"有情之天下"的思想，哪怕是王熙凤这样的人物，她的身上也有一种真情和真意。

令人印象深刻的人物除了宝黛钗和凤姐之外，还有贾母。《红楼梦》里面见识最广、品味最高的人，我想应该是贾母。或许大家觉得贾母这个人最喜欢热闹，格调不高，但其实她有极高的艺术鉴赏力。比如第五十四回写家里来了客人，薛姨妈、李纨的寡婶等亲戚都在，贾母想让自己的家班出来亮个相，贾母就说，今天要叫她们几个女孩子出来，不用化装，就是清唱。她叫芳官唱一出《寻梦》，只提琴与管箫合，笙笛一概不用；又叫葵官唱一出《惠明下书》，也不用抹脸。《寻梦》写的是杜丽娘次日寻梦，重游梦地，然而物是人非，梦境茫然，便生出无限的哀愁和情思。贾母提出只用箫来伴奏，可使得唱腔更加柔和动听。《惠明下书》是王实甫的《北西厢》第二本楔子，这是一出音域高亢的净角阔口戏，要用"宽阔洪亮的真嗓"演唱，非常考验演员的功力。而这一回提到的《续琵琶》就是曹雪芹的祖父曹寅所作，这个传奇写了蔡邕托付蔡文姬续写汉书，蔡文姬颠沛流离，最后归汉的故事。现在唯一能够看到的是三十五出的残本。贾母所点的这几出戏除了反映出贾母的不俗，曹雪芹在这几出戏中还别有一番深意。

《红楼梦》出现了大量的戏曲戏文，并且运用得非常精彩，请您从您的研究角度简要介绍一下。

顾春芳：《红楼梦》里面大概有四十多个章回出现了和戏曲、传奇有关的内容，这些戏曲传奇剧目、典故与整个小说的结构、情节、人物、主旨都是有关系的，这给我们提供了一个《红楼梦》研究的全新的思路。以前有不少学者对此进行过相关的考察，最系统的是徐扶明先生做的研究，他的著作《红楼梦与戏曲比较研究》出版于 1984 年，这是以往研究《红楼梦》小说和戏曲关系最具有原创性的一本书。

《红楼梦》里面出现戏曲传奇的情况主要有三类：第一类就是各种生日宴会、家庭庆典上，以及家班正式演出的一些传奇；还有一类是各类生日宴会、家庭庆典上演出的，但是并没有提到它的剧名；第三类就是诗句、对话、酒令、谜语，甚至是礼品里涉及的戏曲、传奇。

昆曲是《红楼梦》里出现最多的一个声腔。这是作者生活的历史时代最重要的戏剧样式。昆曲是明代中叶至清代中叶中国戏曲中影响最大的一个声腔。作者还关注到了弋阳腔，清康熙时代弋阳腔作为一种南曲声腔已经失落了，但是在此之前一度出现过昆弋争胜的局面，最终昆曲将弋阳腔排挤出了大城市，成为最重要的、最具影响力的一个戏曲剧种。此外，《红楼梦》里还出现了杂剧，大多是元杂剧。小说也提到了南戏，南戏和北方的杂剧几乎是同时存在的，但是南戏是北宋末到元末明初，也就是12世纪到14世纪这段时期比较重要的中国南方地区的戏曲。如果从现代戏剧的界定来看，当时的演出艺术中还有曲艺表演，比如女先生说书这样的曲艺表演；还有民间的娱乐形式，比如打十番；还有唱小曲儿、动物把戏等等，这些都是《红楼梦》里面出现的和戏曲、曲艺有关的内容。这些在我的几篇论文里也有比较详细的论述。

《红楼梦戏曲研究论稿》是我这些年在戏曲方面研究红学的成果。我主要想从戏曲史和戏曲美学的角度，思考戏曲对曹雪芹创作《红楼梦》的影响，从另一个角度研究《红楼梦》的叙事美学，并且深入解读《红楼梦》中出现的戏曲对于小说本身的美学意义。

曹雪芹将戏曲浑然天成地融入他的叙述艺术中。那么我希望能够将其阐释出来，来重新认识《红楼梦》的叙事美学。比如元妃省亲为什么要点四支曲子，原本小说里面就是一笔带过的，而我觉得作者写"省亲四曲"太重要了，我通过分析四出戏以及元妃省亲前后的过程，阐释了元妃在宫中的真实状况，论证了相连带的贾府岌岌可危的处境，并由此深入探讨了元妃的心理是怎么通过四出戏被暗示出来的。脂批对这四出戏有评点，以往也有学者关注到了这个问题，但我始终觉得阐释得还不够，我自认为有了些新的发现，所以就写了《细读〈红楼梦〉"省亲四曲"》这篇论文。

此外，我的专著里面还着重阐释了第四十二回《西厢记》《琵琶记》《牡丹亭》和小说的互文关系，还有第八十五回《蕊珠记》中"冥升"和《琵琶记》中"吃糠"和小说之间的关系。再比如在清虚观打醮神前拈戏的三本戏，第一本是《白蛇记》，然后是《满床笏》，第三本是《南柯梦》，关于这三本戏在小说中出现的作用，我也进行了比较充分的阐释。

戏曲确实是一个很巧妙的角度。比方说在后四十回是续书还是补书的问题方面，我确实从戏曲的角度有一些发现。统计结果显示，小说提到的戏曲绝大多数集中在前八十回，后四十回非常少。这当然也和家族衰败、财力难以支撑演戏有关。但这只是一个方面的原因，更合适的推断则是，对于一个伟大的小说家来说，他善用弦外之音的方法是不会轻易断裂的。

自《红楼梦》问世以来，就有各种形式的戏曲对其进行演绎，这方面大概是怎样的情况呢？

顾春芳：从《红楼梦》诞生以来，有很多曲家改编过这部小说。由于戏剧抒情的艺术特征，它需要人物形象非常饱满，所以剧作家往往会选取《红楼梦》里最重要的一些人物来写，比如林黛玉、晴雯等人。仲振奎的昆曲折子戏《葬花》为最早的"红楼戏"，"黛玉葬花"的场面是《红楼梦》中最有诗意、最感人、最脍炙人口，也是最适合戏曲表现的段落。此外清代《红楼梦》传奇、杂剧改编还有孔昭虔《葬花》、刘熙堂《游仙梦》、万荣恩《醒石缘》、吴兰徵《绛蘅秋》、许鸿磐《三钗梦》、朱凤森《十二钗传奇》、吴镐《红楼梦散套》、石韫玉《红楼梦》、周宜《红楼佳话》、徐子冀《鸳鸯梦》、陈仲麟《红楼梦传奇》、褚龙祥《红楼梦填词》等。

《红楼梦》的戏曲改编从清末民初一直延续到今天。前几年江苏省昆剧院在北大一百周年纪念讲堂演出了折子戏《红楼梦》，令人耳目一新。北方昆曲剧院也有《红楼梦》的舞台剧，后来还拍成了戏曲电影。

围绕着《红楼梦》文本的学术研究，以及其他媒介的转换和呈现，共同构成了《红楼梦》的当代阐释史。我刚刚申报了一个项目，就是编辑《红楼梦戏曲全编》，想把历史上《红楼梦》改编成戏曲的文本全部整理出来。这些现存的剧本如果整理编辑出来，可以丰富读者对《红楼梦》的认识。现在编辑方案基本落实了，希望能够尽快出版以飨读者，希望复原《红楼梦》戏曲改编的历史，重现《红楼梦》的另一种呈现方式。

除了《红楼梦》里的戏曲，您还关注什么其他方面的问题吗？

顾春芳：有时候做研究就像种树，树种播下以后，它会慢慢生长出许多枝叶。除了戏曲的研究以外，我还做了其他学科的研究，艺术学理论、戏剧学和电影学也是我几个重要的学术方向。

我还在关注《红楼梦》里的香学。香学是中国文化非常重要的组成部分。它非常古老，中国人用香的文化从原始社会就开始了。香文化渗透在中国人的日常生活中，自古以来人们都要用香。我的记忆中南方地区在新中国成立后仍一直有用香的习惯。我对小时候我母亲攒香、在黄梅天气潮湿时焚烧茉莉线香的情景记忆犹新。曹雪芹出身贵族世家，不会不知道中国人用香的传统文化。《红楼梦》中频繁出现各类香品、香具，这是香文化的重要文化载体。可以说《红楼梦》中包含香史、香料、香品、香识、香道等各方面关于中国香学的知识，《红楼梦》里潜藏了一部中国香学的历史。

其次是哲学和美学的研究，《红楼梦》里的生活美学是我最近研究的一个题目，在"《红楼梦》和中国文化"的系列课程中和北大学生做过专题讲座。《红楼梦》是一部家喻户晓的小说，书里有许多对中国古代文化生活的细致描写，那么这样一本书、这样一种生活美学，和我们当下的世界、生活有什么关系？

我也曾在教育部给一些大学校长做过以"《红楼梦》里的生活美学"为题的讲座。从题目来看一般可能认为我要讲《红楼梦》里富贵优雅的生活，但是听了以后发现不是这样。在这些富贵优雅的生活背后，我要阐释的是《红楼梦》到底是一本什么样的书，以及如何来证实、确认自我的人生意义和价值的问题。

这是对《红楼梦》形而上的思考。我的思考如果用最简单的语言来表述的话，那就是，大观园之外固然是有污浊的甚至是丑陋的世界，但是也存在大观园里这样一个纯洁而又美好的世界。曹雪芹在这样一个苦难的、有限的人生中，为什么要制造这样一个大观园？而这个大观园最后又走向了毁灭，我们从它的存在和毁灭中，可以感悟到一些什么？我自己的感悟是，其实大观园不在别处，而在人间，在我们每个人的心里。一个有形的大观园可以被毁灭，可是无形的、存在于我们每个人心里的大观园，是无法被摧毁的。

我们品读《红楼梦》的生活美学，最终应该能感悟到的是，美好而理想的世界不是一个等待恩赐的或者现成的存在，它是需要我们的内心保有和培植、需要我们去创造和捍卫的当下和未来。这自然并非易事，世界并不全然是美好的，美和丑、真和假、正与邪的矛盾始终存在，曹雪芹写《红楼梦》也有这样一种基本的认识，但如果我们每个人心里保有一个美好的大观园，并且敢于为这样的美好驻留人间而尽到我们个体的责任，那么美好的"大观园"才会真正永驻人间。在我心里，《红楼梦》是一本洋溢着生活美学、充满美学智慧的书。

您刚刚提到也会关注影视学，那么您如何看待《红楼梦》改编的影视剧呢，比如 87 版电视剧？

顾春芳：我觉得 87 版的《红楼梦》体现了一种非常严肃的对待古典小说的创作态度。87 版《红楼梦》拍摄前期组织了很多红学专家作为顾问，剧组的构成中就有一个强大的学术顾问团。在正式开机之前还将演员集中起来进行授课，每个人都要精读《红楼梦》，并进行相关培训。这样的创作态度非常难能可贵。

在那样一个电视作为最重要的传播媒介的时代，87 版《红楼梦》所达到的影响力也是后来所没有的。我相信 87 版《红楼梦》电视剧影响了许多电视观众去关注和喜欢《红楼梦》这部小说。人们从心里非常感激出演红楼人物的演员们，陈晓旭去世后中国的电视观众没有忘记她，大家依然关心着这些艺术家，为什么？因为他们对中华优秀文化的传播做出了贡献。凡是对民族和国家有真正贡献的人和事业，人民就不会忘记。87 版电视剧《红楼梦》不仅是一个文化现象，也是一个文化事件，是永远留在中国电视观众心目当中的非常美好的文化记忆。

三十年过去了，人们还在谈论这个作品，这很了不起。有多少作品是能够经历三十年甚至更长时间的淘洗，能够让百姓记住的？87 版电视连续剧《红楼梦》做到了，87 版没有对不起《红楼梦》这部伟大的小说。尽管我们不能说它是绝对完美的，尽管任何艺术都有不同程度的遗憾，但我刚才所说的都是它很了不起的地方。

在自己对《红楼梦》进行研究之外，您参与了很多红学课程、学术会议的组织工作，在红学的推广与发扬方面付出很多精力，请您具体介绍一下，并谈谈这样做的理由。

顾春芳：我自己对《红楼梦》的研究不仅是出于兴趣，而且有一种使命感。

从 2015 年到 2018 年，围绕《红楼梦》，我的生活里发生了很多事情。一个会议、一门系列慕课、两个实体课程、一套大书、一个学术机构，短短的三年内我们实现了让当代红学研究走进大学的愿望。

我在北京大学美学与美育研究中心负责"美学散步文化沙龙"的工

作，这个学术沙龙每年会举办人文学科的一些学术会议，主题涉及了方方面面，有哲学、美学、博物学、艺术学、美术学、音乐学等等。2015年在做策划时，我们想组织一些和中国优秀传统文化有关的学术研讨会，《红楼梦》当然是一个非常重要的议题。北大是新红学的发源地，我感到有必要策划举办一次海峡两岸暨香港、澳门的《红楼梦》研讨会，这个想法得到了中心领导的认可与支持。2015年12月27日，印象中那天北京刚下过一场大雪，由北京大学美学与美育研究中心举办的"北大与红学"美学沙龙在北大燕南园56号举行。这次会议，我们把海峡两岸暨香港、澳门最知名的红学家都请到了北大，来自全国三十多家高校和学术科研机构的四十多位学者参与了此次学术盛会。叶朗先生主持了这次会议，中国艺术研究院研究员胡文彬、中国红楼梦学会会长张庆善、首都师范大学中文系教授段启明、北京大学中文系教授刘勇强四位红学学者作为主讲人，从不同角度对红学研究与北大、《红楼梦》与中国大学的教育、如何在已有成果基础上推进《红楼梦》的当代研究等红学研究的核心问题做了主题发言。

"北大与红学"的研讨会开了整整一天，上午是红学家们做专题发言，下午由北大中文系的刘勇强教授和陈熙中教授在英杰交流中心做了两场报告。这次研讨会开完之后反响很大，因为在此之前红学界较长时间没有这样广泛深入地探讨一些红学的关键问题了。现在我的书架上还放着当时的合影，这张照片非常珍贵，遗憾的是当时做主题发言的红学家胡文彬先生离开了我们。

红学的会议结束之后，我一直想怎样才能让红学研究和经典传播在北大发扬光大。早在2014年秋，习近平总书记提出"传承和弘扬中华美学精神"的号召，美学教育是公民素质教育的重要组成部分，艺术素养与个体的创新能力、创造力紧密相关，互联网+、体验经济的时代，公民的审美能力关乎国家的可持续发展力。2015年初，在教育部体卫艺司的积极倡导和支持下，北京大学为理事长单位的东西部联盟与智慧树网合作，策划和建设了"艺术与审美"网络共享课程（MOOC）。由叶朗先生领衔，来自北大、清华、人大、中央美院等九所大学及学术界、艺术界近二十位大师联袂主讲。那时网络慕课还是个新生事物，但是我们预感到这在未来可能是一个趋势。于是，我们把"艺术与审美"慕课做成了一个系列，有五门课，第一门课是"艺术与审美"，紧接着做了一门关于中国传统文化的课程——"伟大的《红楼梦》"。这门课在许多大学落地后反响很大，现在依然每学期都开课。"伟大的《红楼梦》"和其他四门课程全部被评为教育部首批国家精品网络共享课程。继"伟大的《红楼梦》"之后，我又在"三联中读"App组织了名叫"永远的《红楼梦》"的精品课，现在也已经上线了。

2017年，我和叶朗、刘勇强两位先生联合在北大开设了"《红楼梦》与中国文化艺术"的课程，这是首次由艺术学院、哲学系和中文系三个院系联合起来开设的一门关于中国文化的公选课。与此同时，我还给研究生开设"《红楼梦》和中国戏曲"的课程。做《红楼梦》的文本研究可以全面地训练研究生的学术基本功。在这门课程的影响下，北大艺术学院的硕士研究生、博士研究生也把最初对于《红楼梦》的兴趣慢慢转变为一种专业性的关注和思考，有的还发表了很有原创性的论文。这门课程给我的启发是，让红学作为学科得以传承和发展，其关键是后继有人。

我在授课过程中发现学生使用的工具书大多老旧，且很不方便，于是就萌生了编一套工具书的想法，以便学生结合《红楼梦》的阅读查阅相关的资料。我把这个想法和叶朗、刘勇强两位先生做了交流，我说学生在读《红楼梦》的时候，也应该了解《红楼梦》的学术史，我们是不是可以编一套百年红学的论著集成。我的想法得到了大家的赞同，于是我们开了多次会议确定编辑体例。编辑这样一套大型工具书，版权是最大的难题。由于版权问题，很多书不能马上编入，恐难做成一套集成性质的书，于是只得把原来的书名改为《百年红学经典论著辑要》，准备有计划地逐步地推出红学研究的重要书籍。

这项工作从2018年开始，到2021年年初完成了第一辑的编校工作。《百年红学经典论著辑要》第一辑共六卷，每一卷都请一位红学家写了导言，便于学生在学习的时候对该卷有一个总体性的认知。2021年正好是新红学一百年，由安徽教育出版社出版的这套书非常精美，我想这是对新红学百年最好的纪念。

徐扶明先生的这一卷是由我主编并撰写的导言，因为他的研究对我很有启发。我把徐扶明先生写于80年代的《红楼梦与戏曲比较研究》找出来进行了校对，徐先生的儿子还提供了父亲的生平资料，帮助我们了解徐扶明先生的红学研究，我们也结合资料做了徐先生的年谱。

现在我们想继续推进这项工作，把这套书的第二辑尽快编出来，虽然具体落实过程中可能会有各种各样的困难，但是只要是对红学的当代研究和传播有益，再苦再累也是值得的。

北大有研究《红楼梦》的传统，从蔡元培、胡适、俞平伯等先生到现在不少院系都有研究《红楼梦》的学者，红学在北大的学术传统应该发扬下去。2017年北大设立曹雪芹美学艺术研究中心，这个学术机构也是致力于《红楼梦》在北大继往开来的发展。

这些事情对我来说印象非常深刻，能够为红学百年和北大做点事情是我的荣幸。它们又与我的学术追求息息相关。特别是在这个过程中我认识了很多了不起的学者、红学家，还能够经常得到他们的指教，这是非常宝贵的经历。虽然我们各自的研究方向不同，各自有各自的专长，但我们有一种共同的价值观，在《红楼梦》的轨道上，我们交会在一起，形成一股合力，希望把《红楼梦》的当代研究继续推进下去，我觉得非常有意义。

2021年是新红学百年，再回顾您和《红楼梦》之间的故事，您有什么感受？

顾春芳：在北大的历史上，《红楼梦》的研究源远流长，北京大学是新红学的发源地，也是20世纪红学传播和人才培养的一个摇篮。在《红楼梦》的传播过程中，北大也做出过重要的贡献。置身《红楼梦》当代的学术史和传播史当中，自然会有截然不同的体验和感受。我为什么要做《红楼梦》的研究？

《红楼梦》对我的生命发生作用的深度和程度是逐渐变化的。原本我也只是喜欢这本小说的普通读者，如果不做研究，这本书和自己的生命好像也并没有产生特别深刻的关系。但重读的过程中，共鸣的地方越来越多，我好像全身心融入了《红楼梦》这本书，或者说这本书完全进入了我的学术生命。因为自己也从事文学创作，因而越发觉得这部小说的登峰造极，是一个小说写作的无尽宝藏。同时也感到或许可以为这本书做些什么，源于兴趣也好，出于学术的责任也好，总而言之，我觉得北大应该把这样的一个红学研究的学术传统发扬下去。

北京大学有着红学研究的传统。旧红学有蔡元培先生的《石头记索隐》，也被称为"索隐派"，新红学的代表作是1921年胡适发表的《红楼梦考证》，被称为"考证派"，次年俞平伯写了《红楼梦辨》。胡适作《红楼梦考证》时，请顾颉刚和俞平伯来帮他的忙。顾颉刚对于胡适的研究有一句话的评论："旧红学的打倒，新红学的确立。"胡适开创了《红楼梦》研究的新方法，就是反对穿凿附会的想象式研究，并且直截了当批评了蔡元培的《红楼梦》研究。胡适是蔡元培引进北大的，可他公开批评蔡先生，而蔡先生不愠不怒地写了反批评，由此可见当时的学风是多么纯正。胡适提倡实证的方法，以具有说服力的材料来对小说文本进行深入的阐释。现代研究方法介入传统经典文本的研究，对于《红楼梦》在 20 世纪的学术发展是至关重要的。

在继承和发展新旧红学方面，北大出现了不少的学者，20 世纪以来，中文系、外国语学院、历史系、哲学系、物理系都有研究《红楼梦》的学者，这是一个非常值得研究的现象。比如承继旧红学的钟云霄是北京大学物理学教授，她认为《红楼梦》的出现是"吊明之亡，揭清之失"，她的观点延续了蔡元培先生的研究理路。20 世纪 20 年代到 40 年代末，红学发展的重要学者有在校老师，也有毕业的学生，除了蔡元培、胡适、俞平伯，还有鲁迅、顾颉刚、王利器、吴晓铃、吴组缃、邓云乡、钟云霄等。50 年代以来，比如说俞平伯先生曾经带的学生和助手王佩璋，还有梅节、刘世德、陈熙中，包括北大哲学系叶朗教授，中文系刘勇强教授、李鹏飞副教授都是当代红学研究的重要学者。

可以说百年新红学，北大是重镇。北大学者们的研究角度百花齐放，有的做文献整理，有的从小说史的角度、小说美学的角度展开研究，也有人做考证、考据、版本校勘，还有的从事红楼诗词研究、民俗研究、风物研究等等。北京大学还有过历史上第一个学生组织发起的《红楼梦》研究小组，还有许许多多热爱《红楼梦》的北大学生，他们对于这部小说以及中华优秀文化的研究和传播做出了重要的贡献。《红楼梦》的经典化过程是通过一代又一代红学的阐释者得以实现的，这些阐释开启了多样化的研究视角，使《红楼梦》的研究不断深入，成为一个常谈常新的永恒命题。

我在叶朗先生的影响下进入红学研究的领域，我进入的方法就是文本细读和艺术阐释，细读《红楼梦》可以让我们真正发现研究它的独特角度，以便更加深入地认识这部小说的意义和价值。每每细读就会有一些新的思考和发现。人的一生很短暂，倘若能够为自己所在的研究领域贡献哪怕微小的创造也是很有意义的。无数人的点滴创造最终可以汇集成一条学术的星河。

在我重读《红楼梦》的过程中，阅读的方式也会发生变化，之前读完一章就放一边了，但现在是念念不忘，而且自觉不自觉地和许多经典小说进行对照和比较。无论做西方戏剧的研究，还是做美学的研究，只要看到《红楼梦》的书，就非常关切，就想把它买回来看，只要发现《红楼梦》有新的研究，就非常渴望能够了解它。

现在回想起来，我的人生始终有《红楼梦》这本书的存在。而现在，我随时随地都会关注这个话题。如果让我给外国人推荐一本可以最快了解中国文化的书，我就推荐《红楼梦》。比如我现在正在编写美育的教材，我就自然地把《红楼梦》的品赏放到美育教材里面去，作为高中阶段的课程内容。

在您有关《红楼梦》的藏书和资料里，对您影响比较大的有哪些？

顾春芳：我个人的藏书是有限的，但是我们身处一个互联网、高科技、电子媒介的时代，我们可以使用电子书籍；今天的学者可以充分共享一个学科领域的研究资料和数据库。

我做《红楼梦》研究有一个得天独厚的条件，就是北京大学图书馆有很丰富的《红楼梦》以及与之相关的藏书。2020 年底新馆开馆的时候，还展出了有胡适题签的庚辰本底本，非常珍贵。此外，曹雪芹文化发展基金会在西山植物园有一个很好的藏书楼，这个藏书楼的全部书籍都是和《红楼梦》有关的，这些资料当然可以随时借阅。此外，我也收藏并购买了一批书，都是不同时期买的，有的是从旧书市场淘来的。这些书我都会读看，也有不同程度的受益，其实每本书都有可取之处。

不过结合自己的学术兴趣，翻得最多的就是各种版本。研究论著中，徐扶明先生的这本《红楼梦与戏曲比较研究》我研究最深入一些，我在他考证的三十六个戏的基础上，发现并增补了一些新的剧目。胡文彬先生的《红楼梦与中国文化论稿》对我也比较有启发。在人物论当中，我喜欢蒋和森先生的书，他的文风在红学研究中独树一帜，激情澎湃且文字充满了诗意。俞平伯先生、周汝昌先生的著作，简练严谨的文风我很喜欢，叶朗先生的《"有情之天下"就在此岸》以及余英时先生《红楼梦的两个世界》等等，都是对我影响比较大的书。

您认为今天我们应该如何传承和普及《红楼梦》？

顾春芳：《红楼梦》的发扬光大，我觉得要抓住两个方面。

第一是学术层面，当代学者要把红学继续往前推进，就要做出有全局性影响的学术成果来。从某个方面来说，国内外汉学界的《红楼梦》研究的学术群体，大家都处在一种无形的竞争中。红学研究的著作已经汗牛充栋了，还能做出什么样的创新？今天红学一定要在跨学科的视野中，才能够在原有研究的基础上开拓一个新的局面。

另外，目前从哲学、美学的角度做的《红楼梦》研究是非常不足的，它可以成为未来研究的一个重点。以往就小说来研究小说，或者就文化来研究小说比较多。我就想从哲学和美学的角度来做一些探索，这就是为什么我要把《红楼梦》与生活美学上升到形而上的高度来研究的原因。

前人的研究虽然涉及了多个领域，但并不是说前人已经研究过的地方就不能再进一步研究了。因为前人做研究的时代、历史情境、具体条件与我们不同，在今天这样的全球化电子媒介时代，我们所掌握的资料和拥有的视野远远超过前人。所以我觉得在许多前人研究过的领域，我们可以沿着他们的足迹继续深入。

《红楼梦》的研究，百年来始终有一些悬而未决的问题，比如作者问题、版本问题等等。随着新材料的发现，这些老问题会有向前推进的可能性。但首先要耐得住寂寞，坐得住冷板凳，才能真正把学问做好、做得扎实。

第二个层面就是普及和通识教育。一定要有大量的年轻人喜欢上《红楼梦》、热爱这部小说，红学才可能有源头活水。因此，我们今天的普及推广或者通识教育，对这部小说的弘扬发展很有好处，也十分必要。

无论是《红楼梦》相关慕课的开设，还是在大学里面开设实体课程，无非就是为了播下《红楼梦》的这一颗美好的种子，希望它将来能够在更多的人心里生根发芽。有些人觉得通识教育好像没什么学术性可言，可事实上通识教育也是一门学问和艺术，是学术土壤培植的基础工程。比如说我们现在要给中学生讲《红楼梦》，要讲好其实很难，如何做到深入浅出，让中学生因为爱听而建立对《红楼梦》的强烈的兴趣，激发他们对《红楼梦》的热爱和钻研，这是需要教育者下功夫的。

　　还有《红楼梦》的翻译问题，现在英文译本比较多，法文比较少，西班牙文只有一个版本，但是《堂吉诃德》有七十多个中文版本。为什么《红楼梦》的译本这么少？因为《红楼梦》太难翻译，其中很多诗词是很难翻译出来的，最能代表一个民族的语言高度的作品往往是很难翻译的，所以未来也期待大翻译家的出现，使得这样一部承载着中国文化的伟大小说，能够通过精良的译本产生更广泛的世界性影响力。希望有朝一日它能够像莎士比亚戏剧一样，凡是有人类的地方都有莎士比亚的戏剧，凡是有人类的地方都知道中国有一部《红楼梦》。我衷心期望我们这个国家越来越强大，越来越欣欣向荣，我们的文化越来越具有吸引力。这是一项永远也不会终止的事业，需要一代又一代人不断地往前推动。（撰稿：吴星潼；采访：吴星潼、王钰琳）

第三章
北大学子读《红楼梦》

　　北京大学历来是红学研究的圣地，北大学子中更是不乏手不释卷的红楼"痴"人。同好相会，热闹非凡。一代又一代年轻的《红楼梦》爱好者在园子里云集，他们在课堂中以学会友，于社团里畅谈达意。在本章中，我们对北大红学研究课程、社团组织的风采予以勾勒，并遴选了部分北大学子（以姓氏拼音为序）对《红楼梦》论析评赏的文章，他们以各自不同的人生阅历为底，却都同样炽烈地感悟着大观园内的性情真意。沉醉梦中，共赴一场红楼盛宴。

　　红学在北京大学的发展绵延不绝。当今的校园里，研读经典传统文化、传承文化自信的氛围十分浓郁。北京大学开设的"《红楼梦》研究""伟大的《红楼梦》"等课程聚集了一批热爱红学的年轻学子，刘勇强、李鹏飞、顾春芳等任课老师带领他们领略《红楼梦》的思想内容与艺术特点。

　　北大学子如何读《红楼梦》？这部伟大的经典文学巨著给他们带来了哪些思考？在研读《红楼梦》的过程中，他们有哪些感悟和新发现？我们特别邀请"《红楼梦》研究""伟大的《红楼梦》"相关课程的任课老师，甄选部分优秀课程论文予以展示。囿于课程论文的命题、字数等要求，所选文章仅作为一个剖面，大致描摹出北大学子读《红楼梦》的面貌。

　　和北大学子一起，来一场寻梦吧！

樊君◎"千皴万染"与"写意对白"①

——以第六十回至第六十一回为例试论《红楼梦》语言艺术

《红楼梦》第六十回《茉莉粉替去蔷薇硝，玫瑰露引出茯苓霜》与第六十一回《投鼠忌器宝玉瞒赃，判冤决狱平儿行权》堪称是全书情节最复杂的回目之一。事由怡红院起，波及大观园内外，牵扯从主仆优伶到婆子厨娘一干诸多人物，人与人之间种种矛盾、倾轧、营私、互庇一一显形，最终风波仍止于怡红院内。其情节大约可分为如下段落：芳官以茉莉粉替去蔷薇硝搪塞贾环；赵姨娘被激与众优伶发生口角；探春劝服生母平息事端；艾官告发夏婆子，反被翠墨告密用以收买蝉姐儿；芳官交好柳厨娘，与蝉姐儿因糕点不和；芳官为柳五儿讨要玫瑰露，兼为其寻差；柳厨娘送半瓶玫瑰露与其舅家，得茯苓霜作回礼；莲花儿为司棋讨要鸡蛋羹遭柳厨娘拒绝；司棋带人大闹厨房迫柳厨娘伏低讨好；柳五儿送茯苓霜与芳官反被林之孝家的指认为贼；蝉姐儿、莲花儿落井下石；凤姐严罚，平儿理冤；平儿取证怡红院，众人心知茯苓霜为彩云、贾环所偷；众人为护探春体面，商议串通彩云将二案推给宝玉承应；凤姐仍要严判，平儿巧为求情。第六十二回起首则交代了事件的余波：柳家母女感戴平儿；司棋、林之孝家的等人败兴而归；贾环因此事疑彩云与宝玉有染，惹哭彩云。有关这一组回目中的叙事艺术，学界已有诸多分析，序总评曰："以硝出粉是正笔，以霜陪露是衬笔。前必用茉莉粉，才能构起争端，后不用茯苓霜，亦必败露马脚。须知有此一衬，文势方不径直，方不寂寞。"恰如一波未平一波又起，波中横生细浪，又能一一汇流。而本文所关注的则是这一过程中，小说作者用以达成叙事目的的独特语言技巧。

---

① 本文系北京大学 2020—2021 年第二学期"《红楼梦》研究"课程论文，作者系北京大学中国语言文学系 2018 级本科生。

一、"积墨""三染"与俗世众生相

甲戌本眉批谓书中之秘法，有"千皴万染"之妙，周汝昌又提出小说描写遵循"积墨"与"三染"之理：

> 什么叫"积墨"？据权威的释义是——中国山水画用墨由淡而深、逐渐渍染的一种技法。北宋郭熙云：用淡墨六七加而成深，即墨色滋润而不枯。元黄公望云：作画用墨最难，但先用淡墨积至可观，然后用焦墨、浓墨分出畦径远近，故在生纸上生出许多滋润处。
>
> ……
>
> 这是论山水画，真可谓"墨分五色"，古人之精义如此。但那道理也不限画山水。我闻画家说人物衣饰的着色，也是此理：比如说仕女红裳蓝带，都不是简简单单涂上一层颜色的事，而是先用何色作底，后用何色递加，如此几道工序，而后那色彩厚润，迥与单薄之气味不同。我想，脂砚斋在评论笔法时，就提到过"此画家三染法也"，应该就是同一意义了。
>
> 这种笔法，"框架"本来实在是个"写意"的轮廓，只因他随着文情的进展，不断地一层又一层地"积墨"与"三染"，于是我们感受到的印象，已不再是"粗线条"了，倒像他用笔十分之工细了。……
>
> 事实上，雪芹写人物，是这个人初上场，只给你一个"写意"（粗线条）的"框架"，后来此人每出场一次，便往他（她）身上加"墨"加"染"一次——如此者积至很多"加"，于是那人可就不再是个"扁"的"呆"的了，变成了"凸"的和"活"的了。

本二回中出现的新人物众多，如柳厨娘、柳五儿、莲花儿、蝉姐儿，加之早先登台的赵姨娘、贾环、十二官与袭人、晴雯、司棋、众婆子，俨然是大观园中平日遮掩在宝黛等人光芒之下的另一个俗人世界，也是园中以真实生活的底层逻辑运行的人情世界。如何安排这些人物在两回之内"你方唱罢我登场"，恰恰与"积墨""三染"之法的运用分不开。以芳官、柳厨娘、蝉姐儿、柳五儿、莲花儿围绕厨房内外一节为例，其中唯有芳官已在先前的群芳宴中顺笔带出，"唱一出《寻梦》"五字裁出写意剪影，后又因藕官烧纸、蔷薇硝两节绘出直率性格，到这一节的作用变为引出柳氏母女与蝉姐儿的矛盾，因此省去前因，直接如斜刺里一条横枝一般"忽见"其"走来"，"扒着院门"，快人快语，几个"笑说""戏道"画出其春风得意之态。被气的蝉姐儿则在上一节末尾匆匆登场，形象并无多余笔墨，仅有寥寥数语刀刻出其敏锐机心，这一节中与芳官的对话中其轮廓也依旧节省为动作与话语，直到芳官掷糕，方才首次着上一笔神色——"气的怔怔的，瞅着冷笑道"，而这一笔恰恰是下文蝉姐儿与柳氏母女结怨的伏笔，因此突出如淡墨中的重彩。怨气须留待下文爆发，为此又添众媳妇劝和一笔，如以连片烟云模糊隐去画中所埋伏线的踪迹。

而后则是柳氏母女与芳官的交好：柳厨娘在上一幕中为芳、蝉二人的衬景，柳五儿却得宕开一笔细细说来，"人物与平、袭、紫、鸳皆类"，小家碧玉之态跃然纸上，自然有了入怡红院"应名儿"的品格；"素有弱疾"，形似黛玉，又伏下文五儿获赠玫瑰露、茯苓霜的机缘。此时芳官又退居陪衬，由她一人略问，母女二人详答，一则了结芳官在此一节中的作用，不留赘笔；二则对比出下文芳官与柳五儿于"无人"处私谈更切，流露出女儿家之间自然而然的亲近以及柳五儿体贴母亲之心，皴染出柳五儿的第二层形象。

其后柳厨娘往舅家送玫瑰露来回一次，叙述视角亦随之往返未断，最终场景仍旧落回厨房之中，而此时又横生枝节——"忽见迎春房里小丫头莲花儿走来"，与柳厨娘争执蛋羹一事，不见其人只闻其声，仅写一笔"红了脸"带出下文"赌气""心头起火"，便撤去莲花儿引出背后的司棋，匆匆拉开一场混战匆匆收场。其间视角迅速于厨房与迎春房中来回切换，以司棋讨蛋羹为导火索，又以司棋泼蛋羹为标志结束争端，对峙的两方一动一静、一强一弱，对比出大丫鬟倾轧下人的跋扈，又伏下文司棋对柳氏母女落井下石之举。最终转入柳五儿送茯苓霜一节，已至"黄昏人稀之时"，自然切开上下文的分野。

到此为止，以芳官、柳氏母女、司棋四人敷色为主，蝉姐儿、莲花儿与一众丫鬟点染为辅，围绕厨房内外展开的一系列争端牵引千头万绪，已然描出一幅贾府背阴处的俗世众生相。对柳氏母女这一组下文风波中心人物的刻画，又在烘云托月之余发挥出"积墨""三染"法内里的曲折——凡五儿鸣处其母必暗，凡其母作为时亦按下五儿不表，交替着墨，女儿的玲珑心思便衬出母亲城府之浅，泄露出授受茯苓霜一事中暗藏的祸机。

二、对白：戏曲式的写意节奏

与整部《红楼梦》出入于色空梦幻之中的虚实相映不同，此二回所叙的是一出紧锣密鼓的人间闹剧，无一处闲笔，无一处神游，亦无公子小姐之间参禅悟情、回走机锋的余隙。曹雪芹不惮使用泥沙俱下的市井语言刻画这样一群大观园中的婢仆优伶，在生机盎然的人声沸腾之中描摹出真实人性的千姿百态。如果说"积墨""三染"描绘出的众生群像支撑起了此二回中情节骨干的生长及叙事线索的传递，灵感从画中来；那么大量的对白则铺成了独幕剧之内急剧起伏的节奏变化，传统自戏曲始。情节激烈处，长对白的无间隙呼应人物情绪的起承转合，兼营造窒息感，短对白则如暗箭齐发，使人应接不暇。字里行间虽不见锣鼓敲打，却早已为台上众人的念白布下暗拍。

以赵姨娘的数处长对白为例：

> 赵姨娘便说："有好的给你！谁叫你要去了，怎怨他们要你！依我，拿了去照脸摔给他去，趁着这回子撞尸的撞尸去了，挺床的便挺床，吵一出子，大家别心净，也算是报仇。莫不是两个月之后，还找出这个碴儿来问你不成？便问你，你也有话说。宝玉是哥哥，不敢冲撞他罢了。难道他屋里的猫儿狗儿，也不敢去问问不成！"

杂剧素有在正剧中插科打诨的传统，白话小说一脉受其影响亦不足为奇。"撞尸的撞尸，挺床的便挺床"一句复义双关，"撞尸"在口语中本意为"四处乱跑"（又其他版本作"撞丧"，意同），"挺床"则是"睡觉"的俚语表达，但前文第五十八回刚刚写到老太妃薨逝，贾母等人随朝入

161

祭，按爵守制，又写凤姐小产卧床，因而此处的"撞尸"与"挺床"便不仅是赵姨娘一时气急指天骂地，也成为一种暗藏了对贾府当家人之宿怨的夹枪带棒的嘲讽。同样的特点又见于赵姨娘与芳官冲突中的对话：

> 赵姨娘也不答话，走上来便将粉照着芳官脸上撒来，指着芳官骂道："小淫妇！你是我银子钱买来学戏的，不过娼妇粉头之流！我家里下三等奴才也比你高贵些的，你都会看人下菜碟儿。宝玉要给东西，你拦在头里，莫不是要了你的了？拿这个哄他，你只当他不认得呢！好不好，他们是手足，都是一样的主子，那里有你小看他的！"芳官那里禁得住这话，一行哭，一行说："没了硝我才把这个给他的。若说没了，又恐他不信，难道这不是好的？我便学戏，也没往外头去唱。我一个女孩儿家，知道什么是粉头面头的！姨奶奶犯不着来骂我，我又不是姨奶奶家买的。'梅香拜把子——都是奴才'呢！"

芳官答话虽是在哭，却句句含刺，句句照应赵姨娘的毒骂。"粉头面头"偷换概念，化解"娼妇粉头"的羞辱；"梅香拜把子——都是奴才"，看似承接"我又不是姨奶奶家买的"一句，实则是暗骂赵姨娘在园中地位卑贱，与奴才无异，又呼应"都是一样的主子"。油滑辛辣的语言将小戏子顽劣率直的性格刻画得如读者亲耳所闻。与此同时，戏剧效果强烈的插科打诨与句句呼应的对白形式又构成了一种戏曲式的写意美学，并非对现实严格的模仿。

再看厨娘柳家的一处长对白：

> 柳氏啐道："发了昏的，今年不比往年，把这些东西都分给了众奶奶了。一个个的不像抓破了脸的，人打树底下一过，两眼就像那蘸鸡似的，还动他的果子！昨儿我从李子树下一走，偏有一个蜜蜂儿往脸上一过，我一招手儿，偏你那好舅母就看见了。他离的远看不真，只当我摘李子呢，就屁声浪嗓喊起来，说又是'还没供佛呢'，又是'老太太、太太不在家还没进鲜呢，等进了上头，嫂子们都有分的'，倒像谁害了馋痨等李子出汗呢。叫我

162

也没好话说，抢白了他一顿。可是你舅母姨娘两三个亲戚都管着，怎不和他们要的，倒和我来要。这可是'仓老鼠和老鸹去借粮——守着的没有，飞着的有'。"

与小厮对话，柳家的便彻底放开本性，大量使用俚俗俏皮话，如"鼹鸡似的""仓老鼠和老鸹去借粮——守着的没有，飞着的有"。一节对白之中长短句错落，短句起，短句收，中以长句铺陈，颇具戏曲音韵美。

三、总结

《红楼梦》第六十回与第六十一回以紧锣密鼓的叙事安排、千皴万染的群像刻画以及戏曲写意式的对白描写，在现实主义层面呈现了大观园俗人世界中纷繁复杂的人情事理，又在艺术层面呈现了戏画交织的传统美学体验。

参考文献：
1. 俞平伯：《脂砚斋红楼梦辑评》，中华书局，1960。
2. 周汝昌：《红楼艺术》，人民文学出版社，1995。

高树伟◎《石头记》"靖藏本"辨伪杂记①

假作真时真亦假，无为有处有还无。(《红楼梦》第一回)

此猴若立一处，能知千里外之事，凡人说话，亦能知之，故此善聆音，能察理，知前后，万物皆明。与真悟空同象同音者，六耳猕猴也。(《西游记》第五十八回)

1964年3月4日，北京朝内老君堂七十九号院内，六十五岁的俞平伯收到南京浦口毛国瑶寄来的第一封信时，无论如何也不会料到，不经意间拆开了这封信，竟"误走妖魔"，被卷入了第二次风暴，且直至去世都未曾察觉。此后的《红楼梦》研究，也随之误入歧途，迷雾飞沙，羁绊至今。

俞平伯拆开这封信时，开创新红学的胡适已于两年前在中国台湾去世，顾颉刚正在北京大学的课堂上给学生讲授今古文概况，年仅三十四岁的王佩璋(北京大学中文系53届毕业生，毕业后分配至社科院文学所协助俞平伯整理《红楼梦》)已陷入严重的精神障碍……此前，与俞平伯共事或可以谈《红楼梦》的人，要么已经去世，要么不再继续关注、研究这部小说。1954年以后的十来年中，似乎很少有人再与俞平伯谈起这部小说，即便是家人，在他面前，"红楼梦"三个字也已讳莫如深。此时的俞平伯，几乎是孤身一人面对这封谈《红楼梦》的信。

夜深人静，书桌前的昏黄灯光下，俞平伯展读毛国瑶这封谈《红楼梦》的信，他浑浊、迟滞的眼睛中，陡然有了些神色。也许是太久没有人与他这样痛快地畅谈《红楼梦》了，俞平伯心底积压多年的块垒终于在这个时间点找到一个释放的出口。更让他激动的是，这是新发现的一个《红楼梦》版本，非常独特。研究者以前争执不下的几个问题，如脂砚斋、畸

---

① 作者系北京大学中文系古典文献专业2019级博士生。

笏叟究竟是同一人还是两个人、《红楼梦》八十回后的人物结局等等，都在毛国瑶抄寄的几条批语中得到了解答。恍惚间，俞平伯也以为真又遇到了知己，要再与《红楼梦》结下一段深厚的缘分了。

与十年前的那次大批判不同，这次风暴完全是学术上的，悄无声息，如同瘟疫，日渐扩散。这一次，那些机灵鬼魅躲藏进了隐秘的文字，并不在明处，非精细校勘不易察觉，很能惑众。在此期间，也不是没有人质疑过从未面世的靖藏本。20 世纪 90 年代，"三生一潮"（石昕生、李同生、俞润生、任俊潮）曾掀起过一次怀疑、揭露《石头记》靖藏本批语作伪的高潮，相关文章发表在贵州的《红楼》上，可惜影响有限，"靖藏本为真"的观点还是在一团纷乱中占了上风。回想当日守城的周汝昌、吴世昌几位先生，他们犀利的眼神、倔强的身影，如今也已逐渐淡出公众的视野。从此事的影响来看，红城几近失守。有时聊起《红楼梦》，谈及周、吴的观点，尤其是"脂畸一人"说，鄙夷者多。鄙夷的依据是什么？兜兜转转，还是要回到靖藏本那条批语"不数年，芹溪、脂砚、杏斋诸子皆相继别去，今丁亥夏只剩朽物一枚，宁不痛杀"。可是，研究《红楼梦》抄本，一触及靖藏本批语，却又千头万绪，如俞平伯晚年所说"帘幕无重"。

俞平伯晚年谈红，颇说过那么几句惊世的话，"《红楼》今成显学矣，然非脂学即曹学也，下笔愈多，去题愈远，而本书之湮晦如故。窃谓《红楼梦》原是迷宫，诸评加之帏幕"（俞平伯《甲戌本与脂砚斋》），这也不是没有根由。而俞平伯自己并不清楚，他所批评的"《红楼》已成显学，而愈讲愈坏，以其不向明处走，而向暗里去。如伪制文物从而瞎说之，又不仅争争吵吵也"（1980 年 1 月 26 日致叶圣陶函），从影响来看，实最应归结于靖藏本批语蓄意作伪一案。

俞平伯非常仔细地读了毛国瑶的信，十天后回了信：

国瑶先生：

　　承于本月四日远道惠书，详告以昔年所见旧抄本八十回《红楼梦》情形，盛意拳拳，非常感谢。据函中所述，<u>此确是脂砚斋评本，在今存"甲戌""己卯""庚辰""有正"诸本之外者，其可珍贵</u>。您在五九年见过，距现在不过四五年，时间不久，不知<u>此书尚有法找到否？这是最重要之一点</u>。<u>深盼您热心帮助</u>，如能

165

找得，如何进行当再另商。

就来书所抄看来，即已有许多特点和新发现。如平儿在副册中，非又副册；畸笏与脂砚非一人；后回有"证前缘"一回，大约是回目等等。又所录第四十一回之评您称为不明何意者，兹经校读，亦大致可通，其文如下：

"他日瓜州渡口劝惩，不能不屈从，哀哉，红颜固枯骨□□□"

所述盖妙玉之结局，亦出今本之外者。第五十三回之评讹乱尤多。除后半段之诗当依"有正本"校正不计外，其上半段疑是一个半首的《临江仙》，亦录校文如下：

"亘古宏恩浩荡，无依孀母先兄，屡遭变故不逢辰，心摧令（疑是'全'字）□□断肠人（原作'所'，乃'数'字之误）。"

又第十八回墨笔前半所抄文字是庾信的《哀江南赋》的序文，略有错字，如"轵"当作"轵"，"洴"当作"并"是也。平近未有所作，有一谈文学所所藏抄本《红楼梦》一长文，发表在上海中华所出之《文史论丛》第五期，将于下月出版。属时当以抽印本候正。盼来书联系。匆复，致
敬礼！

俞平伯三月十四日

这封短短五百字的信，内容却很丰富。俞平伯首先表达了对毛国瑶的感谢，肯定了信中提到的那部《红楼梦》的价值，认为这是一部与当时所发现的甲戌本、己卯本、庚辰本等都不同的脂砚斋评本，希望毛国瑶能找到此书。他还据毛国瑶信中抄录的几条批语，总结了这部《石头记》抄本的价值，如平儿在副册中、畸笏与脂砚非同一人、八十回后有"证前缘"的回目、妙玉结局为流落至瓜州渡口等，这些透露了八十回后佚稿的内容。同时也指出毛国瑶抄录批语中的一些问题，并对其做了校正，希望毛国瑶能再写信回复，继续追踪这个版本。

当时研究《红楼梦》的专家，刚刚在前一年筹办过纪念曹雪芹逝世两百周年的会议，对新材料大都极为敏感，这时候面对涉及此前许多重大争论的材料，也就更加重视。从俞平伯这封信也能感受到，面对这部未见之

书，仅仅是通过毛国瑶信中对这部《石头记》抄本的描述，他激动的心情散落在纸上，对此没有半点警觉。自这封信以后，《红楼梦》研究陷入了近六十年的至暗时刻，靖藏本批语所带来的负面影响，也是俞平伯一直到去世都没有觉察到的，他也只是小心翼翼地把信挂号寄出，期盼着信早点送到毛国瑶的手中，快一点返回有关这部《石头记》抄本更详细的资料和线索，希望能把相关研究再往前推进一步。

这大概是 1921 年俞平伯、顾颉刚密集通信讨论《红楼梦》以后，谈《红楼梦》篇幅最长的一封信了，字里行间盈跃着激动。在随后的通信中，俞平伯还以"忘年之交""人海胜缘"形容他与毛国瑶的交往（1964 年 11 月 20 日俞平伯致毛国瑶函）。此后，俞平伯与毛国瑶鱼雁往来不断，绵绵逶迤至 1982 年，那时的俞平伯已八十三岁。

下面是俞平伯写给毛国瑶的最后一封信。

国瑶兄：

手书及赐件均收到，谢谢。印得清楚，失而复得可喜，已足够了。

《红楼梦》久已不谈，恐无意见可供献。近觉得索隐派还不如考证派。漫说猜不着，猜着了也没甚意思。以作者之用隐语，正是不想说破也。

有一文登在八、九月份的《中国烹饪》上，或可一看。还有篇在《朔方》上，是说诗的。

我心绪劣。身体还好。复颂

暑安！

弟平伯七月九日

内容仍然是谈《红楼梦》，毛国瑶给俞平伯寄去了他曾经题跋的"夕葵书屋《石头记》残叶"照片。从这封信来看，俞平伯并没有再讨论具体的问题，收尾落在了"心绪劣"上。

无论是从通信频次，还是内容，这无疑是自 1921 年顾、俞通信之后，俞平伯以书信与人交谈《红楼梦》的第二次高峰。据毛国瑶抄录的一百五十条靖藏本批语，俞平伯连续写了《记毛国瑶所见靖应鹍藏本红楼梦》

《记"夕葵书屋石头记卷一"批语》等长文。俞平伯这样兴奋地给毛国瑶回信、撰写长文，不是因为别的，正是毛国瑶发现的这部于《红楼梦》研究十分重要的版本，后来毛国瑶将抄有一百五十条批语的笔记本寄给了俞平伯，这就是影响红学研究近六十年的靖藏本。

靖藏本怎么会产生这样大的影响？举例来说，在北大图书馆文学阅览室《红楼梦》那几个专题书架上，随便抽出一本谈《红楼梦》抄本的著作，尤其涉及《红楼梦》八十回后故事探佚，引靖批为说者居多。此外，研究者论及脂砚斋、畸笏叟关系，很大概率是持脂、畸二人说，而且由此导出诸如对甲戌本晚出且出于拼凑的结论。其实这些观点都是由靖藏本批语引发，研究者习焉不察，仍没有深切体察靖藏本的负面影响。

许多研究者认为靖藏本重要，那它对《红楼梦》研究的价值究竟在哪里？前引俞平伯致毛国瑶函已略有总结，归结起来至少有以下三个方面：其一，第八十七条批语"不数年，芹溪、脂砚、杏斋诸子皆相继别去，今丁亥夏只剩朽物一枚，宁不痛杀"，这条独出的批语让脂砚斋在丁亥夏以前去世，将脂砚斋、畸笏叟断为二人。其二，夕葵书屋《石头记》残叶让这部扑朔迷离的版本与吴鼐产生关联，这张残叶中独出异文"甲申八月泪笔"，改甲戌本首回眉批"甲午八日泪笔"，将此批写作时间提前十年，使学术界雪芹卒年之争中的癸未说式微，更让对这条重要批语归属导向另一个奇怪的理解。其三，这些独出批语如"遗簪、更衣诸文""西帆楼""芸哥仗义探庵""谢园送茶""瓜州渡口""试观证前缘回黛玉逝后诸文可知"等，为研究《红楼梦》八十回后佚稿故事提供了新材料，甚至还影响了《红楼梦》影视剧拍摄，靖藏本批语通过这些无限放大、左右了研究者及大众对《红楼梦》人物、故事的理解。

此前，毛国瑶给众多《红楼梦》研究者留下的印象，仅仅是一个三十岁出头、不谙世事的小伙子。这样一位年轻人，如何能伪造出这些批语？近读毛健全口述《洗马塘：毛家一百年的故事》，才稍稍对毛国瑶其人其事有所了解。毛国瑶（1930—2006）是《洗马塘》口述者毛健全的二叔，安徽安庆人，他高中毕业后，因经历种种情感波折、痛苦遭际，无心继续学业。南京解放后，参加国家税务干部培训后，被分配至南京浦口从事税务工作，他就是在工作中认识了在浦口工商联工作的靖应鹍（1916—1986）。毛国瑶给俞平伯的第一封信，就是介绍他五年前在靖应鹍家看到的一部《石头记》脂评本，并向俞平伯请教一些有关《红楼梦》的问题。

毛国瑶的父亲毛北屏，为安徽公派美国留学第一人。曾在北京高等师范学校求学，与杨振宁的父亲杨武之（1896—1973）成为同学，此后获得公款赴美留学。《洗马塘》专门有一章讲述毛国瑶在 1947 年的庐山往事。由其口述种种，可以肯定，1964 年，三十四岁的毛国瑶，已经历过世间种种事情（参见《洗马塘》第 261—279 页），性情也相对成熟，绝不是红学家眼中那位未谙世事的年轻人。

经过对毛国瑶抄录的一百五十条靖批仔细研究，尤其是与俞平伯《脂砚斋红楼梦辑评》校勘，发现由于甲戌本早期的特殊传播路径（周汝昌录副本—己卯本陶洙所录甲戌本批语—俞平伯《脂砚斋红楼梦辑评》），导致周汝昌、陶洙、俞平伯三人因为转录抄写有心或无心造成了许多文本问题，这些文本问题层累保存在了俞平伯《脂砚斋红楼梦辑评》1958 年及以前各版次中。正是周、陶、俞三人有心无心之误交互、叠加产生的这些独特文本问题，这一集合众人造成的文本问题，却被靖藏本批语承袭，此即靖批据《辑评》蓄意伪造的铁证。

近半年中，持续追踪靖藏本作伪之迹，确证其出于蓄意伪造后，每天早晨醒来，还时常感到恍惚：这六十年红学积累下的相关研究成果就这样呼喇喇如大厦一样倾颓了吗？如果俞平伯当时再谨慎一点呢？从十年前的那次风暴中心走出来，他还是在报纸上撰文与北大校长蔡元培商榷、与顾颉刚去戏园子看戏时还讨论《红楼梦》的俞平伯吗？这一连串问题，如汹涌的巨浪，时常从心底卷起，也让我感到困惑。我终究还是无法感受，一位从写满自己名字的报纸堆里走出来，时而还能隐约听到人群里高喊自己名字的人，再翻开《红楼梦》这部小说时，他所见、所感究竟是什么，还有没有能力分辨掩在那个笔记本里的鬼魅？

与此前的两位小人物不同，毛国瑶自始至终隐在背后，他似乎从没有走到聚光灯下。然而，他以自己对《红楼梦》，以及《脂砚斋红楼梦辑评》《红楼梦新证》之精熟，蓄意伪造出一百五十条靖藏本批语，瞒过了大多数红学家，影响至今，不能不让人感慨。回顾这段学术史，20 世纪 70、90 年代，那宗训、龚鹏程、任俊潮、俞润生、李同生、石昕生等研究者陆续对靖藏本产生质疑，且任俊潮、于鹏等注意到靖藏本批语与俞平伯《脂砚斋红楼梦辑评》的特殊关系。如今，通过全面精细的文本校勘，可以确认，靖藏本批语的确是据《脂砚斋红楼梦辑评》蓄意伪造（详拙文《毛国瑶辑"靖藏本〈石头记〉"批语辨伪》）。

2006年去世的毛国瑶，看到过87版《红楼梦》电视剧风靡全国，看到过《红楼梦的两个世界》等研红著作，甚至也看到过央视"揭秘《红楼梦》系列"引发的红学热潮……当看到学者、作家、导演纷纷据靖藏本立论、改编时，聚光灯外的毛国瑶心里会想些什么呢？自年初发现证明靖藏本出于伪造的一系列证据后，也意识到亲历或被裹挟进靖藏本作伪案那代人正在离我们远去。因此，近半年时间一直在与时间赛跑，曾将拙文分寄学界诸先生，期盼尽快澄清此事真相，可惜应者寥寥。

如今，距离俞平伯拆开那封信已经过去了五十七年，涉及此案的学者已陆续离我们远去，主要当事人毛国瑶，也已在十五年前去世。我想起在毛国瑶去世后不久，周汝昌与于鹏交往的一个细节。于鹏在《忆周汝昌先生》中说：

> 和周老交谈，基本上是我提出问题他答复。唯一的一次例外是有一次周老见了我就问："听说毛国瑶先生去世，临终时对靖本说过什么没有？"

除了能够洞察此事原委的几位学者，另外两位明晰此事底细的人，还在关心着毛国瑶临终前的举动，这桩老旧深埋的心事，随着毛国瑶的去世，也已幻作了云烟，再无人清楚那究竟是怎样的一种感受。好在还留存有毛国瑶抄录的一百五十条批语，经由校勘可以考订其真出于伪作。细读毛国瑶的三篇论文，还有经他之手保存下来的六十几封俞平伯书信，仍可以逼近他思入微茫、惴惴不安，却又异常坚定的重重心事。

读《洗马塘》还留意到一处细节，毛国瑶的祖父毛少远，曾在自己照片上写下一句话："尔是何人，我曾识尔；幼读诗书，喜实恶假；到老无成，只咎自家；劝勉儿孙，爱惜年华。"其中"喜实恶假，爱惜年华"这八个字，后来曾被毛家奉为祖训。也时常在想，究竟是什么，使作伪者走向了这八个字的反面？又究竟是什么，使作伪者变得这样扭曲？靖藏本在近代学术史上留下的这段羁绊，我们又该怎样面对、总结与反思？面对书架上一排排红学著作，常感到恍惚：近六十年的《红楼梦》研究，为何以及究竟经历了怎样一场诡谲的梦魇？

关雅心◎通往"尘世的幸福"与"天国的路"①

对于二十七回，已有的研究在黛玉葬花这部分产生过丰富的解读，无论是艺术风格、美学内涵还是对传统习俗的回应。有人说这是黛玉悼念生命凋零之悲，有人说这是哀怜自己身世凄苦，甚至还有人说这是一场精心策划的行为主义。同样，《葬花吟》也被视为作者借黛玉之口，表达揭示群芳归宿的诗意化暗喻和谶语。再看本回目的标题：《滴翠亭杨妃戏彩蝶，埋香冢飞燕泣残红》。这说明作者在此还有意将钗黛二人进行对比：宝钗扑蝶，生机盎然；黛玉葬花，香消玉殒。这种对比烘托既是小说手法，也是对不同人物性格与形象简洁而鲜明的塑造。

然而，《葬花吟》的确才气逼人，对鲜活生命之陨落的悲叹更是深刻隽永。但过分强调这些背后的内涵，也可能走向"意义超脱文本"的另一种极端，反而遮蔽了黛玉本人当时即刻的心境。其实我们还可以将它读得"浅一点"，找回情绪流动的过程，回到情节呈现的内容本身。而宝钗扑蝶的情节也总被一些人解读为她被压抑许久的娇俏天真，以此佐证她是封建社会的牺牲品；或将金蝉脱壳之举视作笑里藏刀，是她对黛玉掩藏很深的心机。这种阴谋论性质的理解未必不可，但也有让人物流于浅白和符号化的危险。《红楼梦》的伟大正在于它情节与情绪的精细，才能在几百年后还能让许多人感同身受，而非只能作为疏离开去研究和远观的文本。所以普通读者阅读，最好先对人物"去标签化"，再对主旨"去神化"，回到情节发展与具体故事本身，才能放下拙劣的成见和偏见，重新品味整体，去充分体会"《红楼梦》只是一部通俗的文学作品"这句话的内涵，真正读到心底处。

---

① 本文系北京大学 2020—2021 年第二学期"伟大的《红楼梦》"课程论文，作者系北京大学社会学系 2018 级本科生。

一、黛玉葬花：才气胜于写实

谈及葬花部分，先需回答一个问题：黛玉在贾府真过得"风刀霜剑严相逼"吗？公允地说，直到重病前夕都不是。以前也总觉得黛玉葬花是在悲戚自己寄人篱下、命运无迹，后来想想未必不是带着结局的滤镜去看前文。虽然她自小失去双亲，来到人口庞杂的贾府，贾母的疼爱也比不及在父母怀中撒娇；但林家也算显贵，林如海去世后家产相当于并入了贾家，黛玉可谓是"带资进组"。再说，大观园里湘云、香菱，哪个身世比她好呢？她和宝玉还能享用贾母的梯己来一嫁一娶，早站在小辈里的食物链顶端了。而她这般"心较比干多一窍"的女孩，能从最初"步步留心，时时在意"，到后来无遮无拦、"怼天怼地"，打趣王熙凤"贫嘴贱舌讨人嫌恶"，讥讽周瑞家的看人下菜碟，上到主子小姐、下到丫鬟婆子都奚落个遍，某种程度正说明贾母宠她，贾府也待她不薄。否则她不怕有人背地里给她使绊子吗？黛玉其实没那么卑微脆弱，反而有股子隐藏在病体残躯背后的气定神闲。而关于这点，还有一例可以佐证：王熙凤最不待见"咬文咬字""哼哼唧唧"的人，但她却独和看上去拿腔拿调的黛玉交好。这当然可视作她讨好贾母才跟黛玉走得近；但也未必不能理解为，众人包括读者，都一直对黛玉会错了意。因为黛玉只是体弱多病，并非忸怩作态。她那些阴阳刻薄、和王熙凤来回过招，都说明她不屑于惺惺作态之流，只是一个真诚和纯粹的人。所以，她的敏感细腻其实更离不开自身性格与才气的加成，这才让凡人只得见贪嗔痴，而她却能听见命运的嘲弄与叹息声。

其次，我们要分清作者主题刻画上的意图和书中人物自身的意图，不能忽略黛玉葬花时正因错疑宝玉而"一腔无明"无处发泄，又因落花勾起了"伤春愁思"的前提。其实宝黛共读《西厢记》时才迎来了精神相惜的起点，以往只是那前世的缘，还未曾发在今生。所以这时二人还在培养感情的初期，不是真正意义上的契合。宝玉对黛玉的爱怜刚脱离"好吃好喝""陪着玩笑"，带着些赧然和犹疑，因此才说了许多轻薄话来试探黛玉的真心；黛玉自然不能确认宝玉之言到底几分真情几分戏谑，才习惯性闹别扭、"弄小性儿"，又因一场误会雪上加霜。但她其实没有人们误读得那么矫揉造作和无理取闹，只是经常为二人都没更勇敢地表露心迹而恼。因为哪怕现代人在年少时面对初坦心扉的爱恋，也免不了患得患失、一叶障目啊。只是有人用说服自己知足常乐的方式将那些敏感细微的情绪掩去了，以便寻求一种"通彻"的假象来预防可能的自作多情与"奈何明月照沟渠"。

因此，将葬花之举置于情节发展本身来看，更像是黛玉怄气、感伤叠加后自然流露的情绪，是"感时花溅泪"，举目皆悲。既符合这个角色最初的设定——绛珠仙草的凡胎化身，同类相惜；也符合这个人物一贯的性情——对生命最纯粹深刻的体察和最隐秘细微的善意。但她当时的人生经历，其实的确不够"凄惨"，也并不能撑起这首词的分量。作者本人都称，那些哭诉不过是黛玉"感花伤己"，"随口念了几句"。否则她怎会在这种心境下，还能与宝玉迅速解开误会、和好如初呢？只不过谁也没料到，她的敏锐，却不留神为结局作了挽歌。

二、宝钗扑蝶：权宜多过阴谋

再说历来饱受争议的"杨妃戏蝶"。一方面，这一段极难得，是为数不多让读者感受到素来低调得体的宝钗在这个年纪该有的娇俏天真之处；另一方面，金蝉脱壳和背后听人闲话之举又使得很多人厌弃她的阴险与不磊落。但我们需明白，既然作者将黛玉葬花和宝钗扑蝶放在一回中写，背后当然有互作对比衬托的结构用意；而有意用红玉的误会引导读者怜惜黛玉，也是一种对黛玉隐秘的偏爱，同时为后文葬花提前做出悲剧情绪的铺垫。再者，宝钗本就是在好心去叫黛玉的路上折返回来的，甚至正因为体谅她，才主动避嫌；在忙着脱身的情境下，喊她名字也无可厚非，不见得就视黛玉为竞争对手久矣。其实都说宝玉没那么喜欢宝钗，但我看来，宝钗也没多把宝玉放在心上。她的屋中"雪洞一般，一色玩器全无"，可见对这些装点门面的东西简直毫无兴致，又何况要跟黛玉争一个世俗意义上金玉其外、腹内草莽的公子哥呢？

所以，相比于黛玉的"挥毫泼墨"，宝钗某种程度上就像一汪平静的泉水。追求自我的人觉得她没个性，欣赏真诚的人觉得她太虚伪。比如二十二回贾母问她兴趣爱好，她只揣测贾母喜欢的说了去；贾母要她点戏，她也只点《西游记》《鲁智深醉打山门》，仿佛跟着"大家彼此"欢喜，就是她最大的欢喜。还有二十七回，按说宝玉在探春面前"倒是非"，也怨不得她跟赵姨娘怄气，连坐了宝玉，把"偏的庶的"这些敏感话题说到台面上。兄妹二人可能差点要在彼此揭发中心生嫌隙了，宝钗便看准时机出来圆场。她就像是学生时代的班长，识大体、顾大局，最注重维持秩序，哪怕是表面和平。这样一个人，又怎么会故意给黛玉穿小鞋呢？不过是情急之下也会思虑不周罢了。

三、天上人间，殊途不同归

当然，宝钗没那么真诚，甚至略显无趣，不会让我们感受到震颤心底的淋漓尽致，也从她身上窥不见"饱满的灵魂"；因为她其实是要为人间的礼法秩序和烟火气负责的，就要和尘世产生最深刻的眷恋。但黛玉可是绛珠仙草，是来人间还泪的，她不需把世俗礼法收在眼中，只需牵挂宝玉一人；也从没想过让延续生命成为生命的最大意义，尽管这才是凡人实现生命意义的底色。也即是说，如果站在"尘世的幸福"这一角度看黛玉，自然免不了谴责她"孤高自许，目下无尘"；但如果她要去的本就是一条"通往天国的路"，都将世间诸多糊弄、混沌但热闹的烟火气当作"污淖""渠沟"了，只愿"质本洁来还洁去"，寻求那灵魂不灭的至真至诚，又怎么能不以形体的香消玉殒为代价呢？她来这世间，就是要闯入生命最深处，将自己剥削殆尽的；等把泪还尽了，也就在这俗世无可留恋了。

也许宝钗最终走入一场无爱婚姻是不幸，空守闺房的结局也似乎与尘世幸福无缘；但她还要养育子嗣，做贾府的夫人，打理家中事务，忙得团团转，怎么有工夫纠结那些情爱的小事呢？就看王夫人和贾政，难道还体会不出大户人家固定的夫妻模式吗？宝钗这般驻扎在烟火气中的人，自然也不会成特例。甚至从前看动辄你死我活闹脾气的二人，不仅不一定吃醋，还可能会暗下嘀咕一句：至于吗？可黛玉不同，她很在乎自己是不是被宝玉放在心尖上偏爱的那位，这从二十三回葬花，宝玉用《西厢记》类比二人那里就初现端倪了。换作旁人，听了不过付之一笑；黛玉却真能为此"把眼睛圈儿红了"，就要逼得宝玉发毒誓证明自己并非轻薄，而是真情流露。毕竟宝玉一直有撩拨丫鬟小姐的"前科"，黛玉的敏感不过是了解他脾气秉性的本能抵拒罢了。她还不确定自己是不是从"中意的玩伴"

升格成了"真爱"。哪怕在这之后，宝玉也还想猴上鸳鸯的脖颈吃胭脂，又暗中垂涎宝钗的雪白酥臂呢，只是个"无事忙"。黛玉并不抗拒宝玉和丫头们肉体上厮混，但绝不接受他心猿意马。

所以，被"风刀霜剑严相逼"的根本不是黛玉在贾府日常生活中的困局，而是精神上的困局。这困局不是她所谓寄人篱下、步步惊心的谨慎——她早就不谨慎了，初进贾府不过是她来到陌生环境的本能试探，发现这里没有什么厉害角色能成为她的对手后，也就肆无忌惮、伶牙俐齿了；这困局是人们都想追求得过且过的尘世幸福，她却非要求一个至真至诚、至洁至净，非要为凋零的生命给予最天真、最心碎的呵护，只想竭尽最后一丝气力怀揣利刃面对世界，但尖刀下去，痛极的是自身。这园子里和她一样对尘世幸福不屑一顾的"痴子"恐怕只有宝玉，所以宝黛爱情不成悲剧很难收场——就算结为夫妻，但这终将"通往天国"的二人，真能在尘世和美地安度余生吗？不过还是要落得个"无可寻觅"的结局罢了。

其实小时候读书无疑更容易共情黛玉，大概是惨死的结局让人为她前半生都蒙上了悲悯的滤镜，觉得那不知是在戏弄蝴蝶还是戏弄黛玉的宝钗必然有点心机叵测。但后来越来越发现，其实宝钗并不是世故，她只是很"正常"，想要打理一个善始善终、和气圆满的生活而已；像黛玉一般"不正常"的人，总想透过生活的裂缝去窥探生命的本质，总将那万物之情"皆备于我"，是很难没有短命的人生的。这两个女孩，一个长得丰腴康健，一个就像"有了今天没明天"的病秧子；一个寻生，一个悲死；一个着眼"尘世的幸福"，一个只见"天堂的路"，注定殊途不同归。

郭勉◎《红楼梦》中的饮食生活与建筑空间①

曹雪芹塑造的大观园是中国文化史上最负盛名的园林之一，最初翻阅《红楼梦》便是希望能了解"诗礼簪缨之族"在园林中起居游赏的风雅情致。但未曾想，反倒是刘姥姥在大观园里失向迷路，并把竹篱花障认作是扁豆架子一段诙谐的描写，令人难以忘怀。我个人在面对《红楼梦》的生活世界时，其实也如刘姥姥面对大观园一样，常有陌生之感。

隔膜主要来自于古今之间生活样态的巨大变化。梁思成先生曾在《人民日报》上撰文介绍建筑设计的思维方式，举例分析如何将"客厅、餐厅、厨房、卧室、卫浴"五种功能安排进一座旧式的五开间平房（见图1）。但在刘敦桢先生1950年代主持的住宅研究的调研图集中，却呈现出相当不同的功能布置方式，最明显的一点差异就是处处找不到"餐厅"的踪影（见图2）。

因此，人们是如何在传统住宅中安排其一日三餐，可以是了解传统生活秩序的一个有趣切入点。而《红楼梦》作为世情小说之冠，又极注重于"家庭闺阁琐事"之中表露至亲至情，对于饮食起居的细微之处尤为详备。于是在本科毕业论文的选题上，我决定走进《红楼梦》的生活世界，观察清代贵族世家的生活样态，尝试理解建筑布局与人的生活秩序相互作用、相互成全的方式。

走进《红楼梦》中的贾府，首先要明确一个基本背景：生活其中的贾

图1　《拙匠随笔二》配图

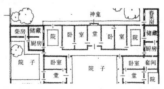

图2　湖南新宁县刘宅（刘敦桢调查）

① 作者系北京大学元培学院2013级本科生。

氏家族属于显赫的贵族门第，包含各级仆从在内上下共三四百口人，打个不恰当的比方，约相当于今日一个中型企业的规模。且不说比之现代的核心家庭，即便是古时的一般人家也难以想象，因此有了史太君批陈腐旧套的经典评语：

> 这些书都是一个套子，左不过是些佳人才子……既说是世宦书香大家……便是告老还家，这样的大家人口不少，奶母丫鬟服侍小姐的人也不少，怎么这些书上，凡有这样的事，就只小姐和紧跟的一个丫鬟？你们想想，那些人都是管什么的？（第五十四回）

荣宁二系的家族成员与众多的仆从共同生活在贾府的建筑环境中，有隔断但并不隔绝，可以说处于一种密切的身体联系之中。隔墙有耳，处处眼目，信息实际上相当透明：

> 金钏儿、彩云、彩霞……等众丫鬟都在檐廊下站着呢，一见宝玉来，抿着嘴笑……彩云一把推开金钏，笑道："人家正心里不自在，你还奚落他。趁这会子喜欢，快进去吧。"宝玉只得挨进门去。原来贾政和王夫人都在里间呢。（第二十三回）

贾政和王夫人在屋内里间谈话的内容、气氛、情绪，站在屋外的丫鬟们一清二楚。又如第七十七回王夫人将晴雯等人逐出大观园后，宝玉与袭人的对话：

> 所责之事，皆系平日之语，一字不爽……宝玉道："这也罢了。咱们私自顽话怎么也知道了？又没外人走风的，这可奇怪。"袭人道："你有甚忌讳的，一时高兴了，你就不管有人无人了。我也曾使过眼色，也曾递过暗号，倒被那别人已知道了，你反不觉。"（第七十七回）

可知宝玉自以为私密的言笑举止，都一丝不爽落在旁人的眼中。

在此种环境下要维系庞大家族内部有条不紊的运作，就必得依照身份差等规范人的日常行为。而建筑条件就成为秩序规训的重要手段之一。贾府中的日常饮食活动正是这样的例子，以贾母一处的用饭流程（根据小说情节综合概括）为例：

①首先主子决定什么时候开饭，然后丫鬟告知丫头，丫头通报婆子，婆子回厨房，到点送饭；如有邀请一起用饭的情况，则差遣丫头、婆子各处通报。

②院内的丫鬟、媳妇抬出饭桌（一般是方桌或长方桌），在房内里间搭桌；由家中晚辈儿媳、孙媳或贴身大丫鬟指挥，摆放碗箸。

③大家按主客、长幼入座；由小丫头捧过盥沐的沐盆，跪着伺候洗脸；由丫鬟用茶盘端上漱口的漱盂，洗漱一番，餐前准备结束。

④厨房的媳妇、婆子拿食盒捧了饭菜来至院中；丫头接过食盒捧到房里；晚辈的儿媳、孙媳或贴身大丫鬟从食盒中将菜捧上桌席。

⑤晚辈的孙媳或孙子、孙女将菜从盘中夹至碗内，称为"让"；让过之后，归坐吃饭。

⑥有丫鬟捧着大碗的米饭，伺候桌上人随时添饭；另有其他丫鬟、媳妇站在地上，随时倒水沏茶，听候来往取送。

⑦吃过饭后，丫鬟捧上漱口的茶和漱盂，丫头捧上洗手的沐盆、巾帕；洗漱之后，丫鬟端上饮用的茶。

⑧用餐之后，长辈会对没有吃完的菜品进行分配，由丫头、媳妇装在食盒里，连带口信送去各处。

⑨丫鬟、媳妇们再抬走饭桌，将剩下的菜品传送回厨房或者散给下人。

将上述的饮食流程所包含的空间信息进行图解（见图3），就可以非常

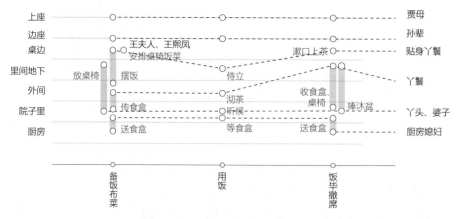

图3　贾母处日常饮食空间秩序分析图（笔者自绘）

178

直观地看到身份等级与活动区域之间的对应关系。

上下尊卑的身份被落实在建筑提供的层层边界中：饭食被安排在建筑尽端的里间，贾母端坐上座，媳、孙媳于桌边操持，大丫鬟们转圜于里外间，丫头穿梭于室内外，媳妇婆子则往来于院内和厨房，每一个身份等级的人都有其相应的活动边界和职事范围，不可逾越。

但随着贾府运势的衰落，通过空间上的边界来维持贾府内事务运作与身份秩序的手段也出现了失灵的情况，如在第五十八回中，芳官的干娘新入怡红院不识"体统"，忙着想要献殷勤：

> 他干娘也忙端饭在门外伺候……这干婆子原系荣府三等人物，不过令其与他们浆洗，皆不曾入内答应，故此不知内帏规矩……今见芳官吹汤，便忙跑进来笑道："他不老成，仔细砸了碗，让我吹罢。"一面说，一面就接。晴雯忙喊道："出去！你让他砸了碗，也轮不到你吹。你什么空儿跑到这槅子里来了？还不出去。"一面骂小丫头们："瞎了心的！他不知道，你们也不说给他！"小丫头们都说："我们撵他，他不出去；说他，他又不信。如今带累我们受气，你可信了？我们到的地方儿，有你到的一半，还有你一半到不去的呢。何况又到我们到不去的地方还不算，又去伸手动嘴的了。"一面说，一面推他出去。阶下几个等空盒家伙的婆子见他出来，都笑……（第五十八回）

婆子逾越了边界遭到晴雯的呵斥，身份阶级上的不平等又加上"倚强压人"的意气之争，因此心里羞愤记恨，酝酿出此后缕缕不绝的矛盾。甚至最终晴雯被逐出大观园饮恨而终，里面也大可能有这些婆子的掺和。

正因为空间边界上紧密牵系着"规矩""体统"与"礼"，对待边界的态度也就成为各人心性品格的映像，如在第七十三回因丢失"累金凤"而引发的冲突中：

> 当时住儿媳妇慌了手脚，遂上来赶着平儿叫："姑娘坐下，让我说原故请听。"平儿正色道："姑娘在这里说话，也有你我混插口的礼？你但凡知礼，只该在外头伺候，不叫你进不来的地

方，几曾有外头的媳妇子们无故到姑娘们房里来的例？"绣桔道："你不知我们这屋里是没礼的，谁爱来就来。"平儿道："都是你们的不是。姑娘好性儿，你们就该打出去，然后再回太太去才是。"王住儿媳妇见平儿出了言，红了脸方退出去。（第七十三回）

面对耳软心活的"二木头"迎春，欺主的住儿媳妇就完全无视了空间中的边界。而平儿的公道和利落也在她重新确立空间秩序的过程中鲜活地体现出来。

除了上述的日常饮食，位于建筑尽端的里间还集中了包括休寝、梳洗、会亲面友等日常起居的各项功能，是使用最频密的空间。因此黛玉初入贾府拜见王夫人时，王夫人并不在堂屋中：

大院落上面五间大正房……进入堂屋中，抬头迎面先看见一个赤金九龙青地大匾，匾上写着斗大三个字，是荣禧堂……原来王夫人时常居坐宴息，亦不在这正室，只在这正室东边的三间耳房内。于是老嬷嬷引黛玉进东房门来。

民国时期秉信社会改良主义的建筑师盛承彦，在1921年的《建筑改良》一文中批评旧式住宅：

若不是中了官毒，误于礼制，为什么庄严郑重，似乎官署，近于滑稽？……若不是以来客为本位，夸张为本能，何至于这样的轻重倒置，华而不实？

抛开价值判断不论，盛承彦所说的确是实情。富丽庄重的堂屋平日里不过是一个人们出入往来的交通空间，而只有在正式隆重、具有礼仪性的场合如贾母大寿、年节家宴等，才会被充分使用。

由于直接连通着庭院，堂屋这个空间具有天然的开放性。举行于此的宴饮聚会与礼仪活动，都充分利用了堂屋与庭院的联系。或在庭院中搭台演戏，为堂屋内的宴席提供视听之娱；或将展礼场所铺排至整个庭院。如在贾母八十大寿之时：

> （在堂屋）当中独设一榻……自己歪在榻上……然后赖大等带领众人，从仪门直跪至大厅上，磕头礼毕，又是众家下媳妇，然后各房的丫鬟……（第七十一回）

堂屋的开放性开展到极致时，甚至连通着整个外部空间，如到了除夕时：

> 到了腊月二十九日……两府中都换了门神、联对、挂牌，新油了桃符……宁国府从大门、仪门、大厅、暖阁、内厅、内三门、内仪门并内塞门，直到正堂，一路正门大开，两边阶下一色朱红大高烛，点的两条金龙一般。（第五十三回）

日常饮食中，在里间摆一张小饭桌即可安排妥当；而在举办于堂屋的宴会中，宽敞的地下排满了围成一圈的桌席。座位的朝向、坐具舒适程度、排列的次序，都有一套规律。欧丽娟老师与田天老师都曾撰文对《红楼梦》宴饮中的座次有过精彩的分析。

与深藏里间、"鸦雀无声"甚至"不闻碗箸之声"的日常饮食不同，位于堂屋正当中的宴饮活动是热闹轩敞的，发生着频密、公开的信息与物质流动。不同席次间的交往礼敬，常常比饮食本身更显得重要。敬酒、点戏、猜谜、行酒令，都是宴会上常见的礼仪或娱乐活动，在所有这些活动的过程中，都严格遵照席位的身份等级，依先后次序一一行过。这些轮番、逐次的互动过程，无疑是一场对人与人之间伦理关系的公开展演。

法国哲学家加斯东·巴什拉曾将家宅诗意地称为一个容人独自蜷缩的"蛹"，然而这一意象似乎并不适用于贾府这座清代前期的大型住宅。堂屋与里间分别承载了生活中公开与亲密的两个维度，但始终，每个人都与他人处于频密的联系之中。这种结构区分的是人与人之间伦理关系的不同面向，而非是按照事务性逻辑来安排私人生活的舒适、卫生和效率。就如诸葛净老师在《厅：身份、空间、城市》中的分析所展现的，传统住宅其实并非像现代住宅首先是一个私密的内向空间，其本身就是构成城市社交网络的重要节点。

建筑学是一门直接与人们的生活经验打交道的学问。设计既从现实经验中寻找问题与方法，又在不断地重塑着人们的经验。可以说对于经验的觉察深度预设了设计施展的可能空间。将《红楼梦》的生活世界邀请到建筑史的研究中，一方面可以在更贴近历史现场的文学世界中理解传统建筑参与生活的实态；另一方面还可以帮助我们避免将自己日用而不自知的生活经验自然化，进而在建筑学的理论思考与设计实践中看到更开阔、更自由的可能性。

参考文献：

1. 梁思成：《拙匠随笔》二，见梁思成：《梁思成全集》第五卷，中国建筑工业出版社，2001。

2. 刘敦桢：《中国住宅概说》，百花文艺出版社，2004。

3. 曹雪芹：《脂砚斋重评石头记庚辰校本》第一卷，作家出版社，2006。

4. 欧丽娟：《〈红楼梦〉中的"灯"：袭人"告密说"析论》，《台大文史哲学报》第62期。

5. 盛承彦：《住宅改良》，《学艺》1921年。

6. 欧丽娟：《由屋舍、方位、席次论〈红楼梦〉中荣宁府宅的空间文化》，《思与言》第48卷第1期。

7. 田天：《座次的写法》，《读书》2017年第12期。

8. ［法］加斯东·巴什拉著，张逸婧译：《空间的诗学》，上海译文出版社，2009。

9. 诸葛净：《厅：身份、空间、城市——居住：从中国传统住宅到相关问题系列研究之一》，《建筑师》2016年第3期。

胡瑞扬 ◎ 祷福惊福薄，斟情是情心①

《红楼梦》第二十九回《享福人福深还祷福，痴情女情重愈斟情》，主要写了贾府众人奉贵妃之命前往清虚观打醮，进行了斋事、看戏、迎来送往等一系列活动，因其间张道士为宝玉提亲，惹得宝玉黛玉各自不快，回府后二玉相互误解大吵一架的故事。本回情节紧凑充实、节奏紧张、高潮迭起，有对大场面的展现、对各阶层众多人物的生动刻画，更有对宝黛二人大篇幅准确细致的爱情心理描写，为全书乃至传统小说中罕见的篇章。笔者谨从情节结构与写作技法两个方面浅析本回。

一、情节结构

第二十九回的内容，从回目可窥见一斑。"享福人福深还祷福"，指贾母带领贾府众人前往清虚观打醮之事，这是家族的一件盛事；"痴情女情重愈斟情"，指宝黛二人发生口角，各因重情却相互以假意试探，求近之心反而弄成了疏远，这是宝黛爱情中的一次重大冲突。仅此一回之中，接连写了两件大事，又分别与全书"家族""爱情"的两条主线相合，足见得其内容之丰、之重；而"祷福"是"斟情"事件的引线，又揭示了家族大事与个体情事不可分割的内在联系。

本回一开头，上承"红麝串事件"余波。这要追溯到端午节时贵妃赐节礼，结果二宝相同，黛玉却只与三春相同，不由令人联想贵妃对宝玉婚事的隐约倾向，当然也令黛玉介怀。于是在二十八回中，宝玉提出要看宝钗的红麝串，又对着宝钗的雪臂发呆，恰被黛玉看见并用"呆雁"奚落。这说

---

① 本文系北京大学 2020—2021 年第一学期"伟大的《红楼梦》"课程论文，作者系北京大学元培学院 2019 级本科生。

明节礼之事已经在黛玉敏感的心中又添芥蒂，"金玉"之说带给黛玉的压力已经到了时时留心、事事忧心的地步，为下文因姻缘而发的争吵蓄势。

曹公不吝笔墨，大写贾府出行的尊荣势派、华贵铺张，这一回也成为了继秦可卿丧事之后又一次贾府人员出动的盛大场面。清虚观内主要展开的则是张道士与贾母等人的对话，格外突出了两件事：一是张道士赞扬宝玉，说他和荣国公非常相像，以此讨好贾母；二则是为宝玉提亲一位"十五岁、好模样、家世配得过"的小姐，被贾母婉拒。这是全书第一次明确提出了宝玉婚姻大事的方案，也直接成为了后文宝黛冲突的导火索。从赐节礼甚至更早以前隐约暗示的宝黛之间相互试探的疑虑都因提亲一事由暗转明，也使得贾府上层对此事的关心与考虑进入了新的阶段。

其后宝玉又从法器中挑出金麒麟，更加重了黛玉对"金玉"之说的烦闷，出言讽刺。如此种种堆在一起，第二天二玉都不愿再去。黛玉中暑，宝玉来探望，二人很快就因对方平常的几句话互起误解，更因前一天的不快立即引发了矛盾。这一次宝玉一点不像从前面对黛玉的小脾气时，耐心又包容地哄黛玉开心甚至赌咒发誓，而是"向前来直问到脸上"，说明不只黛玉，连宝玉也深受提亲的伤害，满怀委屈却无处可诉；黛玉更不相让，直接指出宝玉是"怕阻了你的好姻缘，心里生气，拿我来煞性子"，既有坚强决绝，也流露出心底强烈的不安与不确定感，反复希望得到肯定的保证与答案。于是作者在这里展开了一段非常精妙的心理分析，由内而外、透彻细致地解释了二人矛盾的内在机理，堪称爱情心理的剖析典范，其中妙处，后文细述。

二人的冲突在宝玉摔玉达到顶点，两个人的矛盾无法解决，只能转移到客观的物件上来发泄。这是书中第二次出现摔玉的情节，不同于宝黛初见时"我有你无""可见不是个好东西"的懵懂认识，这次因"你竟也不懂我心"而起的摔玉，显示了宝玉的成长。宝玉要摔要砸，不是借摔玉表达对黛玉的愤恨，而是他对"金玉"之说的压迫、对心底对未来的隐忧与无力做出的挣扎，是在此时此地唯一能够进行的反抗。既然"金玉"之说如此牢固，不如将一切的起源"通灵宝玉"砸去，以此来表达对"金玉"的破坏、对自由爱情的追求。这是"木石前盟"的一次宣誓与挑战，此时的宝玉虽然显得冲动，却也表达了他的反叛意识与强烈愿望，这与黛玉之心本质上是一致的。宝黛的成长与转变，正是他们从两小无猜，到爱情的萌动与觉察，再到感情逐渐明朗但伴随激烈波动的发展过程的写照。

这场风波随着袭人、紫鹃的劝解和贾母、王夫人的到来而逐渐平息。二玉吵架之后后悔赌气又不愿见面，听到贾母的抱怨"不是冤家不聚头"，细细品味，真正"人居两地，情发一心"，在争吵过后终于加深了对彼此感情的理解，只可惜宝黛爱情终究如这次风波一样，不可避免一波三折。后文袭人劝宝玉赔罪，则为下一章的开启留下悬念，同时也为"诉肺腑"等章节埋下伏笔。

反观这一回，两次情节的高潮正对应着"金玉良缘"与"木石前盟"一明一暗的两次交锋。明中的交锋自然是宝黛大闹一场的反抗，以及黛玉明显的对宝钗甚至"金麒麟"的敌意；而张道士提亲与贵妃赐节礼的暗示则经常被看作"金玉""木石"暗中的较量。一般认为，张道士所提的这一位小姐，正是刚过完十五岁生日且入宫落选的宝钗。从端午节礼到清虚观，就是"金玉"一派王夫人、薛姨妈等人策划的一场好戏，甚至也联合了宫中的元春，如赐节礼背后，可能也有王夫人的授意，贵妃的"站队"倾向，往往能够带来更大更不可抗拒的压力。而贾母特意强调本不愿去看戏的薛家母女一定要同往，则是对王夫人这种手段的一种回应；更不要说在道士面前用"和尚说了命中不该早娶"这样的话摆明对这种婚事安排的否定，薛家母女恐怕是当时最没意思又最尴尬的人。但也应当注意到，贾母的婉拒虽然表达了否定，却也并未表示出任何的倾向，只让"再打听着"，没有对宝黛的公开支持。这固然有客观的原因，但同时加重了黛玉的不确定感，也让第二天的争吵反抗带有一丝前途未卜的渺茫与无力。

当然，贵妃的节礼是否就表明她倾向"金玉"，也有待考量。如洪秋蕃等人就认为二宝同礼，是以客礼对宝钗，同时安抚她落选；而黛玉和三春相同，是把黛玉当成自家人。且从元春欣赏龄官等表现看，可能她也会更喜欢黛玉一些；综合个人感情和家族利益，确实难于选择，加之当时宝钗的愿望也并非有意于宝玉。但无论如何，从事件的表面呈现来看，张道士的提亲目的绝不纯粹，至少严重越过了道士的身份职责；而贾府日渐流传、横在宝黛之间的"金玉"之说，以及贾府长辈并未明确的态度，都是压在宝黛尤其是黛玉心上的大石，积郁已久的猜疑误解在张道士提亲之后集中爆发，形成了冲突的最高潮。

二、写作技法

　　这一回延续了曹公惯用的许多写法，如草蛇灰线、戏曲谶应等，也反映了他"乐极生悲""美中不足"等哲学思考与悲悯。例如宝玉拿到的金麒麟，不仅引出了后文他丢麒麟被湘云捡到、湘云翠缕的一番"阴阳论"，甚至伏笔了几十回后湘云的姻缘"白首双星"，也是"金玉"的间色法；神前拈出的三部戏，则又一次暗示了贾家从起家、鼎盛到繁华一梦、终归于空的家族命运走向。在贾家势盛、烈火烹油的时候，宫中的元春却似有所预感，下令打平安醮祈福，隐有一丝忧虑；神前点戏，却得到了不祥的暗示，又埋伏着乐极生悲、波澜暗涌的不和谐悲音。同时，比之平民百姓，以贾母为代表的贾府人已然是福深的"享福人"，却依然声势浩大地去祈求福气平安，结果在这样盛大豪华的好事、乐事中，却生出这么多不愉快来；黛玉是"情情"之人，如此深情痴情、相互有情的二玉，却都因各自重情反而没能真情相对，成了"冤家"。其中对比、反衬、矛盾、深意，不言而明，令人惊心。

　　本回情节紧张，场面宏大，而曹公娓娓道来，环环相扣，无一闲笔却从容顾及各个方面，详略有度，张弛自如，丝毫不令人感到杂乱无理。写出行，偏对丫鬟们来了一次"大点名"，写她们的兴奋热闹，避免直叙何等豪奢，气氛却跃然纸上；写凤姐打小道士可见她心狠手毒，缺乏怜悯，张道士提亲后她巧妙岔开话题，又见她言谈机变，察言观色；写张道士，则极写其讨好奉承、巧言令色、插手豪门家事的"非道"形象。这些事分头写来，涉及各个阶层的人物，都是寥寥几笔，却鲜明生动，非有丘壑于心不能交代完备。

　　本章最为出众的手法，不可不谈曹公对人物心理的精妙剖析，揭示了二玉各自相似又相异的心情，各有各的道理，彼此在乎又小心试探不敢表露，正写出了爱情这一种"甜蜜的痛苦"。俱是真心却用假意，因求近反成远，这种矛盾的心情与做法，即使放在今天的情侣之间也依然生动真实，更见曹公描绘把握之精准深刻；而置于当时封建贵族家庭的重重规矩与阻隔之下，对二玉内心痛苦的展露，也使得这一场争吵在矛盾之外更具力度，使二人的向往与抗争展现出叛逆者的光辉。

　　更值得一提的是，中国古典小说的传统，多注重情节的展开、人物的塑造，而心理描写非常鲜见；本回中却是横写一笔，先交代了二玉争吵的内在缘故，一并揭开了素日经常有口角的原因，单独成段写心理，不能不说是一种有效的尝试与突破。然后又从"只述他们外面的形容"写起，不仅让读者明白了忽然争吵背后的合理性，也没有阻碍情节的流畅发展。到了冲突最甚的地方，紧张激烈之中难以让人物自己反思和表露内心的想法，作者又设巧思宕开一笔，借袭人紫鹃相劝之语，恰好说出了对方的心声，又反衬了相爱的两人反不如局外人能理解的一重矛盾，行文上也构成对称呼应。而接近尾声时，二玉赌气不见面，此时写他们心情，又借了贾母的语言，一直分开描写的两意终于又归为一。可以说宝黛二人的争吵描写，最出彩不在你来我往的表面，而在各自内心的斗争，连误会都写得合理，正是作者功力所在，本回也堪当《红楼梦》语言艺术、心理描写的一个典范。

总之，第二十九回情节紧凑、波澜频生，既有豪阔的大场面，也有宝黛情感的内心戏，两种姻缘的交锋、家族力量的纠缠，暗示宝黛自由爱情的艰难处境；既有一贯的暗示、伏笔，繁华中隐见危机，又有对比、反讽，处处透露着求福不得福、用情反无情的落差。比之其他章节日常琐事娓娓道来的节奏，又别见一种酣畅与紧张，从心理描写的运用，亦可见作者的思想性与创造力。

正如庚辰本回前批所言："原意大适意大快乐，偏写出多少不适意事来，此亦天然至情至理必有之事。"福祸相倚、乐极悲生，也许是于人于情都难免的必然，唯愿应在我们自己身上，能够享福者皆惜福，痴情者各珍情，如是而已。

参考文献：

1. 本文所引《红楼梦》内容、情节，均据中国艺术研究院红楼梦研究所校注本《红楼梦》，1982 年版。

2. 参考刘上生《〈红楼梦〉第二十九回解读》，"古代小说研究"公众号。

3. 洪秋蕃评元妃赐物，参见《冯其庸辑校集》卷一《重校八家评批红楼梦》，青岛出版社。

4. 庚辰回前总批，参见陈庆浩《新编石头记脂砚斋评语辑校》，中国友谊出版公司。

5. 其他参考如"伟大的《红楼梦》"慕课第九讲、十讲内容等。

黄豆豆◎浅谈宝钗之"时"①

俞平伯先生曾评价《红楼梦》的回目："笔墨寥寥每含深意，其暗示读者正如画龙点睛破壁飞去，岂仅宗括事实已耶。"回目不仅是对这一章回内容的凝练概括，也揭示着作者曹雪芹对其中主要人物的评判。在第五十六回《敏探春兴利除宿弊，时宝钗小惠全大体》中，即揭示作者对于探春之"敏"、宝钗之"时"的一字评定。

书中前文提及凤姐因病不能视事，王夫人便令李纨与探春暂时掌家，探春面对府中的财政危机，锐意革新。本回从探春指出买办漏洞讲起，后提及效仿赖大家打理园子以增加收益，前者"除宿弊"，后者"兴利"。探春之"敏"既是能敏锐发现府中的陈宿弊病，又是能以巧妙方式试图除朽补漏。但其作为府中的千金小姐，未知贱物之利、小人之心，故想法看似理想可行，实则弊端诸多，如不知香料香草之利、不知园子各仆人之所长、不知人之趋利之心。而宝钗却能知物识人，侧击引导探春调整思路，其中言语举止，将"时"之特点展现得淋漓尽致。

《红楼梦》对宝钗"时"之描述最先出现在第五回其出场时："且宝钗行为豁达，随分从时，不比黛玉孤高自许，目无下尘，故比黛玉大得下人之心。"指出宝钗之"随分从时"使其得下人之心。第八回宝玉探望宝钗时道，"罕言寡语，人谓藏愚；安分随时，自云守拙"，指出宝钗之"安分随时"表现为藏愚守拙。时，四时也，段注："《释诂》曰：'时，是也。'此时之本义。言时则无有不是者也。""是，正见也。"因此，"时"是指能在对人、事、物种种皆有准确清醒的认识的前提下行动。宝钗得下人之心是出于她对人心人性的体察，对不同下人性格利弊的认知，故能如

---

① 本文系北京大学 2020—2021 年第一学期"伟大的《红楼梦》"课程论文，作者系北京大学哲学系 2017 级本科生。

是。拙，不巧也，段注："不能为技巧也。"拙是不加修饰的人之本性，守拙首先是对自性的清醒认知，然后对彰显的欲望的克制。因此，宝钗之"时"，是对自我与外界人事的清醒认知，是对时机际况的准确把握，行动能应时、合时。

在第五十六回中，宝钗评价众婆子"幸于始者怠于终，缮其辞者嗜起利"，指点探春不要信任此前表现殷勤之人，而要根据各人的具体情况特长予以考虑，此为对人性的准确认知。而后，探春实际对各下人的情况并不了解，全靠平儿、李纨与宝钗三人分说；而文中宝钗推托给莺儿的母亲差事后，推荐了怡红院的老叶妈，可知宝钗之识人不仅是对自家人，对于客居之贾府的情况也了然，识人之术远在探春之上。宝钗能够因人制事，也就不奇怪为何平时她总能得下人之心了。此外，这一举措也反映了宝钗认识到自己作为客居人的事实，依此身份从中得利势必会引起府中人不满，不为小利所惑，此眼界也较平儿、李纨更高。此为宝钗舍小利而全大体之一，其二为宝钗而后建议探春把归账的利益让给下人之举。探春计算此中利润达四五百两银子，宝钗却道："一概入了官中，那时里外怨声载道，岂不失了你们这样人家的大体？"此话罢后，众婆子"各各异常欢喜"。此中"大体"，是宝钗揣摩人心、权衡利弊之后的举措，也说明她认识到贾府的根基巩固离不开底层仆从的构建，底层人心的经营建构本质会影响到贾府的生存境遇。

此中智慧便与本回讨论园子承包事宜之初的宝钗之语一以贯之，她道："学问中便是正事。此刻于小事上用学问一提，那小事越发作高一层了。不拿学问提着，便都流入世俗去了。"笔者以为这一句是全回的中心，亦是宝钗处世智慧的高度概括，即大事皆由小事成就，于小事处处用心，方能从时得体。

文中，探春自言自与赖大家女儿交流后才知一花一叶都是值钱的，宝钗笑探春是"千金小姐"，只作"高粱纨绮之谈"，不知荷叶枯草值钱，后又将蘅芜院和怡红院视为"竟没有出息之物"。这一对比，俨然反映了宝钗亦是千金小姐，却较探春更能识物。宝钗以《不自弃文》点明凡物皆有其用，而探春却认为此为"勉人自励，虚比浮词"。《不自弃文》出自《朱子文集大全类编》卷二十一《庭训》，大意为凡物皆有所用，推物及人，人不应自弃。故探春认为这是勉人自励的套词。而实际宝钗对此文的关注点却在于文章开头，"而物有一节之可取，且不为世之所弃……则天下无弃物矣"。此段虽为后文喻人之铺垫，但如宝钗道："那句句都是有的。"且《红楼梦》一书"字字看来皆是血，十年辛苦不寻常"，字字斟酌，可知这一着笔亦揭示着宝钗为人处世的态度与原则，即于小处知人知事，而后权衡时势，求取大道。

笔者认为，这一态度对比，也表现出探春虽有识，但只停留在大事层面，而忽视了小事。她纵然才高智高，却不知贱物之利；她能看到贾府大厦岌岌将倾，却未能细致地体察到其中的弊病既来自上层，也在于贾府内每一个作为有机组成部分的底层仆从。凡物皆有其用，凡人亦各有其用，知其用才能善用。探春不知大观园的产出和收益，不知底层仆从的利益心思，也就难以在改革的利益分配中使上下人等满意，为贾府下人关系的恶化埋下了伏笔。后文中，丫头们和包产的婆子们冲突无数，没有包产的婆子和包产的婆子产生裂痕，乃至人心浮动、偷奸耍滑、消极怠工皆由此生。

曹雪芹用"时"之一字评价宝钗可谓是对其极高的赞誉。"时"在儒家思想中，是孟子对孔子的评价，《孟子·万章章句下》曰："伯夷，圣之清者也；伊尹，圣之仁者也；柳下惠，圣之和者也；孔子，圣之时者也。孔子之谓集大成。""时"是清、仁、和集成的最高评价，孔子因材施教是时，施政理念为使民以时。"时"是儒家思想中对入世之人的最高评价，宝钗得此评价，既说明她为人行事合乎最高的道德规范，也是其作为书中儒家入世精神的象征。

参考文献：

1. 曹雪芹：《红楼梦》，人民文学出版社，2008。

2. 段玉裁：《说文解字注》。

3. 杨伯峻：《孟子译注》（下册），中华书局，1960。

4. 薛海燕：《宝钗之"时"的儒学内涵和文化反思意义》，载《红楼梦学刊》2003 年 01 期，第 282—293 页。

5. 曾祥龙：《圣之时者的仁德与智慧——"时宝钗"的含义分析》，载《红楼梦学刊》2016 年 06 期，第 95—109 页。

6. 张燕天：《〈红楼梦〉语言修辞艺术的两座巅峰》，延边大学 2005 年硕士论文。

李书懿 ◎ 贾府是一个单一的文化符号吗？[①]

——对比贾府在不同人物出场时的作用差异

《红楼梦》中对贾府的描写从花草建筑到主子婢仆，无不详尽，实际上作者将贾府作为展现人物百态的一个固定舞台，众人的悲欢、激烈的矛盾、无常的命运等都在贾府这个大环境中一一上演。然而这个舞台却不只是那样普通而被动地供人使用的，它反过来能主动地影响人物的言行举止，通过与演员的一种微妙的互动而塑造出个性迥异、特征鲜明的人物群像。其独特之处在于，唱戏的是演员，搭戏台子的也是演员，哪怕一个戏中人的一个亮相、一段唱词，也都是别有用心，什么人什么时候上场、什么时候下场、走到什么位置亮相，一举一动都有自己的分寸。由于演员们自搭戏台，只要走错一步、唱错一词，这个戏台子就会发生天翻地覆的变化，无论生旦净丑，角色们都各司其职。另外这个大舞台也并不是一成不变的，正如一间满是镜子的大屋子，进去的人照见的反倒是自己的模样，对于存在于不同处境下、身份地位不同的角色来说，每个人的所见所闻都有所不同。不管怎么说，人物一旦进入贾府，就是化了红装、上了戏台，完全真正进入到读者的视线中。下面就"黛玉进贾府""元春省亲"和"刘姥姥进大观园"这三个片段，就这三位身份、境遇、性格都截然不同的角色进入贾府时的境况，也就是从她们视角下观察到的不同面的贾府出发，分别分析在不同人物出场时贾府在整个小说布局中的作用差异。

一、从黛玉的视角看贾府——叙事机关

作为小说序幕的一部分，黛玉进贾府这一回相当于扣动了主要情节发

---

① 本文系北京大学 2020—2021 年第二学期"《红楼梦》研究"课程论文，作者系北京大学中国语言文学系 2019 级本科生。

展的扳机，此处对贾府的描写主要起到了布局全文叙事机关的作用。围绕着环境与人物这两个核心，从外在的建筑布局到府内的规矩礼制，环环相扣。作者从黛玉这样一个无依无靠小女童的视角出发，通过描写她坐上轿子拜访尊长路途中的所见所闻，从而带领众读者一览贾府内部的精巧结构和微妙的人际关系，可谓匠心独具。这也是贾府初次较为完整地呈现在读者的视野中，各人物借此依次登场，在交代清楚复杂人物关系的同时还于不经意间表露出主要人物的性格特征，简单来说是借黛玉的出场交代整个贾府的环境。

　　为什么作者要通过设置黛玉入贾府这一情节作为触发叙事的机关呢？也就是说，作者完全可以通过宝钗或湘云等其他姐妹的视角来折射出贾府的不同面，为什么偏要选中黛玉，借她之手来揭开这覆在戏台上的幕布呢？这可能和她纯真的天性有关，黛玉在骨子里仍然存留着干干净净的"真"。她进贾府，是客人去主人家做客，贾府为主，黛玉为客，小说虽没有刻意着笔，二者的主客关系却很明显，黛玉和贾府众人之间仿佛存在着一层看不见摸不着的隔阂。这样的隔阂正是通过贾府众人对黛玉表里不一的态度表现出来：且不论两位舅舅借故不见，王熙凤拭泪是假，心中算计是真，体贴黛玉也是假，讨贾母欢心才是真；就连贾母在宝玉意欲摔玉时也无中生有地编造出黛玉原有一块玉。可见贾府处处是假，此中人话中句句有假，俨然一座由威严的谎言与欺骗构成的"假府"，黛玉入贾府的巧妙安排便形成一"真"一"假"的对比。

　　而反过来从黛玉本人的视角出发，自她跨入贾府的那一刻起就相当于触发了命运齿轮转动的机关，她的爱情悲剧也以贾府为背景，在这一特定的文化土壤下展开，可以说没有贾府就没有贾母、王熙凤……更不会有贾宝玉。而在贾府森严的礼法秩序中，寄人篱下的黛玉不得不收起天性、克己蹈矩，例如在贾母询问她念过何书时，谨慎回应："不曾读，只上了一年学，些许认得几个字。"另在吃饭时遇到不合家中习惯之事也少不得一一改过来。从某种意义上说，由于受到种种无形的约束，进入贾府之后的黛玉也不是之前的黛玉了，她也已在不知不觉中和贾府生长在一起，其自由的真天性在贾府的虚伪中被禁锢和扼杀，被迫成为封建大家族中的牺牲品。和黛玉初进贾府时相比，二者的对立逐渐淡化，黛玉的"真"与贾府的"假"融合为一体，"满纸荒唐言"也在真真假假的人物互动中徐徐展开，这正印证了王希廉所认为的：《红楼梦》关键是有"真假"二字……真即是假，假即是真；真中有假，假中有真；真不是真，假不是假，可谓作者之匠心。

二、元妃省亲回贾府——伏笔暗埋

根据红学家已有的考证，"省亲"回原是《石头记》和《风月宝鉴》中都没有的，其创作的具体时间仍存疑，大致应是作者后来在《红楼梦》创作时期所作，和"秦可卿托梦"一回同为一个时期中构造出来的两个相互照应的伏笔，那为何《红楼梦》的作者要特意安排这一情节呢？一是这一情节极有可能和作者的亲身经历有关，第十八回元春归省中对贾府迎接贵妃省亲场面的描写极具写实性，对贾府内部的层层秩序构建都有着适度而准确的把握，这里元春省亲不再简单是小说中的一个情节，而是一个真实反映社会上层礼法和习俗的实录。不同于黛玉入贾府时"却不进正门，只进了西边角门"，贵为皇妃的元春归省时排场不凡，"贾赦领合族子侄在西街门外，贾母领合族女眷在大门外迎接"，各种细碎烦琐的礼节都十分考究。同时作者对贾府内众人反应和情感表达的把控也十分到位，例如"三个人满心里，皆有许多话，只是俱说不出，只管呜咽对泣"。庚辰本眉批云："非经历过，如何写得出。"另外，精心设计嫁入宫中的贾妃回家省亲这一环节，极有可能是作者刻意要借贾元春之眼看贾府，提点读者贾府与皇宫之间微妙的亲疏关系：选为贵妃后，元春的身份便与贾府众人都不同了，实际上她代表的是最高皇权，尤其是她在御驾游览大观园时对额匾题字的各种修正和批评，是从更高一级权威者的角度出发表达对贾府的不满；而她自身却又出自贾府，作为联系贾家与皇族的中间人，她还保留着贾氏家族的特征，这就形成了一种左右为难的矛盾，这种矛盾不仅是元春无法避免的，也是作为介于普通百姓之家与皇室之间的地方大族——贾府所逃避不了的。

而从该回的主要内容看，该回暗藏几处对人物结局的谶语。如元妃看了宝玉所题额匾"蓼汀花溆"四字笑道："'花溆'二字便妥，何必'蓼汀'？"如仔细咀嚼"蓼汀花溆"这四字就会发现其中妙处，"蓼汀"连起来快读则发"林"音，同样的读法"花溆"与"薛"音相似，要"薛"

去"林"的这一文字线索暗示了贵妃对宝玉婚事的一己之见，也照应下文元春赏赐端午节礼物时只有宝玉和宝钗二人收到的一样这一情节。另元春点的四出戏也分别能对应贾府众人所经历的"大过节""大关键"：《豪宴》中的《一捧雪》正暗伏贾家之衰败；《乞巧》的《长生殿》一出则伏元春之暴亡；《仙缘》的《邯郸梦》与甄宝玉送玉一节相照应；第四出的《离魂》正伏黛玉之伤逝。这一着可谓妙笔，不仅借元妃回家省亲时贾府的奢靡浪费向读者展示出一个"白玉为堂金作马"的贾家，还营造出一个秩序井然却又无比压抑的贾府，无论父亲见女儿时自称臣子，还是元春直接叹息"田舍之家，虽卤盐布帛，终能聚天伦之乐，今虽富贵已极，骨肉各方，然终无意趣"。盛大的庆典背后，各种错杂矛盾的激化已悄然滋生：贾府俨然成为内部主子之间、主子和奴才之间、奴才和奴才之间各种矛盾斗争积攒起来的黑化产物。

该回对贾府接驾时的各种细节描写都可见小说中的贾府是不同于寻常家庭的所在。贾府不只是一个供各色人等活动的舞台，它的特殊性更在于作为金字塔结构的封建大家族，它类似于一个在精细制度的严格控制下运行着的老旧机器，操纵着全书数百个人物相互交织的命运线，又像织布机那样把这些线井然有序地织成几块相对完整的布，通过把线上升成为布，实现从一个更开阔的全局视野中影射特定文化土壤和社会惯性对不同层级人物的真实塑造作用。贾府的存在让《红楼梦》超越了一般小说所具有的文学价值，正是立足于贾府这座脱离于虚构文学创作范畴的现实存在，让看似荒唐无稽的情节设置中处处是真。

这一回在情节安排中的绝妙之处除了通过符号、谶语等暗点众人的命运线索外，更重要的作用是交代了大观园的由来。大观园本是为迎接元春省亲而建的省亲别墅，后来为避免奢靡浪费而奉旨分给众姐妹居住，若是没有元春省亲这一节，就难以布局后续螃蟹宴、结诗社，甚至黛玉葬花、宝钗扑蝶这样流传百年的经典情节了，围绕着宝黛钗三人的主要爱情线也没有足够的空间继续展开。

元春省亲回被畸笏称为全书的"纲绪"，庚辰本第十七、十八回中脂批评价道："此回乃一部之纲绪，不得不写，尤不可不细批注。"这里的"纲"指提挈全书的情节主线，正是"草蛇灰线，伏行千里"之总纲；"绪"为"端"，即开端。贾府的由盛转衰是《红楼梦》的通部脉络，元春回贾府正应了秦可卿托梦的"烈火烹油、鲜花着锦之盛",是贾府盛极之时,由此脂批也认为元妃省亲一回是《红楼梦》这部蔚为大观的兴亡史之起点,这样的设计也是作者自发遵循文学创作规律的创作表现。

三、刘姥姥三进贾府——对比揭露

在对贾府的刻画处理中,作者"善于把人物置于不协调的环境中,人与环境产生差异、矛盾乃至对立,使人物与环境形成全方位的交流态势,以此揭示人物深涵的内蕴"。作为一个出身地位、审美情趣都与贾府极不协调的人物,刘姥姥代表了生活艰难却自力更生的平民角色,反映了劳动人民真实的生活状况和道德情感,她知恩图报的秉性和贾雨村的忘恩负义形成鲜明的对比,正是通过这样一个角色的三进贾府,塑造出贾府多样性的另一面——一个充满人情味的贾府。

刘姥姥三次进贾府的时间点都十分关键,分别是贾府处于发展、繁荣、衰落三个不同时期,整部小说中曲折复杂的人物关系在很大程度上是由刘姥姥这位结构人物串联起来的。如果说"冷子兴演说荣国府"一回是以旁观者的目光从外审视贾府,那刘姥姥则是打入贾府内部,以另一种截然不同的眼光观察贾府的生活图景,以她朴实的乡村气息反衬出贾家精神生活的空虚无聊,深刻而细腻地透视其全貌,贾府少见的温馨之处就在与刘姥姥的三次来往中流露出来。

作为贾府的代表,贾母与刘姥姥的互动暗示了贵族文化与平民文化的交流。二人的第一次相见是在刘姥姥二进荣国府之时,平儿对刘姥姥评价贾母道:"我们老太太最是惜老怜贫的,比不上那个狂三诈四的那些人。"可见作为贾府的最高精神统治者,其对待下层人民的态度是善良而友好的,反观刘姥姥也"为人外朴实而内精明,又有侠义之风。……重情重义,有始有终,表现了劳动人民的侠肝义胆,值得称道"。虽然二人身份悬殊却能产生共鸣、以心交心,刘姥姥离开时,贾府众人又是赠银又是赠物,都是发自内心的真情流露。

除了温暖的人情味,读者通过刘姥姥的眼光还看到了贾府生活的奢侈靡费,一处是贾府一顿螃蟹宴"够庄稼人过一年的生活了",另一处是一道茄鲞"得多少只鸡来配它",巧妙地将平民与贵族、贫穷与奢华、本色与虚伪进行了对比。

生活中贾母的豪奢与刘姥姥的质朴形成鲜明的对比，二者构成贫民阶层与封建地方贵族阶层的缩影，而对比两位老人的最终结局——贾母悲凉逝世，而刘姥姥不负恩人之托救赎巧姐于非难，这一颇具深意的情节设计或许预示着上流贵族赖以生存的一套腐旧社会机制必将走向没落与倒塌，取而代之的是最普通却拥有最广泛社会基础的百姓阶层将会迎来兴然发展。

由以上三位人物进贾府可见，贾府的存在并不象征一个固定的文化意义，不同的角色所看到的只是贾府这个多面体其中的一个平面，有关贾府的描写在对人物形象进行塑造和构建情节等方面的作用也是存在差异的。

参考文献：

1. 曹雪芹、高鹗著，李全华标点：《红楼梦》通行本，岳麓书社，1987。

2. 王昆仑：《红楼梦人物论》，三联书店出版社，1983。

3. 杜奋嘉：《异质环境——论〈红楼梦〉环境与人物对照的审美心理效应》，《学术论坛》1994 年第 4 期，第 86 页。

4. 吴宓：《红楼梦新谈》，人民文学出版社，2001，第 28 页。

李硕业◎以"人参"说"人生"①

  《红楼梦》第七十七章回目名为《俏丫鬟抱屈夭风流，美优伶斩情归水月》，这里的俏丫鬟指的是晴雯，而美优伶指的是芳官和蕊官、藕官姐妹仨。照理来讲，这一章是交代晴雯和芳官姐妹的结局，这是颇吸引读者的重要内容，但在回目之初，作者就先用了不少的笔墨去讲了一段王夫人给王熙凤配药的小故事。

  这一段讲的是，凤姐生病，需要用二两上等人参来配调经养荣丸，照理来讲，贾家这样的显赫家族拿出一点人参来给管家少奶奶补补身子不过是轻而易举的事情，但这里却出现了变故，找来找去都只找到了几枝簪挺粗细的人参和须末。王夫人作为凤姐的亲姑姑，自然对凤姐是极为上心的，她嫌这些不好，不得已来找到贾母，贾母那儿倒是有许多指头粗细的好参，可惜医生一看，已经是过了快百年的陈旧之物，没了药性。

  这时候有一个细节，宝钗刚好在旁边，说道："如今外头卖的人参都没好的。虽有一枝全的，他们也必截作两三段，镶嵌上芦泡须枝，掺匀了好卖。"最后到底是宝钗借着薛家的关系从参行买了二两好参，方才作罢。

  那么为什么在交代晴雯和芳官结局的这一章，要在开头写这部分内容呢，我觉得很值得思考。这里讲贾家偌大一个家族，连找好一些的人参都难以找到，已露倾颓之象。王熙凤需要用人参来补，因为她的病在"虚"，贾家的"虚"已经到了要用某种东西来补了，但这"补"的东西却寻找不到。这里的"人参"，读起来有隐喻"人生"之味，或者说也可以理解为生命力。一方面，贾府在这个时候是缺乏生命力的，是在走向衰亡的；另一方面，在那样的大环境大背景之下，在那样的封建道德秩序下，人是没

---

  ① 本文系北京大学 2020—2021 年第二学期"伟大的《红楼梦》"课程论文，作者系北京大学工学院 2018 级本科生。

有好的"人生"的，是没有办法去选择自己的人生的。

早在秦可卿死的时候，她就托梦给王熙凤，说贾府将来如果败落，需要有个安身立命之处，贾府的败亡是早有征兆的。贾家的后人是一代不如一代的，贾母那一代的先人是打下家业的一代，这个家族最好的东西总是收藏在贾母那里的，因此贾母那儿才会有一大包好的人参。但这些功业，这些好的"人生"，旺盛的生命力，已经是陈年往事了，已经无以为继了，所以作者才会写它们失去了效力，于事无补。至于贾府现在的后人，不过是充数的"须末"罢了，即使是其中较为能干的，也不过是借宝钗口所说的镶嵌上"芦泡须末"的次品。

既然市面上都没有好的人参卖，那么最好的人参都去哪了呢？想是都供奉给皇室了，贾府里史老太君收藏的那些，多半也是当初家业兴隆受宠时皇帝赏赐的。

这里就不得不提及一下曹雪芹的祖父曹寅。曹寅的母亲是康熙的奶妈，因此康熙和曹寅的关系是非常亲密的，曹寅在南方做江南织造，大抵是康熙放在江南的耳目。康熙去世以后，雍正登基，曹家作为前任皇帝的心腹自然不得宠，赏赐大大减少也是正常的，也许这一段背景对书中所写也有影响。

贾家是作为皇帝的包衣而起家的，并非靠着科举起家，那么贾家的兴盛或是败落，自然与皇帝的喜怒有很大关系，这样的发展是不能长久的，这也是秦可卿所看到的地方，于是她才会托梦给王熙凤让她多置地产，开办家塾。她知道能维持家族长久兴盛的不是一时的功名利禄，而是家风教养。可惜，这个道理人人都知道，但人人都不当回事，因为争夺功名利禄是最快最直接的东西，王熙凤滥用私权拆散金哥两人，马上就能到手三千两银子，这是实打实的钱财。正是这种短视，这种大局观的缺失，这种安于现状的心态，导致了贾府一代不如一代，最终走向没落败亡。

处理好了配药的事情，王夫人就来处理赶丫鬟的事情了。在这里，王夫人其实是扮演着一个代表贾府的精神内核的角色，她需要的是乖乖听话的丫鬟，就像贾府在皇帝面前需要扮演好一个乖乖听话的角色一般。司棋作为贾家的丫鬟，如果年龄大了是要被配给男性仆人的，是没有机会选择自己的人生的，因此她与表哥私通，是对封建秩序的挑战，是必须要被驱逐的。司棋在被驱逐之前，向迎春求情，可是迎春是"二木头"，语言迟慢，耳软心活，是不能做主的，她是一个听话的人，所以司棋向她求助是得不到回应的。因此司棋才会说："姑娘好狠心。"

这是司棋，接下来就是晴雯、芳官和四儿，以晴雯为代表，这些都是自己心里有自由反抗意识的丫鬟。晴雯"心比天高，身为下贱"，这是封建秩序所不能允许的。在王夫人"审判"众丫鬟的时候，认为晴雯过于漂亮，而漂亮的女孩是一定不安分要去勾引人的，这里就是封建道德和权威对于女性的一种评判，美的东西在封建秩序维护者看来是不能接受的，是危险的东西。对于四儿，王夫人的判断是外貌"虽比不上晴雯一半，却有几分水秀"，且有告密者把宝玉和四儿的悄悄话"同一天生日就是夫妻"告诉王夫人听，这样大胆的言语在她看来是不能被接受的。而由于四儿和宝玉当时只有十岁出头，这可能只是小孩之间因为发现同一天生日而说的玩笑话，这样的社会环境不仅要将大人装进它的铁丝网中，还要将孩子也一同囚禁起来，不仅大人不能有好的"人生"，小孩子也一样。至于对芳官的审判则更为直接："唱戏的女孩子，自然就是狐狸精了！"作者将封建社会对于戏子的蔑视和压迫赤裸裸地揭露出来，而芳官是可以选择自己人生的人吗？显然不是，即使在之后被赶出贾府，也仍然要被干妈们卖到别的地方，再赚一笔钱，所以最后不得已而选择出家，也是穷途末路之举了。其实《红楼梦》的写法大多比较含蓄委婉，但这一章节里，却是将封建社会这种对于人性的压抑与扭曲直接地摆到了台上。告密的老妈子们大抵在年轻时也是这样被压榨剥削过，她们没有自己的青春，没有选择自己人生的余地，所以她们不能允许晴雯等人这样恣意纵情地存在，嫉妒她们身上所拥有的青春的生命力，这就是封建社会对人的异化。

袭人在这一章里面也露出了让人感到不安的一面。花袭人被称为小宝钗，宝钗在这本书里面是城府极深的人，其实袭人也一样。宝玉和贴身丫鬟的交谈，婆子们大多是没机会听到的，因为她们没有资格进入宝玉和丫鬟们相处的内房，那么能够向王夫人通风报信的就只有宝玉亲近的人。这个人是不是花袭人，作者没有明确交代，但是花袭人的目的是要成为宝玉的妾，她先与宝玉发生了性关系，她不能容忍有别的丫鬟威胁到她的位置，这个是可以理解的。晴雯与宝玉关系极为密切，宝玉还为晴雯暖过身子，晴雯肉眼可见地成为袭人达成目标的威胁，因此作者虽然没有交代，但在晴雯及几个丫鬟被赶出贾府这件事里，袭人不完全是清白的。更可笑的是，王夫人自以为赶走了可能勾引宝玉的"狐狸精"，但却放过了真正与宝玉发生过性关系的袭人，这里大抵也可理解为作者对于这种封建制度的嘲笑和讥讽了。

宝玉探访晴雯的部分，晴雯把自己好生保养的指甲剪下交给了宝玉，这不难看懂，但晴雯的嫂子勾引宝玉这一情节，初看时可能显得有些奇怪。以我的理解，古代会有女性把自己的头发剪下送给自己的心上人，这里的指甲大抵如出一辙，都是身体的一部分，象征着"情"。警幻仙姑说宝玉是古今第一淫人，这里的"淫"是"情"与"欲"构成的，晴雯就是"情"的代表，而这里的"欲"是什么呢？肯定不是与宝玉清清白白的晴雯，而是晴雯的嫂子灯姑娘。灯姑娘是一个放荡的女人，在宝玉告别晴雯的这一段，放上灯姑娘对宝玉的挑逗乍看显得突兀，但就是这种纯情与肉欲的对比，才显得出晴雯的高洁的品性，才更有力地斥责了将清清白白的晴雯逼死的封建道德。

在《红楼梦》描述的年代，无论是贾府这样的富贵人家，还是贫苦人家，都得不到好的"人生"，封建道德秩序将人性"截作两三段，镶嵌上芦泡须枝"，像晴雯这样代表着"美""自由"的人，就注定只能"抱屈夭风流"。

吕一◎"晴雯撕扇"中宝玉的"爱物观"①

"晴雯撕扇"是《红楼梦》中的经典情节之一，出现在《红楼梦》第三十一回《撕扇子作千金一笑，因麒麟伏白首双星》之中。作为宝晴二人在全书中极具分量的一场精彩的对手戏，这一回从"跌扇"到"撕扇"、从二人矛盾爆发到和好，构成了一个小全篇。除内容精彩纷呈、深受喜爱之外，"撕扇"情节作为本回中的高潮，在对理解贯穿全书的宝晴关系线以及宝玉的思想内涵上，其实都有非常重要的作用。当晴雯赌气说出"我慌张的很，连扇子还跌折了，那里还配打发吃果子。倘或再打破了盘子，还更了不得呢"之后，曹雪芹借宝玉之口抒发了一通关于"爱物"的"歪论"：

> 你爱打就打，这些东西原不过是借人所用，你爱这样，我爱那样，各自性情不同。比如那扇子原是扇的，你要撕着玩也可以使得，只是不可生气时拿他出气。就如杯盘，原是盛东西的，你喜听那一声响，就故意的碎了也可以使得，只是别在生气时拿他出气。这就是爱物了。

乍看之下，极易认为这只是一段宝玉哄晴雯的话，即近于"只要你愿意，打碎了也无妨"之意。但细细想之，这一番话其实大有文章。宝玉为什么认为撕了扇子、打碎盘子也可以是"爱物"呢？宝玉的"爱物观"究竟指的是一种怎样的人—物状态？以及，如何在宝玉这段"爱物论"的背景下，理解宝晴二人的关系？

---

① 本文系北京大学 2019—2020 年第一学期"《红楼梦》研究"课程论文，作者系北京大学中国语言文学系 2016 级本科生。

一、庄子"不为物役"与爱物观

关于这些问题，前人研究中最具代表性也是最具说服力的一种观点认为："爱物"是一种"不为物役"、尊重人的个性的主张，要人"各遂其欲"，因此在这个意义上，宝玉通过爱物的论述实则也表达了对晴雯个性的尊重。

例如吴组缃先生《论贾宝玉典型形象》和刘再复先生《贾宝玉论》两文都将宝玉的这番爱物论与第二十回宝玉劝诫贾环的情节对举，意在论证宝玉"不为物役"的精神。第二十回中，贾环为赌钱输钱与莺儿怄气哭了起来，宝玉教训他说："你原是来取乐玩的，既不能取乐，就往别处去再寻乐顽去。哭一会子，难道算取乐玩了不成？倒招自己烦恼，不如快去为是。"刘再复先生认为，这一道理，与对晴雯撕扇子一事所发表的爱物思想是相似的。两件事、两席话，讲的都是人与物的关系，也就是人是中心，人是主体，物应当人化，为人所用，而人却不可物化，为物所役。赌场、扇子，都是物，都是人制造出来的"东西"，人为自己制造出来的东西所主宰、所摆布，便是异化。被异化了的人，往往忘记制造东西（物）是为了人自身——为了人的快乐与幸福。刘再复先生讨论的视野其实更广，他旨在把晴雯撕扇、贾环赌钱中宝玉所发的议论，一起纳入宝玉对"身外之物"的理解之中。也就是说，刘再复先生的"物"的概念更加宽泛，他所言的"物"是庄子的"物"，包含身外的各类存在，特别是被社会化的各种存在，例如"家""国""乡""党""权力""桂冠""功名""理念""概念"，等等。"不为物役"也是来自庄子《山木》中"物物而不物于物"的论述，指的是人要从一切身外存在物的束缚中超越出来、解脱出来。因此在他看来，晴雯撕扇中宝玉的一番关于"爱物"的论述，就是"不为物役"在一个具体的事物上的体现。后来大多数研究也都是因循这一思路，提出宝玉在前文中因为跌扇一事责怪晴雯，其实就是把物放在了人之前，是一种"为物所役"的状态；而到了"撕扇"中，则是将人再次置于人—物中心的位置上，认为物的价值其实是人所赋予的，"这些东西原不过是借人所用，你爱这样，我爱那样，各自性情不同"，以此表达了对晴雯及其性情的尊重，并暗含了对晴雯的歉意，如同清代学者戴震所说"使人各得其情，各遂其欲"。最终也博得了晴雯的"千金一笑"。

这一关于"不为物役"的讨论是极有道理的，可以说赋予了"爱物观"一个自足的逻辑解释，并特别注意到了宝玉对使用物的人（在语境中也影射晴雯）之性情的关注，这一点对理解宝玉的性格和思想特点极具启发意义。不过，细细究之，这段基于"不为物役"的解释似乎仍有可商榷之处，尤其是其认为"爱物观"是一种"物的价值完全根据人的喜好决定，这样就是物尽其用"的"适己论"，似乎与宝玉的原意并不那么妥帖。因为当我们回头再读宝玉的爱物论的时候便会注意到，除了前面几句谈论"想要如何对待物品便如何"的话（"想要扇子撕着玩也可以""想要盘子碎了好听也可以"）之外，还有重要一句，在末尾反复提到了两遍："只是别在生气时拿它出气。"如果宝玉只是想表达爱如何便如何的"适己论"的话，这句话似乎并无存在的必要，可以直接删去而不妨害"不为物役"的表达。但这句话作为"爱物论"中一个极为重要的"压轴"部分，并被宝玉两遍重申，便说明它并不应该被轻易忽视。而恰恰也正是这句"不可拿物出气"的叮嘱，似乎为整段爱物论打开了另一个面向，即宝玉不仅仅只是站在人的角度看待人与物的关系，完全由人出发，随心所欲地定义物的价值；而是同样关心人在使用物的过程中，人与物之间的关系、人与物之间的情感联结是什么样的。如果只是强调人"不为物役"，"出气"的使用方法也应当是可以被允许的，它和摔盘子、撕扇子便会成为性质相同的行为。然而在宝玉看来，"因为出气摔盘子"和"因为喜欢听那一声响而摔盘子"，显然是截然不同的。而其不同之处正在于，两种行为之中，人与物的关系是不一样的。在前一种关系中，人全然凌驾于物之上，对物居高临下、随心所欲地处置，这并非宝玉真正向往的人—物关系，他所向往的是后一种因"喜欢听那一声响"而生发出的人—物关系，可以说是一种自然、和谐、圆融的关系。

因此，如果没有注意到"别在生气时拿他出气"一句，便很容易脱离宝玉爱物论的整体语境，批评宝玉是只在意自己的性情而不在意现实，进一步以此指责宝玉为任意挥霍的纨绔子弟。虽然"千金难买一笑，一把扇子能值几何"中确实带有富家公子的气息，也有研究分析这个情节化用了烽火戏诸侯、妹喜裂缯（"妹喜好闻裂缯之声而笑，桀为发缯裂之，以顺其意。"《太平御览》）两个红颜祸水的典故，暗含了曹雪芹对宝玉的批评，但这些都不是这里最重要的。因为如前所述，宝玉其实不是只从人的喜好出发定义物，因而也不是简简单单一个富家公子对待物品随意处置、随意挥霍的态度，而是带有一种站在人—物双方的角度，重新定义一种人与物的圆融和谐的关系。那么，还可以更进一步追问的是，这种所谓"圆融"关系，究竟是一种怎样的人—物关系呢？

二、苏轼"寓意于物而不留意于物"与爱物观

除了以庄子"不为物役"的逻辑对爱物观进行解释之外，还有一篇文章提出了宝玉"爱物"思想与苏轼（以及苏辙）"寓意于物而不留意于物"观点的亲缘性："对这一问题，曹雪芹显然受了苏轼兄弟的影响。苏轼《宝绘堂记》说：'君子可以寓意于物，而不可以留意于物。寓意于物，虽微物足以为乐，虽尤物不足以为病。留意于物，虽微物足以为病，虽尤物不足以为乐。'苏辙《答黄庭坚书》也说：'盖古之君子不用于世，必寄于物以自遣。阮籍以酒，嵇康以琴。'苏辙的'寄于物'就是苏轼的'寓意于物'。"

根据上一部分的分析，宝玉的"爱物观"中其实同时包含了人与物两个方面的考量，而苏轼的这一论断恰巧也具有相互对照的两方面。在思想的结构上，苏轼的"不可留意于物"似乎正可对应宝玉观点的一面，即人在使用物的时候不可将物品固定为唯一的功用，并使得人为这种唯一功用所局限；而"寓意于物"的境界或许也正可以一定程度上与宝玉可能期待达到的"人—物圆融关系"相比照，借助对苏轼思想的分析或许可以对宝玉的爱物观有更进一步的理解。

遗憾的是，提出与苏轼观点相比照的文章中，并未关注"寓意于物"的面向，仍旧只取中了"不可留意于物"的一面，并仍旧将其等同于"不役于物"的一种变体，将宝玉的爱物观还是纳归回了通常所说的"不为物役"的脉络之中，强调爱物观的适己性：

> 苏辙的"寄于物"就是苏轼的"寓意于物"。"留意于物"是物对人的异化。就如宝钗对王夫人谈人参一样。人参本来是为人所用的，如果因为它贵重，就珍藏密敛，那就是"留意于物"，人为物所异化了。……扇子撕得玩，盘子砸得听那一声响，都是

204

为了人的取乐、自遣。宝玉的爱物论其实是适己论：只要撕了砸了可以使人快乐，那就是物尽其用，不算糟蹋，不算浪费，和扇风、盛东西一样，因为"这些东西原不过是供人所用"……

这一结论可能忽视了宝玉思想的独特性，也忽视了苏轼思想的独特性。"寓意"一词出自《文心雕龙·颂赞》："三闾《橘颂》，精采芬芳，比类寓意，又覃及细物矣。"这里"寓意"指的是寄托或蕴含人的意旨，也可以理解为寄托人的情感。因此"寓意于物"就是把人的情志寄托在物之上。而对于"留意于物"，《宝绘堂记》则对这样一种不良的人—物关系进行了反思：

> ……然至其留意而不释，则其祸有不可胜言者。钟繇至以此呕血发冢，宋孝武、王僧虔至以此相忌，桓玄之走舸，王涯之复壁，皆以儿戏害其国凶此身。此留意之祸也。始吾少时，尝好此二者，家之所有，惟恐其失之，人之所有，惟恐其不吾予也。既而自笑曰：吾薄富贵而厚于书，轻死生而重于画，岂不颠倒错缪失其本心也哉？自是不复好。见可喜者虽时复蓄之，然为人取去，亦不复惜也。譬之烟云之过眼，百鸟之感耳，岂不欣然接之，然去而不复念也。于是乎二物者常为吾乐而不能为吾病。

从"家之所有，惟恐其失之，人之所有，惟恐其不吾予也"一句可以看出，相比于自然依托自己情志于物的"寓意于物"，"留意于物"或许一开始也是由"意"、由对物的喜爱所发，但爱之过深、留恋过重，反倒沦为了对物纯粹的占有欲望。"留"这个用字也表明，人在与物的关系中处于一种为物所羁绊、难以抽身的姿态。即便是书画这样令人愉悦、怡人性情的物件，一旦对其成了"留意"，便会深陷其中，而导致"一旦拥有便惟恐失之，一旦没有便惟恐他人不给予自己"这样一种完全由"占有与被占有"关系所主导的、功利性质的人—物关系。在这样一种近乎黏滞的依赖关系中，人"失其本心"，不再能体会到安心欣赏书画那般纯粹自然的感情，不能"为吾乐"，反而"为吾病"。而与此同时，"物"其实也失去了自身的价值，沦为真正的只是作为被占有物而存在的死的器物，就连同书画这样艺术审美价值非常高的物件，也会被扁平化、被真正地"物化"。

苏轼的思想体系中还有一组与"寓意于物"和"留意于物"类似的对比存在的、亦是同样涉及人—物关系的概念，即"游于物内"与"游于物外"。《超然台记》中，苏轼说："物有以盖之矣。彼游于物之内，而不游于物之外。物非有大小也，自其内而观之，未有不高且大者也。彼挟其高大以临我，则我常眩乱反复，如隙中之观斗，又焉知胜负之所在。是以美恶横生，而忧乐出焉，可不大哀乎！"即指人应当超然物外，而不应为物所羁绊。"游于物外"同时也作为一种审美理念，在苏轼谈论山水的诗歌中有不少体现，它在强调人应从外在的视角欣赏物，与物象拉开心理距离的同时，也打开了更广阔、更游刃有余的审美空间。例如《题西林壁》中的"横看成岭侧成峰，远近高低各不同。不识庐山真面目，只缘身在此山中"，《虔州八境图》中的"却从尘外望尘中，无限楼台烟雨濛。山水照人迷向背，只寻孤塔认西东"等等。从这个意义上说，"游于物外而非游于物内"和"寓意于物而不留意于物"或许略微有所不同，前者更强调人的主体位置，相对于物应更洒脱、更超然其上，而后者则更侧重于人与物之间的联系方式。或许"游于物外"也有不完全脱离于物而存在，而只是脱离于与物的功利利害关系，仍旧保持审美愉悦的和谐统一关系的一面，但这一观点在"寓意于物"中无疑表现得更为明显。"寓意于物"即明确体现出主体并非要与物一刀两断，而是在物之上有所寄托，但又不达到"留意"的过分程度。

相比于仅仅从人的角度强调的"不为物役"，苏轼的"寓意于物"所蕴含的人—物关系，对理解宝玉的爱物观很有启发。与苏轼颇有些相似的是，宝玉对于物的态度也是可以随时割舍的，不为扇子被撕了而不能完好地保留于扇匣子中有任何惋惜留恋；但与此同时，宝玉对物也并非采取一刀两断的态度，而是仍然"爱物"，在物之上亦有所寄托。不过，对于苏轼而言，更重要的或许还是"游于物外"和"寓意于物而不留意于物"中共同具有的那种"飞鸿踏雪泥"一般的"达"的胸襟；而对宝玉而言，"寓意于物"中所体现出来的人与物双向的关系可能更是他想要表达的面向，这种爱却能随时割舍的姿态，为"爱物"划定了一个情感的界限，"外"而非"内"、"寓"而非"留"、通达而非黏滞，从这个意义上说，"寓意于物"或许可以成为理解宝玉"爱物观"中人—物状态的一个注脚。

三、王阳明"不动气、循天理"与爱物观

上一部分讲到，宝玉爱物观中的人与物之间是一种通达的关系，是一种"爱"却又可以随时割舍的"寓意"而不"留意"的关系，这是对文章第一部分所提到的"因喜欢听那一声响"而生发出的自然的人—物关系的一个补充。那么，在这个基础上或许还可以更进一步追问的是，为什么在宝玉看来，"喜欢"或是"寓意"便是一种自然的人—物关系，而"出气"便是一种不自然的关系呢？关于这一点，王阳明《传习录》中的"侃去花间草"章有一段别有意味的相似论述或能提供线索。

> 侃去花间草，因曰："天地间何善难培，恶难去？"先生曰："未培未去耳。"少间，曰："此等看善恶，皆从躯壳起念，便会错。"侃未达。曰："天地生意，花草一般，何曾有善恶之分？子欲观花，则以花为善，以草为恶；如欲用草时，复以草为善矣。此等善恶，皆由汝心好恶所生。故知是错。"曰："然则无善无恶乎？"曰："无善无恶者理之静，有善有恶者气之动。不动于气，即无善无恶。是谓至善。"曰："佛氏亦无善无恶，何以异？"曰："佛氏着在无善无恶上，便一切都不管，不可以治天下。圣人无善无恶，只是'无有作好'，'无有作恶'，不动于气。然'遵王之道'，'会其有极'，便自'一循天理'，便有个'裁成辅相'。"曰："草既非恶，即草不宜去矣。"曰："如此却是佛、老意见。草若是碍，何妨汝去？"曰："如此又是作好作恶。"曰："不作好恶，非是全无好恶，却是无知觉的人。谓之不作者，只是好恶一循于理，不去又着一分意思。如此，即是不曾好恶一般。"曰："去草如何是一循于理，不看意思？"曰："草有妨碍，理亦宜去，去之而已。偶未即去，亦不累心。若着了一分意思，即心体便有贻累，便有许多动气处。"曰："然则善恶全不在物？"曰："只在汝心。循理便是善，动气便是恶。"曰："毕竟抑无善恶。"曰："在心如此，在物亦然。世儒惟不知此，舍心逐物，将格物之学错看了，终日驰求于外，只做得个义袭而取，终身行不着，习不

察。"曰:"'如好好色,如恶恶臭',则如何?"曰:"此正是一循于理。是天理合如此,本无私意作好作恶。"曰:"'如好好色,如恶恶臭',安得非意?"曰:"却是诚意,不是私意。诚意只是循天理。虽是循天理,亦着不得一分意,故有所忿懥好乐则不得其正,须是廓然大公,方是心之本体。知此即知未发之中。"

在这一段中,薛侃由花间草是否应该除去的问题向王阳明询问人的善恶判断与行为准则,王阳明在回答中强调,人对物但凡是"诚意"的好恶便是循天理的,是心之本体,是一种"未发"的"中和"而平静的心理状态。依从心体诚意行事,便不会"累心"。但如果在这种自然的天理状态之外又多"着了一分意思",也即添加了自己的一份"躯壳起意"的"私意"在其中,那么"心体便有贴累,便有许多动气处"。而"循理便是善,动气便是恶"。可见,在阳明心学中,人与物的相遇感应中必定天然会引发喜怒哀乐及好恶之情,"欲观花而花善草恶,欲用草而草善花恶,是善是恶全凭一时感应之机缘:如山中看花,未看则心花同寂,看时则花之颜色顿时灿然"。但这种感应引发的情感,是一种在两者相遇的情境当下所自然呈现出的情感状态,而非人对物预先有了一种善恶判断,或是一种主观情感的施加(或删减,如佛氏),就比如认为草是恶的花是善的,再依这种"私心"对物做处置,这样便不再是心体自然的了。

因而从这个角度便可以理解,为什么在宝玉看来"因喜欢听那一声响"而打碎盘子是一种自然之情、一种值得认同的人—物关系,而因出气而摔碎盘子便是一种不自然的、不应当产生的人—物关系。这是因为,"喜欢听那一声响"是人与这种物所产生的声响的一种天然的情感联系,而"出气"则是人预先"着了一分意思",虽不等同于"动气",但也可以理解为"动气"的一种,即心体不正,有了一份自己的私心私情在里头。一方面,"出气"所达到的情感程度已经远远超出"中和"所限定的自然的情感范畴;另一方面,更重要的是,这种私心私情并非因与眼前之物相遇而起,而极可能是因其他事情产生的。因而当人将这种在他处产生的愤懑之情强加在了与当下之物的情感关系中时,便无法再获得与此物相遇时那种纯粹的、自然生发的情感,而只剩下贴累心体的气了。

宝玉爱物观中人与物的情感联系或许没有王阳明基于"中"所体现的

那么平静，背后的思想也没有到"心体""天理"那么深刻，宝玉的"气"也远不及阳明心学中作为宇宙本体之道的"气"那么幽深，但二者的共同之处还是十分明显的，他们都否定只从个体需要上着眼的、"躯壳起意"的待物方式，而主张"诚意"的人—物关系，主张发乎自然的人—物之情。

四、爱物观与宝晴之情

宝玉爱物观中所呈现的人—物关系，除了上文所述的不可为物所役、寓意而不可留意、诚意而非私意等关于何为"自然"的特点之外，还有极其重要的一点，即人—物之间必须要有情。宝玉的"自然"一直是围绕"情"这一核心展开的。《红楼梦》开篇即言自身为"大旨谈情"之作，作为红楼第一人宝玉更是"情"字在人世间的化身。因而"情"是理解宝玉其人其神的一条重要线索。在宝玉的爱物观中，"情"同样具有举足轻重的分量。李昌集先生在分析宝玉的爱物观时曾点到魏晋文人的"主情说"，认为宝玉的人—物关系是一种"以情役物"的关系，宝玉所主张的是一种高度的"任情"，在这一点上，《红楼梦》继承同时又发展了汉末魏晋人文思潮中反对理性对自我束缚的"主情说"。这段论述点出了一个"情"字，但可惜并未具体展开。在宝玉的爱物观中，人对物的"情"，或者说对物的"爱"，便是使得人—物关系圆融和谐的关键。《红楼梦》中其实已经给了宝玉的人—物关系一个专词以形容，即"情不情"。关于"情不情"，第八回脂批曰："凡世间之无知无识，彼俱有一痴情去体贴。"第二十三回写宝玉见桃花落红成阵，怕践踏了花，小心地用衣服兜起来抖落到水中，脂批亦言"情不情"。有学者在论述贾宝玉的性格时也曾提到："（他）能移情于燕子、雀儿、鱼儿、星星、月亮这些动物或者无生命之物，把它们当成有情之物来和它们交流自己的情感和思想。"可见，作为一种体贴之心的"情"是宝玉与物的关系中很重要的一环。而这种"情不情"的情感，不仅使得人—物关系和谐圆融，不伤人心性，甚至还能把器物从它本来的功用，或说名相中解脱出来，使得"器不器"，某种程度上使人—物关系归于自然本真的同时，使"物"也归于自然本真。

如果再将讨论的视野打开，将爱物观置于宝玉的众多独特观念中并观，便会发现其实这种"介于世俗规定和拿来出气之间"的"中和"、自然的爱物之情，正如同宝玉对待众女儿一样，是一种处于世俗礼教规定和皮肤滥淫之间，却同样发乎自然的真情。宝玉的"意淫"之情很难以通常意义上的"淫"或"不淫"去定义，同样地，宝玉这番"喜欢如何便如何，只不可拿它出气"的爱物观，也不能以通常意义上的是不是损毁了物件、是不是物尽其用了来理解。唯有内心懂得自然之分寸、能将诚心与率性统合得恰到好处的人，方能体会到宝玉爱物与爱人的一片真意痴心。因此，在这个意义上回看晴雯撕扇，或许又更添了一分意味。晴雯撕扇的举动一方面是接过宝玉的橄榄枝，二人和解，晴雯再次感觉到了宝玉对自己的宠爱和尊重；另一方面也更是以"撕扇"这一发乎自然的率性举动，迎合了宝玉这种发乎自然的爱物和爱人的观念，因而可以说二人在此是真正心意相通、精神相通了。晴雯至此也真正成为宝玉心尖上第一等的人。

因此，"撕扇"这一情节便成为宝晴关系中一场非常经典而独特的仪式——不仅是两个发生了口角、都带有一点悔意的人之间的和好仪式，更是两个人在发乎自然的天性这一精神气质上互证、互通的仪式，而撕扇由此也成为了宝晴二人关系的一个重要节点。之所以说是一个节点，是因为晴雯心里虽一直是爱重宝玉的（如第八回亲自爬上梯子为宝玉贴"绛云轩"三字），宝玉虽然也一直是宠爱和尊重晴雯的（如同在第八回中为晴雯渥手），二人的关系也一直是很亲密的（如二人一同仰首看贴好的字），但或许，彼时的二人关系仍然只是停留于小儿女之间的情感。相对于爆炭一样的晴雯，宝玉的内心甚至大约还更倾向于温婉体贴的袭人。如第二十回中，宝玉对麝月略有些抱怨地说起晴雯："满屋里就只是他磨牙。"甚至跌扇的关头，宝玉的第一反应也依旧是倾向于护着袭人而指责晴雯的。然而，到了撕扇一节之后，仅仅隔了三回的第三十四回中，宝玉便特意遣晴雯为自己给黛玉送帕传情，而晴雯也敢大胆地为宝玉装病以逃脱贾政的督促（相当于帮助宝玉偏离仕途经济之路），并愿意以"士为知己者死"的勇气挣命为宝玉病补孔雀裘。这并不只是因为二者都更加尊重对方，更是因为二者在撕扇一节之后都在诚意痴心的真性情一点上达成了一致，而二者的关系，也正如同宝玉在爱物观中所体现出的那般，维系着一种爱而不留、诚而非私、发乎天然的真情，二人皆是一片赤子之心。

五、总结

本文第一部分通过梳理前人研究对宝玉在"晴雯撕扇"一回中提出的

"爱物"观的理解，即主要为庄子"不为物役"的观点，指出二者之间不甚妥帖之处，认为这一观点忽视了宝玉站在人—物双方视角的"爱物"立场，提出宝玉旨在定义一种人与物的自然和谐的关系。随后的第二、第三部分对"自然"进行解释。第二部分主要讨论苏轼"寓意于物而不留意于物"对"自然"的启发，及这一观点与宝玉爱物观的异同，提出苏轼对于主体的超然状态更为强调，宝玉则对于人—物之间"寓意寄情"的关系更为强调，但二者都不完全抛弃物，而是都要使人—物关系达到一种通达自然的状态之中。第三部分引入王阳明《传习录》"侃去花间草"一章中"动气"、诚意与私意等概念对宝玉爱物观中人—物关系之"自然"的启发，指出二者都否定只从个体需要上着眼的、"躯壳起意"的待物方式，而主张"诚意"的人—物关系，这即是发乎自然的人—物之情。第四部分主要讨论爱物观中联系人与物二者的"情"，并由宝玉待物的"情不情"引申至宝玉待众女儿之率性自然的真情，进而提出撕扇一节是宝晴二人在发乎自然的天性这一点上的精神互证仪式，从而成为二人关系转变的一个重要节点。

参考文献

1. 吴组缃：《论贾宝玉典型形象》，《北京大学学报（人文科学版）》1956 年第 4 期。

2. 刘再复：《贾宝玉论》，《华文文学》2013 年第 6 期。

3. 刘世南：《〈红楼梦〉奇思异想的文化渊源》，《明清小说研究》2002 年第 1 期。

4. 凌南申：《论苏轼的艺术美学思想》，《文史哲》1987 年第 5 期。

5. 赵晓芳、陈迎年：《感应与心物——王阳明"心外无物"思想的生存论分析》，《复旦学报（社会科学版）》2003 年第 2 期。

6. 李昌集：《历史的渊源与时代的新意——〈红楼梦〉哲理内蕴分析》，《红楼梦学刊》1990 年第 4 期。

7. 李鹏飞：《"今古未有之一人"——论贾宝玉的性格、爱情和命运》，《曹雪芹研究》2017 年第 1 期。

邵嘉晴◎从审美理想的幻灭角度理解秦可卿之死①

《红楼梦》第十一回开头写道，贾敬寿辰，宁国府宴请唱戏，老祖宗贾母并没有到场，贾珍、尤氏向邢夫人、王夫人、凤姐儿一行人数贫嘴，说"老祖宗不肯赏脸"，凤姐儿抢在王夫人前回答了贾珍：

> 凤姐儿未等王夫人开口，先说道："老太太昨日还说要来着呢，因为晚上看着宝兄弟他们吃桃儿，老人家又嘴馋，吃了有大半个，五更天的时候就一连起来了两次，今日早晨略觉身子倦些。因叫我回大爷，今日断不能来了，说有好吃的要几样，还要很烂的。"贾珍听了笑道："我说老祖宗是爱热闹的，今日不来，必定有个原故，若是这么着就是了。"

由于前后文并没有交代相关的情节，我们暂时无法确定老祖宗是否真的是因为吃坏了肚子，所以没有出席。但凭借汉语母语者天生的语感，我们能发现，文中"凤姐未等王夫人开口，先说道"这一表述，似乎隐含着这样一层含义：还没等王夫人想好借口和托词，头脑灵活的凤姐儿已经有了一套说辞。

除去凤姐儿抢话这一细节，王熙凤给出的理由也并非滴水不漏，贾母是府中的老祖宗，平日里受到众人看顾，即使自己忘了年纪没留神想要多吃，一群心细的婆子媳妇也会在旁加以提醒。是否有吃坏的可能性，是可以存疑的。这里不仅体现出了凤姐儿的聪明机灵，作者借贾珍之口，还强调了"老祖宗本来是爱热闹的"，也在提醒读者思考：一向爱热闹的贾母，

---

① 本文系北京大学 2020—2021 年第一学期"伟大的《红楼梦》"课程论文，作者系北京大学中国语言文学系 2019 级本科生。

若不来，会是什么缘故？同时，后文"协理宁国府"一回中，婆婆尤氏的病也值得注意：怎就恰好在宁府需要操办葬礼时犯了胃病，还一病就病了许多天？似乎也是作者有意让其躲着不见。至于这样写的意图，除了是为了给王熙凤一个展示管理能力的机会，还有读者猜测，尤氏"避而不见"，与疑似被删去的"秦可卿与公公贾珍私通，淫丧天香楼"这一情节有关。

从书中细节观之，这一观点似乎确实有迹可循。如第十一回接着写尤氏向众人描述儿媳秦可卿的病情：

> 尤氏道："他这个病得的也奇。上月中秋还跟着老太太、太太们顽了半夜，回家来好好的。到了二十后，一日比一日觉懒，也懒待吃东西，这将近有半个多月了。经期又有两个月没来。"
> 邢夫人接着说道："别是喜罢？"

凭借生活经验常识，我们能意识到，尤氏描述的症状确与女子有身孕十分相似，作者似乎是刻意为之，所以有人怀疑，有可能是秦可卿与公公贾珍私通，知情人不敢断定是有喜。

笔者读到这里时，对邢夫人说的"别是喜罢"中的"别是"一词产生一些疑惑，猜测它可能带有贬义的情感色彩，"别是"与"有喜"搭配矛盾，似有言外之意。但检索《红楼梦》全文发现，虽然其在文中确实常常有表示不好的推测之意，如"别是又不来了，又冻我一夜不成？"（第十二回，贾瑞语）、"一到了家就身上发烧，别是撞客着了罢？"（第一百二回，贾蓉语），但其也有中性的用法，不含褒贬，如"别是这两字罢？其实与'庚黄'相去不远"（第二十六回，宝玉语），甚至还有褒义的用法，如"我的姑娘吗，你这么大年纪儿，又这么个好模样，还有这个能干，别是神仙托生的罢"（第四十回，刘姥姥对惜春语）。

综上所述，"别是"的意思是"难道是"，一般表揣测，情感色彩并不固定。

抛开"增删五次"的创作和修改过程不谈，至少就今本细推之，前面的观点或多或少都存在着一些问题，并非滴水不漏。贾母没有到场，并不能作为证明秦氏与公公贾珍有私情的证据，这一回的后文中就有贾母对秦氏的关心，且并无嫌隙之意：

到交节的那几日，贾母、王夫人、凤姐儿日日差人去看秦氏，回来的人都说："这几日也没见添病，也不见甚好。"王夫人向贾母说："这个症候，遇着这样大节不添病，就有好大的指望了。"贾母说："可是呢，好个孩子，要是有些原故，可不叫人疼死。"说着，一阵心酸，叫凤姐儿说道："你们娘儿两个也好了一场，明日大初一，过了明日，你后日再去看一看他去。你细细的瞧瞧他那光景，倘或好些儿，你回来告诉我，我也喜欢喜欢。那孩子素日爱吃的，你也常叫人做些给他送过去。"

况且，在文中，尤氏忧心儿媳病情、向人夸奖秦氏的笔墨处处可见，也可以看出她对儿媳的喜爱。至于症状的描述，"才上京来"的一个深通医理的教书先生，已经把病情因由说得明明白白：

先生道："看得尊夫人这脉息：左寸沉数，左关沉伏，右寸细而无力，右关需而无神。其左寸沉数者，乃心气虚而生火，左关沉伏者，乃肝家气滞血亏。右寸细而无力者，乃肺经气分太虚，右关需而无神者，乃脾土被肝木克制。心气虚而生火者，应现经期不调，夜间不寐。肝家血亏气滞者，必然肋下疼胀，月信过期，心中发热。肺经气分太虚者，头目不时眩晕，寅卯间必然自汗，如坐舟中。脾土被肝木克制者，必然不思饮食，精神倦怠，四肢酸软。据我看这脉息，应当有这些症候才对。或以这个脉为喜脉，则小弟不敢从其教也。"
……
"据我看这脉息：大奶奶是个心性高强聪明不过的人，聪明忒过，则不如意事常有，不如意事常有，则思虑太过。此病是忧虑伤脾，肝木忒旺，经血所以不能按时而至。"（第十回）

先生的话，对秦氏的病情做了合理的解释。同时，他还交代了秦氏病重的原因，是由于"心性高强聪明不过"，导致思虑太过。《红楼梦》中另外一个心思极重的代表人物，便是与其境遇有相似之处的林黛玉。这一性格与秦氏的身世有关，秦氏其实是秦家养女，后嫁入高门，从某种程度上说，她比林黛玉"寄人篱下"的日子还要长，自然更加小心，心思更加细腻敏感，情深不寿，慧极必伤，秦可卿与林黛玉的命运和结局存在着一定的镜像关系。

脂砚斋对秦氏之死做过非常经典的概括："欲速可卿之死，故先有恶奴之凶顽，而后及以秦钟来告，层层克入，点露其用心过当，种种文章逼之。虽贫女得居富室，诸凡遂心，终有不能不夭亡之道。"（戚序本第十回）

"恶奴之凶顽"，即第七回中焦大醉骂"爬灰的爬灰，养小叔子的养小叔子"，焦大的醉骂似乎意有所指，但今本中并没有实证，让人联想到晴雯也因为相貌出众而命丧于流言之下。秦氏是否有行为不端之处，在今本中并未可知，但流言蜚语对于思虑太过的秦可卿的伤害，无疑为她的死亡埋下了伏笔。

无论晴雯还是秦可卿，她们的悲剧命运，都与她们出众的样貌分不开，而在当时社会，情和美都是一种罪恶。叶朗教授在"伟大的《红楼梦》"课程第四章中说道："《红楼梦》的悲剧性，并不在于贵族之家的由盛转衰或爱情悲剧，而是一种审美理想的幻灭，即美的毁灭的悲剧。"曹雪芹的审美理想来自于明代的汤显祖，其美学思想的核心是一个"情"字，包含着突破封建社会的伦理观念，追求人性，追求情的解放。脂砚斋说，《红楼梦》就是让所有人都为"情"这个字哭。而"情"又集中表现在女性身上，"可使闺阁昭传"，是他的写作动机。书中的女孩子一个一个走向悲剧和幻灭，也是作者审美理想的幻灭。

《红楼梦》开篇第一回，绛珠仙子为报答神瑛侍者灌溉之恩，下世还泪，"因他们二人的事件，就勾出许多风流冤家来，陪他们去了结此案"（第一回），秦可卿便是这风流冤家之一。第五回中对秦氏房中的描写，借助了一系列与香艳风流故事有关的器物，进行极力的渲染和铺陈；"太虚幻境"中警幻仙子之妹名可卿，都并非偶然。太虚幻境即完美的理想世界，秦可卿是曹雪芹笔下近乎完美的人物，"生得袅娜纤巧，行事又温柔平和"，几乎人人夸赞。

秦可卿代表的正是有情之天下、理想之世界，也恰恰因为她的完美，所以不可能存在于这个世界，更不可能在《红楼梦》中存在。秦可卿的死亡，象征着情和美的毁灭，象征着作者审美理想的幻灭。

孙大海◎我研读《红楼梦》的一种路径①

2021 年是新红学百年，可谓红学史上具有里程碑意义的时间节点。

当我们回顾百年红学史时，无论是北京大学，还是红楼梦研究所，都有太多巨擘前贤、经典论著、学术史事件，可大谈特谈。但近来这样的文章已经不少，而我又是个初涉红学的新人，自感谈不出太多新意与深意，所以接下来，仅就个人参与《红楼梦》研究的实际情况，谈一点简单的心得体会。

近两年，红楼梦研究所、《红楼梦学刊》编辑部举办了一系列的红学论坛、研讨会，其中"红学再出发"成为频频被提及的关键词。站在新红学百年的时间节点，我们自然要总结反思上一个百年，并期待展望下一个百年，探讨"红学再出发"便显得十分必要。那么，红学再出发的方向在哪里呢？

回答这个问题之前，我们可以先来了解一下红学的近况。2021 年 7 月 30 日至 31 日，中国红楼梦学会召开了"纪念新红学 100 周年、中国红楼梦学会成立 40 周年暨 2021 年学术年会"，160 余位专家学者参会。会议议题包括：红学史论、作者家世生平及文物研究、版本及成书研究、文本与文学研究、思想主题研究、人物研究、评点研究、文化研究、接受与传播研究、艺术改编与创作研究、翻译研究及域外红学。可以说，这些议题几乎涵盖了红学发展至今的所有研究分支，未来的红学也必将沿着这些分支继续推进。

但在红学多点绽放、全面开花的同时，我们还要把握好一个根本性的问题，即我们研究《红楼梦》的最终目的是什么。《红楼梦》作为中国古

---

① 作者系北京大学中国语言文学系古代文学专业 2020 届博士毕业生，现就职于中国艺术研究院红楼梦研究所。

代小说经典，本质上是一部文学作品，核心价值在于文学性，红学的最终旨归，也应是使人们更好地理解、认识这部文学作品。因而，我认为文学本位的研究，才是红学的中心，也是"红学再出发"应该坚持的主流方向。但这也并不意味着其他研究不重要，因为从研究范畴来看，"文学本位的研究"本身就有着很大的包容性，而不仅仅是单纯的文本研究；从研究方法来看，未来的红学也会更倾向于综合性的研究，我们很难彻底抛开版本、成书等因素去孤立地探讨某些文学性的问题。这里强调文学本位，只是希望明确一条主线，而避免出现舍本逐末的现象。

其实，很多研究者并非没有认识到文学研究的重要性，只是当他们面对新红学百年的累累硕果时，自感这一方向已难以推进，便转而去别的分支"填补空白"了。但《红楼梦》的文学研究并没有走到尽头，也不可能走到尽头。文学经典的价值在于常读常新，永不过时。《红楼梦》更是如此，它在每一个时代都经历着重读与再阐释，文学研究也会与时俱进。当下的关键是，如何在以文学为本位的前提下，探索新方法，发现新问题。

通往文学研究的方法路径可以有很多，这与研究者的心性气质、兴趣取向、知识结构、学科背景等因素都密切相关。而无论怎样的方法路径，只要能够继续加深人们对《红楼梦》的理解，推动《红楼梦》的健康传播，就都是有价值的。

就我个人而言，目前正在践行一条"从评点到文本"的研究路径。我的博士学位论文为《〈聊斋志异〉清代评论研究》，以评本文献为基础，较为系统地梳理了《聊斋志异》的清代评点。进入红楼梦研究所后，我也计划以评点为桥梁，过渡到《红楼梦》的研究中去。但我的研究架构不再满足于观照各个评点家的评本文献、批评特点，而是试图通过评点回归文本，提炼《红楼梦》文学研究中的新问题。

小说评点，本质上是读者接受的产物。以前，我们更多关注从文本到评点这一单向的接受过程。比如，我们评价一个评点家的成就，要看他的评论是否恰当地揭示出了文本中的内涵，是否能概括出有价值的小说理论。这里，文本是起点，评点是终点，相关研究聚焦的是终点价值。而一种逆向的可能性，即通过评点反观文本的研究思路，则似乎并未引起足够重视。如果我们不再关注评点本身的正确与否、水准高低，而仅仅将之作为一种思考的起点，回归到小说文本中去，或许能够发现文学研究中的新问题。为便于理解，我以近来思考的一个问题为例进行说明。

我在读陈其泰与洪秋蕃的评点时发现，他们皆认为史湘云非作者所重。以我们今天的审美眼光来看，这样的观点显然是欠妥的。史湘云毫无疑问是《红楼梦》中极为出彩的人物形象之一，我们能够从"醉卧芍药裀""争联即景诗"等经典情节中看到作者对这一人物倾注的心力。因而，在一般性的评点研究中，我们便可能对陈其泰、洪秋蕃的鉴赏能力打上问号，至少不会就相关批语展开过多阐述。但是，如果我们暂时搁置批语的价值评判，而将之视为一种思考的起点，有趣的问题或许就会接踵而至。

陈其泰和洪秋蕃为什么对史湘云评价较低呢？我们最容易想到的是"拥林反薛"立场对人物论的影响：史湘云与薛宝钗走得太近，又对宝玉说出仕途经济的话来，自然会引起一些读者的反感。这固然是一个方面，而当我们梳理陈、洪二人的批语，又能发现一个不易被察觉的因素，即人物的出场描写。在《红楼梦》第十三回，陈其泰评道："湘云在此处出，只用轻笔叙过，可知非书中着重之人。"洪秋蕃亦云："史湘云出面殊草率，作者不重其为人。"

而当我们顺着这两条批语，回到文本细节时，很快便能发现一个版本异文问题。陈其泰、洪秋蕃参考的是程高本系统，其中第十三回写道："接着，又听喝道之声，原来是忠靖侯的夫人来了。史湘云、王夫人、邢夫人、凤姐等刚迎入正房，又见锦乡侯、川宁侯、寿山伯三家祭礼也摆在灵前。"这是湘云在程高本中的第一次出场，有些不明不白，故陈其泰、洪秋蕃认为是轻笔、草率，并影响到人物评价。但在甲戌等本中，此处并无"史湘云"；至庚辰本、己卯本，可以判断出是"伏史湘云"的批语混入了正文；至甲辰本则去了"伏"字，批语特征已不明显；至程甲本摆印刊行，"史湘云"三字便彻底处理成了正文，因而才有了陈其泰、洪秋蕃关于史湘云出场的评价。

史湘云的这次"误出场"虽非版本原貌，但却使我们认识到评点家对于人物出场问题的高度关注。关于这一现象，我们又可以从两个方面继续探考。其一，《红楼梦》评点中的人物出场理论值得系统总结、提炼。除了陈其泰、洪秋蕃，张新之、姚燮、王伯沆等评点者亦有相关讨论。但这尚属于较为单纯的评点研究，此处不再展开讨论。其二，作者层面必然也会意识到人物出场的诸多可能性，并采取相应的创作手法进行处理。若要厘清这个问题，我们必须要回归文本，进行细致的梳理与辨析。

《红楼梦》人物的出场描写涉及很多不同的情形，此处我们仅举两个有代表性的例子进行说明。在贾宝玉、王熙凤的出场中，作者沿用了外貌描写与诗词韵文的传统定式。虽然作者一再表达对诗文俗套的反感，但此处并没有做到完全的舍弃。而在更多人物的出场描写中，作者采取了一种相对自然的、生活化的处理方式：人物因事而来，不做刻意特写；必要时，仅在故事进程中，以一二笔白描稍加点缀，人物精神立现。这里，我们还要以史湘云的出场为例。

史湘云在早期抄本中的正式出场是第二十回："且说宝玉正和宝钗顽笑，忽见人说：'史大姑娘来了。'"宝玉闻言，忙至贾母这边，"只见史湘云大笑大说的"。此处脂批称："写湘云又一笔法，特犯不犯。"这里显然是注意到了湘云出场的独特之处。相比于贾宝玉、王熙凤出场的诗词韵文，迎春、探春、惜春出场的外貌描写，史湘云的出场显得更为自然，叙事进程与生活情境结合得恰到好处。诗词韵文、外貌描写的重要功用，是实现人物的出场定型，而在史湘云自然化的出场方式中，我们依然能够看到人物定型的效果。"大笑大说"一词即鲜活呈现出史湘云"英豪阔大宽宏量"的性格气质。而在紧随其后的"俏语谑娇音"段落中，史湘云咬舌的特点也被着重刻画出来。

史湘云的出场，还舍弃了小说中常见的背景介绍，正如王希廉所云"突如其来，未免无根"。这一处理也影响到后文关于史湘云的一些具体笔法，如常常借其他人物之口补叙史湘云之前的生活细节，或者用侧写、暗写等方式点到为止，使读者联想、揣摩出相关内容。不过，这样的写法，也给某些清代读者带来了接受上的挑战。比如，第二十一回写"湘云仍往黛玉房中安歇"，一个"仍"字就透露给读者：史湘云之前来贾府，都是与黛玉同房居住。但陈其泰的批语却认为："'仍'字无根，吾故曰前文须补叙也。"吴克岐《犬窝谭红》所记某残抄本，也是这种思路，竟真的添补出湘、黛以往惯于同榻说体己话儿的内容。这里很能够反映出作者艺术匠心与读者接受习惯之间的裂隙。鲁迅说："自有《红楼梦》出来以后，传统的思想和写法都打破了。"到底打破了哪些思想和写法？这是一个至今尚未说清、说透的问题。但史湘云出场的相关描写，至少可以为完善这一研究，提供一些细节上的参考。

从人物、情节层面来看，史湘云自然化、生活化的出场方式，又与其同贾母、宝玉等人的亲密关系，及其常来贾府走动的潜在背景存在密切关联。后一方面尤其凸显了史湘云这一人物形象在《红楼梦》空间叙事中的独特性。

第一，贾府是《红楼梦》最核心的叙事空间，发生在此空间之外的故事，除了某些极重要的场景，基本上都是以省笔、简笔带过，或者借贾府空间的人物之口补叙。史湘云正鲜明体现了这一点，她的经典场面都发生在贾府空间，而她在史家的难处以及"有人相看"等信息则分别是由宝钗、王夫人交代的。认识到这一点，很有助于思考史湘云结局写法的问题。我们今天看程高本后四十回，有很多地方都不能满意，其中便包括史湘云的结局，总令人觉得草率。其原因在于，后四十回仍在延续前八十回的叙事定式，史湘云离开贾府后，她的成亲、丧偶，只能以一种相对简略的方式传达给读者，这大大地削弱了其悲剧性。我们虽已无法具体得知曹雪芹为史湘云安排了怎样的结局，但却可以推想，从空间叙事角度协调史湘云的情节，一定是曹雪芹要处理的重要问题。

第二，史湘云在贾府一直没有固定的住所，而是先后随贾母、黛玉、宝钗、李纨居住。这样的空间变动，也能体现出一定的叙事意义。比如，湘云与黛、钗关系的微妙变化，就是通过住所变动直观呈现出来的。另外，湘云的空间变动也能为一些私密场景的叙事提供便利。比如，第二十一回宝玉清晨闯入黛玉闺房、第三十七回宝钗为湘云筹划螃蟹宴，都是很私密的场景，湘云居住空间的灵活性，恰恰有助于这类叙事的展开。此外，第六十三回还隐含写了湘云醉卧芍药裀后，留在怡红院小憩，直至晚间群芳开夜宴；第七十六回，又写中秋联句后，湘云与黛玉回潇湘馆同宿，彻夜难眠。这里，在通过湘云居住空间聚焦不同场景的同时，也使其"香梦沉酣"与择席失眠形成强烈的对照，大梦将尽的清冷意味，亦从中浮现。

以上拉杂所谈，即由陈其泰、洪秋蕃对史湘云的负面评价所牵连出的一系列想法。这些想法最后已脱离评点本身，回归到文本叙事的范畴中去了。不能否认，如果我们直接进入文本，或许也可以形成类似的思考。但我们通常的文本研读，总是具有思维惯性与盲点，难以对潜在问题保持高度的敏感。评点中的很多观点，虽难言精彩，但却可以作为"线头"，引申开去。我自己便在这样的研读方式中，收获了很多启发与乐趣。这也会成为我未来《红楼梦》文学研究的一条重要路径。当然，正如前文所言，方法路径不是唯一的，因人而异。我相信"红学再出发"后，应该也必将是百花竞放、千帆争流的共荣局面。

王景 ◎ "黛影" 龄官的形象与命运①

初读《红楼梦》已是十几年前的事情了，当时正、副十二钗外印象最深的人物，就是龄官。对龄官的记忆源自一场误会。当年第一遍读《红楼梦》时匆匆而过，印象中总觉得那个曾经画"蔷"的女孩子后来又在怡红院和宝玉打得火热，心里还有些愤愤。后来看到同桌画的"《红楼梦》人物关系图"，发现宝玉身边那个从戏班分来的小丫鬟叫"芳官"，难不成有两个名字？又回去重读才发现，龄官是那个戏唱得极好、一心只在贾蔷身上的女孩子。带着几分误会之后的愧疚，情节中每每出现龄官，都要多看几眼。慢慢发现，她不仅戏唱得好，还爱和贾蔷使小性儿，又对包括宝玉在内的旁人带着三分冷傲，这不活脱脱就是一个从戏班走出来的小黛玉？就像黛玉原本的结局随着书稿的遗失不得而知一样，龄官最终的命运书中也没有明确交代。第五十八回老太妃薨逝，贾府遣散十二女伶，龄官不在留下的八位女伶之列，她真的就像宝玉所说那样化成灰、化作烟，然后被一阵大风吹得干干净净，不留痕迹。两个人物之间若有若无的相似，在当年只是阅读时的某种感觉，后来读到清代徐瀛的《红楼梦问答》："或问：'龄官是谁影子？'曰：'是林黛玉离魂影子。'"窃喜当年浅见竟暗合古人的同时，也不禁好奇这"离魂影子"究竟是怎样的内涵。

以"影子"评论《红楼梦》人物的内容有很多，脂砚斋就讲"晴有林风，袭乃钗副"；从林黛玉的"影子"而言，徐瀛认为龄官是黛玉"离魂影子"外，又说晴雯是"黛玉之影子，写晴雯所以写黛玉"，藕官是黛玉"销魂影子"。孙渠甫《石头记微言》认为"香菱、黛玉乃是一人""岫烟影黛玉之孤单"，都采用了"影子"一类的评论方式。在上述评论中除晴雯、香菱外，其他人物如藕官、龄官、岫烟等，都是"影"林黛玉的

---

① 作者系北京大学中国语言文学系 2020 级博士生。

某一方面。可见所谓"影",不仅限于人物整体的对应,还可以基于不同人物在性格、才情、容貌、遭际等某些方面的相似性,建立"主角色"和"影子角色"之间的联系。因此,同一人物的"影子"之间不尽相同,每个"影子"人物都有自己的独特性,归纳"影子"的共同性,是勾勒《红楼梦》人物群像的重要依据;而观察每个"影子"的独特性,则是深入人物不同侧面的一把钥匙。龄官作为黛玉的"影子",在容貌、性格以及爱情遭遇等方面都与黛玉有相似之处,而龄官最终逃脱不掉的悲剧命运,和众多《红楼梦》人物一起,共同组成了这场"怀金悼玉"的悲剧。

一、龄官"黛影"的多重表现

龄官作为黛玉"影子"之一,一个很突出的相似之处,就是外在的容貌身形。《红楼梦》第三十回,王夫人因金钏儿言语轻浮发怒,宝玉从上房溜进了大观园,"只见一个女孩子蹲在花下,手里拿着根绾头的簪子在地下抠土,一面悄悄的流泪"。看到这一幕的宝玉在第一时间联想到了黛玉,"难道这也是个痴丫头,又像颦儿来葬花不成"。再留神看女孩容貌身形,"眉蹙春山,眼颦秋水,面薄腰纤,袅袅婷婷,大有林黛玉之态"。龄官几乎是前八十回中,唯一一次从宝玉眼中看到的、受到宝玉"认可"的与黛玉容貌身形相近的人物,这段对其外形的描写,也与第三回宝黛初见时黛玉"两弯似蹙非蹙胃烟眉,一双似泣非泣含露目"的形象有相似之处。虽然在宝玉眼中,第五回警幻仙姑之妹"鲜艳妩媚,有似乎宝钗;风流袅娜,则又如黛玉",但这是宝钗、黛玉"兼美",而非仅似黛玉一人。第二十二回,贾母没有用自家戏班,而是"定了一班新出小戏",其中有一个作小旦的,凤姐说"这个孩子扮上活像一个人",其实正是像林黛玉,书中云"宝玉也猜着了",但在凤姐提问之后"猜着"和隔着蔷薇花架差点错认的区别,说明二人与黛玉相似的程度还有所不同。至于王夫人说"眉眼又有些像你林妹妹"的晴雯、家仆兴儿说府中林姑娘"面庞身段和三姨不差什么",都不是出自宝玉的观察和判断,可见在容貌身形上,龄官正是与黛玉最贴切的一个"影子"。

尽管龄官和黛玉一个是采买的戏子,一个是姑娘主子,但二人在各自积年所学的方面显示出的绝妙才情,体现二者实为同类灵秀之人,正如贾雨村所云，"生于公侯富贵之家，则为情痴情种；若生于诗书清贫之族，则为逸士高人；纵再偶生于薄祚寒门……必为奇优名倡"。此论虽为宝玉而发，然而黛玉、龄官其实同样也是这"正邪两赋而来一路之人"（第二回）。龄官第一次正面出场，是在第十八回元春省亲时：

> 刚演完了，一太监执一金盘糕点之属进来，问："谁是龄官？"贾蔷便知是赐龄官之物，喜的忙接了，命龄官叩头。

可以说一出场就技压群芳，成为十二女伶中受到贵妃称赏的第一人，与"林潇湘魁夺菊花诗"的情节相类。素来各处游玩、又在这类"不正经"的玩意儿上颇有些鉴赏力的宝玉，也注意到龄官突出的唱功：

> 一日，宝玉因各处游的烦腻，便想起《牡丹亭》曲来，自己看了两遍，犹不惬怀，因闻得梨香院的十二个女孩子中有小旦龄官最是唱的好。（第三十六回）

可见龄官唱念技艺在戏班中是数一数二的，不愧为聪俊灵秀之人。

容貌、才情之外，在性格的棱角上，龄官同样像极了黛玉。如果说晴雯性格棱角的底气在于"模样爽利"，且"言谈针线"在一众丫鬟中突出，龄官则更接近恃才而骄。同样在第十八回元妃省亲之时，赏赐完毕，贵妃命龄官再作两出戏：

> 贾蔷忙答应了，因命龄官作《游园》《惊梦》二出。龄官自为此二出原非本角之戏，执意不作，定要作《相约》《相骂》二出。贾蔷扭他不过，只得依他作了。贾妃甚喜，命"不可难为了这女孩子，好生教习"，额外赏了两匹宫缎、两个荷包并金银锞子、食物之类。

龄官因《游园》《惊梦》原非本角之戏，坚持要作《相约》《相骂》，可见后者是她原本擅长的本角之戏。上文提到，宝玉曾闻"小旦龄官"唱得最好，可见在十二女伶中，龄官的身份是小旦，按照当时说法，"小旦谓之闺门旦，贴旦谓之风月旦"，然而龄官执意作的《相约》《相骂》却是贴旦的重头戏，似乎她的本角其实是贴旦。《红楼梦》书中没有对此细节进一步交代，只能简单推断。大约在苏州时，龄官素学贴旦；被采买进贾府之后，由于十二女伶的出现本就是为元妃省亲服务，在这种"泻玉"改为"沁芳"、"绿玉"更作"绿蜡"的字斟句酌的场合，《相约》《相骂》等以贴旦为主的戏因不够严肃，不太可能进入为省亲专门排演的"二十出杂戏"中。这种情况下，贾府自然不需要养专门的贴旦，其他戏中如需贴旦，由小旦或正旦临时兼演即可。那么，既然龄官作为小旦的身份，很可能是进贾府之后确定的，她对《相约》《相骂》的坚持，就不仅仅是与省亲场合的严肃性不相宜，同时也某种程度上挑战了作为主人的贾府的权威。脂批对于此事，就颇有微词：

> 按近之俗语云："宁养千军，不养一戏。"盖甚言优伶之不可养之意也。大抵一班之中此一人技业稍出众，此一人则拿腔作势、辖众特能种种可恶，使主人逐之不舍责之不可，虽欲不怜而实不能不怜，虽欲不爱而实不能不爱。余历梨园弟子广矣，个个皆然，亦曾与惯养梨园诸世家兄弟谈议及此，众皆知其事而皆不能言。今阅《石头记》至"原非本角之戏，执意不作"二语，便见其特能压众、乔酸娇妒，淋漓满纸矣。（第十八回）

可见脂砚斋对于这种在省亲场合坏了规矩的行为的痛恨。那么，龄官这种坚持己见是否完全是刻意"拿腔作势、辖众特能"？

根据全书对十二位女伶的交代，正旦有玉官、芳官，小旦除龄官外，还有菂官、蕊官，第五十八回芳官提及藕官曾说"他自己是小生，菂官是小旦，常做夫妻……菂官一死，他哭的死去活来……后来补了蕊官"，所谓"常做夫妻"，主要指的是戏中扮演的角色。在实际演出中，为了演员之间的默契，生旦之间往往会形成相对固定的搭配，如藕官先与菂官、后与蕊官，另外，书中第三十回提到"小生宝官、正旦玉官两个女孩子，正在怡红院和袭人玩笑"，很可能也是戏中生旦搭档在日常生活中亲密交往的表现。元妃省亲点的四出戏中，《仙缘》《乞巧》《离魂》三出都有旦角，其中《乞巧》《离魂》有旦角的"重头戏"，《乞巧》演绎唐明皇、杨贵妃爱情故事，很可能是藕官、蕊官或其他生、旦搭档出演；龄官最可能出演《离魂》中唱腔最多的杜丽娘，或许正因如此贾蔷才命其作同样出自《牡丹亭》的《游园》《惊梦》。但是，尽管采买入贾府后修习小旦，龄官依然坚持自己本角为贴旦，从这个角度上看，她对《相约》《相骂》的坚持，并不是出于小女儿使性子与贾蔷的意气之争，也不是故意拿乔，而是在有选择的情况下争取机会，以本角身份来表演，拿出自己长期训练的剧目以显示最出色的专业水平。其实就在当晚，还有一个抱着"大展奇才"心态的姑娘，正是林黛玉。

贾妃游幸毕，命在场诸妹各题一匾一诗，"林黛玉安心今夜大展奇才，将众人压倒。不想贾妃只命一匾一咏，倒不好违谕多作，只胡乱作一首五律应景罢了"。贾妃所命"一匾一咏"，皆不出颂圣赋咏之范围，而黛玉自小熟读诗书，对作诗亦颇有解悟，这"一匾一咏"的应制之作，怕也非"本心之诗"，只是遵循着奉诏应制的规矩来写罢了。众姐妹之外，贾妃又命宝玉为潇湘馆、蘅芜院、怡红院、浣葛山庄四处各赋一首五律，而写景咏物本就是五言律诗创作的一种传统，无论从题目还是体裁上，这一命题都更合黛玉趣味：

> 此时林黛玉未得展其抱负，自是不快。因见宝玉独作四律，大费神思，何不代他作两首，也省他些精神不到之处。（第十八回）

相比龄官的固执，黛玉这里则显得有些俏皮，"何不代作两首""省他些精神不到之处"，难为黛玉在这样的场合中还保有如此灵巧心性。这一场"炫才"的结局，与元春甚喜龄官所作，还命不可难为她的结果相似，最终贾妃指黛玉所作《杏帘在望》为四首之冠，又因其中"一畦春韭绿，十里稻花香"一联，更"浣葛山庄"之名为"稻香村"，恰合当日拟定地名时宝玉的提议，可以说是非常成功的代作。不过，即便成功，仍然是天家妃子省亲场合的"代作"，点评者赞赏黛玉才华的同时，也不免以谑语来评论这一"出格"的行为，脂批云：

> 纸条送递系童生秘诀，黛卿自何处学得？一笑。
> 姐姐做试官尚用枪手，难怪世间之代倩多耳。（第十八回）

虽是戏谑的语气，但结合清代大大小小的科场案［清代较大的科场案如顺治十四年（1657）丁酉科场案、康熙五十年（1711）辛卯科场案、咸丰八年（1858）戊午科场案等］，以"童生秘诀""枪手"来点评实际暗含了评者对这一行为的微妙态度。在元妃省亲、贾府"各按品服大妆""静悄无人咳嗽"的场合，却恰恰塑造了龄官、黛玉这仅有的两位"出格"者，脂砚斋对两人之特立独行皆批以"尤物"，其评"黛玉安心今夜大展奇才"云"这却何必，然尤物方如此"；又评龄官"可知尤物了""又伏下一个尤物，一段新文"。可以说不独容貌、才情，从人格性情上，龄官也同样是当之无愧的"黛影"。

在龄官"非本角之戏，执意不作"与黛玉"何不代他作两首"这一显一隐两个行为的对照中，不仅塑造出人物鲜明的个性，同时也构成了人物之间互相阐释的空间：脂砚斋批评龄官"恃能压众"，但如果作为黛玉的"影子"，这何尝不是一个女伶"展奇才"的努力？黛玉通过纸条送递代宝玉作诗，表面上与宝钗建议宝玉将"绿玉"改为"绿蜡"的行为相对应，但相比具体字句、典故的择取，黛玉代写全篇的行为，事实上更接近一种自我展示，与龄官固执本角的行为暗中呼应。只不过由于二者地位、处境的差别，龄官作为底层戏子，更加特立独行；黛玉身为主子姑娘，必须遵循一套规矩，相对含蓄。但二人在元妃省亲场合的行为，无疑形成一种互补关系，正如俞平伯所云，"（龄官）倔强、执拗、地位低微但反抗性强，与黛、晴同一类型，黛、晴不能为、不敢为者，龄官为之"。

样貌、性情都与黛玉有相似之处的龄官，在与贾蔷之间的爱情上同样与宝黛爱情形成对照。徐瀛分析了宝黛爱情之"影"，以为"凤姐地藏庵拆散之姻缘，则远影也；贾蔷之于龄官，则近影也。潘又安之于司棋，则有情影也；柳湘莲之于尤三姐，则无情影也"。龄官在书中的行为，几乎都是从她与贾蔷之间关系的微妙中而来，而两人之间的情感发展，又与宝黛关系形成一暗一明两条线索。龄官"正传"在第三十回"龄官画蔷痴及局外"和第三十六回"识分定情悟梨香院"，"痴""悟"二字耐人寻味。第三十回，宝玉撞见龄官画蔷是在王夫人对金钏儿大发脾气之后，而宝玉之所以在当时逗弄金钏儿，很大的原因在于因为"提亲"之说和薛、林闹了别扭：

宝玉正因宝钗多了心，自己没趣，又见林黛玉来问着他，越发没好气起来。待要说两句，又恐林黛玉多心，说不得忍着气，无精打采一直出来。（第三十回）

宝玉出来之后先路过凤姐院落，凤姐当时正在午休，于是宝玉来到王夫人上房和金钏儿玩笑，结果引得王夫人大发雷霆。龄官画"蔷"是痴，而宝玉正是在一段同样的"痴情痴性"中撞上了痴情的龄官。宝玉第一次"悟"，也是由龄官而起。宝玉与袭人说了一通以眼泪葬我的"疯话"，至梨香院央龄官唱一套"袅晴丝"，"不想龄官见他坐下，忙抬身起来躲避"，宝玉"从来未经过这番被人弃厌，自己便讪讪的红了脸"。"绛洞花王"从龄官对自己和贾蔷前后态度的对比之间，读懂了龄官当日画"蔷"的深意：

自此深悟人生情缘，各有分定，只是每每暗伤"不知将来葬我洒泪者为谁"。（第三十六回）

这种"悟"，相比于梦里喊出的"木石姻缘"，更为自觉和深刻，宝黛之间也因为这种"悟"，逐渐走向新的剧情。一"痴"一"悟"，既言龄官与贾蔷，也是宝黛的影射。从这一角度看，龄官作为"黛影"，与晴雯、岫烟等相同又不相犯，有其独特的形象意义。

二、龄官命运蠡测

龄官最终具体的结局在现存的《红楼梦》与脂砚斋批语中都没有明确提及，第五十四回荣国府元宵夜宴交代说"梨香院教习带了文官等十二人"，其中当有龄官。但贾母想听《寻梦》时，却叫了芳官而非曾以《牡丹亭》得元妃赏识的龄官来演唱，一种意见认为，龄官特立独行、过于直露的性格，导致其逐渐被边缘化，尽管技艺出众，但最终还是失去了贾府上层的宠爱；还有一种意见认为，龄官被采买进贾府，本就存着一些怨气，再加上和贾蔷之间关系的微妙，此时龄官由于长期忧思郁闷，身体状况已经不能支撑她进行长时间演出。应该说，这两种意见都是有一定道理的，龄官的性格上节已有分析，至于她的身体状况，在第三十六回就曾部分地透露，当时宝玉欲央龄官唱一套"袅晴丝"：

> 不想龄官见他坐下，忙抬身起来躲避，正色说道："嗓子哑了。前儿娘娘传进我们去，我还没有唱呢。"

龄官这么说或许有拿腔作调的意思在，但"前儿娘娘传进我们去，我还没有唱呢"应当不是扯谎。一则当时其他女孩子就在房外院中，若她扯谎，宝玉出门一问便知；二则稍后贾蔷进来，龄官又提到"今儿我咳嗽出两口血来，太太叫大夫来瞧""偏生我这没人管没人理的，又偏病"。可见，这时龄官因为身体原因，已经无法维持正常演出。这种病弱也与黛玉后期的处境形成一种映照，徐瀛就认为"龄官忧思焦劳，抑郁愤怒，直于林黛玉脱其影形，所少者眼泪一副耳"。因此，在第五十四回中，龄官虽然至贾母处，但大约身体情况不理想，其实只是凑数。至五十八回老太妃薨逝，贾府遣散十二女伶，留下的八位女伶中，便没有了龄官的名字，至此整部小说再未出现过龄官。

因此，遣散女伶一事与龄官结局有重要联系。此事乃尤氏与王夫人商议，王夫人倾向于让这十二女伶各自归去，尤氏进一步想到，"有愿意回去的，就带了信儿，叫上父母来亲自来领回去，给他们几两银子盘缠方妥。若不叫上他父母亲人来，只怕有混账人顶名冒领出去又转卖了，岂不辜负了这恩典"。最终"将去者四五人皆令其干娘领回家去，单等他亲父母来领；将不愿去者分散在园中使唤"（第五十八回）。可见，在荣府的安排中，选择归去的女伶，会被干娘领回家去，等亲父母来领，领走之后则与贾府再无干系，结局如何，自然也不是贾府故事必须交代的内容。一种意见认为龄官最后可能跟随贾蔷而去，从前面的情节看似乎也存在这种可能，但这样的话龄官就仍处于贾府故事之中，然而无论原文还是脂批，都没有透露龄官八十回后的结局，因此只能作为一种可能。根据原文的交代，龄官内心深处对家乡、父母还是有一丝怀恋的。第三十六回贾蔷拿了雀儿哄她开心，龄官看了眼便冷笑：

"你们家把好好的人弄了来，关在这牢坑里学这个劳什子还不算，你这会子又弄个雀儿来，也偏生干这个。你分明是弄了他来打趣形容我们，还问我好不好。"……（贾蔷）果然将雀儿放了，一顿把将笼子拆了。龄官还说："那雀儿虽不如人，他也有个老雀儿在窝里，你拿了他来弄这个劳什子也忍得！"

表面上说"老雀儿在窝里"，实际正是"以我观物"，连鸟雀也被染上了一种远离故土、思念亲老的哀伤，与其他女孩子遣散时说"父母虽有，他只以卖我们为事，这一去还被他卖了"相比，龄官对父母、家乡的眷恋，似乎更为浓厚。对于一个童年便迫于生计背井离乡学艺的女孩子，家乡可能保留着原初的生命记忆，因此即便身处富贵之家，也依然渴望回到故乡、骨肉团聚。这种心态并非龄官独有，清初吴伟业《临顿儿》一诗，就刻画了一个被卖至豪富之家做歌舞伎的贫家小儿，即便是豪门的享乐生活，也无法让他忘记对故乡的怀恋：

临顿谁家儿，生小矜白皙。阿爷负官钱，弃置何仓卒。贻我适谁家，朱门临广陌。嘱侬且好住，跳弄无知识。独怪临去时，摩首如怜惜。三年教歌舞，万里离亲戚。绝伎逢侯王，宠异施恩泽。高堂红氍毹，华灯布瑶席。授以紫檀槽，吹以白玉笛。文锦缝我衣，珍珠装我额。瑟瑟珊瑚枝，曲罢恣狼藉。我本贫家子，邂逅遭抛掷。一身被驱使，两口无消息。纵赏千黄釜，莫救饿死骨。欢乐居他乡，骨肉诚何益。

即便儿时就被卖给豪门，但想起当年的经历，临顿儿印象最深的还是分别时"摩首如怜惜"那种温情，最后在异乡的富贵中，发出"欢乐居他乡，骨肉诚何益"的感慨。从这个角度看，似乎龄官返乡，骨肉团聚，正满足了她一直以来的愿望。但是，即便顺利返乡，龄官真的能安稳地与亲人过上平凡的团聚生活吗？原著并没有交代龄官是哪里人，只说贾府下姑苏采买学戏的女孩子，龄官如果来自周边地区，可能依然逃不掉又被父母卖掉的命运，清初就有关于吴地即便丰收季节依然免不了卖儿鬻女的记录：

吴中之民，多鬻男女于远方，男之美者为优，恶者为奴；女之美者为妾，恶者为婢，遍满海内矣。穷困若是，虽年谷屡丰，而无生之乐。

尽管雍正朝已经削除乐籍，规定乐户"与良民无异"，但在倡优行当依然存在的情况下，良民一旦为生活所迫涉及倡优之业，同样会成为以声色事人的贱民。龄官当年大约也是因家庭穷困被卖去学戏，如果这种穷困状况没有改变，即便她离开了那个曾经束缚她的笼子，重操旧业、由良返贱，似乎又是未来必然的结局。在贫穷的现实面前，龄官或许会意识到，当年在他乡所眷恋的只是记忆中的故乡，而不是这个归来依旧陌生的地方。

尽管龄官最终走出了大观园，但即便走向天尽头，也依然找不到能作为归宿的"香丘"。她戛然而止的命运和无法确知的下落，竟与《红楼梦》这部残书惊人地一致。但无论如何，这个曾经花荫下画"蔷"的女孩子，在走出贾府之后，一如那些随水流出大观园的花瓣一样，"有人家的地方脏的臭的混倒，仍旧把花糟蹋了"（第二十三回）。从这个角度看，即便龄官开"悟"，明白"情缘各有分定"，从而斩断和贾蔷的情思，离开贾府，也无法避免走向悲哀的结局。在那样的社会中，如果坚持着一点真性情而不能屈服于世俗，那无论贵族小姐、平民丫头还是贱婢优女，都无法避免走向悲惨的结局，正所谓"悲凉之雾，遍被华林"，而龄官"黛影"的意义也正在于此——她是黛玉形象某一侧面的"影子"，共同折射出时代的悲剧。

参考文献：

1. 曹雪芹著，脂砚斋评，吴铭恩汇校：《红楼梦脂评汇校本》，北方联合出版传媒集团万卷出版公司，2013。

2. 一粟：《红楼梦资料汇编》，中华书局，1963。

3. 李斗撰，汪北平、涂雨公点校：《扬州画舫录》，中华书局，1980。

4. 俞平伯：《俞平伯论红楼梦》，上海古籍出版社，1988。

5. 穆衡原笺，杨学沆补注，张耕点校：《吴梅村诗集笺注》，中华书局，2020。

6. 唐甄：《潜书·存言篇》，四川人民出版社，1984。

7. 经君健：《清代社会的贱民等级》，四川人民出版社，2021。

8. 孙渠甫：《石头记微言》，转引自《红楼梦资料汇编》。

赵汗青◎儒的焦虑与道的孤寂①

——从《红楼梦》中的宝黛命运谈起

一、引　言

　　《红楼梦》作为可以在中国古典文学史"独据最高峰"的经典作品，其中的"艺术家哲学"思想历来也是红学家与文学评论家津津乐道的主题之一。王国维在《红楼梦评论》中通过叔本华哲学体系为大观园的情与梦注入了中国文学罕有但却极具天才慧眼的悲观主义元素。刘再复于《论〈红楼梦〉哲学内涵》等文中将《红楼梦》与基督教、叔本华悲观主义、尼采贵族主义、斯宾诺莎泛神论、马克思历史唯物论、海德格尔死亡哲学等多种西方哲学流派进行了全面的比较与对读。刘小枫更是在《拯救与逍遥》里把《红楼梦》作为批判和解构中国整个"儒释道"思想体系的一把锋利的"镜像手术刀"，最终得出只有"基督""神性之爱"才能使中国人获得终极解脱的结论。而李泽厚则是将曹公的一本小说作为了提出中国"情本体论"的重要佐证依据。

　　除了上述众多十分新颖独到的观点外，《红楼梦》综合了儒释道并在一定程度上对三种思想做出不同价值判断，基本已成为共识。正如王国维所言："故《桃花扇》政治的也，国民的也，历史的也；《红楼梦》哲学的也，宇宙的也，文学的也。"红楼一案之所以值得当作中国精神史上的一大重要事件来处理，便是因为它通过文学艺术的手法将"大观园"写成了一个"宇宙的大观"，继而十分自然地不通过任何概念范畴内的术语，把中国整个错综复杂的哲思脉络嵌进了人物命运，并以一双赤子的"情

---

　　①　作者系北京大学中国语言文学系 2019 级硕士研究生。

眼"对这一系列抽象的哲学思辨做了一番真真正正属于"人间"的审理与解读。这种对"情""思"和生命的剖析与关怀，在世界文学之林中亦属孤篇横绝。

然而，本文并无意蹈前人后路去分析《红楼梦》如何体现了"曹雪芹贬斥儒家、张扬道家"的观念，亦不旨在为红楼作注，而是试图寻一个全新的哲学观照角度来看"儒道互补"在以"欲"为本质的现实生活中究竟面临过或正在经历甚至永远难以摆脱的矛盾、困境与忧虑，并努力为这种对儒道而言"无解"的精神问题提出一些思考。

之所以选择《红楼梦》中宝玉、黛玉的命运作为分析角度，有以下两点原因：

1. 儒家与道家作为深入国民性的两大中国思想，根基在民间。然而仅仅通过经典文本和历代学者对经典的解释，并不能完整地诠释书斋外的尘世中个体生命对儒道的践行与感悟。可是，具体调查古代民间文化生活又是件耗力极大且极具不确定性的工作。因此，《红楼梦》作为一部"封建末世的百科全书"，同时又"以独特的精心构造，将传统儒家、佛道哲学天然地融为一体，在艺术世界中达到了哲理思维的最高境界"，便成了探讨这一问题的最佳对象。

2. 宝玉、黛玉身为《红楼梦》的男女主人公，都拥有神话背景和凡人身份，更有着诗人气质与无比的灵气。同时其被作者精心设计的命运在"乌托邦""情天情海"的红楼世界中更是充满了无限的象征意义和解读空间。

下面，本文将在"情本体论"这一人性的基础上，分析死亡的宿命下儒家"热衷肠"的悲情与焦虑，以及皈依道家"石头境界"后愈发难以摆脱的孤寂，从而进一步探讨在这种进退两难的人生终极困境中解脱如何成为可能。

二、儒："情"梦之毁灭

（一）理论谱系："情本体"对原儒的回归

"本体论"（Ontology）作为西方哲学术语，也译作"是论""存在论""存有论"等等，是一种对存在本质的思索与追问。具体而言，泰勒斯的

"水"、赫拉特里特的"火"等可称为"自然本体论","我思故我在"是以理性之思为本体,"原欲""力比多"等概念则是"欲望本体论"。由此看来,所谓"情本论",一言以蔽之——我情故我在。

李泽厚的"本体论"思想纷繁驳杂,中西各流派的思想皆有取用,但其最成熟的表达为"人类学历史本体论",而"情本论"更是这一核心中的重心。李氏认为哲学的思辨离不开"我活着",现世人生方为终极价值。"此情是情感,也是情境。他们作为人间关系和人生活动的具体状态,被儒家认为是人道甚至天道之所生发。""我以为,不是性(理),而是情;不是性(理)本体,而是情本体;不是道德形而上学,而是审美形而上学。""什么是本体?本体是最后的实在,一切的根源依据,以儒家为主的华夏传统,本体不是自然,没有人的宇宙生成是没有意义的;这本体也不是神,让人匍匐在上帝面前,不符合赞化育为天地立,所以本体只能是人。"

在李泽厚看来,宇宙的本源与生命的本源都不是超验的外物,恰恰就是体验着的你我。他以人类群体在历史时间中切实可见的跋涉的足迹作为意义书写的唯一凭借,认为只有"我"能代"我"立言,"我"的情感、"我"的悲欢、"我"的诉求便是"我"最好的宣言。这种本体恰恰又是没有本体,因为以前的一切本体论都是要找一个自身以外的概念统治着人、神性、星空,或者纯粹理念。但这种不受"统治"、无拘无束的哲学却并未指向欲望的迷失、堕落、沉沦,而是中和地稳在了《红楼梦》式的"爱博""情情""情不情"的美学境界。

李泽厚"红楼式"的"情"本论所张扬的"情",某种程度上,是儒家原典中"仁"的现代化解读。李泽厚对"仁"的态度与杜维明相仿,即"仁"的精髓就在普通日常,被"百姓日用而不知"。他在《论语新读》里多次提及诚、忠恕、孝悌、亲亲等充满人文关怀的心性价值,也讲到孔子对"仁"的诠释会随时、随事、随人变化。可以说,"仁"是一种在情境与人情中流动的"活"的精神。

(二)《红楼梦》中的腐儒嘴脸与原儒光辉

贾宝玉对儒学的蔑视与厌恶,放眼浩如烟海的小说作品,几乎无一形象在这一个性上能与之比肩。《红楼梦》第三回中,曹雪芹在对宝玉进行了一大段丰神俊逸、顾盼烨然的肖像描写后,笔锋随即陡然一转,用令人哭笑不得的夸张口吻淋漓尽致地以两首《西江月》大踩宝玉的思想境界，"潦倒不通庶务，愚顽怕读文章""天下无能第一，古今不肖无双"等等。以及——

　　袭人道："凡读书上进的人，你就起个名字，叫做'禄蠹'；又说只除'明明德'外无书，都是前人自己不能解圣人之书，便另出己意，混编纂出来的。这些话，怎怨得老爷不气，不时时打你？叫别人怎么想你？"（第十九回）

　　湘云笑道："还是这个性情，改不了。如今大了，你又不愿读书去考举人进士的，也该常会会这些为官做宰的，谈讲谈讲那些仕途经济的学问，也好将来应酬庶务，日后也有个朋友。没见你成年家只在我们队里搅些什么？"宝玉听了，道："姑娘请往别的屋里坐坐，我这里仔细腌臜了你知经济学问的人！"袭人道："姑娘快别说这话。上回宝姑娘也说过一回，他也不管人脸上过不过得去，他就'咳'了一声，拿起脚来走了……"
　　……
　　宝玉道："林姑娘从来说过这些混帐话不曾？若他也说过这些混帐话，我早和他生分了。"袭人和湘云都点头笑道："这原是混帐话。"（第三十二回）

　　除宝玉和宝玉身边人的口述之外，作者还通过对贾政身边一圈文人毫无才情、见识短陋的描写来批判揭露腐儒形象，在"假正经"先生身边安排上赵姨娘这样一个德才色都属下流的妾来暗示这位"儒生"不入流的审美水准。但值得注意的是，宝玉自己对儒学的态度是"除了四书以外，杜撰的多了去了""除明明德外无书"。可见，他对于儒家真正的经典，而不是后世歪曲附会还是报以难得的肯定态度的。被称为"儒释道集于一身的末世顽愚"的贾宝玉，天性里的那份"痴"在仁学处恰好可以找到依据。大观园里的婆子对他的评价是"时常没人在眼前，就自哭自笑，看见燕子，就和燕子说话；河里看见了鱼，就和鱼说话。看见星星，不是长吁短叹，就是咕咕哝哝的"。他看小丫头画"蔷"字看痴了，恍惚间忘了自己

236

已经被雨淋透反而还叫别人躲雨。第五十三回玉钏儿为金钏儿一事怨恨宝玉，宝玉非但没有主子架子，还低三下四地哄她喝莲叶羹，羹被碰翻了反而关心丫鬟"烫了哪里了，疼不疼"。晴雯不披衣服下楼去吓唬麝月，宝玉怕她冻着直接把她搂在被窝里取暖。除了美好的自然和妙龄的"女儿"，连刘姥姥这等村妪宝玉也是关爱有加，替她向妙玉讨杯子，忧民而爱人。他眼中世界俨然没有尊卑，只有"人"，人的可爱与人之间自然的平等。最后，宝玉叛逆但却至孝，甚至在黛玉死后寻死觅活，宝钗一提"老太太如何疼你"，对祖母亲人的道德责任就成了宝玉留在尘世的唯一牵挂。

宝玉的"情"是典型的以"仁"为胎，这份至仁之情做到了"泛爱众"，亦诠释了"思无邪"。他的传承精准地把握了这份古老美德的精髓，并附上了一份天才的"赤子之心"和诗人般的童心慧眼，将儒家的仁爱事功纯化、美化、极端化了。他的行动让"情"在《红楼梦》这里远超一般"言情"的范畴，也升华了、艺术化了"仁者爱人"的内涵。宝玉之仁达到了一种形而上之"体"的境界，是对人、社会、自然、宇宙一副永远火热的心肠，是永不黯淡的纯、真、善、美的光辉。

叛逆而又赤诚，不驯却是温厚，宝玉矛盾的性格本质上透露出对"解释中"的儒家不同理念价值立场鲜明的取舍。难怪《拯救与逍遥》会在判断红楼之路无法走通之后提出了基督圣爱这一救世主，宝玉的"情"细读着实闪现着一种近乎宗教的光芒，而宝玉也可被称为带着鲜活人性和隐微神性的儒教徒。

（三）儒的困境：情在世界的劫难

在可以肯定宝玉的人格气质拥有鲜明的"原儒"倾向后，宝玉的"情史"、命运与归宿都可被作为儒的精神在世界跋涉的历程来解读。

鲁迅评《红楼梦》，言"悲凉之雾，遍布华林，然呼吸领会者，独宝玉而已"。与孔子"未知生，焉知死"的生死观不同的是，《红楼梦》中根深蒂固、挥之不去的一股"死亡意识"，却是海德格尔式的"未知死，焉知生"。即只有在死亡的逼视下惊觉人生其实是场"向死而生"的旅程，人才会痛定思痛，挖掘生命的意义，带着对生死的反思，使今生一切可能庸碌而过的时刻都尽可能变得掷地有声。然而，孔子与曹雪芹对立的生死观恰好传递出一个儒学的困境——只有在把死亡问题悬搁并且对超验世界的"存而不论"中，一切对现世生活的关切与强调才具有无可置疑的意义。否则，所有爱的永恒、情的伟大的言说，都会在面对死亡的骤然降临时哑然失语。

以"情书"姿态承载儒家"仁学"真义的《红楼梦》，在死亡问题上坦荡不避的态度，无意间戳到了儒学最不可说的天机。

红楼的死亡开始得很早，早在"千红一哭""万艳同悲"的结局降临前，死亡就一个接着一个无情冷眼地进行着。风姿似宝钗又似黛玉的秦可卿第十三回一开场就猝然离世，留给了王熙凤一句"三春去后诸芳尽，各自须寻各自门"的谶语，让尚年幼的贾宝玉梦中惊醒，悲痛得当场吐血。金钏儿含着冤屈投井了，宝玉算得上半个罪魁祸首。尤三姐"玉山倾倒再难扶"地自刎了，撇下"冷心冷面"的柳湘莲看破红尘随道士"不知往何处去了"。温和怜下的尤二姐成了贾琏夫妇斗争的牺牲品。鸳鸯自缢殉葬，宝玉恭恭敬敬地叩头，鸳鸯的嫂子却还为得了一百两的送葬银子而欢天喜地，"假意哭号了两声"，心里却在遗憾要是当年鸳鸯给了大老爷，估计会有更大的收益更多的银子。晴雯与宝玉互剖心迹生离死别后"抱屈夭风流"，芙蓉枝上系着的《芙蓉女儿诔》写着"始信黄土垄中，女儿命薄""剖悍妇之心，忿犹未释"。黛玉在"金玉良缘"新婚的笙歌之中断气，最后叫了一声"宝玉，宝玉！你好……"。曹公从来不吝惜行文中的"死亡排比"，死亡越来越无辜，死去的人在目击者宝玉心里的分量越来越重。悲痛是可以沉积的，悲痛带来的感悟更是可以厚积薄发。晴雯离世，宝玉尚且从她做了芙蓉花神的传闻里获得了一丝安慰，作诔文阵仗风雅铺陈，尽管情真意切，却仍免不了对文采与悲哀"把玩"的嫌疑。可是到了面对黛玉之死时，宝玉只会在"人去屋在"的潇湘馆里哭得死去活来，痛得全乎不顾及什么优雅、格调。真的是应了谬赛的那句"最美的诗歌是最绝望的诗歌，有些不朽的篇章是纯粹的眼泪"。

《红楼梦》强烈的死亡意识在同类作品中是绝无仅有的，而且死亡目不暇接汹涌而来，似乎不仅誓在夺走生命，更决意毁灭世界。曹雪芹从未有意把宝玉塑造成任何纯粹理想的化身与代言，他的精神图腾是一块太极，是矛盾而立体着的人。他甚至没有能画大观园的惜春那种对世界"出乎其外，故能观之；出乎其外，故有高致"的冷眼，也没有钗、黛对哲学的悟性。他是一块"情根峰"（青埂峰谐音）的顽石，是补天唯一一块剩下的石头，也是唯一一个"有情"的石头。其中的暗示意十分明了——苍

238

天无情，人有情。三万六千五百块石头，各有各的象征与使命，唯独宝玉这块"人的象征"被遗弃了——人生只是场被抛入的偶然，茕然一身，面对比自己强大、无限三万六千五百倍的宇宙。

孔子论述中的"天"，是"以人道行天道""以人道体天道"，追求"知天命""从心所欲不逾矩"。更重要的是，孔子所建立的"仁"其内在的根遥契天道，成为天道、天命的一个印证。德存于人心，那是"天生德于予"。与这种观点相对，曹雪芹塑造的"新人"贾宝玉，命中注定却是要"为天补情"。《红楼梦》不思辨人生，它只书写人生。"纵有千年铁门槛，终须一个土馒头"，读者沿着一场场活生生的死亡望去，看见的不是道、性、理，而是精穆的坟。孔子不是看不到坟包的轮廓，也并非闭口不谈。他在颜回死后痛呼："天丧予！天丧予！"圣人真实的悲痛与《红楼梦》中的死了亲人、死了姊姊妹妹的平凡儿女并无二致。孔子强调"慎终追远，民德归厚矣""葬之以礼，祭之以礼"，让死亡有了庄严感和教化功能。儒家对死亡最高的价值赋予和对时间的超越，便是"三不朽"——立德、立功、立言，认为此生清新刚健的态度、积极进取的行动自然会让生命泅过时间的河水，伫立在永生的彼岸。在这层超迈高昂的境界里，孔丘、孟轲、王阳明、文天祥等人像丰碑一样被庄严树立。精神的力量与精神代言人的力量几乎可以令每个无德可立、无功可建、无言可述的读者感到些许安慰和激动。但是，成了芙蓉花神的晴雯可以让"我死了也不甘心，早知如此，当初也另有个道理"的"言"与"心比天高，身为下贱"的"德"不再哀婉吗？因为黛玉有"孤标傲世偕谁隐，一样花开为底迟"的高贵性情和《葬花吟》《桃花行》《秋窗风雨夕》等已经不朽了的诗文，所以"魂归离恨天"便不需后人长歌当哭了吗？宝玉对世界与人是有"热衷肠"的关怀与眷恋的，可是生动的死、无休止的死让通灵宝玉那颗"思凡"的心一点一点"凉"了下去。

《红楼梦》在一个儒家的世界里大谈死亡，宝玉目睹的悲与凉道出了每个人最切肤的苦难，是"天人合一"的"和"文化世界里一声起义造反般的呐喊。它不砸不烧，却让死亡生生逼问出了儒学在人生解救这一问题上最大的弱点，摧毁力不弱于"打倒孔家店"。最后，怡红公子在一僧一道的陪伴下披着一身大红猩猩毡的斗篷消失在茫茫白雪中。他回到哪里去了？他回到大荒无极的世界还能重新做"石"吗？而补情之石走过的那片

"白茫茫大地"上，依旧没有"情"，只是有过一个有情的人。

孔门仁爱的永恒面对死的考问——任性的死、随意的死、冤屈的死——这一仁爱无法化解的悲剧，陷入了深深的焦虑。

三、道：心，真能变成石头吗？

在向你挥舞的各色花帕中
是谁的手突然收回
紧紧捂住了自己的眼睛
当人们四散离去，谁
还站在船尾
衣裙漫飞，如翻涌不息的云
江涛
高一声
低一声
美丽的梦留下美丽的忧伤
人间天上，代代相传
但是，心
真能变成石头吗
为眺望远天的云鹤
错过无数次春江月明
沿着江岸
金光菊和女贞子的洪流
正煽动新的背叛
与其在悬崖上展览千年
不如在爱人肩头痛哭一晚

——舒婷《神女峰》

望夫是能望成石头的，相思可以心字成灰。但舍弃不下"春江月明"的女神宁可走下山峰投入背叛的洪流，耐不住大荒山、无稽崖清虚寂寞的神瑛侍者亦不禁思凡，携着顽石从无边无涯、无始无终的自然时间逃离，投奔有情有乐、有苦有难的历史时间。历史时间与自然时间的对立究竟能否看作儒家社会与道家世界的对立难以确定，但是历史时间中人心充实而有感，面对冷漠的自然时间产生了人心与虚无的对立却是毋庸置疑的。

（一）自然时间的清虚无极

> 致虚极，守静笃。万物并作，吾以观复。夫物芸芸，各复归其根。归根曰静，静曰复命。复命曰常，知常曰明。
>
> 不知常，妄作凶知常容，容乃公，公乃全，全乃天，天乃道，道乃久，没身不殆。
>
> ——《老子·十六章》

道家是一门"否定"的哲学。既然生的欲望、利的欲望、情的欲望难以求得更不易赋予意义，那不如就抛却执念、戒绝牵挂。每一个痴情之人一旦拜倒服膺于"道"的光辉，那人生就纯乎一座巍巍"神女峰"——静、虚、冷眼观世情。老子把这种"归根""复命"的哲学一步步描述得很美学。毕竟每个读《道德经》《南华经》的人都没有信心肯定自己已经达到或者能准确了悟"道"的最高境界，因此，面对老庄动人而有力的叙述，我们都愿意相信与道为伴的生命可以满足人对幸福或者解脱的终极幻想。道对于我们而言，都不知标准答案为何，更谈什么"证伪"的可能？所以，让生而便存在于"花柳繁华地，温柔富贵乡"的现实的人来论证达到"道"的境界究竟是怎样的一种体验，是绝对没有说服力的。那么，既然都无从领会道的真谛，又怎敢妄议道的孤寂呢？

《红楼梦》式的叙述是探索这个问题唯一可能的角度了。从大荒虚极的宇宙时空思凡下界的宝玉带着对虚与无超验的回忆，来到金玉的世界为人类检验木石之学究竟能将人生带往何处。

道家给出了一个"心如死灰"的世界，在这个世界中，个体必得领受清虚的孤寂。想要把心沉淀成"死灰"，在道家看来，第一步是"无为"。"致虚极，守静笃"，在私欲的摒除和牵挂的割舍上力图做到彻底纯粹。而详细的方法论便是"损"——为学日益，为道日损，损之又损，以至于无为。学问需要"日积月累"，成功需要日积月累，一切追求都是一路"积累"铺成的路。可"为道"尽管也是"为"，却是对一切正常行为的反

241

动。手段反动，意味着背后的价值更反动。虚到极致，便是"大盈若冲，其用不穷"。老子又更具象地追问"虚静"的方法与目的——"载盈魄抱一，能无离乎？专气致柔，能如婴儿乎？涤除玄鉴，能无疵乎？"老子追求的是心地澄澈光洁皎若明镜，纯净柔和宛如婴孩。

老子损、退回归本真的哲学在庄子手里成了更翔实彻底的"心斋""坐忘"。庄子模仿颜回与孔子的对话，表达了"心斋"的真义，即"一志""心听""气听"，思想专一，以心体会，最后用更虚的"气"来感知。"坐忘"的提出同样也是依靠虚构的孔子与颜回的对话，回忘礼乐、忘仁义，最终离形去肢。

整套遗忘与失去的学问贯彻下来，人心究竟被流放到了何处？复归于"婴儿"就是终点了吗？尼采说"最好的事情，就是不要出生"，可见所谓婴儿只是象征着存在于比婴儿更原初时空的生命形态。那种仁义、礼乐、功利、幸福都缺席的世界，叫它"死灰""木石"，难道过分吗？

《红楼梦》原名《石头记》。两个名字，画风截然不同。一个是宝玉心动的花花世界，另一个则暗指道家荒原时空。《石头记》里宝玉的轮回一梦，只提出了一个问题——心，真的可以变成石头吗？

(二) 道的尴尬：木石对金玉的艳羡

1."木"的忠诚

> 黛玉听得这话，不觉又惊又喜，又悲又叹。所喜者，果然自己眼力不错，素日认他是个知己，果然是个知己。所惊者，他在人前一片私心称扬于我，其亲热厚密，竟不避嫌疑。所叹者，你既为我之知己，自然我亦可以为你的知己，既你我为知己，则又何必有"金玉"之论哉？既有"金玉"之论，亦该你我有之，又何必来一宝钗哉？(第三十二回)

《石头记》中被明白指出具有神话般前世的只有宝玉、黛玉两人。神瑛思凡，而绛珠则因为只有到凡间"还泪"一种方式才有可能报得恩情，故而忠诚执着地追下尘世。传递出来的信息，便是情在"道"的死灰、木石的地带是无法实现的，但又是不可阻挡必然会出现的。所谓"木石前盟"根本只是个假说，木石无"盟"，因为石头的世界里容不下人性

242

的海誓山盟。所以，两人的转世，都是带着那份对"金玉良缘"的期待。

但真正的悲剧便在于，有温柔有富贵的地方，至多会有有"情"的人，但情走不进世界与命运。于是，黛玉是逃离了道家世界不容情的孤寂，但现世又遭逢儒家世界的"不仁"。人心与情在撕裂的两极中苦苦寻觅，无路无门。

宝黛爱情的悲剧意味时常会被读者的自我诠释冲淡。既然本就并非凡人的二人终将重回太虚，那么"奇缘"未必就从此毁灭。可是，《红楼梦》与《罗密欧与朱丽叶》《梁祝》等故事都不同的就是男女主人公在前世就有"恩"有"债"。爱情是在对所谓"天堂乌托邦"幻想破灭的基础上展开的。红楼世界的他者不是童话世界，而是木石世界。

红楼孽缘中的第一场轮回便是黛玉的追随，尽管尘世没有圆她对"金玉"的期待，但毕竟，那里有所谓"金玉"的存在。宝钗是儒家的代言，相反的，黛玉被看作道家精神的象征已成为基本公认的结论。这让黛玉的"思凡"成为了道家的精神框架中一个不可忽视的莫大的尴尬。

2. "石"的留恋

> 故绝圣弃智，大盗乃止；摘玉毁珠，小盗不起。焚符破玺，而民朴鄙；剖斗折衡，而民不争；殚残天下之圣法，而民始可与论议。擢乱六律，铄绝竽瑟，塞瞽旷之耳，而天下始人含其聪矣；灭文章，散五彩，胶离朱之目，而天下始人含其明矣；毁绝钩绳，而弃规矩，攦工倕之指，而天下始人含其巧矣。
>
> ——《庄子·胠箧》

宝玉在《红楼梦》第二十一回中读《胠箧》，心情烦闷再加有感而发，随手模仿着庄子的口气写出了一段续文：

> 焚花散麝，而闺阁始人含其劝矣；戕宝钗之仙姿，灰黛玉之灵窍，丧减情意，而闺阁之美恶始相类矣。彼含其劝，则无参商之虞矣；戕其仙姿，无恋爱之心矣；灰其灵窍，无才思之情矣。彼钗、玉、花、麝者，皆张其罗而邃其穴，所以迷眩缠陷天下者也。

号称"无事忙""情不情"的宝玉竟然能写下"焚花散麝""戕仙姿""灰灵窍"此等"心冷口冷，心狠意狠"的话来，读来很是有几分触目惊心。所以有学者读到此便认为"宝玉的心已经变成石头了"。但联系前文及此后宝玉的诸多行为，很显然，这根本不是宝玉对道家认同的呼应，而是嬉笑怒骂的反思与嘲讽。庄子对俗人人生观的拆解确实是一篇漂亮的攻辩词，但这种解构对宝玉而言是毫无意义的。庄子破解的是金钱、权力，最多不过是"六律五彩"等错彩镂金之美。而宝玉所眷恋者，乃是钗、玉、花、麝，是清纯无害的如花美眷，眼前真切的清水芙蓉之美令宝玉至少在那时还绝不可能信服庄子。

　　最终，宝玉虽然出家，但这是否是他心甘情愿选择的终极解脱之道？惜春出家，是连刘姥姥都不认，了却尘缘之前，赶走入画的姿态更是够"铁石心肠"。而宝玉在黛玉死后孝顺地娶宝钗迎麝月，有爱有恨有情有义了十多回才舍得撒手这花花世界，临行前还不忘对着父亲"拜了又拜"。《石头记》是以第三人称写的，而不是以石头的视角、石头的口吻。所以问题是，通灵宝玉重返大荒山后，就真的会"坐忘"到权当这只是一场红楼"梦"吗？如果是块布满伤口的石头，那么，每当荒原的风吹过无法干涸的血液，石头都应该考问自己——这样的"坐忘"，合格吗？

　　此路不通。

四、结论：通或不通的路

　　儒家或道家的哲学在《红楼梦》的故事里都暴露了自家缜密深邃的思想中难以走通的一条幽微的路。这不仅仅是一部小说对两家提出的挑战，而且是文学代表人类向自称可以救世或爱人的哲学的一次诘问。

　　宝玉之"情"是孔门仁学艺术化、纯粹化的情，有着赤子之眼与大儒心肠。但当密密麻麻的死亡纷纷降临，情的关爱被伤害了，情的意义被质疑了。死亡无可避免，冤屈的死亡更是猝不及防，而情越深痛越重。儒家愿提着仁爱的灯火在黑夜里走遍大地，殊不知黑夜里遭遇的每一场劫难，都是对仁爱自身的一次冲击与解构。

　　玉是温润的、雕琢的，象征着儒家；石是粗粝的、原始的，象征着道家。宝"玉"、黛"玉"的前世与来世都指向一个石头的世界。可是，心，真的可以变成石头吗？二人的诞生，本就是对"石化"生命的一次叛逆。因情而心如死灰的人，有资格来否定情吗？

有人论至此处便得出结论——《红楼梦》背靠虚无，走不通。

当真如此吗？

《红楼梦》有"情"的热度，渐渐冷却；有"石"的零度，渴望温暖。在死亡的世界里有葬花的传说，在无情的三生石畔有还泪的承诺。《红楼梦》背靠着苦，背靠着诗，背靠着爱，背靠着死。但苦、诗、爱和死，恰恰不是虚无。

参考文献：

1. 曹雪芹：《红楼梦》，中华书局，2005。

2. 刘小枫：《拯救与逍遥》，上海三联书店，2001。

3. 陈鼓应：《老子注释及评介》，中华书局，2009。

4. 牟宗三：《中国哲学的特质》，上海古籍出版社，1997。

5. 梅新林：《红楼梦哲学精神》，华东师范大学出版社，2007。

6. 李泽厚：《实用理性与乐感文化》，生活·读书·新知三联书店，2005。

7. 李泽厚：《哲学探询录》，安徽文艺出版社，1998。

8. 王国维：《静庵文集》，辽宁教育出版社，1997。

赵莹钰◎《红楼梦》中时间的悲剧①

　　自王国维提出《红楼梦》是"与一切喜剧相反，彻头彻尾之悲剧也""悲剧中之悲剧也"，有关《红楼梦》的悲剧论述就层出不穷，蔚为大观。诚然，《红楼梦》的悲剧意蕴是多重的，但却可以也需要分得出轻重主次来，其中最能引人感慨唏嘘也最值得注目的，就是贾宝玉和大观园中的女孩子们所经历的种种悲欢故事了。在他们身上，我们能够看到的不只是青春诗意的欢笑歌哭，还有深蕴其中的一个悲剧性悖论，那就是因着时间的流逝，青春的美好与青春必然逝去、对理想世界的追求和理想世界必然失落的双重悖论。这个悖论指向了《红楼梦》中最为深刻的悲剧——我们借用张爱玲的话称之为"时间的悲剧"，这层悲剧在前八十回的情节中已经时时隐现，暗示了其发生的必然性和发生的过程。

　　其实，关于这重悲剧，前人已经有过论及。张爱玲在《红楼梦魇》中就明确地用"时间的悲剧""成长的悲剧"来形容《红楼梦》的悲剧内涵，认为此书最主要的悲剧是青春的逝去和散场，而不是家族的覆灭或败落。她说：

> 　　因为宝玉大了，还跟姊妹们住在园中，不近情理。"散场"是因为宝玉迁出大观园，不出园就"终无散场之局"。
> 　　散场是时间的悲剧，少年时代一过，就被逐出伊甸园。
> 　　宝玉大了就需要迁出园去，少女都出嫁了，还没出事已经散场。

---

　　①　本文系北京大学 2017—2018 学年第一学期"《红楼梦》研究"课程论文，作者系北京大学中国语言文学系 2015 级本科生。

张爱玲已经看出了大观园的悖论，它是为了让这些少女和宝玉住进去而设计的一个青春理想的王国，但是青春不会永驻，少年时期一过，宝玉就一定要迁出去，不能再和女孩子们住在一起了；少女们最终也是要嫁人的，大观园面对的注定是一个风流云散的结局，最终成为"今昔对照的背景"，愈发反衬出昔日的美好和当下的荒凉。但是，这一理论没有继续深入追索下去，而是仅在她论及《红楼梦》版本流传的时候被略略提及，将这一悲剧的内涵停留在了分离、回忆的层面上，留下了很大的深入探讨的空间。

宋淇在《论大观园》中也这样认为：

> 大观园本身代表一种理想，可是这个理想的现实依据是非常之脆弱的。同一切理想一样，它早晚有幻灭的一天，不过它幻灭的来临，应该来自它内部发展的规律和逻辑。
>
> 《红楼梦》的悲剧感，与其说来自抄家，不如说来自大观园理想的幻灭，后者才是基本的，前者不过是雪上加霜而已。
>
> 有一个重要的因素使大观园的继续存在不可能。这个因素不是别的，就是"时间"。究其实，这何尝不是许多伟大小说的主题？

这一段论述对大观园中发生的时间的悲剧进行了更深入的分析，并且指出了其在《红楼梦》悲剧中的地位。大观园的幻灭是《红楼梦》悲剧感最主要的体现，这种幻灭是一种理想世界的幻灭和失落，因此能够带给人极大的震撼和痛惜感。但是，正如他自己所说，"这何尝不是许多伟大小说的主题"，却没有对《红楼梦》表现这一悲剧的独特性加以分析。

本文便试图在文本的基础上，追索这一重悲剧的生发过程和体现方式，分析其必然性之下的精神实质，并由此窥探《红楼梦》的悲剧内核。

《红楼梦》这部小说在开头就已经反复声明乃是一部"到头一梦，万境归空"的悲剧，又安排了贾宝玉在太虚幻境中窥视了一番诸钗的命运和贾府到头来"白茫茫大地真干净"的结局，这其实是他给读者打开的"天眼"，是为了让我们在阅读的过程中谨记其悲剧的本质，在面对那些"鲜花着锦，烈火烹油之盛"时，不要忘记只是"瞬息的繁华，一时的欢乐"

而已，可谓用心良苦。

但其实，就算我们没有事先了解到其悲剧本质，也能在其中看到一种时时出现的忧患感和悲凉感，尤其是这种对时间流逝、人生分散、理想失落的忧惧，不时流露出来，到了前八十回之末，已经呼之欲出，即将爆发了。我们先来看一下书中的表露。

我们看到，入住大观园之前，是本书的铺排部分，主要是将相关背景、人物交代清楚；在入住大观园之后，宝玉和姊妹们的生活才成为重点叙述的对象，而这一重悲剧，对青春理想世界的依赖和对时间流逝的忧惧，正是从他们身上体现出来的。入住大观园是在第二十三回，这一回中宝黛青梅竹马、共读《西厢》的故事固然美好，但是与之相关的两个情节却不能忽视，一个是黛玉埋香冢葬花，一个是听闻《牡丹亭》艳曲。黛玉对宝玉论及葬花时说道：

> 撂在水里不好。你看这里的水干净，只一流出去，有人家的地方脏的臭的混倒，仍旧把花糟蹋了。那畸角上我有一个花冢，如今把他扫了，装在这绢袋里，拿土埋上，日久不过随土化了，岂不干净。

这段话可不就是《葬花吟》中"未若锦囊收艳骨，一抔净土掩风流。质本洁来还洁去，强于污淖陷渠沟"的注解吗？余英时先生特别看重这一节，他说这是"作者开宗明义地点明《红楼梦》中两个世界的分野"，我非常认同这一点。这其实证明了曹雪芹在他们入住大观园之初，便点明了大观园超然于现实世界之上的美与纯洁，并且园中之人也是明白这一点的，所以黛玉才会说出这样的话来，这也表明了他们对"理想世界的永恒"和"精神生命的清澈"的追求。可是这种理想世界的追求是伴随着现实世界的险恶污浊而产生的，也必然走向受其侵蚀和摧残的命运，也就是说，大观园这个理想世界在建成之初，就埋下了幻灭的悲音。

我们再来看黛玉听到《牡丹亭》戏文的反应：

> 又侧耳时，只听唱道："则为你如花美眷，似水流年……"
> 林黛玉听了这两句，不觉心动神摇。又听道"你在幽闺自怜"等

句，亦发如醉如痴，站立不住，便一蹲身坐在一块山子石上，细嚼"如花美眷，似水流年"八个字的滋味。忽又想起前日见古人诗中有"水流花谢两无情"之句，再又有词中有"流水落花春去也，天上人间"之句，又兼方才所见《西厢记》中"花落水流红，闲愁万种"之句，都一时想起来，凑聚在一处，仔细忖度，不觉心痛神痴，眼中落泪。

黛玉为何会有如此"心痛神痴"的反应？是因为她所听到的戏曲，想起的诗句，在这个万物生长的春天给她带来了深重的生命的忧惧感。她刚刚经历了一场美丽的青春乐事，却被突然提醒"如花美眷"也敌不过"似水流年"，时间无始无终地奔流，水流花谢都不是人力可以左右的，而青春自然终将逝去。这是大观园"时间的悲剧"意识第一次显露出来，也恰恰发生在刚刚入住之时！这是不容忽视的，毫无疑问是作者有意为之，是在向我们预示着大观园必然的悲剧结局。而黛玉在此时的体悟和忧惧感，再后来被她写进了《葬花吟》，又启发了宝玉对这一悲剧的认知：

> 不想宝玉在山坡上听见，先不过点头感叹；次后听到"侬今葬花人笑痴，他年葬侬知是谁""一朝春尽红颜老，花落人亡两不知"等句，不觉恸倒山坡之上，怀里兜的落花撒了一地。试想林黛玉的花颜月貌，将来亦到无可寻觅之时，宁不心碎肠断！既黛玉终归无可寻觅之时，推之于他人，如宝钗、香菱、袭人等，亦可到无可寻觅之时矣。宝钗等终归无可寻觅之时，则自己又安在哉？且自身尚不知何在何往，则斯处、斯园、斯花、斯柳，又不知当属谁姓矣！——因此一而二，二而三，反复推求了去，真不知此时此际欲为何等蠢物，杳无所知，逃大造，出尘网，始可解释这段悲伤。

宝玉的所思所想，正是对这种时间悲剧的注脚，我们也可以看出，他所忧惧的并不是时间流逝所带来的死亡，而是四散分离、无可寻觅的孤独悲凉，和随之而来的理想世界失落的茫然无措。这种意识的萌发给他带来了极大的影响，自此，他对姐妹丫鬟们的种种迁就照顾，他对于大家一起消遣玩乐的格外热衷，以至于宝钗奚落他是"无事忙"，但其实是他因这种忧惧而对现下的生活格外地珍惜。至此，在大观园初期，这种对青春及其所代表的理想世界的追求与它终将随着时间的流逝和现实世界的侵蚀而幻灭的悲剧，已经埋好了伏线。

而对于这一重悲剧，最清醒的认知者和最深刻的体验者不是最早萌发这种悲剧意识的黛玉，而是贾宝玉。这样说有两个方面的原因，第一是宝玉不仅产生了对这种悲剧的认知，还做出了努力和抗争，这种努力的归于失败才是悲剧的内核之所在。其实，大观园中的人多多少少都会产生一种危机意识，但却各不相同。黛玉和宝玉一样认识到了这种时间的悲剧，但是她对此无能为力，只追求不委屈自己的内心；宝钗则是安分守己，绝不多事；探春更清楚的是贾府的没落而对这种时间的悲剧认识不深，她企图通过理家时的改革扭转局面，但最终也失败了。只有宝玉不仅对这一重悲剧有着清醒的认知，他还尽自己的努力去与之对抗，他在姐妹丫鬟身上煞费苦心，对大观园的兴盛可谓贡献颇大，但最后大观园真正要走向幻灭的时候他还是无力挽回，最终他感到"活着无趣，种种想望不过是梦不过是幻。他除了出家以外，还有什么办法"。可见，宝玉的努力—失败—心灰意冷才是这场悲剧最集中的体现。

第二是时间与现实的冲突借助他得以落实。悲剧在前八十回中的外现都是在贾宝玉身上实现的。因为宝玉作为大观园中唯一的男性和贾氏家族的焦点人物，是大观园和外部世界的连接处。他的目光不仅局限在园中，还拓展到了大观园之外，也因此比园中的姑娘们见到了更多现实世界的险恶污浊，这也让他越发珍重园中清净纯洁的生活。可偏偏因为他的特殊身份，他受到了赵姨娘的诅咒、贾环的暗算，金钏、晴雯因他而死，他才是经历过最多悲剧与不幸的人，无怪乎鲁迅先生说"悲凉之雾，遍被华林，然呼吸而领会之者，独宝玉而已"。

那么，这个悲剧又是怎样体现出来的呢？起初，是在大观园逐渐走向繁盛的时候于细微之处暗暗流露的，而到了韶华盛极之时，便倏然露出颓败的光景，自此愈演愈烈，终至彻底幻灭。

自这个悲剧的基调暗暗奠定之后，再发生的与之相关的大事就是金钏儿之死了。虽然不是发生在大观园之中，但宝玉和金钏儿的调笑标志着他的心性已经不完全是一个不谙人事的孩童了，这件事情不仅让王夫人怒不可遏，也让她从此暗暗戒备。宝玉挨打之后，袭人与王夫人之间发生了这样一段对话：

> 袭人道："我也没什么别的说。我只想着讨太太一个示下，怎么变个法儿，以后竟还教二爷搬出园外来住就好了。……如今二爷也大了，里头姑娘们也大了，况且林妹妹宝姑娘又是两姨姑表姊妹，虽说是姊妹们，到底是男女之分，日夜一处起坐不方便……"王夫人听了这话，如雷轰电掣的一般，正触了金钏儿之事，心内越发感爱袭人不尽，忙笑道："我的儿，……我何曾又不想到这里，只是这几次有事就忘了。……罢了，你且去罢，我自有道理。……"

可见，没过多久，大观园就出现了一次危机，就是因金钏儿之事，王夫人和袭人产生了要将宝玉挪出园外去住的想法，这背后的实质原因就是宝玉和园里的姑娘们都大了，一处生活已经不便，多有嫌疑，这不是"成长"所带来的一种危机吗？好在这时他们的年纪还算不得很大，半是孩童，所以王夫人虽然警觉，还是没有一定要挪出去，只是说"自有道理"，叮嘱袭人一番就罢了。

之后的大观园处在一个发展阶段，从三十七回到六十三回，是结构严密的一部分，这部分的主题就是大观园。在这段时间里，他们结诗社、游园、联句、过除夕、庆元宵、贺生日、开夜宴……可谓其乐无穷，但也始终有一缕悲音不绝如缕：

> 一面又想宝玉虽素习和睦，终有嫌疑。又听见窗外竹梢蕉叶之上，雨声渐沥，清寒透幕，不觉滴下泪来。（四十五回）
>
> 紫鹃笑道："……我倒是一片真心为姑娘。替你愁了这几年了，……趁早儿老太太还明白硬朗的时节，作定了大事要紧。俗语说，'老健春寒秋后热'，倘或老太太一时有个好歹，那时虽也完事，只怕耽误了时光，还不得称心如意呢。"……黛玉听了这话，口内虽如此说，心内未尝不伤感，待他睡了，便直泣了一夜。（五十七回）

宝玉因想道："能病了几天，竟把杏花辜负了！不觉倒'绿叶成荫子满枝'了！"因此仰望杏子不舍。又想起邢岫烟已择了夫婿一事，虽说是男女大事，不可不行，但未免又少了一个好女儿。不过两年，便也要"绿叶成荫子满枝"了。再过几日，这杏树子落枝空，再几年，岫烟未免乌发如银，红颜似槁了，因此不免伤心，只管对杏流泪叹息。（五十八回）

如此种种，莫不是由时光流逝、年岁渐长生出的感慨悲凉。但是，总体来说，这段时间正是大观园最美好的辰光，因此这种悲音也只是若隐若现，不致断绝而已。到了六十三回，可谓大观园或者贾宝玉生活中最热闹、最欢乐的时刻，因此宋淇将这一回当作大观园的高潮，也是很有道理的。而这一次群芳夜宴，将大观园推到了"韶华胜极"的地步，也终于"开到荼蘼花事了"，走向了盛极而衰的道路。也正是在这个瞬间，这部分对大观园的集中描写就戛然而止，开始转向了尤二姐之事的叙述，充满了对现实世界的污秽、险恶、毒辣、阴险的描摹。我认为，这种结构安排，就是为了表示现实世界即将入侵和摧毁大观园这个理想的王国了。

果不其然，很快，大观园中的山石上发现了绣春囊，这正代表着外界的污浊对大观园的入侵，"绣春囊在大观园中出现就像伊甸园中发现蛇一样，因为蛇一出现，亚当和夏娃就此从天堂下落到人间去了"。抄检大观园就此拉响了丧钟，这层悲剧，无论是青春的逝去还是理想王国的失落，已经到了无可挽回的地步了。

我们看到，王夫人在处置完宝玉房里的人后说的是：

你们小心！往后再有一点分外之事，我一概不饶。因叫人查看了，今年不宜迁挪，暂且挨过今年，明年一并给我仍搬出去清静。

这等的声色俱厉，不留余地，与金钏儿出事之时的迁延不决截然相反，表明了王夫人铁了心要宝玉搬走，而宝玉也一定是要走了，大观园这次面临的是一场前所未有的危机。而与此同时，宝钗避嫌已经搬走，迎春许了人家，宝琴即将成亲，随之就是岫烟、李纹、李绮也要离开了，不只宝玉要走，长大了的姑娘们也即将有各自的归宿，大观园已经摇摇欲坠，即将幻灭。而对大观园最后的描写是什么呢?

> 宝玉听了，怔了半天，因看着那院中的香藤异蔓，仍是翠翠青青，忽比昨日好似改作凄凉了一般，更又添了伤感。默默出来，又见门外的一条翠樾埭上也半日无人来往，不似当日各处房中丫环不约而来者络绎不绝。又俯身看那埭下之水，仍是溶溶脉脉的流将过去。心下因想："天地间竟有这样无情的事!"悲感一番，忽又想到去了司棋、入画、芳官等五个;死了晴雯;今又去了宝钗等一处;迎春虽尚未去，然连日也不见回来，且接接有媒人来求亲;大约园中之人不久都要散的了。(七十八回)
> 只听见说娶亲的日子甚急，不过今年就要过门的，又见邢夫人等回了贾母将迎春接出大观园去等事，越发扫去了兴头，每日痴痴呆呆的，不知作何消遣。又听得说陪四个丫头过去，更又跌足自叹道："从今后这世上又少了五个清洁人了。"因此天天到紫菱洲一带地方徘徊瞻顾，见其轩窗寂寞，屏帐翛然，不过有几个该班上夜的老妪。再看那岸上的蓼花苇叶，池内的翠荇香菱，也都觉摇摇落落，似有追忆故人之态，迥非素常逞妍斗色之可比。(七十九回)

大观园给我们留下的最后景象，是如此的寥落凄凉，可见这场悲剧，已经从幕后转向台前，拉开了大幕，即将上演了。八十回后的故事，我们虽然不得而知，但是可以肯定，到了八十回，这场悲剧的面目已经显现了出来——青春走向终结，理想世界彻底失落。

我们说过，《红楼梦》的悲剧是具有多重内涵的，但我认为其悲剧的核心内涵就是这一重时间的悲剧。宋淇先生已经说过："《红楼梦》的悲剧感，与其说来自抄家，不如说来自大观园理想的幻灭，后者才是基本的，前者不过是雪上加霜而已。"确实如此，曹雪芹想表示的绝不是对家族败落的沉痛和惋惜，荣华富贵也不会是一个经历过这种大喜大悲之人最后的惦念。"抄家在《红楼梦》中的意义已绝不同于它在曹家历史上的原始意义。历史上的抄家终结了曹家的花柳繁华和温柔富贵，这些在曹雪芹写

253

《红楼梦》时已弃之若敝屣”，真正使我们感到悲痛的，不是贾家查抄败落的凄凉，而是大观园中这些少男少女们，对理想世界的追求和幻灭的悲凉。

我们可以看出，抄检大观园时，贾府已经不可挽回地走向了败落，但是王夫人依然可以轻而易举地给大观园和园子中的人带来毁灭性的打击，这种打击才是让我们感到痛心的，也足以证明这才是《红楼梦》悲剧的核心之所在。而这个核心的实质，就是对成人世界的抵抗和抵抗的必然失败。《红楼梦》中的人生的幻灭感和虚无感，就是由这种抵抗的失败所带来的。正如牟宗三先生所说，贾宝玉的出家，不是因为对爱情的追随，而是他在被迫跌入成人世界后，却发现这个世界让他失望不已，从此万念俱灰，“为黛玉出家实在是一个巧合”，将世事视作浮云，才是《红楼梦》第二重的悲剧，是“天地暗淡，草木动容，此天下之至悲也”。

所以，《红楼梦》的悲剧核心就在于随着时间流逝，每个人都会逐渐受到成人世界的侵袭，少年最终会离开青春的伊甸园而堕入现实，这是一个我们都要经历却无可奈何的过程，正如“春残花渐落”一般。《红楼梦》最终借助抄家的变故，只是为了将这一重悲剧表现得更为彻底，事实上，即使没有抄家，这也是一场悲剧。我们已经可以看到大观园中的人被成人世界侵蚀的痕迹了：黛玉刚入府时，是何等孤高自许，目无下尘，借着送宫花一事毫不客气地让王夫人的陪房下不来台，到后来也会给送东西的妈妈赏钱打酒吃；宝钗小时候也是个淘气看杂书的，不几年就修炼成了山中高士一般的人物；探春也学会了精打细算地理家。世俗生活的潜规则无孔不入地侵蚀着这个理想的世界，毫无抵抗的可能。

而这个悲剧是永恒的，《红楼梦》中只写了一代人，但是哪一代人不是如此呢？贾母“像他们这么大的时候，也是和姊妹们天天去玩”，做年轻媳妇的时候，比王熙凤“还来得呢”；王夫人还是王家二小姐的时候，不也“着实响快”吗？最终她们也变成了沉默的、麻木的甚至狠毒的妇人。“年年岁岁花相似”，却终是年年岁岁“春残花渐落”，这样无限的循环，正是《红楼梦》悲剧的广泛性、深刻性和永恒性之所在。

参考文献：

1. 曹雪芹、高鹗：《红楼梦》，人民文学出版社，2005。

2. 中国艺术研究院红楼梦研究所:《红楼梦研究稀见资料汇编》,人民文学出版社,2001。

3. 鲁迅:《中国小说史略》,《鲁迅全集》卷十七,人民文学出版社,2005。

4. 余英时:《红楼梦的两个世界》,上海社会科学院出版社,2002。

5. 宋淇:《红楼梦识要——宋淇红学论集》,中国书店,2000。

6. 张爱玲:《红楼梦魇》,上海古籍出版社,1996。

7. 蔡元培、王国维、鲁迅、胡适:《红楼四大家》,东方出版社,2014。

郑修祺 ◎ 深沉的勾勒和温情的反叛①

——浅谈有关贾府描写的意义

论述文学作品的意义首先要明确论述的目的。在论述的目的是分析文本的作用的前提下，"意义"才是存在的。对于仅仅是文学作品的阅读者和欣赏者的人来说，文本的功能性是最最无关紧要的，除非是为了辅佐更进一步的赏析。否则，创作的意义就是创作本身，是表达和被看见。本文以《红楼梦》文本的分析者、考据者的视角出发，意图浅析《红楼梦》中贾府家族性、社会性明显的情景描写及其作用，主要集中在复杂关系下的人物形象、事件矛盾和作者意图传递的思想感情如何被入微地体现。

一、借事写人：关系社会中的人物形象

人物形象在独处和面对社会时是迥然不同的。独处的自我是自己愿意接受、面对的自我；唯有在面对社会的时候，人格中隐蔽的真实的自我才能无意识地流露。身处社会中的表演也是这真实的自我主导的表演，从中读者可以窥见人物的本性，这当然也是作者有意为之的。在贾府这样以亲族关系、主仆等级构成的社会中，尊卑亲疏之间的交锋更有许多可观之处。

仅以邢夫人与凤姐商议讨鸳鸯一事为例。本回里曹公明显地让读者瞩目于阿凤之八面玲珑心思缜密。熙凤先快言快语道"老爷如今上了年纪，行事不妥"，邢夫人恼后，又赔笑云："我能活了多大，知道什么轻重？"前后两番话矛盾滑稽可见一斑，邢夫人反不觉。读者观之可笑，正是作者

---

① 本文系北京大学 2020—2021 年第二学期 "《红楼梦》研究"课程论文，作者系北京大学元培学院 2019 级本科生。

之意。凤姐又"暗想"不能让邢夫人疑心自己等语，随事生名，指了"鹌鹑""车拔了缝"两件事为由，让邢夫人与自己同行。可知平日如何信手拈来搪塞诸人，与自己多少方便。后文再提凤姐嘱咐炸鹌鹑一事，笔者只佩服阿凤心里千头万绪样样清楚。

而后平儿与鸳鸯帮腔一事被戳穿，阿凤担心邢夫人疑心自己，"忙道"与自己无关，又有丰儿伶俐机敏，编出黛玉请走平儿一节故事，阿凤"故意的"还帮着圆谎。这些用词皆是曹公有意点醒读者细看，将读者从一无所知的事件旁观者的位置带入全知的上帝视角。下意识的表演和流露都是天性玲珑、机关算尽的明证。

关系社会中不只当面的表演有深意，随口而出的言谈里也有可探究的细节。上一例中丰儿提黛玉，更是值得细品。贾府诸多女孩儿里，阿凤心腹如何独提黛玉？第一，黛玉在贾母口中是与宝钗相别的"我们家四个女孩儿"（第三十五回《白玉钏亲尝莲叶羹，黄金莺巧结梅花络》）之一。黛玉母亲是贾氏一族，故并不把黛玉归结到外戚当中去，合情亦合礼数。再者，另外三人里，迎春怯懦且是贾琏之妹，牵扯上她恐再令邢夫人生怨；惜春幼小且是隔府的贾珍之妹，与熙凤不可能有往来；至于探春，看平儿这样形容"二奶奶这些大姑子小姑子里头，也就只单畏他五分"，本不是相熟的，更不能随意与她生是非。唯有黛玉是平日可与她玩笑一二，且凤姐本暗服腹有诗书的姐妹。第三，黛玉又是冷眼看去贾府事事清楚、事事留心的，且平日懒与人相争，拿来当一时的借口颦卿想也无碍。更何况以黛玉性情，"下帖子请平儿"未尝不是曾经发生过的真事，阿凤并非俗人，想来也并不阻拦过。

综上，如此的关系社会中的交锋方能尽显诸人本色，在各种事由中有意穿插几笔，几句便能写尽无处可写之事。如果没有这种随时勾勒式的描写，阿凤、颦卿诸人便要大为减色了。

二、君子自谦：礼制下的温情反叛

贾府代表的封建社会关系里，礼制也是重要的构成要件，且尊卑之礼在亲族之礼之上。如袭人热孝在身时不应避人守孝，而应随自己主子赴宴，在旁随侍。贾母至亲至善之人，对袭人亦有这样的言论："跟主子却讲不起这孝与不孝。若是他还跟我，难道这会子也不在这里不成？皆因我们太宽了，有人使，不查这些，竟成了例了。"读者们或也曾心下一凉否？这也是《红楼梦》着力用笔处。若贾母一味慈善纵容，则失了从前世家千金的风范仪态。想贾府平日帮忙料理事务的女性一脉，由宝钗、探春起，到李纨、熙凤、尤氏，到王夫人，到贾母，必然皆是胸中有大乾坤的，贾母又如何会以年老之故成为礼制的反对者、抵抗者。

贾母虽说着贾府风气太宽，待下人却仍旧不曾收紧过。凤姐一番解释，给个台阶下，贾母便未再纠缠。这也正是人情温暖处，是一种自发产生的怜悯、幸运者对不幸者的愧怍，从此读者可以窥见平等的共情。奴仆之孝也是值得身为主上的贾母重视、宽待的亲族礼仪，这种自然的重视正是对尊卑礼制的自然反叛。

再看贾宝玉之乳母李嬷嬷同贾琏乳母赵嬷嬷。李嬷嬷正是因亲族关系的尊而有意识地忘却自己在主仆关系中的卑，总认为自己比宝玉更有威严。事实上也确乎如此。脂批有："宝玉之李嬷，此处偏又写一赵嬷，特犯不犯。"李嬷如何仗势作威，赵嬷就有如何行尊卑之礼，凤姐却是更加敬爱体贴。尊卑之礼在此处被凤姐贾琏二人有意地忽视，而循亲族辈分之礼，这也是人情逐渐打破礼制、成为社会规范的一部分的现实。

且看林之孝家的用这番话教育宝玉："越自己谦越尊重，别说是三五代的陈人，现从老太太、太太屋里拨过来的，便是老太太、太太屋里的猫儿狗儿，轻易也伤他不得。这才是受过调教的公子行事。"这是主仆地位尊卑之礼让位于"自谦"的君子之礼，也是让位于重视亲族的儒家之礼。在这种自谦的思维陶冶下，贾府小辈对管家的祖辈也是极尽尊敬。贾蓉提赖大是称"赖爷爷"，探春提吴大娘是"吴姐姐"。探春理事时，更有是语："你别混支使人！那都是办大事的管家娘子们，你们支使他要饭要茶的，连个高低都不知道！平儿这里站着，你叫叫去。"探春作为正经主子，尊敬的是自己的长辈管家们，对身份是姨娘的平儿反而有主仆尊卑之分。而管家们恰恰因为权力阶层的低微而对平儿有尊卑之分，辈分也不论，下文奉承平儿等语不一而足。

这种封建礼乐制度下的微小弹性是人性的温暖，也是礼制唯一的破绽——它作为社会中的一种束缚所维持的是表面的和平，而不能抹杀人的自然本性。人在自私欲望的驱使下形成对外的掠夺和征服，但是另一种欲望——善和爱的欲望，总能与之抗衡。礼制的禁锢下，处处是个人对个人的权衡、妥协和包容，也即处处是自由。

三、死而不僵：大厦将倾的矛盾张力

除开种种细小精微的人性之善以外，《红楼梦》对贾府的描写还存在一种更深层的表达，一种对复杂多维的人情世故的描摹和揭露。随着情节进入到贾府上下"自杀自灭"的尾声，这种复杂的关系在诸多小事中爆发，更加体现出盛筵易散、大厦将倾的悲剧感。

仅以二处为例。第一处是七十一回。尤氏见大观园各门未关，因此要寻管事的婆子叮嘱，却因是"东府奶奶"的身份被轻视。可巧被王夫人陪房周瑞家的得悉，因与生事人不睦，遂借凤姐名义严惩。又恰好生事人是邢夫人的陪房王善保家的亲家，经王善保家的教唆，邢夫人故意大庭广众下为难凤姐。此事因东府西府不睦而起，却在陪房亲眷社会之间波澜顿生，最后由身为王夫人内侄女兼邢夫人儿媳的熙凤承担怪罪。一笔勾勒尽几家心计，是精心布置之举。

第二处是王善保家的得到王夫人信任，随凤姐、周瑞家的抄检大观园。这也是下人教唆主上遂自己私心的一例。王夫人不觉邢夫人秉性，亦不觉王善保家的秉性，阿凤虽有心亦无处调停，脂批云"写阿凤心灰意懒，且避祸从时"，可见熙凤身处贾赦、贾政两家庭关系之中身份尴尬。抄家一事之后，惜春借势不与宁府来往，亦可以窥见亲族关系的冷漠和薄情：更亲密的血缘并不足以代表更强烈的支持。这亦是对寻常关系社会描述的一种解构。惜春所言"善恶生死，父子不能有所勖助"，意为自己所得的报应即便是父子也不能相承担，彻底将亲族关系在人生和自我意义中的作用抹去。

此处两事，一是宁府与荣府的矛盾，二是贾赦与贾政的家庭之间的矛盾，三是主子太太们的陪房、陪房亲眷构成的底层社会之间的矛盾。种种矛盾之中，既有自然亲族之间的合作和帮衬，也有自然对立关系下的相恤（如凤姐和尤氏一贯的友情），也有对自然关系的反抗。种种复杂的情感构成了书中若隐若现的张力，这种张力的平衡被打破后顿生事由和波澜。正是这种互相牵制产生了若干年的平静，而张力消退的时候各方势力遂开始斗争；也恰是这种张力免于贾府被斗争过快地内耗，尽管内耗是必然的结局。贾府这样的百足之虫，虽不僵也将死。

四、闲笔警世：怡红女儿构成的贾府缩影

除开贾府中长辈的构成，年轻人的社会也同样值得细考。怡红院更是有代表性的一个小小的府邸。书中对各主角的侍从下笔寥寥，怡红院中却莺燕众多，宝玉自己也认不全。大小琐事也是怡红院理得最清，浇花喂雀拢茶洒扫，当班人全有记录。通过这个小角度的描画，读者可以一窥贾府"曾经"是何形状、"未来"又如何走向。

从群芳开夜宴一回里，读者可以看到众丫鬟之内袭人、晴雯、麝月、秋纹是第一等的，碧痕、芳官、小燕、四儿是第二等。如果细考各人名字，麝月应对檀云，秋纹对碧痕，那么按碧痕地位，檀云应原也算在第二等里，但檀云此人在书内空有名号，从未有过言语，故曹公抹去檀云令芳官补缺也有可能。袭、晴、麝、芳官是我们熟知的，四儿自从偶然被宝玉提拔之后便再无别的故事，现在且看秋纹、碧痕、小燕这三个人是何形状。

在林红玉一节故事内，秋纹和碧痕是共同出现的。二人举止形容都甚亲厚，也是一般的跋扈。第二日，也恰是碧痕打断宝玉找红玉的心思，催宝玉洗脸，何等家常琐屑之事。不难推断碧痕之心细如发、狡诈多疑，其地位也大不如晴、麝二人，是专门另管宝玉洗漱沐浴一事。第二十六回有一处闲笔，碧痕与晴雯拌嘴，也可一窥碧痕素日性格绝非善类。更兼后文恰恰自晴雯口中道出宝玉与碧痕洗澡之事，不得不佩服曹公笔下多少线索疏而不漏，总能归结。碧痕其人，大约和宝玉口中所谓鱼眼珠子也无异了。

至于秋纹，另是一种行事。骄矜伶俐不输晴雯，憨厚稳重处也久经袭人教诲，是集大成却不兼美之人。骄矜之处也即秋纹放言曰"拿老太太的茶吊子洗手"云云。麝月称之为"秋丫头"（第三十七回，麝月笑道："通共秋丫头得了一遭儿衣裳……"），应也是较麝月地位更次一点。憨厚之处则看袭人得了王夫人的月银之后，众女儿闲谈之余，唯有秋纹是有心想得上面的赏识和恩赐的，麝月更是唯一一个不争不抢的。平日里也是秋纹去问平儿要众人月例等事，如此种种怡红事务，秋纹确实上心。这也足

证麝月是真心受了袭人"贤德"的陶冶，而秋纹则是在制度阶级下被驯化的世仆，忠贤之内带了奴性。这种奴性或许也是秋纹对地位不如自己的红玉和执事管家们目下无人、骄矜自傲的源头。

小燕却出乎意料地是个好角色。这是读者极其容易忽略的，甚至笔者在进行考证之前也未曾注意到。需要指出的是，春燕和小燕在五十九回莺儿言语里被证实为一个人，即便更多的历史考据证明了并非一人，在"作者已死，文本为重"的阅读前提下也无妨视作一人。细数下来，全书有可解读的活动行为出现了四次。一是对莺儿讲家里长辈贪财没足厌（回目标题是"嗔莺咤燕"，可见此人不凡）；二是小燕为晴雯跑腿，去厨房要炒芦蒿；三是拾起地上不知谁丢着的手帕，主动洗了晾上；四是为柳五儿进怡红院的事周旋。不难看出，小燕是贤德不下袭卿、伶俐不下红玉、又难得勤快能干的奇才。此外还不失孩气，天真可爱，若再有三五年不难与袭、晴比肩。不过王夫人逐晴雯一节之后，再无小燕文字。

此三人在怡红院里的存在或许也是警示读者：怡红院从非净土，宝玉极力避免的功名利禄、经济仕途在这个小小的阶级社会里也在上演。譬如小燕这样兼美之人倒不得出头。她们和袭、晴诸人共同构成了复杂、多维的怡红院侍从图景，也增加了许多细节上的可读之处。对贾府的构成上来说，是对更年轻的贾府社会的可能性解读，是对贾府当是时的管家女人们的青春进行描画，给沉溺于大观园的天真幻象的读者以大厦将倾的线索和张力，对所谓"温柔富贵乡"进行现实的沉痛的祛魅。宝玉对诸女儿的兼爱和包容或许也是一种更理想化的现实实验，但也是失败的：在"每个人对每个人的战争"之上，这种无条件的温情之爱提供的让善意生长的环境并不能让斗争的欲望消减，反而助长了参与斗争的安全。

五、结　语

曹公写贾府，描写的是人，也是人构成的社会。在这样的精心描摹、深沉勾勒之下，人的自然的矛盾、冲突被放大，人的自然的温情和善意也被放大。所谓意义或许正在这两种自然的、力量悬殊的对抗之中。而无论对哪种复杂关系进行写作，这种细节上的丰富也正是最动人处、最可读处。这是读者和笔者都能够认同的。

未名红学社：徜徉于未完之梦的青年人

　　北京大学是新红学的发源地，百年间，无数红学大家涌现、会聚于此，《红楼梦》最完备的版本庚辰本也在此珍藏，这片园子是名副其实的一座红学"学术殿堂"。我们采访了未名红学社的部分社员，他们来自北京大学的不同学院、不同年级，因共同的爱好相聚于此，在燕园构筑起一方别苑，在北大叙写半壁闲庭。让我们一起走进他们的红学世界。

学术殿堂孕育出的红学"自留地"

　　此中有深厚的红学研究基础和传统，馆藏众多珍贵资料。在这一切潜移默化的熏陶下，北大人对《红楼梦》似乎总是怀着巨大的探索热情。从这里走出的一代代红学家、红学爱好者们，对《红楼梦》倾注了无尽的深情，有的人一生耕耘于此，人生有竟时，《红楼梦》却是一本永远读不完的书。

　　在这样的环境里，集齐天时地利与人和，1999 年，北大红楼梦研究会（后更名为"未名红学社"）正式成立。二十余年里，燕园的青年红学爱好者们以这个社团为自留地，开展活动，探索讨论，徜徉于书页之间的大观园，流连于这数百年读不完、说不尽的红楼一梦。

　　"加入红学社是因为从初中到现在一直很喜欢红学，但是身边真正热爱红学的并不多。在浏览北大社团目录的时候惊喜地发现了红学社。"在北大，一个红学爱好者邂逅了红学社，恰似花儿邂逅了春风，志趣相投的同学们出于纯粹的热爱聚在一起，为大学生活留下一抹难忘的色彩。

《红楼梦》与生活的美妙碰撞

　　在这里，有读书会、沙龙、名家讲座等一系列学术类活动，以拓宽与深入知识，也有诗社、出游、手工制作等各种各样的休闲性活动，让爱好红学的大家在生活中体悟、靠近《红楼梦》的世界，在轻松愉悦的氛围中收获美的享受。

曹氏风筝工艺是北京传统的民间风筝手工艺，由曹氏风筝创始人孔祥泽根据曹雪芹手稿《废艺斋集稿》第二卷《南鹞北鸢考工志》记载的风筝起放原理、扎糊技法、绘画要领等研究制作而成。红学社曾抓住这个与曹雪芹相关的细节，邀请曹氏风筝的传承人，组织开展绘制风筝的沙龙活动。

《红楼梦》中还经常出现一个小物件——荷包。贾宝玉的荷包装过香雪润津丹、沉香速香、晴雯的指甲，贾琏、尤二姐的荷包装的是槟榔，元妃给龄官的赏赐、凤姐儿给宝玉的寿礼也是荷包。以此为出发点，荷包制作也成为红学社组织的沙龙活动之一，受到同学们的欢迎。

红学社还曾联合北大极客实验室、烹饪与美食协会、曹雪芹美学艺术研究中心共同举办"红楼食遗"活动，大家亲手制作了在书中出现的奶油松瓤卷酥、藕粉桂花糖糕、豆腐皮包子、虾丸鸡皮汤、疗妒汤等菜肴点心，在实践中体验《红楼梦》的饮食文化，走进大观园的日常生活，对中国传统文化也有了更深入的理解。

出游活动是红学社的"保留项目"，大观园、香山曹雪芹故居、陈晓旭墓、蟒山、凤凰岭……北京城的山水草木，处处含情，处处留下了知交同游、猜谜联句的珍贵回忆。

几许闲情，几寸衷肠，和风容与，且行且歌。在红学社，经典与生活发生碰撞，文学与生命妙合无痕。

园子里的青年红学爱好者们

"红学社是我的世外桃源，就像大观园是宝玉的世外桃源。"北京大学城市与环境学院 2011 级本科生许阳曾任未名红学社的社长，在她心中，红学社是永远的精神家园，哪怕毕业后离开了园子，她与在红学社认识的知交好友也依然保持着联络，甚至还在筹划为红学社开发一款《红楼梦》主题的桌游。

许阳认为《红楼梦》的文字有着一种能被本能与直觉捕捉到的美，即使不懂文学理论，也能感受到其中的力量。《红楼梦》的世界对她来说永远是一个充满着趣味与未知的天地，她列了一个名叫"姐姐的有生之年"的清单，上面很多都是和《红楼梦》有关的有趣事情，比如红楼梦主题密室逃脱、侦探游戏、解谜盒子、手工胭脂……都是她立志有生之年要完成的。

新闻与传播学院 2019 级硕士生谭影子努力让红学与时代热点相结合，希望能强化《红楼梦》与现实生活的联系，激起更多同学对《红楼梦》的兴趣："我会有意地在校园论坛上发表一些新鲜的话题，比如说把《红楼梦》中的古代风俗和现在对比起来，把《红楼梦》的故事和发生在身边的事情联系起来。比如当时的人是怎么看待贞洁、阶级等敏感问题的等等。"

未名红学社现任社长、环境科学与工程学院 2020 级本科生刘久璐最爱《红楼梦》背后的文化世界："读《红楼梦》时，心与《红楼梦》背后恢宏的文化世界更加贴近，于是感受到一种特别的充实，这种充实感是在阅读其他名著时从未有过的。"他曾经是个酷爱打打杀杀情节的男孩，对"风流男子和一群女子的故事"并不感兴趣。但真正接触《红楼梦》之后，他看到了男女情爱背后更深刻的东西，从此被深深吸引，流连至今。

红学社的同学们，无论是社员还是骨干，都对《红楼梦》有着近乎痴迷的热爱和责任感。他们努力做好红学社的日常工作，组织好每一次活动，在网络上和生活中，致力于宣传《红楼梦》，让更多的人了解红学、爱上红学。

许阳回忆在红学社担任社长的日子："所有事情的背后，我印象最深刻的是一种'感觉'，那个感觉就是：我一定不能让红学社的任何一个传统，在我手上断掉。"不能让社团的传统在自己手中断掉，不能让红学在这一辈人手中成为湮灭无闻的"老古董"，作为爱好红学的年轻人，他们秉持着这样的信念与责任，一路前行。

未尽之诗，未完之梦

《红楼梦》是一部什么样的书？一千个人就会有一千种答案。新红学诞生百年来，无数人钻研、求索，这门学问却永远没有穷尽的时候，《红楼梦》是一本永远也读不完的大书。

医学人文学院 2020 级本科生杜思钰回忆起自己初识红楼的场景，那是跨越年代而未曾褪色的记忆。年幼时的她在太爷爷的旧木头书箱里翻到一本《红楼梦》，看上去厚厚一本，其实只剩了"第八十三回"到"第一百十八回"的部分，书页是棕黄色的，书角微微翘起，边上还有很多小豁口，翻动时能闻到尘土和纸张混合的味道，仔细看还能找到几个很小的蛀洞、几处淡淡的油渍和一些批注。字是繁体字，从右往左纵向排列，标点也有不同，而且书页的排列顺序与当下的书籍相反。太爷爷留下的其他书虽然也已经发黄，但从印刷上来看应该比这本年轻许多。谁也不知道这本书有多少个年头了。与自己的祖辈阅读和喜爱同一本书，为年轮所晕染的神圣成为《红楼梦》之美的无声佐证。

环境科学与工程学院 2020 级本科生魏颐菲用顾城的说法来解读《红楼梦》的美。场景华丽，这是寻常；人物正邪两赋，则出人意表；但最美的，还是其中非常明显的中国精神，一种淡淡的、低低的、天人合一的气质。王安忆说过，西方的小说必须用到"过去时"，绝望而又无可奈何。中国人却从不绝望。中文里没有时态，所以你可以把《红楼梦》当作现在进行时，你住在繁荣，在青春；但更深层的原因，是你不惧于花开花落，不惧于秋去冬来，你不执着于哪一片刻的完满，因为生老病死、荣辱兴衰原本就是一种完满，"白茫茫大地真干净"原本就是一种向往。

许阳觉得，《红楼梦》最珍贵的一点是，它描写了两个完全不同的世界：一个最现实、最琐碎、最残忍，另一个最美好、最天真、最理想主义。曹雪芹不仅懂这两个世界，而且对这两个世界都怀着深切的悲悯。他了解现实，但仍然赞美理想，而且他让现实与理想、情感与利益、美丽与丑恶，如此紧密地相互缠绕，出现在同一个空间。许阳从《红楼梦》中读出了自己理想的人格，就是"在看清生活的真相之后依然热爱生活"。

外国语学院 2020 级本科生朱子昂用"情"这一主题来解释《红楼梦》超越时代的原因。曹雪芹自己也说过，《红楼梦》一书"大旨谈情"。谈的什么情？虽然书中出现了不少神仙角色，但主要谈的还是"人情"。书中既有女孩们"义结金兰"的友情，也有诸如老祖宗对宝玉、宝钗对薛姨妈的亲情，更有贯穿主线的悲剧爱情。除此之外，《红楼梦》还对整个清末社会的"人情世故"有着细致的描摹，各色人等的价值取舍、道路选择和生活态度都有涉及，这些都包含在"人情"这个大框架下。不管是政治方面、文学方面还是其他方向的解读，对《红楼梦》来说都是有意义的，因为所知所晓的一切皆因情而生，人生的意义也系于情网之上。从这个角度出发，说《红楼梦》是政治小说、爱情小说或是别的什么小说，皆可成立——因为不管什么类型的小说都脱离不了"人情"这个凌驾一切且无所不包的主题。

"它不是一部可以用大纲归纳概括、可以速食的东西，草蛇灰线的结构，如雪花般细密轻盈的细节，带领着读者体验脱离喧嚣和浮躁的真正的阅读。"谭影子说。

刘久璐最爱《红楼梦》中的凤姐儿："虽然比起文中其他女性，王熙凤没什么文化，又不像传统女性那样温柔贤淑，但正是这样，让我觉得王熙凤这个角色更加生动。"许阳则对芦雪庵的情节印象最深刻，这段最欢乐恣肆的时光是《红楼梦》的一抹亮色，"曹雪芹这个人，他很明白盛筵难再、荣枯咫尺，可是他写欢乐场面的时候一点都不流露出萧瑟"。

杜思钰偏爱晴雯，脂批"晴有林风，袭乃钗副"，晴雯和黛玉一样身世坎坷、率真坦荡、美丽聪慧、具有叛逆精神，但她更加张扬肆意。"可叹停机德，堪怜咏絮才"，钗黛的聪慧多少有些令人心疼，比如林黛玉初入贾府察言观色、小心翼翼，"唯恐被人笑话了去"。即使是集万千宠爱于一身的宝玉，也免不了科举的枷锁。而晴雯，至少在怡红院里有过一段恣意的时光。纵然"身为下贱"，宝玉保护了她的"心比天高"。她大胆叛逆，敢爱敢恨，身为奴婢却没有奴性，绝不拘泥虚伪。虽然"霁月难逢，彩云易散"，但晴雯曾像芙蓉一样鲜活地绽放过。杜思钰觉得，自己或许容易在宝黛的性格里找到自己的影子，但张扬恣肆的晴雯才是她想成为而不能成为的样子。

魏颐菲钦赞宝钗最激荡人心的性格是一种"敢"。她生在几乎算是肮脏的富贵中，家族名列护官符，哥哥仗势欺人，母亲昏庸溺爱；她见多了世俗，可是一点也未沾染世俗的丑恶。她是大观园里头一号愤青，相比黛玉她更叛逆不容于世俗，相比探春她更鄙视不以其道得之的高位厚禄，宝玉会为她的讽刺诗击节赞叹。可如果宝钗只是这样斗争、斗争下去，她就成了傅雷所说的"人格不够健全"的西方人了。伟大的人格总是多种气质的调和。在东方，平和雅淡、顺应天时的风度是贯彻终始的。宝钗的另一个魅力，就在于她对佛家出世思想的向往与熟知。但她又不像惜春、王夫人那样虔敬刻意地拜佛，阿弥陀佛可以是她调侃黛玉的一句玩笑，她是慧能南派禅宗那一类的修者，酒肉穿肠、诃佛骂祖不在话下。

　　基础医学院 2020 级本科生姜东鑫对黛玉的喜爱始于"两弯似蹙非蹙笼烟眉，一双似喜非喜含情目，态生两靥之愁，娇袭一身之病"，第一次认认真真去读这句话是在高中，"似蹙非蹙""似喜非喜""两靥愁""一身病"触动了自己，不由得好奇这到底是怎样的一位姑娘呢？继续读下去，便愈发被这位伶俐聪明的姑娘深深吸引。而真正的喜爱，是在黛玉葬花的那一刻。一人葬花本就惆怅无比，一曲《葬花吟》更是将其推至高潮，从"红消香断有谁怜"到"一抔净土掩风流"再到"花落人亡两不知"，佳人呕血之作深深打动了自己，说不清此时对这位女子是怜爱还是喜爱。自此之后，黛玉的一举一动、一颦一笑都牵动着自己，残荷雨声的孤寂、冷香暖香的雅谑等等无不让自己更加喜爱这位佳人。

　　百年弹指过，红楼梦未完。许阳将像自己一样的红学爱好者称作"情痴"，在未来的道路上，他们期待着有越来越多的人成为徜徉在未完之梦中的"情痴"，将一片痴心化作青山与碧海，构筑起红学下一个百年的新辉煌。（撰稿：吴星潼、赖钰）

通识《红楼梦》与北大

"《红楼梦》是中国文化的百科全书",这一论断自《红楼梦》问世,便在国人的掩卷沉思和口耳相传间得到广泛认可。随着古典时代的远去,《红楼梦》在历史长河中留下一抹惊尘绝俗的皎洁剪影,而曹雪芹以小说形式建构出的"活"的中国文化空间,却在一代又一代的读者心中不断生长。可以说,《红楼梦》早已溢出了一般小说的意义世界,而成为一种国民经验的共鸣场。在与"红学"结缘极深的北大,以《红楼梦》为主题的课程吸引了来自不同专业的学子,他们带着自己的独特的生命体验走进"红学"课堂,名师与经典、旧学与新知的交融荟萃,为《红楼梦》乃至中国文化的传承燃起一盏不灭的璀璨灯火。

深深浅浅,红楼梦中

北大与《红楼梦》素有渊源,1915 年,蔡元培出版其会心之作《石头记索隐》时,这本原面向小众知识人的书籍居然销路大好,不断重版。而等到几年之后的 1921 年,胡适出版《红楼梦考证》,著名的新旧红学交锋则就此正式开始。在交锋早期,学术界虽新派占据上风,可大众对新红学的大作却兴趣缺缺。此后几十年间,新红学在红学界日益意气风发,但若将目光放宽到整个社会,旧红学的余脉并未断绝。

20 世纪四五十年代的燕园,仍处在一片"红风红雨"当中:此前横空出世,以胡适为代表的新红学已经站稳脚跟,声浪颇高;而以校园为泾渭地带,新旧红学的争论仍在此时此地互相激荡着。讨论的声音当然也透过大学传导到大众。

1947 年,时在燕京大学读书的周汝昌收到一直进行《红楼梦》版本研究的四兄周祜昌自天津寄来的一函,说他新近看到亚东版《红楼梦》卷首有胡适之的一篇考证文章，其中有敦诚与敦敏皆系曹雪芹生前挚友的新论说，嘱他去燕大图书馆查证。周汝昌遍查燕大图书馆，在敦敏诗集中发现了那首《咏芹诗》，周汝昌将这一发现撰写成文，并在《天津民国日报》副刊发表。看到文章的胡适之当即复信周汝昌，自此胡、周书信往来切磋讨论《红楼梦》，成为现代红学研究史上的一段佳话。

而在专业的红学研究者之外，红学的风潮也影响着身处燕园的每个人。这是一种空气中飘荡的氛围，身在其中，每个人都嗅染上一点《红楼梦》的味道。正是在这个时候，二十二岁的梅节踏入这片校园。他很快重拾起少年时就有所感触的《红楼梦》，一头扎了进来。毕业后，他分配到光明日报社，从事国际问题报道；而在业余时间，他却一心扑在中国古典文化之上。70年代末，他迁居中国香港。在港，他被人称作"业余专家"，每天只睡五六个钟头，一下班就治学。在20世纪70年代喧闹的香港，他在出版社、工程设计公司、研究员等各种位置上辗转，业余时间却始终喜欢捧读《红楼梦》。

身在专业圈子之外的他，红学观点不求高深，而取自常理常情。几次"友谊客串"红学论争的梅节刻意与专业的红学圈保持距离，他自称"业余"，力求为被"红学梦魇"折磨的大众"提供一种'另类思考'"。

红楼一梦，可深可浅。正如北京大学艺术学院院长、曹雪芹美学艺术研究中心主任彭锋所言，《红楼梦》建构了一座"想园"，其中既有逼真的细节，又留下了无限的想象空间，因而《红楼梦》中的中国文化，大多数像中国园林一样，都是活生生地保留在故事之中。这种灵动细微而又缥缈无限的文化魅力，因保存在文学载体中而更为具体、便于传承。当"红学"论争的大潮沉淀下累累硕果，相关的知识也渐成体系，研读《红楼梦》与传承中国文化互为辅翼，在北大揭开新的帷幕。

一"石"激起千层浪

提及大众心目中的《红楼梦》，不可绕开的就是87版《红楼梦》电视剧。时至今日，87版《红楼梦》电视剧仍是很多人脑海中有关《红楼梦》条件反射弧的中间通路。这部电视剧影响深远，以至于本身就构成几代人的文化记忆。

那个时代仍是一个"慢慢来"的时代。精雕细琢的剧组请来专家教习古典礼仪风俗，并参考权威，仔细考订知识。观众赞叹于作品对历史细节的负责。为力求还原风致，电视剧拍摄辗转全国南北各地，距离北大十一公里的北京大观园就是电视剧的取景地之一。

相比电视剧的风行，一个鲜为人知的事实是，这部《红楼梦》的剧本由刘耕路、周雷、周岭三位编剧参考红学家周汝昌的意见进行编写，此时周汝昌老先生已经年逾花甲。二十来岁和新红学鼻祖写信切磋的青年，如今已经是红学界的泰斗人物。北大红学的通俗传统通过新老代际的更替焕发生机，而北大《红楼梦》的通识传统之影响也仍旧在《红楼梦》的大众传播中隐现。

87版《红楼梦》电视剧的导演王扶林来自上海戏剧学院。若干年后，同样毕业于上戏的顾春芳也成为《红楼梦》文化薪火相传中的一员。87版《红楼梦》电视剧热播于她的学生时代，顾春芳回忆，当时其实很多人对陈晓旭的选角颇有微词。顾春芳后来师从北大美学泰斗叶朗先生；而身在北大这片新旧红学之争的滥觞之地，《红楼梦》对她而言不仅是一个审美对象、研究对象；在与诸多红学大家的交往中，《红楼梦》更慢慢成为她生命真实的一部分。

2015年，在北京大学美学美育中心策划美学散步文化沙龙工作的她，组织了一场"北大与红学"的学术会议。会议反响很大，这开启了她之后和《红楼梦》的机缘。2014年以来，教育部牵头先后召开了全国范围内的多次研讨会，旨在推出"艺术与审美"系列人文通识网络共享学分课程。

在北大，中文系的《红楼梦》研究根脉一直未断。近年，中文系有刘勇强教授开设的"《红楼梦》研究"一课，依次系统介绍《红楼梦》的作者版本、思想内容和艺术特点等。作为中文系开设的选修课，"《红楼梦》研究"对学生的文学研究功夫，如考证、赏析、阐释等方面的训练可称精湛。

另一边，《红楼梦》的通识普及也紧锣密鼓地不断推进着。2017年，叶朗、刘勇强与顾春芳三位教授担任学术总策划，联合北大哲学、中文、艺术三系，延请王蒙、张庆善、孙逊、潘建国、李鹏飞、苗怀明、郑培凯、曹立波、陈维昭、白先勇、胡文彬等一系列名家，在北大开设了"伟大的《红楼梦》"课程。课程主体分为两部分，一部分是网络共享部分，即由政府牵头，与企业合作，通过智慧树网制作的十六讲网络视频课程，放在选课网上，由学生自主学习。这部分内容有结构、有体系、有具体讲解，偏重对红学研究的学术介绍，是对百年红学发展脉络的整体介绍。另一部分是线下部分，由四场讲座构成，红学各家就自己研究的一方天地讲讲自己的心得。

眼界无穷天地宽

这门课程不仅是北大的课。实际上，整个系列慕课的雄心，是在全国范围内播撒古典文化的星星火种。"伟大的《红楼梦》"慕课线上部分面向全国各大高校开放，线下讲座也通过直播实时传递给全国各地高校学子；选课学生通过智慧树平台在规定的在线视频开放时间完成视频学习和章节测试；期末提交一篇论文。在开设的十个学期以来，累计已有来自全国各地逾700所院校、35.17万人次选修课程。

在开设慕课之时，在线教育尚未风起云涌。2020年，突如其来的新冠肺炎疫情使线上教育成为热议话题。此时，"伟大的《红楼梦》"课程也迎来了特殊时期——因为疫情，本应在线下讲座见面的师生各自困在家中，依靠真正意义上的直播彼此相见。困难是多方面的，摄像和收音设备、网络、老师的授课状态与镜头语言……种种挑战都需要应对。左怡兵是2020年春季学期开始的课程助教。作为刘勇强老师的博士生，他在此时接过师门已经毕业的师兄师姐们的接力棒，担任助教。他与导师商讨、拟订前来线下讲座的学者名单并负责具体接洽。那个学期，他尤为担心的是老师对线上讲课方式的不适应——从活生生的反馈，变成对着冰冷的摄像头与一两个工作人员。

"恰好有一位老师，平常的讲课习惯就是自己准备一份讲稿，没有幻灯片。讲课的时候基本也不看讲稿，对着学生就开始讲课。这一次没有学生，怎么办？我们不能强行让老师准备幻灯片，要尊重老师的讲课习惯，所以我全程很紧张。但是没想到非常顺利。学生上线人数很多，老师也完全没受到影响——《红楼梦》部分章回的文字，大段大段背诵出来，连非常细微的细节都没有什么误差。提问环节，也是大段大段的原文，信手拈来。这个时候作为助教，我特别感慨和佩服。"左怡兵回忆道。

271

选定讲座人选是门艺术，不同于纯粹学理化探讨的线上课程部分，因为课程的通识取向，课程讲座力求延请台风有趣、通俗的名家。而且，课程论文的撰写，也要求同学们细读文本，就具体章节撰写心得，不要求特别学术性的探讨。

　　2020 年春季学期，两位获得最高分的选课同学，分别以"宝黛之别"和"'人参'与'人生'"为主题写作了结课文章。关于《红楼梦》，他们的记忆从儿时 87 版电视剧带来的情节熟悉感，到豆蔻之年阅读原著时候的懵懂情愫、伤春悲秋，再过渡到现今结合背景知识的新理解上。看过他们文章的助教说，评判的标准就在于有无基于生命体验的共鸣——比如，文章中对"人参"与"人生"的类比，其实恰恰是缺乏背景知识的错位理解，《红楼梦》中的"人参"本涉及复杂的曹家历史，而非仅仅是人生衰败的暗喻；但这个美丽的误会，却实实在在基于个人的阅读理解和感受，某种意义上是更为真切的。这种真实感，甚至可以从渊源古老的新旧红学之争的当代结果一窥端倪：在当代，新旧之争似乎以新红学的胜利告一段落。然而讨论双方的实力变化背后显示出来的，其实是民众与文学趣味从注重世界的"真实"到注重个体的"真诚"的重大转变：古典的作家总是试图把世界纳入到作品中来，而现代作家则更多地书写自我。所以，对于古典作家而言，知晓他的作品需得知背后整个的风物人情、大千世界、历史典故，而现代作家则首先书写自己。在当下时代，从个体感悟的角度出发来理解《红楼梦》，似乎是通识阅读的某种可行路径。

　　北京大学艺术学院院长彭锋这样描述自己的《红楼梦》阅读体验："《红楼梦》是中国文化的百科全书，这样说一点也不为过。与其他文献中保留的中国传统文化不同，《红楼梦》中保留的中国传统文化是'活'的，因为《红楼梦》是小说。小说与哲学和历史之类的著述不同，哲学和历史通常只讲事实和道理，对于事实和道理赖以生长的环境不太在意，更谈不上人物刻画了，因此在总体上是比较抽象的。不管是事实还是道理，如果不是内化在人的具体生活中，就是抽象的，没有活化的，因而难以让人设身处地去感受的。小说不同，小说的目的是讲故事。故事无论是真实的还是虚构的，都必须是具体的。可以这么说，只有在故事中的中国传统文化才会让人有切身感，才能真正被传承下来。我前段时间做了一点中国园林的个案研究，看了不少文字和图片资料，但是，说实在的，没有任何资料能够像《红楼梦》第十七回关于大观园的描述那样，让人对中国园林有切身的感受。……当代青少年的总体阅读量都在减少，大家都不太爱读书了，更别说中国古典文学了。今天的青少年主动阅读中国古典文学的不是很多，这是一个令人担忧的现象。就像我在前面说过的那样，保存在文学中的东西是具体的、便于传承的。如果今天的青少年不去读中国古典文学，要将中国文化传承下来，就会更加困难。我认为在这方面我们可以做些工作。我们的一个重要任务，就是推广中国传统文化。如果我们能够唤起广大青少年阅读《红楼梦》的兴趣，通过《红楼梦》的生动的故事和丰满的人物来传承中国文化，就会起到事半功倍的效果。"

对于二十岁出头的大学生们来说，阅读《红楼梦》不仅是研究，从这里生发的是人生的理解——这个理解当然也会在未来有所改变；那时候，他们将有各种各样的人生，但仍将阅读《红楼梦》；他们将作为一个崭新的北大人，和前面代代北大人一样，把这份阅读、理解、感受的火种播撒出去、传递下去，散成满天星辰。(撰稿：来星凡、刘文欣)

《红楼梦》馆藏在北大

　　《红楼梦》是中国古代最为优秀的长篇小说之一，流播广远，享誉世界，其存世版本众多，彼此之间的学术关系也颇为复杂。作为新红学的发源地，百年红学历来与北大息息相关，北京大学图书馆存有丰富的《红楼梦》藏本，其中就包括底本年代早、面貌保留完整的庚辰本以及程本系统的诸多版本。这些珍贵的馆藏资源为《红楼梦》及其相关研究在北大的交流与传播，提供了极其重要的参考价值。为了更加完整地一窥北大《红楼梦》馆藏全貌，我们采访了北京大学图书馆古籍馆馆员夏嫡老师，一同推开这座红学宝库的圣门。

　　在北京大学图书馆数字化日益发展的今天，我们已经能够在其数据库"秘籍琳琅"中通过关键词检索得到两百多条《红楼梦》相关图书的信息，而这一数字，还只是计入了标题与《红楼梦》或《石头记》直接相关的部分书籍。

　　不仅数量可观，北大图书馆的《红楼梦》藏本系统类型也尤为丰富。在这之中，便包括了极其重要的庚辰本。庚辰本，题"脂砚斋重评石头记"，以其五至八册书名下有"庚辰秋月定本"或"庚辰秋定本"的字样，故有"庚辰本"之名。值得注意的是，庚辰年（乾隆二十五年）为曹雪芹尚在年份，而在早期抄本中，庚辰本也是现今保存最为完整的本子，因此其对于《红楼梦》研究的价值不言而喻。该本原藏于北京旗人徐氏家中，后经郑振铎先生介绍，燕京大学图书馆自徐氏后人之手购入此本，于1952年北大燕大合并后，存入北京大学图书馆，并珍藏至今。

　　北京大学图书馆所藏《红楼梦》版本，在庚辰本之外，还有程本系统。而在程本系统中，以程甲本、程乙本最为重要。程甲本，北大图书馆藏有两本，一本为十七册的残本，而另一本则是当年由北大老教授马廉赠予胡适先生的，后于北大图书馆保存。马廉教授同时也是一位赫赫有名的

2012 年 6 月，北京大学图书馆举办《红楼梦》版本展

藏书家，仅《红楼梦》的收藏就有九种，其中包括两个重要的程甲本，因当年胡适先生研究《红楼梦》颇有建树，马廉教授便将自己所藏程甲本之一赠给胡适，共四函三十二册，其上还有胡适的题字。程乙本，北大图书馆亦藏有两本。其中一本在过去为马廉先生所有，另一本则为著名藏书家李盛铎先生所有。在程甲本、程乙本之外，北京大学图书馆还收藏了青石山庄本、本衙藏板本、东观阁本、藤花榭本、双清仙馆本等，据夏嫡老师介绍，《红楼梦》程本系统中各个重要的本子，北京大学图书馆几乎都有收藏。

正是这些丰富的馆藏资源，为红学研究提供了重要的参考价值。多年间，前来古籍馆借阅的学者络绎不绝，而北大图书馆更是主动开放展览活动，鼓励校内外师生更加全面地接触、了解北大古籍。2012 年 6 月，北京大学图书馆举办"《红楼梦》版本展"，除北大馆藏外，另有两位藏书家将其私人藏本供以参展。在这次展览中，共展出《红楼梦》各种版本四十余种，涵盖了早期抄本、萃文书屋木活字本、木刻本、石印本以及现代整理本等不同版本形态。

善本来之不易，保存更是需要充分的耐心与细心。古籍馆书库居于深处，从照明光到展览柜，均依照国家保护标准严格执行。古书每每翻阅一次，与空气接触之后，都有可能加速其寿命的折损。为了让这些珍贵的书籍免于消逝，近年来，在原生性保护的基础上，北京大学图书馆不断加快电子化的进程，加班加点扫描藏本，供读者阅览。（撰稿：赖钰；采访：卜天泓、宁传韵）

附：北大学者红学文论摘编

《红楼梦》未竟，红楼"梦"未醒。红学在北大历经百年风华而经久不辍，点亮了繁盛璀璨的人文星光。在本书伊始，我们已对北京大学以"新红学"为代表的《红楼梦》研究学术史脉络进行了扼要梳理。而与之相应，在本书尾声，我们将对新红学百年来由北大人所撰的红学研究重要文论进行摘录，以供读者参考学习。

蔡元培

1916年底，蔡元培出任北京大学校长，在任期间实行思想自由、兼容并包的方针，并进行一系列大刀阔斧的改革，广纳"积学而热心"的教员来校任教、掌管教务，为现代学术体系的奠基做出了重要贡献。

1917年，蔡元培出于个人兴趣撰写的《石头记索隐》正式出版，成为红学索隐派的集大成之作。这部书是他个人最为看重的著述之一。此书出版后，他不断补充材料，进行修订。

蔡元培将既往索隐派的简单猜谜发展成较为系统的论述，归纳出一套具有操作性的索隐式研究法，这代表着20世纪初红学研究的另一条发展道路。他虽在1921年与胡适的论战中处于下风，但仍坚持己见。《石头记索隐》一书相当畅销，不断重印，即便是在学术论争中居于下风时，也销路甚广。在第六版再版序言中，蔡元培总结了自己的索隐三法，并对胡适的《红楼梦考证》提出商榷：

> 知其所寄托之人物，可用三法推求：一、品性相类者；二、轶事有征者；三、姓名相关者。于是以湘云之豪放而推为其年，以惜春之冷僻而推为荪友，用第一法也。以宝玉曾逢魔魇而推为

允礽，以凤姐哭向金陵而推为国柱，用第二法也。以探春之名，与探花有关，而推为健庵；以宝琴之名，与学琴于师襄之故事有关，而推为辟疆，用第三法也。然每举一人，率兼用三法或两法，有可推证，始质言之。其他若元春之疑为徐元文，宝蟾之疑为翁宝林，则以近于孤证，姑不列入。自以为审慎之至，与随意附会者不同。……

（一）胡先生谓"向来研究这部书的人都走错了道路，……不去搜求那些可以考定《红楼梦》的著者、时代、版本等等的材料，却去收罗许多不相干的零碎史事来附会《红楼梦》里的情节"，又谓"我们只需根据可靠的版本与可靠的材料，考定这书的著者究竟是谁，著者的事迹家世、著书的时代，这书曾有何种不同的本子，这些本子的来历如何。这些问题，乃是《红楼梦》考证的正当范围"。案考定著者、时代、版本之材料，固当搜求。……惟吾人与文学书最密切之接触，本不在作者之生平，而在其著作。著作之内容，即胡先生所谓"情节"者，决非无考证之价值。例如我国古代文学中之楚辞，其作者为屈原、宋玉、景差等，其时代在楚怀王、襄王时，即西历纪元前三世纪顷，久为昔人所考定，然而"善鸟香草以配忠贞，恶禽臭物以比谗佞，灵修美人以媲于君，虑妃佚女以譬贤臣，虬龙鸾凤以托君子，飘风云霓以为小人"，为王逸所举者，固无非内容也。其在外国文学，如 Shakespeare 之著作，或谓出 Bacon 手笔，遂生"作者究竟是谁"之问题。至如 Goethe 之著 Faust，则其所根据之神话与剧本，及其六十年间著作之经过，均为文学史所详载。而其内容，则第一部之 Gretchen 或谓影 Elsassirin Friederike（Bielschowsky 之说），或谓影 Frankfurter Gretchen（Kuno Fischer 之说）；第二部之 Walpurgisnacht 一节，为地质学理论，Heleua 一节，为文化交通问题，Euphorion 为英国诗人 Byron 之影子（各家略同），皆情节上之考证也。俄之托尔斯泰，其生平、其著作之次第皆无甚疑问，近日张邦铭、郑阳和两先生所译英人 Sarolea 之《托尔斯泰传》，有云："凡其著作，无不含自传之性质。各书之主人翁，如伊尔屯尼夫、鄂仑玲、聂乞鲁多夫、赖文、毕索可夫等，皆其一己之化身。各书中所叙他人之事，莫不与其身有直接之关系。"……然则考证情节，岂能概目为附会而排斥之？

（二）胡先生谓拙著《索隐》所阐证之人名，多是"笨谜"，又谓"假使一部《红楼梦》真是一串这么样的笨谜，那就真不值得猜了"。案拙著阐证本事，本兼用三法，具如前述。所谓姓名关系者，仅三法中之一耳，即使不确，亦未能抹杀全书。况胡先生所谥为"笨谜"者，正是中国文人习惯，在彼辈方以为必如是而后值得猜也。《世说新书》称曹娥碑后有"黄绢幼妇，外孙齑臼"八字，即以当"绝妙好辞"四字。古绝句"藁砧今何在？山上复有山。何当大刀头，破镜飞上天"，以"藁砧"当夫，"大刀头"当还。《南史》记梁武帝时童谣有"鹿子开城门，城门鹿子开"等句，谓"鹿子开"者，反语为来子哭，后太子果薨。自胡先生观之，非皆"笨谜"乎？……

（三）胡先生谓拙著中刘老老所得之八两及二十两有了下落，而第四十二回王夫人所送之一百两没有下落，谓之"这种完全任意的去取，实在没有道理"。案《石头记》凡百二十回，而余之索隐尚不过数十则，有下落者记之，未有者姑阙之，此正余之审慎也。若必欲事事证明而后可，则《石头记》自言著作者有石头、空空道人、孔梅溪、曹雪芹等，而胡先生所考证者惟有曹雪芹；《石头记》中有多许大事，而胡先生所考证者惟南巡一事，将亦有任意去取、没有道理之诮与？

（四）胡先生以曹雪芹生平，大端考定，遂断定《石头记》是"曹雪芹的自叙传""是一部将真事隐去的自叙的书""曹雪芹即是《红楼梦》开端时那个深自忏悔的我，即是书里甄、贾（真假）两个宝玉的底本"。案书中既云"真事隐去"，并非仅隐去真姓名，则不得以书中所叙之事为真。又使宝玉为作者自身影子，则何必有甄、贾两个宝玉？（鄙意甄、贾二字，实因古人有正统、伪朝……习见而起。贾雨村举正邪两赋而来之人物，有陈后主、唐明皇、宋徽宗等，故疑甄宝玉影弘光，而贾宝玉影允礽也。）若因赵嬷嬷有甄家接驾四次之说，而曹寅适亦接驾四次，为甄家即曹家之确证，则赵嬷嬷又说贾府只预备接驾一次，明在甄家四次以外，安得谓贾府亦即曹家乎？……且许三礼奏参徐乾学，有曰"伊弟拜相之后，与亲家高士奇更加招摇，以致有'去了余秦桧（余国柱），来了徐严嵩。乾学似庞涓，是他大长兄'之谣，又有'五方宝物归东海，万国金珠贡澹人'之对"云云。今观《石头记》第五十五回有"刚刚倒了一个巡海夜叉，又添了三个镇山太岁"之说，第四回有"贾不假，白玉为堂金作马。阿房宫，住不了金陵一个史。东海少了白玉床，龙王来请金陵王。丰年好大雪，珍珠如土金如铁"之护官符，显然为当时一谣一对之影子，与曹家无涉。故鄙意《石头记》原本必为康熙朝政治小说，为亲见高、徐、余、姜诸人者所草，后经曹雪芹增删，或亦许插入曹家故事，要未可以全书属之曹氏也。（民国十一年一月三十日，蔡元培）

（出自《〈石头记索隐〉第六版自序——对于胡适之先生〈红楼梦考证〉之商榷》，原载蔡元培编《石头记索隐　附董小宛红楼梦考》，商务印书馆，民国二十四年六月，第1—8页）

除《石头记索隐》外，蔡元培还从其他角度评述《红楼梦》。他将《红楼梦》与西方的文学巨著并提，颇具宏阔视野。

许多语体小说里面，要算《石头记》是第一部。他的成书总在二百年以前。他反对父母强制的婚姻，主张自由结婚。他那表面上反对肉欲，提倡真挚的爱情，又用悲剧的哲学的思想来打破爱情的缠缚。他反对禄蠹，提倡纯粹美感的文学。他反对历代阳尊阴卑、男尊女卑的习惯，说男污女洁，且说女子嫁了男人，沾染男人的习气，就坏了。他反对主奴的分别，贵公子与奴婢平等相待。他反对富贵人家的生活，提倡庄稼人的生活。他反对厚貌深情，赞成天真烂漫。他描写鬼怪，都从迷信的心理上描写，自己却立在迷信的外面。照这几层看来，他的价值已经了不得了。这种表面的长处还都是假象。他实在把前清康熙朝的种种伤心惨目的事实，寄托在香草美人的文字，所以说"满纸荒唐言，一把辛酸泪"。他还把当时许多琐碎的事，都改变面目，穿插在里面。这是何等才情！何等笔力！……他在文学上的价值，是没有别的书比得上他。

（1920 年 6 月 13 日在《在国语讲习所演说词》，载高平叔编《蔡元培全集》第三卷，第 430、431 页）

胡　适

1917 年 8 月，胡适就任北京大学哲学系教授，兼教英文科。在校期间，他力破无心求学的恶劣风气，与陈独秀一道改造旧北大，推行新文化运动。

在 20 世纪红学史上，胡适起到了划时代的作用。1921 年，他在学生顾颉刚、俞平伯两人帮助下撰写的《红楼梦考证》出版。书中他尝试将杜威的实用主义理论与乾嘉学派的治学方法结合起来，并大力抨击"索隐派""笨伯猜笨谜"的方法，从而掀起新旧红学之争。这场论争以胡适一派占上风结束。

胡适把红学纳入了学术轨道，把小说与经学、史学放在平起平坐的地位，开创了《红楼梦》研究的"曹学""脂学""探佚学"先河。

在《红楼梦考证》一文的"结束语"中，他如是表达了自己的考证原则：

以上是我对于《红楼梦》的"著者"和"本子"两个问题的答案。我觉得我们做《红楼梦》的考证，只能在这两个问题上着手，只能运用我们力所能搜集的材料，参考互证，然后抽出一些比较的最近情理的结论。这是考据学的方法。我在这篇文章里，处处撇开一切先入的成见；处处存一个搜求证据的目的；处处尊重证据，让证据做向导，引我到相当的结论上去。

我为什么要考证《红楼梦》？在消极方面，我要教人怀疑王梦阮、徐柳泉一班人的谬说。在积极方面，我要教人一个思想学问的方法。我要教人疑而后信，考而后信，有充分证据而后信。

（出自《胡适红楼梦研究论述全编》，
上海古籍出版社，2013，第 78 页）

胡适还主张"科学方法"，在他看来，"一切主义，一切学理，都该研究。但只可认作一些假设的（待证的）见解，不可认作天经地义的信条；只可认作参考印证的材料，不可奉为金科玉律的宗教；只可用作启发心思的工具，切不可用作蒙蔽聪明，停止思想的绝对真理"。

他强调要重视证据："科学方法只是'大胆的假设，小心的求证'十个字。没有证据，只可悬而不断；证据不够，只可假设，不可武断；必须等到证实之后，方才奉为定论。"

（出自欧阳哲生编《胡适文集》，北京大学
出版社，1998，第 509 页）

胡适是新红学的开山之祖，他在开辟新研究方法方面贡献匪浅。1923年 3 月 5 日，胡适的学生顾颉刚在给其同学俞平伯的《红楼梦辨》所作的序文中，亦总结了老师在这方面的地位：

红学研究了近一百年，没有什么成绩；适之先生作了《红楼梦考证》之后，不过一年，就有这一部系统完备的著作；这并不是从前人特别糊涂，我们特别聪颖，只是研究的方法改过来了……我希望大家看着这旧红学的打倒，新红学的成立，从中悟得一个研究学问的方法，知道从前人做学问，所谓方法实不成为方法，所以根基不坚，为之百年而不足者，毁之一旦而有余。

（出自俞平伯著《红楼梦辨》，亚东图
书馆，民国十二年四月，第 11—12 页）

鲁 迅

　　1920 年，鲁迅应邀在北京大学等高校讲授中国小说史，他把讲义油印出来散发给学生，是为《小说史大略》。《中国小说史略》便是在《小说史大略》的基础上修补增订而成，在一两年的时间里，从最初的十七篇扩大到二十六篇，题目也改为《中国小说史大略》。1923 年由北京新潮社正式出版，分为上下两卷共二十八篇，题目也正式定为《中国小说史略》。1924 年 7 月，鲁迅赴西安讲学，讲稿编为《中国小说的历史的变迁》。

　　《中国小说史略》节录：

　　……

　　然荣公府虽煊赫，而"生齿日繁，事务日盛，主仆上下，安富尊荣者尽多，运筹谋画者无一，其日用排场，又不能将就省俭"，故"外面的架子虽未甚倒，内囊却也尽上来了"（第二回）。颓运方至，变故渐多；宝玉在繁华丰厚中，且屡与"无常"觌面，先有可卿自经，秦钟天逝；自又中父妾厌胜之术，几死；继以金钏投井，尤二姐吞金；而所爱之侍儿晴雯又被遣，随殁。悲凉之雾，遍被华林，然呼吸而领会之者，独宝玉而已。

　　……

　　全书所写，虽不外悲喜之情，聚散之迹，而人物事故，则摆脱旧套，与在先之人情小说甚不同。如开篇所说：

　　空空道人遂向石头说道："石兄，你这一段故事……据我看来：第一件，无朝代年纪可考；第二件，并无大贤大忠，理朝廷治风俗的善政，其中只不过几个异样女子——或情，或痴，或小才微善——亦无班姑蔡女之德能。我纵钞去，恐世人不爱看呢。"

　　石头笑曰："我师何太痴也！若云无朝代可考，今我师竟假借汉唐等年纪添缀，又有何难？但我想历来野史，皆蹈一辙；莫如我不借此套，反倒新鲜别致，不过只取其事体情理罢了。……历来野史，或讪谤君相，或贬人妻女，奸淫凶恶，不可胜数。……至若才子佳人等书，则又千部共出一套，且其中终不能不涉于淫滥，以致满纸'潘安子建''西子文君'；……且环婢开口，即'者也之乎'，非文即理，故逐一看去，悉皆自相矛盾，大不近情理之说。竟不如我半世亲睹亲闻的这几个女子，虽不敢说强似前代所有书中之人，但事迹原委，亦可以消愁破闷也。……至若离合悲欢，兴衰际遇，则又追踪蹑迹，不敢稍加穿凿，徒为哄人之目，而反失其真传者。……"（戚本第一回）

盖叙述皆存本真，闻见悉所亲历，正因写实，转成新鲜。而世人忽略此言，每欲别求深义，揣测之说，久而遂多。今汰去悠谬不足辩，如谓是刺和珅（《谭瀛室笔记》）、藏谶纬（《寄蜗残赘》）、明易象（《金玉缘》评语）之类，而著其世所广传者于下：

一、纳兰成德家事说。自来信此者甚多。陈康祺（《燕下乡脞录》五）记姜宸英典康熙己卯顺天乡试获咎事，因及其师徐时栋（号柳泉）之说云："小说《红楼梦》一书，即记故相明珠家事，金钗十二，皆纳兰侍御所奉为上客者也。宝钗影高澹人；妙玉即影西溟先生：'妙'为'少女'，'姜'亦妇人之美称；'如玉''如英'，义可通假。……"侍御谓明珠之子成德，后改名性德，字容若。张维屏（《诗人征略》）云："贾宝玉盖即容若也；《红楼梦》所云，乃其髫龄时事。"俞樾（《小浮梅闲话》）亦谓其"中举人止十五岁，于书中所述颇合"。然其他事迹，乃皆不符。胡适作《红楼梦考证》（《文存》三），已历正其失。最有力者，一为姜宸英有《祭纳兰成德文》，相契之深，非妙玉于宝玉可比；一为成德死时年三十一，时明珠方贵盛也。

二、清世祖与董鄂妃故事说。王梦阮、沈瓶庵合著之《红楼梦索隐》为此说。其提要有云："盖尝闻之京师故老云，是书全为清世祖与董鄂妃而作，兼及当时诸名王奇女也。"而又指董鄂妃为即秦淮旧妓嫁为冒襄妾之董小宛，清兵下江南，掠以北，有宠于清世祖，封贵妃，已而夭逝；世祖哀痛，乃遁迹五台山为僧云。孟森作《董小宛考》（《心史丛刊》三集），则历摘此说之谬，最有力者为小宛生于明天启甲子，若以顺治七年入宫，已二十八岁矣，而其时清世祖方十四岁。

三、康熙朝政治状态说。此说即发端于徐时栋，而大备于蔡元培之《石头记索隐》。开卷即云："《石头记》者，清康熙朝政治小说也。"作者持民族主义甚挚，书中本事，在吊明之亡，揭清之失，而尤于汉族名士仕清者寓痛惜之意。于是比拟引申，以求其合，以"红"为影"朱"字；以"石头"为指金陵；以"贾"为斥伪朝；以"金陵十二钗"为拟清初江南之名士：如林黛玉影朱彝尊，王熙凤影余国柱，史湘云影陈维崧，宝钗妙玉则从徐说，旁征博引，用力甚勤。然胡适既考得作者生平，而此说遂不立，最有力者即曹雪芹为汉军，而《石头记》实其自叙也。

然谓《红楼梦》乃作者自叙，与本书开篇契合者，其说之出实最先，而确定反最后。嘉庆初，袁枚（《随园诗话》二）已云："康熙中，曹练亭为江宁织造……其子雪芹撰《红楼梦》一书，备记风月繁华之盛。中有所谓大观园者，即余之随园也。"末二语盖夸，余亦有小误（如以栋为练，以孙为子），但已明言雪芹之书，所记者其闻见矣。而世间信者特少，王国维（《静庵文集》）且诘难此类，以为"所谓'亲见亲闻'者，亦可自旁观者之口言之，未必躬为剧中之人物"也。迨胡适作考证，乃较然彰明，知曹雪芹实生于荣华，终于苓落，半生经历，绝似"石头"，著书西郊，未就而没；晚出全书，乃高鹗续成之者矣。

（出自《鲁迅全集》第九卷，人民文学出版社，2005，第239—244页）

《中国小说的历史的变迁》节录：

至于说到《红楼梦》的价值，可是在中国底小说中实在是不可多得的。其要点在敢于如实描写，并无讳饰，和从前的小说叙好人完全是好，坏人完全是坏的，大不相同，所以其中所叙的人物，都是真的人物。总之自有《红楼梦》出来以后，传统的思想和写法都打破了。——它那文章的旖旎和缠绵，倒是还在其次的事。但是反对者却很多，以为将给青年以不好的影响。这就因为中国人看小说，不能用鉴赏的态度去欣赏它，却自己钻入书中，硬去充一个其中的脚色。所以青年看《红楼梦》，便以宝玉、黛玉自居；而年老人看去，又多占据了贾政管束宝玉的身分，满心是利害的打算，别的什么也看不见了。

（出自《鲁迅全集》第九卷，人民文学出版社，2005，第348页）

《〈绛洞花主〉小引》节录：

《红楼梦》是中国许多人所知道，至少，是知道这名目的书。谁是作者和续者姑且勿论，单是命意，就因读者的眼光而有种种：经学家看见《易》，道学家看见淫，才子看见缠绵，革命家看见排满，流言家看见宫闱秘事……

在我的眼下的宝玉，却看见他看见许多死亡；证成多所爱者，当大苦恼，因为世上，不幸人多。惟憎人者，幸灾乐祸，于一生中，得小欢喜，少有里碍。然而憎人却不过是爱人者的败亡的逃路，与宝玉之终于出家，同一小器。但在作《红楼梦》时的思想，大约也止能如此；即使出于续作，想来未必与作者本意大相悬殊。惟被了大红猩猩毡斗篷来拜他的父亲，却令人觉得诧异。

（出自《鲁迅全集》第八卷，人民文学出版社，2005，第179页）

俞平伯

俞平伯1900年出生于江苏苏州，为清代朴学大师俞樾曾孙，1915年进入国立北京大学文学系预科，与胡适并称"新红学"的创始人。其红学研究真正地将考证运用到文本中，并将实证与艺术鉴赏相结合，开启了《红楼梦》文学批评的新模式，既不是纯史料的考证，也不是纯主观上的感悟式批评，更不是索隐派的附会之说，而是充分体现了"五四精神"下现代转型期的文学批评，实现了红学研究上的飞跃。

《红楼梦辨》节录：

　　《红楼梦》底目的是自传，行文底手段是写生；因而发生下列两种风格。我们看，凡《红楼梦》中底人物都是极平凡的，并且有许多极污下不堪的。人多以为这是《红楼梦》作者故意骂人，所以如此；却不知道作者底态度只是一面镜子，到了面前便须眉毕露无可逃避了。妍媸虽必从镜子里看出，但所以妍所以媸的原故，镜子却不能负责。以我底偏好，觉得《红楼梦》作者第一本领，是善写人情。细细看去，凡写书中人没有一个不适如其分际，没有一个过火的；写事写景亦然。我第一句《红楼梦》赞："好一面公平的镜子啊！"

　　我还觉得《红楼梦》所表现的人格，其弱点较为显露。作者对于十二钗，一半是他底恋人，但他却爱而知其恶的。所以如秦氏底淫乱，凤姐底权诈，探春底凉薄，迎春底柔懦，妙玉底矫情，皆不讳言之。即钗黛是他底真意中人了；但钗则写其城府深严，黛则写其口尖量小，其实都不能算全才。全才原是理想中有的，作者是面镜子如何会照得出全才呢？这正是作者极老实处，却也是极聪明处，妙解人情看去似乎极难，说老实话又似极容易，其实真是一件事底两面。《红楼梦》在这一点上，旧小说中能比他的只有《水浒》。《水浒》中有百零八个好汉，却没有一个全才。这两位作者，大概在这里很有同心了。至于俞仲华做《荡寇志》，则有如天人的张叔夜，高鹗续《红楼梦》，则有如天人的贾宝玉。其对于原作为功为罪，很无待我说了。

　　《红楼梦》中人格都是平凡这句话，我晓得必要引起多少读者底疑猜；因为他们心目中至少有一个人是超平凡的。谁呢？就是书中的主人翁，贾宝玉。依我们从前浑沦吞枣的读法，宝玉底人格确近乎超人的。我们试想一个纨绔公子，放荡奢侈无所不至的，幼年失学，长大忽然中举了。这便是个奇迹，颇含着些神秘性的了。何况一中举便出了家，并且以后就不知所终了，这真是不可思议，易卜生所谓"奇事中的奇事"。但所以生这类印象，我们都被高先生所误，因为我们太读惯了一百二十回本的《红楼梦》，引起不自觉的错误来。若断然只读八十回，便另有一个平凡的宝玉，印在我们心上。

依雪芹底写法，宝玉底弱点亦很多的。他既做书自忏，决不会像现在人自己替自己登广告啊。所以他在第一回里，既屡次明说。在第五回《西江月》又自骂一起，什么"富贵不知乐业，贫穷难耐凄凉"。这怕也是超人底形景吗？是决不然的。至于统观八十回所留给我们，宝玉底人格，可以约略举一点。他天分极高，却因为环境关系，以致失学而被摧残。他底两性底情和欲，都是极热烈的，所以警幻很大胆的说"好色即淫，知情更淫"；一扫从来迂腐可厌的鬼话。他是极富于文学上的趣味，哲学上的玄想，所以人家说他是痴子；其实宝玉并非痴慧参半，痴是慧底外相，慧即是痴底骨子。在这一点作者颇有些自诩，不过总依然不离乎人情底范围。这就与近人底吹法螺有差别了。

（出自《红楼梦辨》，岳麓书社，
2009，第101—102页）

1952年10月，时任北大教授的俞平伯正式接受了人民文学出版社《红楼梦八十回校本》的整理校勘任务。1953年2月，北大文学研究所成立，俞平伯从北大教学岗转至所内，并继续推进《红楼梦》的研究和脂本的校订工作。成立中国科学院时将北大文学研究所并入该院。

1958年2月，《红楼梦八十回校本》正式出版，这是首部脂本汇校本，更为后来历版的底本。三十年间，此书共印三次，总印四万册。2000年后，人民文学出版社的《世界文学名著文库·红楼梦》等多个重要版本的《红楼梦》均以俞平伯的校本为底本。

此书初刊与重印时，俞平伯亲自写了序言与重订弁言，虽说是序，实则是俞平伯研究红学多年的一篇综合评论，涵盖他对于《红楼梦》的文学传统、艺术价值及版本流传校勘的研究看法。序言在1956年初以《红楼梦简论》为题名单独发布。

《红楼梦简论》节录：

全书八十回洋洋大文浩如烟海，我想从立意和笔法两方面来说，即从思想和技术两方面来看，后来觉得技术必须配合思想，笔法正所以发挥作意的，分别地讲不见得妥当。要知笔法，先明作意；要明白它的立意，必先探明它的对象主题是什么。本书虽亦牵涉种族政治社会一些问题，但主要的对象还是家庭，行将崩溃的封建地主家庭……

接着第二个问题来了，他对这个家庭，或这样这类的家庭抱什么态度呢？拥护赞美，还是暴露批判？细看全书似不能用简单的是否来回答。拥护赞美的意思原很少，暴露批判又觉不够。先世这样的煊赫，他对过去自不能无所留恋；末世这样的荒淫腐败，自不能无所愤慨；所以对这答案的正反两面可以说都有一点。再细比较去，否定的成分多于肯定的。在"贾天祥正照风月鉴"一回书中说得最明白。这风月宝鉴在那第十二回上是一件神物，在第一回上则作为《红楼梦》之别名。作者说风月宝鉴"千万不可照正面，只照背面，要紧要紧"。可惜二百年来正照风月鉴的多。所谓正照者，仿佛现在说从表面看问题，不但看正面的美人不看反面的骷髅叫正照，即如说上慈下孝即认为上慈下孝，说祖宗功德即认为祖宗功德也就是正照。既然这样，文字的表面和它的内涵、联想、暗示等等便有若干的距离，这就造成了《红楼梦》的所谓"笔法"。

......

表面上看，《红楼梦》既意在写实，偏又多理想；对这封建家庭既不满意，又多留恋，好像不可解。若用上述作者所说的看法，便可加以分析，大约有三种成分：（一）现实的；（二）理想的；（三）批判的。这些成分每互相纠缠着，却在基本的观念下统一起来的。虽虚，并非空中楼阁；虽实，亦不可认为本传年表。虽褒，他几时当真歌颂；虽贬，他何尝无情暴露……说句诡辩的话，《红楼梦》正因它太现实了，才写得这样太不现实的呵。

......

（原载《新建设》1956年5月3日第5期）

周汝昌

周汝昌是新红学研究史上的重要学者，其代表作《红楼梦新证》在红学史上是一部具有开创和划时代意义的重要著作，对前说进行系统梳理和辨析，更是发展和完善了新红学的主要观点。

周汝昌是燕京大学学生，毕业后留校任燕大教师，未曾直接进入北大就读。

他于1947—1948年曾和时任北大校长的胡适书信往来讨论《红楼梦》考证的新发现，是红学研究史上一段佳话。当时书信共有七封，现有六封刊布在《石头记会真》中《胡适与周汝昌往来书札》一篇。

胡适信（三十六年十二月七日、三十七年一月十八日）：

汝昌先生：

在《民国日报·图书副刊》里得读大作《曹雪芹生卒年》，我很高兴。《懋斋诗钞》的发现，是先生的大贡献。先生推定《东皋集》的编年次序，我很赞同。《红楼梦》的史料添了六首诗，最可庆幸。先生推测曹雪芹大概死在癸未除夕，我很同意。敦诚的甲申晚诗，得敦敏吊诗互证，大概没有大疑问了。

关于雪芹的年岁，我现在还不愿改动。第一，请先生不要忘了敦诚、敦敏是宗室，而曹家是八旗包衣，是奴才，故他们称"芹圃"，称"曹君"，已是很客气了。第二，最要紧的是雪芹若生的太晚，就赶不上亲见曹家繁华的时代了。先生说是吗？

匆匆问好。

胡适，卅六，十二，七

周汝昌信（三十七年三月十八日）：

适之先生：

谢谢您给我的信，自问无意抛砖，不期引玉，真是欣幸无已。可惜那封信我见到时已很晚，跟着又是忙，所以直到今天才得写信来谢您，实在抱歉之至。本来拙文不过就发现的一点材料随手写成，不但没下旁参细绎的工夫，连先生的《红楼梦考证》都没有机会翻阅对证一下。倒是先生的来信，却真提起我的兴趣来了。到处搜借，好容易得了一部亚东版的《红楼梦》，才得仔细检索了一回。现在不妨把我的意思再向先生说说，也许因此竟会对论出比较更接近事实的结论来，也未可知。

……

匆匆草讫，谬误自所难免，希匡正是感。周汝昌敬上。

三十七年三月十八日于燕京大学

［出自《石头记会真》（第十卷）《胡适与周汝昌往来书札》，海燕出版社］

王佩璋

王佩璋 1949 年考入北京大学中文系，1953 年毕业分配在刚成立的中国科学院文学研究所做俞平伯的研究助手，师徒二人的合作为新中国《红楼梦》校本的出版、评介及对外宣传做出了极大的贡献。首部脂本汇校本《红楼梦八十回校本》便为俞平伯、王佩璋合校。

1953 年针对作家出版社刊印的《红楼梦》提出学术质疑，写了《新版〈红楼梦〉校评》一文，发表于 1954 年 3 月 15 日《光明日报》文学遗产第二期。

此后在外文刊物《人民中国》上发表的《〈红楼梦〉的思想性与艺术性》《〈红楼梦〉简说》《我们怎样读〈红楼梦〉》《〈红楼梦〉评介》四篇文章，署名为俞平伯，实则为王佩璋执笔。《〈红楼梦〉的思想性与艺术性》这篇长文源于王佩璋自己的一篇红学报告，阐明了《红楼梦》的主题思想为暴露封建社会的腐朽和剥削、压迫人们的罪恶，并引用了恩格斯书信中的话，实为红学评述的新声。

1955—1957 年，王佩璋独立进行《红楼梦》研究，发表了几篇有分量的学术论文。1957 年 2 月 3 日《光明日报》的《〈红楼梦〉后四十回的作者问题》在考证研究程高本后四十回的作者问题上具有开创意义，文章认为后四十回绝大部分作者并非高鹗。1957 年 5 月人民文学出版社出版的《文学研究集刊》第五辑发表了《曹雪芹生卒年及其他》一组论文，两万六千余字的论文中有诸多在精心考评后的重要观点，分为三篇小论文。《曹雪芹的生卒年》一文对曹雪芹卒于"癸未"说提出了证据确凿的质疑，力主了当时俞平伯等坚持的"壬午"说；《关于"脂砚斋"和"畸笏叟"》将近四千条脂本批语大致分为四种类型概括分析后，又将有关脂砚斋的身份观点列为四种，考辨认为这四种来自胡适、俞平伯、周汝昌、王利器的说法都可怀疑，提出了相对客观而严谨的新看法。《〈红楼梦甲辰本〉琐谈》一文分析了甲辰本为何大量删除脂批与正文并论述其影响，还谈了程甲本的前八十回对甲辰本的重要改动，文章大致区分开了程本系统与脂本系统的实质性不同。

王佩璋的各种观点在后续红学研究中得到进一步发展，点校与评述都留下了浓重的一笔。作为新时期女性红学研究者，她的研究有着极为重要的意义，但目前尚未得到充分认知。

2015 年，胡文彬教授在北大举行的"北大与红学"美学散步文化沙龙专题讲座上，发表了"北大与红学的历史渊源"重要演讲。在谈到 20 世纪 50 年代北大培养的红学研究人才时，他特别提到当前对俞平伯的助手王佩璋的红学贡献关注与评价不够，希望引起红学界的重视。

在《〈红楼梦〉简说（A 版）》中，王佩璋写道：

> 进步的思想，真实的暴露，都必须借卓越的艺术手法才能表现出来，《红楼梦》一百几十年来流传之广，与它的高度的现实主义的艺术成就是分不开的。作者自幼生长在喜爱文学美术的家庭环境里，有着深厚的文学修养；而且他既然曾经生活在人间少有的繁华中，又落到衣食不周的贫困里，所以他的生活经验是丰富的，接触的人物是广泛的；尤其是他家的由盛而败，在这过程中，更使他清楚地看到了旧社会的人的真实面目。所有这些，就使得他笔下的人物事件都充满了现实性，不是架空杜撰的；都能生动活泼，刻画入微，不是公式化概念化的。
>
> 《红楼梦》结构的庞大，人物的众多，古今中外，没有几部

小说可以和它相比的。尤其是人和事尽管多，却并不是天南地北，风马牛不相及的；也不是你出来我进去，彼此各不相涉的。而是都在一个大家庭中，人是朝夕相见，事是彼此相通的。没有两个人雷同，没有两件事重复，一个人有一个人的性格，一件事有一件事的发展。这就是因为作者有了丰富的生活实践，所以能把许多的人和事组织起来，配合起来，有所取舍，有所剪裁，使他们彼此呼应，互为因果，驱使他们生动入微地来反映这封建大家庭的形形色色。这才是真正的写实，艺术的写实，正确的写实。

正因为作者忠实地描写了现实，所以《红楼梦》中的贾府就活现在我们面前，成为一个典型的封建大家庭。必须在这典型的环境中，才能使作者塑造的典型人物更好地发展起来。

……

最后为了给《红楼梦》一个更简括、更正确的估价，我们来看恩格斯给明娜·考茨基的信中的话吧："一部具有社会主义倾向的小说，如果它能真实地描写现实的关系，打破对于这些关系的传统的幻想，粉碎资产阶级世界的乐观主义，引起对于现存秩序的永久性的怀疑；那么，纵然作者没有提供任何明确的解决，甚至作者没有明显地站在一边，这部小说也是完全完成了自己的使命的。"这原则应用于评价《红楼梦》，是很恰当的。

（出自《魂系红楼——女性研红的先行者王佩璋》，万卷出版公司，2017。原载《新中国妇女》1954 年 11 月号）

沈从文

1938 年 11 月，沈从文任西南联大中文系教授。1946 年抗战胜利后，返回北京大学任教授。新中国成立后，长期从事古代文物及服饰研究。

沈从文与周汝昌曾以文章往来讨论《红楼梦》相关研究。周汝昌回忆称沈从文曾详注《红楼梦》，但遗憾的是由于历史时代原因未能出版，甚至也未能见到手稿，只能在周文的回忆中，得以想见其人风貌、其评注《红楼梦》的细致。沈从文还曾担任 1987 年版电视剧《红楼梦》的顾问。

沈从文在致周汝昌谈《红楼梦》的信中有一封《"杏犀盉"质疑》，摘录如下：

汝昌同志：

得拜读尊文，甚佩卓见。瓟器举例实不胜举，因为随手可拾的"一箪食一瓢饮"和"箪食壶浆以迎王师""举瓟尊以相属"例子即甚多（而且事实上有些古代陶器和铜器，且有可能就先是从瓜类容器得到启发做成的）。这类玩意儿实物也过手过，但和《红楼梦》所说却不相干。因为不外两种形制：一即原始性如李铁拐所背的，二即单柄葫芦一打两开，旁镶银铜边缘，加薄银胎，柄部还加一环，适宜佩带随身取水饮酒的。椰子瓢也有此式。至于范成尊、卣、罍、爵形象，早也可能到宋《博古图》《三礼图》刻印以后，但到今为止，并无实物可见。至于明清器，则故宫有现成物甚多，此外我也经手收买过，说的大致不会太错。你说的"杏犀盉"，在版本上我无知识，如果本来实作"杏"字，释为性蹊跷倒近理。而把两物暗指钗黛，我也有同感，并且曹雪芹写作这类文字，与其说是深刻讥讽，还不如说是一种幽默——讥讽中有幽默。近一点，可以说从《金瓶梅》西门庆款待番僧安排的菜蔬名目得到启示，远一点汉人的"子虚公""乌有先生""安期生"，即早开其端！但"杏犀"名目殊可疑。因为就我所知，谈犀角事诸书，实均无此名色。如有这个抄本，恐不会早于曹雪芹时代太远。至于"盉"，若从谐声虚说，即不必追究它是高是矮。如从实说，大致还应是高足器。一、事实上只有这种高足犀角饮器，可还从未见有似钵而小的犀角饮器。二、从字义说，高足铜鼎为"镴鼎"；高脚木马名"高跷"；桥字本身也和隆耸不可分。以类例言，还是高足器皿为合。

至于其他如成窑杯，雕填漆盘，多是常见实物。但也有一点重要，即成窑杯在晚明即十分值钱，一对值百银子。清康雍多仿作，玩瓷的多知道。妙玉因刘姥姥一用即听宝玉送人，这里可说附会为"假的珍贵古董",也不妨说只是形容宝玉为媚妙玉而不在意挥霍为合,不知尊意以为如何?

沈从文

(原载《光明日报》,1961 年 11 月 12 日)

周汝昌也曾撰文回忆沈从文先生与《红楼梦》的渊源:

我与沈从文先生,平生只有一面之缘,但 60 年代事涉曹雪芹、《红楼梦》之际,我们却颇有一些文字因缘。这些经过知者无几,恐遂湮没,应当一记,乃作此文。

沈先生的文名,我在中学时略有所知,其他是谈不到的。没想到后来还有了交往。

那是 1962 年吧,国家要隆重纪念曹雪芹逝世 200 周年,紧张展开大规模准备工作,文化部组织几个科研、文化、出版各界的人士常驻故宫文华殿,是为筹备办公处。阿英、黄苗子等是"常务"工作者,临时走动的人还很多。我是应邀常去开会的人。此外,则上海请来了两位画家,刘旦宅与贺友直。刘那时还很年轻,我和他的"关系"另文再叙。如今且说,刘、贺的住处是东华门外、骑河楼附近的翠云庄。此庄风格不俗,远远可望见上罩碧琉璃瓦的围墙与屋顶。他们食宿于此,专心致志,要创作画幅。画是雪芹像和他的生平事迹。

当时,对曹公子的一切了解极少,"生平"也只有几个"点"〔大致没有超出拙著《新证》的范围,因为《曹雪芹》(草创的传记)是 1964 年才问世的〕。肖像更不知该画成什么样子。所以要开会,要讨论。

一日,得讯要到翠云庄去开会。

记得这种会文化部所派领导人(如邵荃麟、阿英等)是不来的,主持者是黄苗子。墙上已贴好了刘旦宅画的雪芹像,拟作样品供讨论品评。

屋子不大,被请专家排坐于靠墙一溜椅子。我和吴恩裕等都到了,而最后进来了一位迟到者。他身著深色中山服(那时的礼服），头发漆黑有光，满面春风，亲切和蔼，主动同我握手——我还不认识，只听他自报："沈从文。"

他给我的印象令人喜悦愉快。还记得他和恩裕兄一样，手臂里夹着一个黑皮包——那时尚无后来的带提把式的人造品，都是黑亮的真皮包，是高级文化人如教授等不可少的（上课、上班）必用物。沈先生的发言都说了些什么？今竟失忆（其实连我自己说的什么也一句不记得了）。只记得讨论的主题是雪芹画像要表现出"十气"——英气、才气、傲气、狂气……大家都笑说：这太难为画家了！一张画怎么能表出这么多的"气"？

我并未拜识过沈先生，为何我们初会时他就主动向我握手？原来这有一段故事。

话要交待清楚，就得从头说起——这有一段经过，也是局外人鲜能得知的。我由中央特调到人民文学出版社，让我做古典部"小说组组长"，负责整理《红楼梦》新版，组员有周绍良、张友鸾等人。版本校勘之外（命令仍用"程乙本"，不许轻改一字），要加新注，须找专家，领导指示人选是启功先生。我为此亲到他府上，其时启宅在黑芝麻胡同大院落，启太太也为此到舍下（东四牌楼十二条以北的门楼胡同）来过。

那时已然是对"考证"尤其是"繁琐考证"批判得十分激烈严峻了（以为学术不需要考证，只需要突出政治……），启先生对此十二分害怕，唯恐挨了批，下笔极度谨慎——表现为：一条注释尽量字少话活，竭力避免一个"落实"的具体详实的讲解，亦即采取"繁琐"的另一极端的"策略"，用意甚苦。

这种办法是否最好？（其实也受了50年代某些专家注诗词的"简化"风气的影响）我心里并不赞同，但不宜提出异议。谁知，沈从文先生对这样注法却持异议，他不满足，向出版社提出了意见，主张要注这部小说，必须切实详实解清代的那些实物（皆非虚构），这与启功先生的用意恰恰相反——而且那时极忌把雪芹之书解释为"写实"，那在彼时是最错误的"文艺理论"。

沈先生早弃文学创作，只在故宫博物院工作，专研服饰，有了杰出的研究成果。这就无怪乎他是强调"务实"，而不以"玄虚"的注法为然了。

沈先生寄来了一部质、量俱不寻常的《红楼》注稿，分量很重，看出是下了真功夫。

"古典部"领导命我将沈稿送交启公"参采"。我遵命照办。启先生一见，吓坏了！……拙笔很难"表现"尔时的形势气氛，"当事"者的表情与话语，我这"编辑"的尴尬处境。此处只好来一个"话要简断"——事情的结果是：启先生一字不敢采，我得负责对沈先生"退稿"，这还不打紧，最难的是我还必须在"新版"卷首"交待"，说启注"参考"了沈著，以"圆"其"场"。但这种"圆"法却又两面不讨好：启表示我何尝"参考"了他的大著；沈谓你们一点儿也不接受我的良言与诚意。

……

我那领导呢？对此一切，似解似不解，茫然坦然，根本没觉得这算"一回事"。

还有一件有趣之事：沈注中说妙玉庵中茶具诸古玩中有"点犀盉"，是用"心有灵犀一点通"之诗句，以为妙笔。我和他争论：雪芹原文是"杏犀盉"（众古抄本一致无歧），杏是上品犀角的佳色。而"点犀"是高鹗的妄篡，为了"暗示"妙玉与宝玉之间的"关系"，是十足的俗笔，断不可取。

沈先生不以为然。对那"瓟瓟斝"，我们也有不同理解，此不赘述——二人的文章，皆见于《光明日报》（我最后一篇，报纸不给登了，于是"正论"落在沈先生一边，好像我理亏了……）。

我所以叙此旧情，只是为了让人们知道：经此"争议"，种种微妙历程，而沈先生见了我表现的那种热情亲切的风度，说明他真是一位忠厚长者，大度君子，没有任何世俗常态"小气"。

这样的学者，是真学者。我一直挂念，他那部《红楼》注稿卷帙可观，后来怎么样了？是否逃过浩劫？为何未见出版？……我谨以拙文，对沈先生敬志悼念。

（出自《周汝昌回忆：沈从文详注〈红楼梦〉》，原载《文汇报》2000 年 8 月 15 日）

王利器

王利器，著名文学家、历史学家。在北京大学任教期间，曾讲授《史记》《庄子》《文心雕龙》等史籍，著述宏富，逾两千万言，号称"两千万富翁"。

1941 年考入北京大学文科研究所读研究生，师从汤用彤、傅斯年，1944 年研究生毕业。1946 年后历任北京大学中文系、图书馆学系讲师、副教授。1979 年离休后，曾任北京大学历史系兼职教授。

王利器不是专业红学家，但是却因资深广博的古代文学研究知识，在红学方面颇有深见。他曾任中国红学会顾问、《红楼梦学刊》编委。1955 年在《文学遗产》上发表《重新考虑曹雪芹的生平》一文，他发现兴廉《春柳堂诗稿》有四首诗和曹雪芹有关，对研究《红楼梦》作者问题和版本问题起了明显的推动作用。另外，他与吴世昌认为脂砚斋是曹雪芹叔父；依据康熙五十四年三月初七日曹頫上康熙皇帝的奏折，又以张宜泉诗题下的小注相佐证，证明曹雪芹乃曹颙的遗腹子，出生于康熙五十四年"乙未"；他与冯其庸、陈毓罴、刘世德主张曹雪芹卒在"壬午"（1762），力辨曹雪芹葬于张家湾，墓石是真；1957 年曾发表《关于高鹗的一些材料》，拓宽了高鹗的研究视野。

《重新考虑曹雪芹的生平》节录：

> 曹雪芹以一个早熟的天才，而又诞生和成长在这样一个世代为统治阶级掌管当时一个"御用"的规模大的手工业的江宁织造的家庭环境里面，这对于他的思想，不能说是没有影响的。
>
> ……
>
> 更重要的是曹雪芹在这 15 年中——当然婴孩幼儿之年要除外——具体地接触到资本主义萌芽的思想，及到他在生活实践中起了一个巨大的变化以后，深刻地体验出在这一个历史阶段存在的问题，把一生经历、观察所得的东西，如人道主义问题、自由恋爱问题等，加以综合、比较、分析，通过宝黛的悲剧，把它再现出来。也就是说，曹雪芹如实地反映了这个时代的社会面貌，

创造出这部伟大的划时代的现实主义作品，这 15 年江宁童年生活，对于他是起了一定的决定性的作用的。

如果我们承认曹雪芹活了 48 岁，然后去研究他的生平及其作品，自有触类旁通、头头是道之感。这是我对于这个问题的一些初步的看法，提出来请大家批评指教。

（原载《光明日报》1955 年 7 月 3 日《文学遗产》）

吴恩裕

吴恩裕，著名政治学家、法学家、《红楼梦》研究专家。1946 年至 1952 年任北京大学政治学系教授。

1954 年秋起，致力于《红楼梦》作者曹雪芹的生平家世研究，先后出版有《关于曹雪芹八种》（后增订为《有关曹雪芹的十种》，最后增补为《曹雪芹丛考》）、《曹雪芹佚著浅探》。吴恩裕先生研究曹雪芹生平注重实地考察，并积极关注有关曹雪芹的文物，因而在实物考察方面成果显著。如曹雪芹故居的发"虎门"意义的破解、《废艺斋集稿》的发现等等。

《曹雪芹丛考》节录：

今年我把研究曹雪芹和《红楼梦》的文章，收集在两本书里。一本就是这《丛考》，另一本是天津人民出版社出版的《曹雪芹佚著浅探》。结合我的年龄和一九八七年大病之后的身体情况，虽然来增补这两个集子不无可能，但再出一本将近三十万字的研究文字，恐怕种种条件都不许可了。因此，我有回顾一下从事这方面探讨过程的必要。

……

《红楼梦》我在青年时代就读过，但对它的兴趣不大。倒是王国维慨叹不知《红楼梦》作者的身世、胡适对于《红楼梦》的考证，引起了我对这部书——实际上是对研究它的作者——的兴趣。尽管如此，我在解放前除给《观察》杂志写过几条关于《红楼梦》的文言杂记外，并没有做什么这方面的工作。

......

　　从一九五四年七月，我决心要搞一本曹雪芹的传记，但直到现在我认为严格的曹雪芹传所需要的材料还远远不够，无法写成，可以说从那时起直到今天，我一直是一个从各方面访求、搜集关于曹雪芹生平材料的资料员。

（出自《曹雪芹丛考》自序，上海古籍出版社，1980）

吴组缃

　　吴组缃（1908—1994），作家、学者。原名祖襄，笔名寄谷、野松等，泾县人。1929 年考入清华大学中文系。1931 年参加社会科学研究会和中国反帝大同盟。1935 年后曾任冯玉祥国文教师和秘书。抗日战争期间，任教于南京中央大学国文系，当选为中华全国文艺界抗敌协会理事。后任四川教育学院、金陵女子文理学院、清华大学教授。新中国成立后，历任北京大学中文系教授、中国作协书记处书记、《人民文学》编委、北京市文联副主席、全国红楼梦研究会会长等职。早年作品多以农村生活为题材，20世纪 50 年代起主要从事小说史研究。著有《鸭嘴崂》（又名《山洪》）以及《一千八百担》《西柳集》《饭余集》《拾荒集》《宋元文学史稿》等。

　　1952 年起任北京大学中文系教授，潜心于古典文学尤其是明清小说的研究，曾兼任红楼梦研究会会长等职。撰有论文《论贾宝玉典型形象》《谈〈红楼梦〉里几个陪衬人物的安排》等，其对《红楼梦》的研究在红学界产生过广泛影响。

　　《谈〈红楼梦〉里几个陪衬人物的安排》节录：

　　关于人物的安排，我想不会有什么一定的标准。看许多大作家的著名作品，事实上也是各有手段，各有匠心。据我的体会，《红楼梦》里安排人物，非常讲究。但是这书人物太多，内容太复杂，一时说不尽，说不清，也难说得没有错误。下面主要只举几个外围陪衬人物的例子，约略谈点苗头，希望引起读者的兴趣，慢慢求得比较确当的理解。

曹雪芹对于他要写的关于贾宝玉和林黛玉、薛宝钗的恋爱与婚姻的悲剧，我以为他是这样认识的：即这个恋爱婚姻的悲剧，一方面植根在当事人的思想性格里面，一方面植根在那个步步趋向崩溃的生活环境里面；这环境非常广阔，以一家为主，延及整个统治阶级社会。同时，当事人的思想性格也是在这个社会生活环境和各人具体的境遇教养里面形成的。作者就要写出这个悲剧发生和发展的复杂细致的现实内容，要写出造成这个悲剧的全面的深刻的社会根源。

因此，《红楼梦》里把贾宝玉和林黛玉、薛宝钗安排做全书的中心人物；围绕着这三个中心人物，安排了为数可惊——男女各有二百多个——的有关人物，以展示那极其广阔的生活环境，从多方面具有重大意义的矛盾斗争里，从无比地错综着的人与人的关系上，来充分地描写人物性格和悲剧事件。

在第六届全国红楼梦学术讨论会上的第二次发言（1988 年 5 月 27 日）节录：

作为一个读者，我有这么一点体会：有许多小说，读一遍就再不想读它了；而读《红楼梦》却不是这样。《红楼梦》我小时候读过，最初读它是十三岁，似懂非懂的。以后有了好版本——我所指"好版本"，不是现在所谓八十回抄本，而是指亚东书局出的，经过胡适考证、汪原放标点的本子。那个本子对于我当时来说就是一种"新文化"，"五四"以来的"新文化"。它比以前石印本《金玉缘》很不同，有了崭新的面貌。它用铅字排印，有标点符号，分行分段。我多次反复地读，读了一次还想读一次，每次感受和理解都不一样。随着年岁的增长，经验、阅历的增多，对《红楼梦》的欣赏能力、理解能力不断有新的提高。我深深体会到，要读懂《红楼梦》、理解《红楼梦》须熟悉内容，还须有相当的社会生活知识。没有生活知识，或生活知识太少，或有而不动用都不行。这对读《红楼梦》来讲，就是历史知识。它既包括曹雪芹写《红楼梦》时的社会生活、人际关系和文化思想情况，也包括上溯到明中叶以来的中国社会的变化、经济的变化及文化思想变化情况，也包括我们现实社会的生活知识。

（出自吴组缃著、刘勇强编《〈红楼梦〉的艺术生命》，北京出版社，2020）

《贾宝玉的性格特点和他的恋爱婚姻悲剧》节录：

对于《红楼梦》，向来有人认为有两个主题，一个是写贾宝玉的恋爱婚姻悲剧，一个是写封建统治阶级家庭的崩溃。我是不同意这种看法的。这不像鸡蛋那样，可能有双黄蛋。它是一个黄，一个主题。《红楼梦》主要是通过主人翁的恋爱婚姻悲剧，表现产生这个悲剧的客观原因。作者的认识能力非常高，在中国古代小说中，是继《水浒传》后的又一个高峰。首先不是因为《红楼梦》的技巧好，不是因为作者有非凡的艺术才能，而是因为认识能力高，看问题跟人家不同。他看出这个恋爱婚姻悲剧不简单，根子扎得很深，很广。为了交代客观的社会根源，有必要描写社会环境，描写家庭及其内部的斗争。作者就是通过社会环境来表现贾宝玉的恋爱婚姻悲剧的，因此不是两个主题。假如把以家庭为主的社会环境同恋爱婚姻悲剧割裂开来看，就会削弱《红楼梦》的主题思想，削弱对作者伟大认识能力的估价。

讲到恋爱婚姻悲剧，并不是一个悲剧，而是两个方面的悲剧：一个方面是贾宝玉和林黛玉的关系，这是恋爱关系，这个恋爱是个悲剧，这个悲剧表现的一方面是社会问题；另一个方面是贾宝玉和薛宝钗的关系，这是婚姻关系，这个婚姻也是个悲剧，这个悲剧同贾、林的恋爱悲剧有不同的意义，表明了当时社会另外方面的问题。这两个方面悲剧以贾宝玉为中心，作者从这两方面来挖掘悲剧的根源：一是从客观的社会环境方面，一是从当事人的思想性格方面。作者对人物性格挖掘得很深，在这方面，《红楼梦》在中外的古典文学中，都是很突出的。

……

作者没有把贾宝玉和林的恋爱悲剧的根源，简单化地看成决定于家长个人的好恶。解放初期越剧舞台上演的《红楼梦》，就把这个问题简单化了，仿佛贾林二人的恋爱悲剧，完全是凤姐在中间出坏主意造成的。曹雪芹不把原因完全归结到家长个人身上。家长个人有他的意图，但不能决定，最后决定的是具体形势。贾家经济枯了，统治不能维持，后继无人。薛家有钱，薛宝钗能代替王熙凤，又能帮助贾宝玉走上封建主义道路。因此，贾林的恋爱悲剧根源，是由封建统治阶级的客观形势决定的。这样来认识，社会意义就大了。再看通过环境描写揭示出来的统治阶级的一系列问题，包括道德品质的败坏堕落，这些问题都不是一朝一夕出现的，而是长时期形成的，它不是普通的伤风感冒、头疼发烧，而是已经病入膏肓。通过这些描写，把封建主义制度的罪恶和衰朽的特点全部端出来了。这是封建主义末期的形势，表面强大，内里已经腐烂透顶。这是贾林二人恋爱悲剧的根源。

对贾宝玉同薛宝钗的关系又怎样看？照常理，封建社会的一个公子哥儿，爱上一个姑娘，家庭不同意，用欺骗的手段给他娶了另外一个姑娘，这个姑娘很漂亮，很有钱，又颇有才干，这个公子哥儿最初也许不高兴几天，慢慢地完全可能得新忘旧，相安无事；甚至即使不爱她，也可以像贾珍、贾琏那样，来个三妻四妾。可是贾宝玉不干，他一定要跑。这个结局说明在贾宝玉身上的民主主义力量虽然还薄弱，但已经形成，是新生力量，已经压不死，打不垮。你要我走封建主义道路我就是不走，你要我要薛宝钗我硬是不干，我不能带林黛玉私奔，我可以一个人跑。跑的结果也产生悲剧——宝钗和宝玉之间的婚姻悲剧。宝钗也是封建社会的牺牲品。这体现了当时的封建主义和民主主义的斗争。

恋爱婚姻问题作为个人问题，意义不一定很大，可是《红楼梦》不同于任何以恋爱婚姻问题为主题的作品，它联系到整个社会和社会制度，鲜明地表现了被压迫阶级和统治阶级的尖锐斗争，揭露了腐朽的封建制度日趋衰亡的必然趋势，歌颂了虽然幼稚但是不可战胜的新生力量。作品的伟大，首先在于作者提出了如此重大的问题。我认为《红楼梦》的吸引人不在技巧，所以我们今天没有谈技巧。《红楼梦》的高度技巧主要也是从作家的高度的认识能力和强烈的爱憎感情中产生的。《红楼梦》的伟大之处在这里，我们读《红楼梦》首先要学习的也是这一点。

沈天佑

沈天佑，1958 年毕业于北大中文系并留校任教，1960—1963 年参与游国恩教授主持的《中国文学史》编写工作，先后在北京大学、清华大学和中央戏剧学院等校开设"中国小说史"讲座以及"中国白话文学史""《红楼梦》"等专题课。著有《〈金瓶梅〉〈红楼梦〉纵横谈》等作品。

《〈红楼梦〉——我国文学里的第一奇书》节录：

《红楼梦》是沿着《金瓶梅》所开拓的路子继续前进并又取得创造性成就的。鲁迅说《红楼梦》"全书所写，虽不外悲喜之情，聚散之迹，而人物事故，则摆脱旧套，与在先之人情小说甚不同"（《中国小说史略》）。《红楼梦》的伟大之处在于给小说创作来了个全面性的突破和创新，把小说的创作水平推进到了一个前所未有的高度，从而使我国终于有了和世界上最伟大的文学巨著相颉颃的不朽之作。因此，毫不夸张地说《红楼梦》堪称是我国文学中的第一奇书。《红楼梦》出现之后，给我国学术界和广大读者分别带来了一些令人非常瞩目的深远影响。

……

很多作品在反映生活时，还往往停留在生活的表象和浅层次上。因此形象所蕴含的内容比较单薄，给读者的思想启迪也就有一定的限度。而《红楼梦》在反映生活时却能一直深入到生活的深层，以至触及到了生活中鲜为人知的各种奥秘以及人际关系中各种复杂而微妙的关系。由于对生活开掘得深，所以小说形象所包含的内容就十分丰富，经得住人们的反复咀嚼和回味，这就是为什么人们读《红楼梦》会越读越有味道，能产生出迥异于别的作品的特殊艺术感受的原因。

《〈红楼梦〉里的两大艺术波澜》节录：

《红楼梦》中所写的大量日常生活，也是充满着各种矛盾和斗争的。作者遵循生活的本身规律写出了日常生活中小事件如何逐渐酝酿成大事件，小的矛盾怎样凝集成大的矛盾，进而发展成矛盾冲突的高潮。

在《红楼梦》中出现了两次矛盾冲突的高潮："宝玉挨打"和"抄检大观园"。并由此而形成小说的两大艺术波澜。它们的出现都有其必然性，同时一旦出现之后，又有力地推动着作品的故事情节向纵深方向发展，使各种人物形象越趋鲜明，从而对小说的艺术结构表现出了它的独特意义。

（出自《〈金瓶梅〉〈红楼梦〉纵横谈》，北京大学出版社，1990）

《清代文坛上的三颗明珠——纵谈〈聊斋志异〉〈儒林外史〉和〈红楼梦〉》节录：

《红楼梦》作者曹雪芹以他先进的初步民主主义思想、特殊而丰富的生活体验和艺术家的杰出天赋，塑造出了一系列无与伦比的艺术形象，从而深刻地揭示出了作者所处封建末世的时代特征：新的社会力量虽然已经出现，但暂时还处于劣势，因而在斗争中难免会遭到失败和牺牲；而旧的社会势力虽还在强行挣扎，表面看去似乎还非常有力量，但它必然灭亡的前程已无法改变。这些反映在小说中的表现为：代表当时新的社会力量的主人公贾宝玉和一批令人可亲可爱的青年女子的一一遭摧残、毁灭，出现了"千红一窟（哭），万艳同杯（悲）"的大惨局。在新的社会力量的失败和牺牲过程中，展示出了他们可贵的价值；而那个代表旧势力的以世俗男性为核心的罪恶、腐朽的世界，已是内外交困，走投无路，出现了濒临覆灭前的种种异常的症状："当年笏满床"的豪门，曾几何时，破落到了"陋室空堂"的悲惨境地；

"曾为歌舞场"的繁华世家，瞬息变样，剩下的只是一片"衰草枯杨"；昔日娇贵非凡的王孙公子沦为了强盗，而千金小姐却"流落在烟花巷"，当了下贱的娼妓……封建统治阶级已经是"运终数尽"，小说里贾府这个典型贵族家庭的彻底崩溃便是明证。

巴尔扎克的《人间喜剧》早被誉为法国"社会"一部卓越的现实主义历史。托尔斯泰的作品被赞为"俄国革命的一面镜子"。《红楼梦》则堪称是中国封建社会没落的一面镜子，它深刻地揭示出了封建末世时代的本质特征。

《红楼梦》在艺术描写上所以能取得精湛的富有创造性的成就绝非是偶然的。小说的作者全面地汲取了我国传统文学艺术乃至整个传统文化的精华。他不仅借鉴并总结了过去长短篇小说的创作得失，也吸收并熔铸了诗词、散文、戏曲乃至音乐、绘画、雕刻、建筑等等艺术方面的经验。正由于这样，它的文学艺术基础表现得特别的深厚，大大高出于一般的文学作品，显示出它所独有的多样性、丰富性和独创性。

图书在版编目（CIP）数据

新红学百年与北京大学／任羽中，唐金楠主编；北
京大学党委宣传部，北京大学曹雪芹美学艺术研究中心编.
-- 北京：中国文史出版社，2022.6
　　ISBN 978-7-5205-3529-8

　　Ⅰ．①新… Ⅱ．①任… ②唐… ③北… ④北… Ⅲ.
①红学-文集 Ⅳ．①I207.411-53

　　中国版本图书馆 CIP 数据核字（2022）第 072064 号

责任编辑：牟国煜

出版发行：**中国文史出版社**

社　　址：北京市海淀区西八里庄路 69 号院　　邮编：100142

电　　话：010-81136606　81136602　81136603（发行部）

传　　真：010-81136655

印　　装：北京新华印刷有限公司

经　　销：全国新华书店

开　　本：720×1020　1/16

印　　张：20　　　　字数：319 千字

版　　次：2022 年 6 月第 1 版

印　　次：2022 年 6 月第 1 次印刷

定　　价：69.80 元